KB271537

무조 新무협 판타지 소설
FANTASTIC ORIENTAL HEROES

혈야광무 2

무조 新무협 판타지 소설

초판 1쇄 찍은 날 § 2007년 10월 1일
초판 1쇄 펴낸 날 § 2007년 10월 10일

지은이 § 무조
펴낸이 § 서경석

편집장 § 문혜영
편집책임 § 최하나
편집 § 장상수
펴낸곳 § 도서출판 청어람
등록번호 § 제1081-1-89호
등록일자 § 1999. 5. 31
어람번호 § 제2-1306호

주소 § 경기도 부천시 원미구 심곡1동 350-1 남성B/D 3F (우) 420-011
전화 § 032-656-4452 팩스 § 032-656-4453
http://www.chungeoram.com
E-mail § eoram99@chollian.net

© 무조, 2007

ISBN 978-89-251-0937-4 04810
ISBN 978-89-251-0935-0 (세트)

혈야광무

血夜狂舞

무조 新무협 판타지 소설

FANTASTIC ORIENTAL HEROES

부재도(不在島)

2

도서출판 청남

目次

第一章
섬사람

시원한 바람, 향긋한 냄새, 졸졸 흐르는 개울물 소리.

며칠간 쌓였던 피곤함이 일시에 해소되는 기분이다. 머리
는 어느 때보다도 맑았고, 따뜻한 물에 들어갔다 나온 듯 온
몸이 나른했다.

사무량은 천천히 눈을 떴다.

가장 먼저 보이는 것은 나무를 얼기설기 엮어 만든 천장이
다. 등에 닿는 딱딱한 감촉은 돌 침상의 느낌이다.

순간, 정신을 잃기 직전의 일들이 뇌리 속에 빠르게 스쳐갔
다. 자신을 먹으려 했던 왕가라는 자, 그리고 소년의 미성을
가진 중년사내, 마지막으로 횃불을 들고 나타난 여인의 목소

리까지.

"……!"

사무량은 자리에서 벌떡 일어났다.

이곳은 어디인가.

"깨어났어? 한참은 더 있어야 할 줄 알았는데."

사무량은 소리가 들려온 쪽으로 고개를 돌렸다.

면사로 얼굴을 가리고 모자가 달린 흰 거적으로 몸을 친친 감은 여인. 그녀가 죽이 담긴 그릇을 들고 천막 안으로 들어왔다.

정신을 잃기 직전에 들었던 그 목소리다.

사무량은 여인의 걸음걸이를 눈여겨보았다.

여인의 몸놀림은 무척이나 가벼웠다. 한눈에도 무공을 익힌 흔적이 역력히 드러나고 있다. 기절하기 직전 등 뒤에 매달린 자가 그랬던가. 무공을 익힌 여인이라고.

"깨어났으면 죽 좀 먹어."

여인은 돌로 어설프게 만든 탁자 위에 죽 그릇을 올려두었다.

한 번도 본 적이 없는 낯선 여인. 여인에게서 볼 수 있는 곳은 오로지 눈뿐이다. 목소리로 미루어보면 중년의 나이인 듯하다. 그녀는 마치 오랜 지기처럼 사무량을 편하게 대했다.

사무량은 물그릇까지 갖다 놓는 여인의 행동을 바라보다 말라 있는 입술을 떼었다.

"내가 지금 죽은 건가?"

가려진 천 사이로 보이는 여인의 두 눈이 사무량에게 향했다. 그녀의 눈에 당황함이 스쳤지만 곧 초승달처럼 구부러졌다.

"죽은 것 같아? 호호호! 부재도에 들어왔으니 어쩌면 죽는 편이 더 나을지도 몰라."

사무량은 그제야 자신이 부재도에 들어왔다는 것을 실감했다.

하룻밤 사이에 일어난 일들이 꿈과 혼동할 정도로 기이했다. 기관에 갇힌 일 하며, 갑작스레 자신을 공격한 두 괴인들 하며.

"넌 지난 십이 년 동안 부재도에 들어온 사람 중 최초로 살아남은 사람이 되었어. 운이 좋아서가 아냐. 내가 없었다면 진즉에 죽었겠지."

기관을 보았기 때문에 부재도민들이 공격적이란 것을 알게 되었다.

여인에게서 느껴지는 기운은 특이했다.

살기나 적의는 보이지 않았다. 무공을 익힌 무인이라는 것은 확실한데 어느 정도의 경지인지는 알 길이 없었다.

"부재도에 무인이 있다는 소리는 금시초문이군."

"호호! 용케도 알아보았구나. 왜? 너도 무공을 익히지 않았니?"

“…….”

“네가 잠들었을 때 몸을 좀 살펴봤는데… 무공을 익혔더라? 무당파가 순순히 무공을 전수해 줄 리는 없고, 어떻게 배운 거야?”

사무량의 두 눈이 가늘어졌다.

그녀의 입술에선 분명 무당파라는 말이 나왔다. 세상과 단절되었다는 부재도가 아니던가. 그런데도 사무량이 무당파에서 나온 일을 어떻게 알고 있는가.

“당신은 누구지?”

“아차! 내 소개가 늦었지? 난 마희라고 해. 부재도 도주(島主)야.”

“나에 대해 알고 있나?”

“휴……!”

여인의 면사는 그녀의 한숨으로 인하여 작게 펄럭였다. 그녀 역시 사무량을 한동안 직시했다. 그리고 어깨를 으쓱하며 입을 열었다.

“기다리고 있었어. 부재도에 온 걸 환영해, 사무량.”

마희가 움막에 들어온 지 반 시진이 경과했다.

그녀가 가져온 죽은 이미 차디차게 식었다. 두 사람 사이엔 아무런 대화도 오가지 않았다.

사무량은 말없이 마희를 바라봤다. 그녀는 분명 자신의 이름을 불렀다.

마희의 인내심은 혀를 내두를 정도였다.

대화는 한참 전에 끊겼지만, 그녀는 사무량이 먼저 입을 열기를 기다리고 있었다.

사무량이 마희에게서 알게 된 것은 그녀의 이름, 그리고 자신을 기다렸다는 것.

부재도에서 사무량을 기다릴 사람? 당연히 없다. 사무량은 그녀를 모른다. 생전 처음 보는 얼굴이다.

"나를 알고 있다?"

드디어 사무량의 입이 열렸다. 여인은 그의 말을 기다렸다는 듯 눈가에 웃음을 띠었다.

"처음 보는 순간부터 알았어. 넌 그분과 꼭 닮았거든."

"그분?"

"네 부친 말이야. 혈광검."

"……!"

사무량은 다시금 여인을 바라봤다.

여인은 사무량은 물론 그의 부친까지 알고 있다.

말투는 어떤가. 사무량은 여태껏 자신의 아버지를 그분이라 칭하는 사람을 처음 보았다. 고작해야 그 사람, 또는 그 자라고 불리던 아버지였는데…….

"내 아버지를… 알고 있나?"

"그러니까 너를 알고 있겠지?"

사무량은 경계심을 풀지 않았다. 여태껏 부친의 별호를 거론한 사람들은 사무량과 적대적인 관계였다. 자신을 내몰던 무당파, 비급을 원했던 흑천과 소림사 모두.

"다행이야. 무사히 도착해서. 못 오면 어쩌나 걱정했지."

"……."

"안심해도 돼. 난 너를 어쩔 생각은 없으니까."

"내게서 무엇을 원해?"

"응?"

"말해봐. 나에게서 원하는 게 무엇인지."

여인의 눈이 초승달처럼 휘었다.

"호호! 원하는 거라니, 그런 거 없어. 난 단지 너를 만나서 반가울 뿐인 걸?"

여인은 손으로 면사를 가리며 웃었다.

"반가워. 하지만 좀 실망스러운 걸. 그분을 닮았다면 상단전이 열려 있는 것은 확실한데 기대에 비해 진보가 조금 느린 것 같아. 넌 어때? 네가 언제 무공을 배웠는지, 그 성취가 어떤지 네 스스로가 더 잘 알고 있을 것 같은데?"

사무량은 여인에게서 잠시도 시선을 떼지 않았다.

여인은 자신에 대해 알고 있다. 그것도 아주 자세히. 부친의 피와 신체를 고스란히 물려받은 것은 물론, 여태 무당파에서 어떻게 살아왔는지까지.

사무량은 천천히 미소를 지으며 돌 침상에서 몸을 일으

컸다.

"가봐야겠군."

"어딜 가려고? 이곳 소문 못 들었어? 굉장히 위험한 곳이라는 걸 모를 리는 없을 테고. 네 마음대로 돌아다니다간 어젯밤처럼 왕가한테 잡아먹힐지도 몰라. 그는 정말로 인육(人肉)을 즐기거든."

"미친 여자랑 있는 것보단 식인마랑 있는 편이 낫지."

"정말 아무것도 모르는구나?"

사무량은 다시금 여인을 바라봤다.

"조금은 기대하고 있었어. 그분을 닮았다면 분명 범인들과는 다른 능력을 가지고 있을 테니까."

여인은 왠지 애처로운 듯한 음성을 흘러냈다.

그녀는 모르고 있다.

부재도로 오는 기간 동안 사무량이 어떠한 일을 했는지. 그를 호위하던 조양자가 반대로 사무량 때문에 목숨을 건지게 된 일.

"기분이 나빴다면 미안. 내가 너를 알고 있다는 건 의심하지 말았으면 좋겠어. 내가 그분과 좀 돈독했던 관계라는 것만 밝혀둘게. 더 이상은 묻지 말고."

"당신이 내 아버지와 어떤 관계였건 그건 내게 중요하지 않아. 난 지금부터 이곳을 빠져나가기 위한 방법을 찾을 생각이니 나에게 신경 꺼."

“뭐? 호호호!”

여인은 면사가 펄럭이도록 웃음을 터뜨리며 어깨를 으쓱거렸다.

“정말 못 말리는 고집이라니까. 부재도에서 나갈 수 있는 방법은 없어. 그래, 만약 나간다고 치자. 중원에 가서 뭘 할 수 있는데? 이 상태로 간다면 넌 널 노리는 사람들에게 붙들리게 될 거야.”

“별 걸 다 신경 쓰는군.”

마희는 곁을 스쳐 가는 사무량의 팔을 움켜잡았다. 한여름인데도 그녀의 손엔 수투(手套)마저 끼고 있었다.

“무인이 되고 싶어한다며?”

“……”

“무공을 가르쳐 줄게.”

마희의 음성은 작았지만 똑똑하게 들렸다.

하나, 사무량은 여인의 말을 믿을 수가 없었다. 무공을 가르쳐 준다니, 자신에 대해 잘 알고 있는 사람이라면서 무공을 가르쳐 주겠다니…….

“내가 무공을 익히면 안 되는 걸 모르나?”

“어머! 이거 의외인데? 좋아할 줄 알았는데 말이야. 호호! 물론 네가 무공을 익히면 안 된다는 걸 알고 있지. 한데 말이야, 네가 미치광이가 되는 모습을 보는 것보단 살인마 정도의 무위를 갖는 게 나을 것 같아.”

“……..”

“타고난 재능을 썩힐 생각이 아니라면 무공을 배우는 게 좋을 거야. 천천히 생각해 봐. 대답은 나중에 들을게.”

여인은 사무량에게 다가와 그의 어깨를 잡고 다시 침상에 앉혔다. 가느다란 팔목에서 나오는 힘은 장정과도 맞먹을 정도로 셌다.

“죽이 식었네? 다시 만들어 가져와야겠어.”

여인은 고개를 살짝 끄덕인 뒤 다시 천막을 나갔다.

의문의 여인 부재도주와 사무량의 첫 만남이었다.

마희의 움막에서 빠져나온 사무량은 부재도의 또 다른 모습을 보았다.

어젯밤까지만 해도 아름다운 부재도였다. 하나 지금 그의 눈앞에 보이는 광경은 어제의 생각을 말끔히 걷어냈다.

아름드리 나무들은 온데간데없이 사라졌고, 가지가 앙상한 나무만이 즐비했다. 악취를 풍기는 잡초, 도랑에선 썩은 물이 흐른다. 듬성듬성 보이는 다 쓰러져 가는 낡은 초가들이 이런 곳에 사람이 살고 있다는 걸 증명하고 있었다.

“놀랍지? 이게 부재도의 본모습이야.”

마희는 어느새 사무량의 곁으로 다가왔다.

“어제 네가 본 풍경은 부재도의 이 할밖에 되지 않아. 존재하지 않는 섬이 아니라 죽어가는 섬이라고 해야 해.”

마희의 말은 맞다.

그 누가 지금의 광경을 보아도 황폐한 섬이라고밖에 표현할 수 없다. 어제 사무량이 배에서 내리기 전에 느꼈던 죽음의 기운을 그대로 담고 있는 부재도였다.

"어제 그곳은 금지(禁地)야. 들어가서는 안 되는 곳."

마희는 작은 한숨과 함께 도랑을 바라봤다.

사무량은 그곳이 왜 금지인지 묻지 않았다.

그는 부재도에 대해 아는 것이 하나도 없다. 면사 속에서 속삭이듯 말하는 마희의 말을 이해할 수는 없었다. 그렇지만 되묻지도 않았다.

어째서 그곳이 기관이 설치되어 있는 금지인지, 이곳은 왜 이렇게 황폐한 땅인지.

"네게도 말해둘게. 어제 그곳, 다시는 들어가지 않길 바라. 다행히도 해타와 왕가 때문에 네가 발견될 수 있었지만 또 한 번 들어가면 나도 네 목숨을 장담할 수는 없어."

마희는 팔을 들어 한곳을 가리켰다.

"봐. 작은 섬이지만 있을 만한 것은 모두 있어. 북쪽으로 올라가면 산이랑 폭포가 있어. 남쪽엔 작긴 하지만 농작물을 재배하는 곳이 있지. 저기 초가들 보이지? 모두 열다섯 채지만 정작 이 섬에 살고 있는 사람들은 열 명도 되지 않아. 식량이 부족한 만큼 살아남은 사람이 몇 되지 않거든."

사무량은 그녀의 손가락을 따라 시선을 옮겼다.

상상과는 많이 다를 것이라 생각한 부재도였다. 그러한 생각은 맞았지만 마희라는 인물에 대해서는 의외다.

자신을 알아보는 마희의 존재는 불안함을 안겨주었다. 지금 이 순간에도 그녀가 왜 자신의 옆에 착 달라붙어 친한 척을 하는지도 이해할 수 없었다.

"중원에 알려진 소문 때문에 사람들이 일부러 찾아오지는 않아. 가끔 표류된 배가 밀려들어 올 때가 있긴 하지만, 역시 살아남은 사람은 없어. 모두 누군가의 뱃속으로 들어갔으니까."

"식인종 마을이군."

"아냐. 단 한 사람만 그래."

"왕가라는 파계승?"

"맞아. 먹지 말라고 아무리 말해도 소용이 없어. 새로운 사람이 나타나면 입맛부터 다시는 자니까. 어제 내가 나타나지 않았다면 너도 왕가의 뱃속에 들어가 있을 거야."

"무인은 아닌 것 같던데……."

"본래는 무인이지. 여기 있는 사람들은 모두 무인이었어. 물론 중원에 있을 때 말이야."

세상에서 버림받은 사람들이 갇혀 있는 곳이니 오죽하겠는가. 내공을 폐했을 거라곤 어느 정도 예상하고 있었다.

"하지만 당신은 무인 아냐?"

마희는 사무량을 가볍게 흘겼다.

그녀는 사무량보다 훨씬 나이가 많은데도 그의 반말을 자연스럽게 받아들였다.

"나에 대해 너무 많이 알려고 하지 마."

마희는 단 한 마디 말로 사무량의 궁금증을 잠재웠다.

"걸어다닐 수 있는 걸 보니 독 기운이 모두 빠져나간 것 같네? 오늘까지만 내 처소에서 자고 내일은 네가 살 곳을 구했으면 해."

"사람이 살지 않는 초가 중 아무거나 하나면 좋겠군."

"사람이 살지 않는 초가?"

마희가 차갑게 웃었다.

"사람이 살지 않는 게 아니야. 못 산 거지. 저 열다섯 채의 초가 주인은 단 한 사람이야."

"뭐?"

"백 마디 말보다 한 번 보는 게 낫겠지. 그건 나중에 네 눈으로 직접 확인해."

"……."

"이것도 알아둬. 이곳에서 가장 조심해야 할 건 사람이라는 걸. 이곳 사람들은 누군가가 다스릴 수 있는 자들이 아니야. 현재 이곳에서 가장 강한 사람은 나야. 하지만 저들은 내 말을 듣지 않아."

"하고 싶은 말이 뭔가?"

"섬사람들에게 널 건드리지 말라고 했어. 하지만 저들이 널 건드리지 않을 거라는 장담은 못해. 어제처럼 널 잡아먹으려 할지도 모르고, 죽이려 할지도 몰라. 내 말은, 즉 네 몸은 네가 알아서 잘 간수하라는 뜻이야. 시종일관 내가 널 따라다닐 수는 없잖아? 안 그래?"

마희는 종잡을 수 없는 여인이다.

따뜻하게 말을 하다가도 철저히 남남처럼 차가워지기도 했다.

"내가 한 이야기… 생각해 봤어?"

마희의 음성은 다시 변했다. 사무량은 그녀가 자신을 흘끔거리며 곁눈으로 바라보고 있다는 걸 느꼈다.

"대가는?"

"응?"

"대가를 바랄 거 아냐. 세상엔 공짜가 없지. 내게 무공을 가르쳐 주려 한다면 반드시 대가를 바라는 걸 텐데."

"대가라……. 있지. 내가 바라는 것. 하지만 그건 네가 무공을 완성했을 때 말해줄게."

사무량은 잠시 동안 생각에 잠겼다.

그가 태을 진인의 권유를 받아들이며 부재도로 온 이유는 무공을 익히기 위해서다.

그때까지만 해도 심법을 익히면 무공은 저절로 따라오는 건 줄 알았다. 하지만 혼자서 익힐 방법은 없다. 조양자와 부재도까지 오면서 깨달은 점이다.

그런 면에서 마희의 제안은 파격적일 수밖에 없었다.

굳이 애쓰지 않아도 그녀에게서 무공을 배울 수 있는데 무얼 더 망설이랴.

"언제부터 배울 수 있지?"

천 아래로 보이는 마희의 눈동자가 사무량에게 향했다. 섬뜩하면서도 날카로운 눈빛. 면사 때문에 가려져 입 모양은 볼 수 없지만 눈빛엔 분명 웃음도 담겼다.

"네게 무공을 가르쳐 줄 거야. 하지만 지금 당장은 안 돼. 너에게 무공을 가르쳐 줘도 되는가 먼저 시험을 해봐야겠어. 어때? 이런 조건에도 응할 수 있어?"

"무엇이든."

"좋아. 대답이 시원해서 좋구나. 그럼 지금 당장이라도 해야지. 우선은 섬에 대해 이해하기 쉽도록 몇 가지만 설명해 줄게."

마희는 사무량의 의사도 묻지 않고 자신의 움막 쪽으로 몸을 돌렸다.

*　　　*　　　*

몇 평 되지 않는 작은 텃밭.

덜 익은 감자를 캐는 앙상한 손은 나름대로 바빴다. 감자만이 주식이 아닌 모양이다. 한참이나 땅속을 휘젓던 손은 감자

하나와 함께 여러 가지 생물들을 허공으로 들어올렸다.

보기만 해도 구역질이 치밀 것 같은 구더기들, 이름을 알 수 없는 징그러운 벌레들.

앙상한 손의 주인은 덜 익은 감자를 다시 땅속에 묻고, 건져 올린 땅속의 수확물들을 입 안으로 밀어 넣었다.

미처 입으로 들어가지 못한 벌레들이 얼굴에 달라붙어 꿈틀거렸다. 몇 마리는 콧구멍 속으로 피신하는 중이었다.

앙상한 손은 그런 벌레들의 피신도 용납하지 않았다. 얼굴 이곳저곳으로 퍼져 나가는 벌레들을 손으로 쓸어 모두 입 안에 넣었다.

우그적! 우그적!

얼굴을 찌푸리게 하는 소리다. 누런 진액이 입술을 타고 흘러내리는 모습은 토악질이 절로 일어나게끔 했다.

한참 벌레를 씹던 앙상한 손의 주인은 갑자기 소매를 걷고 양손으로 몸을 긁기 시작했다.

벅벅벅벅!

벌레 씹는 소리는 몸을 긁는 소리에 묻혀 들리지도 않았다.

긁은 곳을 또 긁고, 또 긁고…….

살이 터져 피가 흘러나와도 전혀 개의치 않았다. 연신 몸을 긁적이며 불안한 듯 사방을 둘러보던 눈이 사무량의 눈과 딱 마주쳤다.

"헤헤! 너구나?"

얼굴은 중년인, 그러나 미성의 목소리가 사무량을 반겼다.

사무량은 그에게 가까이 다가가 땅바닥에 털썩 주저앉았다.

해타. 본명은 조준(趙峻).

진전문(璡塤門)의 독자로 태어났지만 절기를 이어받지 못한 불운의 사내.

진전문은 여인 중심의 문파다. 식솔을 제외한 전 문도가 모두 여인으로 구성되어 있다. 무공도 오로지 여인들만 익힐 수 있고 문주 또한 여인이다.

진전문주는 조준의 탄생을 달가워하지 않았다. 그녀는 문을 잇기 위한 계집아이를 바랐었다. 조준은 좋은 집안에서 태어났지만 그가 살아갈 환경은 그를 반기지 않았다.

하는 것 없이 빈둥거리다가 열다섯 살에 가출, 몇 개월간 거지처럼 돌아다니다 무인을 만나 무공을 전수받았다.

조준의 스승은 조공(爪功)을 익힌 삼류 무인이었다. 스승의 뒷바라지를 하며 오 년간 무공을 배운 그가 스물한 살 되던 해 만난 사람은 조법으로 명성이 자자하던 환우독조(幻宇毒爪).

우연히 환우독조의 눈에 띄어 그의 제자가 된 조준은 구환조(究幻爪)의 모든 절기를 이어받았다.

뛰어난 무재였던 그는 단기간에 절정고수의 자리에 올랐지만 불운은 그에게 말없이 찾아왔다.

그의 스승이었던 환우독조가 무림 공적으로 지목된 것은 한순간이었다. 청성파(靑城派) 현현자(玄玄子)와의 비무가 정당치 못했다는 게 이유였다.

환우독조는 청성파의 손에 명을 달리했고, 그의 제자인 조준도 목숨을 위협받았다.

여태까지 잠잠했던 진전문이 나선 것은 그때였다. 아무리 원치 않은 아들이었지만 조준의 죽음을 방관할 진전문주가 아니었다.

다행스럽게도 진전문은 명문정파에서도 어느 정도 인지도가 높았기에 조준은 목숨을 부지할 수 있었다. 하나, 환우독조의 무공은 큰 문제가 되었다.

결국 진전문주는 조준의 무공을 폐지시키고 부재도로 보냈다.

그녀는 알고 있었다. 조준의 무공을 없앤다 하여도 그에게 잠재되어 있는 또 다른 성격은 사라지지 않는다는 것을.

전 무림이 몰랐던 사실. 하나 진전문주와 환우독조만 알고 있었던 조준의 비밀.

그것은 조준이 이중인격자라는 것이었다.

사무량은 피 범벅이 된 조준의 팔뚝을 보며 이맛살을 찌푸렸다. 하지만 그것에 대해 마희에게 들었기에 아무런 말도 하지 않았다.

"그제 낮부터 그랬어. 누군가가 부재도에 들어올 때마다 항상 이래.”

“그날 밤 나에게 시전한 독이 뭐야?”

“아… 그거? 으음, 몰라.”

사무량의 눈이 가늘어졌다.

환우독조의 무공을 이어받은 자가 독 이름 하나 모른다는 것은 거짓이다. 해타는 알고 있다. 하지만 말하지 않는다.

사무량은 이중인격자를 처음 만나보지만 한 가지만은 확신할 수 있었다. 지나치게 사람을 믿지 못하고, 자기 자신에 대한 방어가 철저하다는 것.

해타는 사무량과 눈을 마주치지 못했다.

나이가 훨씬 많아 아버지뻘인데도 두려운 존재를 만난 듯 불안해했다.

“어쩌면 가장 위험한 사람은 해타일지도 몰라. 나도 그의 진면목을 본 적은 없지만 이중인격이라는 것… 좀 이상하잖아? 평소의 해타는 밝고 순수해. 하나, 그것도 그가 가진 인격 중의 하나일지도. 해타의 믿음을 얻는다면 부재도민 모두의 믿음을 얻는 것이라고 봐도 좋겠지.”

사무량은 해타가 가장 위험한 사람일지도 모른다던 마희에 말에 동의했다.

사무량이 가장 먼저 찾아온 사람이 해타인 이유는 그가 위험한 인물이기 때문이다. 위험한 인물은 곧 강한 자. 강한 자를 먼저 제압하면 다른 자들을 상대하기가 보다 수월해질 테니까.

"이곳에 있는 사람은 모두 과거에 무인이었지만 지금은 무공을 펼칠 수 없어. 무인이었지만 무공을 펼치지 못하는 자들. 무공을 모르지만 심법을 익힌 너. 이 정도면 썩 괜찮은 상대라고 생각하는데?"
"무슨 소리를 하고 싶은 건데?"
"네가 무공을 얼마만큼 원하는지 시험해 보고 싶어. 시일을 줄테니 이들을 제압해. 그럼 무공을 가르쳐 줄게. 물론 서두를수록 네가 무공을 배우는 시일이 빨라지겠지. 하지만 방심하지는 마. 하나같이 녹록지 않은 인물들이니까."

마희는 거짓 제안을 하지 않았다. 그 정도는 느낌으로 알 수 있다.
문제는 싸움을 시작할 수 있는 명분이다.
강한 자 앞에서는 서 있는 것만으로도 두렵다. 그러나 두려움도 일종의 자아(自我)다. 자기 최면이라는 것이 있는데, 본인의 의지로 두려움을 물리치는 게 충분히 가능하다.
초유신군을 만났을 때 그랬다. 사무량은 상대를 가리지 않지만, 만약 그가 무인이었다고 해도 초유신군 앞에선 전의가

싹 사라져 버렸을 게다.

물론 투지가 일면 싸움도 할 수 있다.

가장 투지가 잘 일어나는 상대는 나와 비슷한 실력을 가지거나 조금 더 높은 실력을 가진 인물이다. 너무 강한 자, 혹은 너무 약한 자에게선 투지가 일기 힘들다.

해타는 후자에 속한다.

그가 약해 보이기 때문이 아니다. 차라리 약했다면 쉽게 제압이라도 할 수 있지. 사무량이 찜찜한 것은 그의 성격 때문이었다.

'미친 사람을 상대하기가 가장 힘들지.'

사무량이 해타에 대해 내린 결론은 미친 사람이었다.

"난 사무량이다."

"난 해타."

사무량의 편안한 음성에 해타는 긴장을 조금 푼 듯싶었다.

"부재도에서 마희를 제외한 가장 강한 자가 누구지?"

"가장 강한 자? 으음, 그런 거 몰라."

예상한 대답이다. 사무량은 질문을 조금 바꾸었다.

"해타, 이 섬에서 누가 제일 무서워?"

이번엔 조금 다른 반응을 보였다.

눈동자를 이리저리 굴리는 해타는 무언가를 머릿속에 떠올리는 것 같았다.

"마희가 가장 무섭고……."

"마희 말고."

"음… 왕가는 가끔 날 보면서 입맛을 다시긴 하지만 무섭진 않아. 소신녀(小神女)는 안 본 지 오래되었으니까 잘 모르겠어. 쌍둥이 녀석들은 좀 이상한 놈들이야. 그래도 가장 무서운 건……."

해타는 생각만 해도 오금이 저리는지 한차례 몸을 부르르 떨었다.

"가장 무서운 사람은?"

"유, 유담(柳潭). 유담이 가장 무서워."

사무량은 눈을 반짝였다.

"왜?"

"으음, 유담 앞에선 꼼짝을 할 수 없어. 유담은 내가 무얼 할지 알아."

해타에게선 원하는 대답을 들을 수는 없었지만 일단 유담이라는 자를 목표로 삼았다.

"그를 만나려면 어디로 가야 해?"

해타는 다시 한 번 사무량의 눈치를 보며 팔을 들어 북쪽을 가리켰다.

"유담은 저 산에 살아. 하지만 가까이 가지 마. 위험한 녀석임은 분명하니까."

'해타 당신도 위험하긴 마찬가지.'

사무량은 무심코 해타의 손가락으로 시선을 가져갔다가

또 한 번 놀랐다.

여인의 것처럼 가늘고 길며 윤기가 흐르는 손가락. 그러나 무시할 수는 없다. 해타는 무림에 다시없을 조공 고수인 환우 독조의 직전제자였으니까.

사무량은 자리에서 일어섰다.

"이거 먹을래?"

해타는 아직도 손에 남아 있는 벌레들을 사무량에게 내밀며 물었다.

"난 별로 생각이 없어."

사무량은 올 때처럼 터벅터벅 텃밭을 걸어나갔다.

기거할 곳이 정해졌다.

북쪽의 산으로.

2

해타를 만나고 남쪽에서 거슬러 올라오면서 사무량은 다시 마희의 처소가 있는 곳을 지나게 되었다.

마희의 처소로부터 동쪽으로 이십여 장쯤 떨어진 곳에 자리한 다 쓰러져 가는 초가 열다섯 채.

"널 믿지 못하는 게 아니야. 하지만 웬만한 각오가 되지 않은 이상 저곳엔 가지 않았으면 해."

"가지 말라는 데가 참 많아?"

"저곳은 네가 처음 갔던 곳과는 다른 의미의 금지야. 저곳의 주인은 자신이 직접 밖으로 나오지 않는 이상 만날 수 없어. 기관에 대해 지식을 갖지 않은 사람은 들어갔다간 살아나오지 못하거든."

"저기에 기관진이 설치되었다는 말?"

"말했잖아. 단 한 사람 때문에 저기서 살던 사람이 모두 죽었다고. 소신녀라는 여자 아이가 있어. 나중에 그 아일 만나거든 너무 놀라거나 하지 마. 그 앤 누가 자기 얼굴을 보면서 소리 지르는 걸 가장 싫어하니까."

이상한 곳.

호기심이 치밀지만 참기로 했다. 처음 부재도에 왔을 때 기관에 걸려 반나절이 넘도록 같은 자리만 맴돌았던 걸 생각하면 아직도 식은땀이 난다.

인간의 힘으로 기관을 만드는 것도 신기하지만 손 하나 대지 않고 사람을 미궁으로 몰아넣는 기술은 가히 칭찬해 줄 만하다.

소신녀도 해타처럼 자기 방어가 철저한 인간일 수도. 어떤 몰골을 가진 아이기에 얼굴을 보고 놀라지 말라고 한 것인지 궁금하기도 했다.

마희의 처소를 지난 사무량은 몇 발자국 떼지 못하고 걸음을 멈추었다. 아주 낯익은 얼굴이 자신의 앞을 가로막고 있었기 때문이다.

작은 키에 뚱뚱한 체구가 마치 돼지를 연상케 했다. 사무량을 보며 군침을 흘리던 파계승. 왕가다.

"보면 볼수록 맛있어 보인단 말이야."

왕가는 혀로 입술을 핥으며 탐욕 어린 눈으로 사무량을 바라봤다.

사무량은 무심하게 그의 곁을 스쳤다.

"이봐, 애송이! 너, 내가 누군지 알아?"

사무량은 발걸음을 멈췄다. 하지만 등은 돌리지 않았다.

"이 몸이 왕가다. 똑똑히 기억해!"

왕가에 대해선 이미 들어 알고 있다.

안휘성(安徽省) 구화산(九華山) 대선사(大仙寺) 주지승이었던 왕가림(王家琳).

표홀한 신법 때문에 무영신풍(無影神風)이라고도 불렸다. 신법으로는 중원에서 다섯 손가락 안에 꼽힌다는 이야기도 있었다.

대선사가 불에 탔고, 살아남은 사람은 왕가림과 어떤 동자승밖에 없었다. 전후의 사정이 어땠는지는 모르겠지만 그 일 이후로 인자함의 대명사였던 왕가림의 성격은 변했다.

말끝마다 욕지거리를 내뱉는 것은 기본. 지나가는 사람에게 시비 걸기가 일쑤고, 하루가 멀다 하고 행패를 부렸다. 그러나 그 정도였다면 부재도에 오지 않았을 게다.

그가 인육을 즐긴다는 소문이 불가의 성지인 소림사에 들어갔다. 한때는 불도에 전념하던 독실한 신자. 그를 죽이자는 의견이 반, 선처를 베풀자는 의견이 반이었다. 노승들이 장시간 머리를 맞댄 끝에 나온 처사는 무공을 폐지시키고 부재도에 보내자는 것이었다.

왕가는 무공을 펼칠 수 없다. 그토록 자신하던 신법도 이제는 위력적이지 못하다.

하지만 왕가는 여전히 인육을 즐겼다. 표류된 배가 밀려오는 것을 제외하고, 여기저기서 부재도에 가두는 횟수는 일 년에 두세 번.

마희의 말에 따르면 참 많은 사람들이 부재도에 감금되었다고 한다. 하지만 모두들 이레를 버티지 못했다.

원인은 바로 눈앞의 왕가 때문이다. 사람들이 꼭꼭 숨어 있어도 왕가는 귀신처럼 그들을 찾아냈다.

그가 가진 특이한 능력은 무척이나 발달된 후각이다. 보통 사람은 절대 맡지 못하는 미세한 냄새는 물론, 심지어는 십 리 밖의 냄새까지 맡는다고 한다.

어디까지가 사실인지는 알 수 없지만 사무량이 있는 곳까지 따라온 것을 보면 전부 거짓은 아닌 모양이다.

"당신과는 할 이야기가 없어."

"뭐, 뭐얏? 당신? 새파랗게 어린 놈이 반말하는 것도 모자라 나보고 당신이라고?"

"그렇게도 인육이 그리우면 본인의 팔이나 뜯어 먹지 그
래? 제법 살도 많은데 오래 오래 먹을 수 있겠군."

"네, 네 이놈!"

왕가는 벌겋게 달아오른 얼굴을 하고 버럭 소리를 질렀다.
그러나 섣불리 덤비지는 못했다. 마희의 처소가 근처인 탓도
있지만 사무량이 무공을 익히고 있다는 걸 기억하고 있었다.

'이 사람은 끝났어.'

사무량은 왕가가 그리 신경 쓰이는 존재가 아니라 판단했
다.

왕가는 단순하고 무식하지만 위험하지는 않다. 그를 조심
해야 하는 단 하나는 잡아먹히지 않는 것. 그 외에는 성격에
대해 경계를 하거나 무서워할 필요가 없다.

이미 사무량이 무공을 익혔다는 게 머릿속에 각인되었을
테니 쉬이 접근하지는 못할 게다.

왕가가 이곳에 나타난 이유는 단순히 사무량이 궁금해서
일지도 모른다.

마희가 절대로 건드리지 말라고 한 자. 얼마나 중요한 인물
이기에 그런지 직접 눈으로 확인하고 싶은 모양이다.

"넌 반드시 내 뱃속에 집어넣고 말 거다! 각오해라, 애송
이!"

왕가는 남쪽의 해타가 있는 곳으로 발을 돌렸다.

‘두다다다!’ 하는 소리가 들리는가 싶더니 뿌연 먼지와 함께 그의 모습은 저만치 멀어졌다.

‘정상인은 마희뿐인가?’

가만히 생각하면 그녀도 정상은 아니다. 정상인이라면 천으로 자신을 꽁꽁 감추고 있을 리는 없을 테니까.

부재도에 온 지 삼 일밖에 되지 않았지만 사무량은 한 달이나 된 듯 피곤했다.

부재도는 중원이 생각하는 것과는 거리가 멀었다.

위험한 곳, 한 번 들어가면 생사 여부조차 알 수 없는 곳, 절대 밖으로 빠져나가지 못하는 곳.

어쩌면 다 맞는 말이기도 하다.

하나 사무량은 달리 생각했다. 부재도가 과장되어 소문이 퍼져 나간 데에 가장 큰 공을 세운 사람은 기관을 설치한 소신녀와 왕가가 아닐까 싶다.

만약 이곳에 높은 실력을 가진 무인이 한 명이라도 들어온다면 이곳 사람들은 어떻게 될까.

부재도는 그날로 위험한 곳이라는 위명을 벗어던지게 될 게다. 하지만 마음속으로는 그렇게 되지 않길 바랐다.

중원 그 어디에도 사무량이 발붙일 곳은 없다.

아직은 적응하지 못했으나 부재도는 사무량이 살기에 가장 적합한 장소일지도 모른다.

살기 가장 좋은 곳?

사무량은 생각을 수정해야 했다.

피융— 푸욱!

작은 파공성과 함께 무언가가 날아와 어깨에 박혔다.

“…….”

부재도 북쪽의 산, 북궁(北穹)에 들어선 지 얼마 안 되었을 무렵이다.

사무량은 고개를 살짝 수그려 어깨에 박힌 물체를 가만히 들여다보았다.

손가락 길이의 가늘고 약해 보이는 화살.

사무량은 즉시 화살을 뽑아냈다. 어깨에 작은 구멍이 뚫렸고, 피가 흘러나왔다. 아팠다. 하지만 화살을 보니 아픔을 느끼기엔 너무 어이가 없었다.

화살촉은 존재하지 않았다. 급히 만든 듯 나무로 화살촉 부분만 뾰족하게 깎아냈다.

‘천리안(千里眼) 가야(嘉椰).’

사무량과 비슷한 또래의 가야는 엄청난 시력을 소유한 자다.

사냥과 유목을 주업으로 하며 살아가는 몽고 사람들의 시력은 여느 민족 중에서도 가장 으뜸이라고 한다. 백 장 밖의 토끼도 단번에 알아볼 만큼 좋다고 하니 더 말해 무엇 하랴.

가야는 그런 몽고인들의 시력을 비웃었다. 상단전이 열린 자들 중에서 시력이 발달한 사람은 손에 꼽기 힘들 정도로 그 수가 적다. 가야는 그런 자들 중에서도 최고의 시력을 자랑한다. 사무량은 몰랐지만 소림의 소선이 부재도에 다가오는 것을 가장 먼저 발견한 사람도 가야다.

하지만 의외로 가야의 모습은 아주 가까운 데에서 발견되었다.

피융— 푹!

미처 방어할 틈도 없이 화살 하나가 또 날아왔다.

이번엔 팔뚝이다. 따끔한 느낌이 들긴 하나 그뿐이다. 가야가 쏜 화살은 어린아이 장난감만도 못하다.

사무량은 그가 왜 이렇게 가까운 데서 공격을 하는지 이유를 알 수 있었다. 화살에 쏟아 부울 진기는 고사하고 무기 하나 만들 재료가 없기 때문이다.

의문이 하나 떠올랐다. 분명 표류되어 흘러들어 온 배가 많았을 텐데, 설마 그곳에 작은 쇠붙이 하나 없었을까. 무기를 만들 재료가 있었더라면 가야의 화살은 지금처럼 나무막대가 아닌 살상용 무기였을 게다.

작은 활이기에 가까운 데서 쏠 수밖에 없었던 것이다. 시력은 십 리 길을 내다보는데 활이 능력을 따라가 주지 못하는 경우다.

사무량은 팔뚝에 박힌 화살을 아주 천천히 뽑아냈다.

가야가 화살을 쏘아낸 지점은 눈어림으로 봐두었다. 가야는 사무량이 화살을 뽑아냄과 동시에 다른 화살을 쏘아올 게다.

타앗!

사무량은 전광석화와 같이 숲으로 몸을 날렸다. 정확히 가야가 있는 지점을 향해.

퍼억!

사무량의 묵직한 주먹에 무언가가 정통으로 맞았다. 사무량 자신의 손이 얼얼할 정도이니 상대는 다쳐도 어디 한군데가 심하게 다쳤으리라.

사무량은 자신 앞에 축 늘어진 가야의 몸뚱이를 뒤집었다. 가야는 비명 한마디 내뱉지 못하고 혼절했다. 입에서 피가 흘러나오는 것을 보니 입 안이 터진 모양이다.

'여자?

가야의 얼굴을 본 사무량은 재빨리 일으켜 안았다.

선이 고운 얼굴이다. 잘 다듬어진 눈썹과 긴 속눈썹, 오똑한 콧날에 작은 입술, 게다가 하얀 피부는 검고 긴 머리카락과도 잘 어울렸다.

"이봐, 괜찮나?"

사무량은 가야의 뺨을 두어 번 두드렸다. 그러나 가야는 깨어날 기미를 보이지 않았고, 대답은 사무량의 등 뒤에서 들려왔다.

"뭐야, 넌?"

사무량의 고개가 빛처럼 빠르게 돌아갔다.

그곳엔 가야와 똑같은 얼굴을 가진 자가 서 있었다. 하지만 사무량의 놀람은 그의 목소리에 있었다.

'남자다!'

아무리 보아도 여자라고밖에 볼 수 없는 예쁜 외모.

한 손엔 창처럼 생긴, 그러나 창날은 없는 나무 막대를 들었다.

'천이통(天耳通) 가완(嘉玩)!'

엽사(獵師)에게서 태어난 쌍둥이.

가야가 만물을 볼 수 있는 시력을 타고났다면 가완은 만물의 소리를 들을 수 있는 청력을 가졌다.

마희가 말한 것은 그것뿐이었다. 이들이 어째서 부재도에 들어오게 되었는지 사무량은 알 수 없었다.

두 사람은 여자가 아닌 분명한 남자였다.

사무량은 안고 있던 가야를 다시 바닥에 내려놨다.

"사무량이다."

사무량의 소개는 간단했다.

"누군가 부재도에 들어왔다 했더니만 네 녀석이었나?"

가완의 입술이 뒤틀리며 올라갔다. 한데 그 모습조차도 뭇 사내들의 가슴을 떨리게 할 정도로 고혹적이었다.

"그 녀석은?"

"혼절했다."

대화는 필요없었다.

부웅—!

가완은 들고 있던 창을 다짜고짜 휘둘렀다.

진기가 실리지 않은 창이지만 충분히 위협적이었다. 사무량은 뒤로 껑충 물러서며 가까스로 공격을 피해냈다. 하나, 가완의 창은 흐름이 끊이지 않았다.

'진기가 없지만 예사롭지 않은 손놀림!'

대충 보아도 알 수 있다.

무당에서 부재도로 오기까지 한 달이 넘는 시간 동안 사무량은 많은 무인들을 보아왔다.

그들은 정말 목숨을 위협하면서 살수를 펼쳤다. 그들의 손속에 비하면 비무는 어린아이 장난과도 같다. 가완의 손놀림이 그렇다.

사무량은 단지 상대의 움직임만 보고도 어느 정도의 실력을 지니고 있는지 가늠할 수 있었다.

사무량은 가완의 무위를 살피면서 여유롭게 피했다. 뇌성무류검법을 피한 사무량이 가완의 공격을 피해내지 못할 리는 없었다.

가완의 얼굴이 점점 일그러졌다.

쉬이익— 푹!

가완은 창을 한 바퀴 크게 돌린 뒤 땅바닥에 꽂았다.

"마희가 보낸 녀석이냐?"

“……”

“운이 좋은 줄 알아. 넌 가야만 아니었으면 벌써 죽었어.”

그냥 한 말은 아닌 것 같다. 예쁜 입술에서 흘러나오는 말 속에서 사무량은 진심을 느꼈다.

쌍생아들은 다른 이들이 감히 침범할 수 없는 자신들만의 끈끈한 무언가가 있다. 하나가 아프면 다른 하나도 아프듯, 굳이 말하지 않아도 서로가 어떠한 행동을 할지 예측할 수 있다.

그런 강점 때문에 대부분의 쌍생아 무인들은 합공을 위주로 된 무공을 익힌다. 하나가 음(陰) 역할을 하면 다른 하나는 양(陽)이 되어 서로의 단점을 보완한다.

가야, 가완.

이들에게는 사무량이 모르는 무언가가 있다.

“새로 온 녀석이면 알아서 행동 똑바로 처신해. 한 번만 더 눈에 띄면 그땐 정말 죽여 버린다.”

가완은 서슴없이 다가와 땅바닥에 쓰러져 있는 가야를 들쳐 업었다.

마희, 왕가와는 또 다른 행동이다.

‘너는 너, 나는 나. 네가 누구든 상관없다. 건들지만 마라. 그럼 나도 건드리지 않겠다’ 라는 행동.

이 두 사람은 누구에게 피해를 입히는 자들이 아니지만 얌전히 피해를 당할 자들도 아니다.

느낌이지만 이들은 부재도에 있는 다른 사람들과도 접촉을 하지 않는 것 같다.

"유담을 만나려면 어디로 가야 하나?"

막 발걸음을 떼던 가완이 매서운 눈으로 사무량을 바라봤다.

사무량의 위아래를 천천히 훑어보던 가완은 툭 던지듯 말을 내뱉었다.

"찾을수록 더욱 숨어버리는 자가 유담이다. 찾으려 노력하지 말고 네 할 일이나 해. 그럼 유담은 자연스럽게 네 앞에 나타날 테니까."

가완은 몸을 휙 돌려 산을 내려가기 시작했다.

第二章
관심

가완을 만나고 한 시진이 지났을 무렵, 사무량은 북궁 정상에 앉아 밑을 내려다봤다.

황폐한 부재도의 전체적인 모습이 눈에 들어온다. 서쪽엔 단 이 할밖에 되지 않는 아름다운 금지가, 남쪽엔 잘 보이지도 않는 작은 텃밭들. 나머지는 마희의 처소 앞에서 보았던 풍경들이 펼쳐져 있다.

망망대해(茫茫大海) 한가운데 뚝 떨어진 섬 하나. 이것이 부재도의 모습이다.

무당파를 떠나온 지가 엊그제 같은데 벌써 한 달이 넘는 시간이 흘렀다. 많은 일이 있었다. 그리고 눈 한 번 깜빡한 것 같은데 사무량은 이미 부재도에 도착해 있다.

'미궁에 빠진 기분이군.'

정상이라고는 볼 수 없는 섬이다.

마희, 해타, 왕가, 가야, 가완, 소신녀, 그리고 유담. 이 섬에 사는 사람은 정확히 일곱 명이다. 하지만 모두 평범한 자는 아니다.

거기에 사무량까지 더해졌으니 이곳이야말로 이상한 인간들의 세상이다.

사무량은 거처를 북궁 정상으로 정했다.

선선한 바람이 불고, 아래가 훤히 내려다 보이니 가슴이 탁 트이는 기분이 든다. 북쪽 하늘의 꼭대기에 있는 기분은 그리 나쁘지 않았다.

유담을 찾는 일은 그만뒀다.

북궁처럼 작은 산을 둘러보는 데는 그리 오랜 시간이 필요하지 않다. 쌍둥이를 만난 이후, 정상까지 올라오면서 마주친 사람은 아무도 없었다. 유담의 모습은 그 어디에서도 찾지 못했다.

'찾으려 하면 할수록 숨어버리는 인간? 그렇다면 굳이 찾는 수고를 하지 않는 편이 낫겠어.'

정상 위에 작은 바위들을 치우고 한 평 남짓한 공터를 마련했다. 먹을 것은 지천에 깔린 게 나무이니 칡을 먹으면 된다. 그나마 폭포가 있어 마실 물 걱정은 하지 않아도 좋을 것 같다.

사무량은 작은 공터에 흙을 평평하게 밟고 그 위에 나뭇잎을 깔았다. 튼튼한 나무를 구해와 땅 사방에 말뚝처럼 박아두었다.

작열하는 햇빛과 비를 막아줄 천장은 마른 나뭇가지를 얼기설기 엮어 말뚝 위에 올려두었다.

공터 둘레에 이 촌 남짓한 홈을 파냈다. 홈이 맞물리는 자리는 도랑을 만들어 산 아래로 흘러가게끔 했다.

땅을 침상 삼아, 구름을 이불 삼아.

조금 불편하면 어떤가. 잠 잘 곳만 있으면 된다.

사무량에게는 분명한 목표가 있다. 조양자에게 했던 말. 그것은 그냥 한 말이 아니다.

부재도에 들어왔다고, 그리고 이곳이 살기 편할 것 같다고 마냥 나태하게 굴지는 않을 것이다.

북궁 정상은 사무량이 마음 놓고 무공을 익힐 수 있는 곳. 새로운 삶을 살기 위한 발판이 되는 곳이다. 무인으로서의 새로운 삶을…….

"흐음! 이거 의원데? 좀 살 만한 집을 짓지 않을까 생각했는데……."

바람처럼 사라졌다가 바람처럼 나타나는 인간이 있다면 이 여인 마희가 아닐까 싶다.

마희는 사무량이 대충 만들어놓은 허름하기 짝이 없는 공간을 보며 고개를 갸웃거렸다.

비를 막아줄 천장도 없을뿐더러 야영이라고 하기에도 부족한 감이 없잖아 있다.

사무량이 북궁 정상에 터를 잡을 거라는 생각은 하지 못했다. 더럽고 지저분해 어느 한곳 살 만한 데가 못 되지만 그나마 먹을 것을 구할 수 있는 남쪽에 자리를 잡을 줄 알았다.

"필요한 게 있으면 말해봐. 다는 못 들어줘도 내가 구할 수 있는 건 구해줄게."

"천으로 만든 주머니 몇 개만 구해줘."

사무량은 기다렸다는 듯이 말했다.

"가져다줄게."

마희가 직접 찾아왔지만 사무량은 집 짓는 데에 여념이 없었다.

"사람들은 만나봤어?"

"해타, 왕가, 그리고 쌍둥이."

"가야와 가완?"

마희가 두 눈을 빛냈다.

"그래, 어땠어?"

"계집애들 같더군."

마희는 사무량과 쌍둥이 사이에 어떤 일이 일어났는지 예상할 수 없었다. 쌍둥이의 성격을 알고 있기에 더더욱 호기심이 치밀었다.

"그럼 언제쯤 모두를 제압할 생각이야?"

사무량에게서 들려오는 대답은 없었다.

마희는 느긋하게 기다렸다. 주변을 서성대기도 하고, 바람을 맞기도 하고, 사무량이 짐을 다 지을 때까지 아무런 물음도 던지지 않고 기다렸다.

"할 말이 있으면 하고 가."

"꽤나 매정하네?"

"……."

"나에게 아직도 적의를 느껴?"

"적의?"

사무량은 마희를 향해 비소를 머금었다.

적의를 느꼈다면 애초에 말도 건네지 않았을 게다. 다만 거리를 두고 있는 사실은 부정할 수 없다.

마희는 사무량에게 부재도에 살고 있는 사람에 대한 이야기를 해주었다. 하지만 정작 자기 자신에 대한 이야기만은 쏙 빼놓았다.

사무량은 그녀의 시시콜콜한 과거사를 듣고 싶은 게 아니다. 그가 정작 궁금해하는 것은 그의 부친 이야기. 마희가 어떻게 자신을 알고 있으며 이곳에 올 것을 예상하고 있었는지를 알고 싶을 뿐이었다.

사무량은 말뚝을 다시금 꾹 누른 뒤 몸을 일으켰다.

“당신은 이상한 여자야.”

“이상해? 내가? 어디가 이상한데?”

“당신이 내게 무공을 전수해 주겠다는 것. 나쁜 목적도 아니고, 그렇다고 좋은 목적도 아니고. 희뿌연 안개 같아, 당신은.”

마희는 손으로 면사를 가리며 웃었다.

“호호! 그렇게 봐준다면 고맙고.”

“알고 있나? 내가 당신에게서 무공을 배운 후, 이 섬을 빠져나갈 것이라는 걸?”

“이곳은 부재도야. 한 번 발을 디디면 절대 빠져나갈 수 없는 곳. 그런데도 나갈 거라고 생각해?”

“생각해. 당신은 목적이 있기 때문에 내게 무공을 가르쳐 주려는 것이지. 목적을 이곳에서 이루겠나? 천만에! 목표는 중원인가?”

“기가… 막히네?”

마희는 손을 가지런히 내려놓았다. 하지만 두 눈은 여전히 웃고 있었다.

“말해봐. 무공을 가르쳐 주는 대신 내게 무엇을 원하는지.”

“그건 나중에 이야기해 주겠다고 전에 말한 것 같은데?”

“그렇다면 내겐 선택권이 없군. 난 누군가에게 무공을 배워야 하고, 이곳에서 내게 무공을 가르칠 사람은 당신밖에 없지. 당신이 요구한 조건은 무조건 들어줘야 한다는 건가?"

"맞아. 잘 알고 있네?"

"마희."

사무량은 그녀의 이름을 나직이 읊조리며 고개를 빳빳하게 세웠다. 일말의 감정도 없는 차가운 눈빛이 마희의 두 눈을 직시했다.

"당신이 조건을 걸었으니 나도 조건 하나를 내세우지. 훗날 당신이 요구한 조건이 내 마음에 들지 않는다면 당신을… 내 손으로 죽이겠어."

"……."

마희의 눈동자가 미미하게 흔들렸다. 하지만 이것이 그녀가 사무량에게 원한 대답인 듯 마희는 만족스럽게 고개를 끄덕였다.

"좋아. 네 손에 죽을 수 있다면 영광이지. 청출어람(青出於藍)… 나쁘지 않지. 그렇게 하도록 해."

마희는 한참이나 사무량과 마주했다.

마치 살아 있는 늑대처럼 이글거리는 사무량의 눈빛이 두렵지 않았다. 사무량을 바라보는 마희의 눈빛은 애정, 그 이상이었다.

"그럼 다음에 올라올 때는 부탁한 걸 가져다줄게."

마희는 주먹을 살짝 쥐며 등을 돌렸다.

'사무량, 너는 몰라. 내가 어떻게 살아왔는지. 그리고 앞으

로도 영원히 모르겠지.'

등 뒤에 꽂히는 사무량의 시선을 의식하며 마희는 천천히 산을 내려갔다.

동이 트기도 전에 사무량은 자리에서 일어섰다.

바다에 둘러싸인 섬인 데다가 산 위라 그런지 새벽 공기가 무척이나 쌀쌀하다.

사무량은 폐부 깊숙이 공기를 들이마셨다. 청량한 기운이 온몸에 퍼지는 듯했다.

제자리에서 가볍게 발 구르기를 몇 번 한 사무량은 곧장 산 아래를 향해 천천히 달리기 시작했다.

근력과 지구력을 키우기 위해서는 달리기만큼 좋은 게 없다.

십이 년 동안이나 좁은 방에서 거의 빠져나오질 않았으니 사무량의 몸은 허약해질 대로 허약해졌다.

이래서는 무공을 배우기가 힘들다. 조양자가 심법을 가르쳐 주었지만 심법을 이용해 무공을 펼치기엔 기본공이 우선적으로 필요하다.

금지를 제외한 부재도 그 어디든 자유로이 다닐 수 있으니 이보다 좋은 수련 장소는 없다.

사무량은 산을 내려가며 길을 외웠다. 어느 곳에 폭포가 있고, 어디에 동굴이 있고, 어디에 사당이 있는지.

벌써 산을 몇 바퀴나 돈 것 같은 데도 유담이라는 자가 살 만한 곳은 발견하지 못했다. 하지만 안다. 그가 어딘가에서 자신을 지켜보고 있을 거라는 걸.

아쉬운 사람이 먼저 나타나기 마련. 그는 반드시 자신 앞에 모습을 나타낼 것이다.

쌍둥이의 거처는 산 초입에 있다.

그들은 누군가가 먼저 자신들을 건드리지 않는 한 공격해 오지 않는다. 맨 처음 북궁에 들어섰을 때 가야가 느닷없이 화살을 날린 것은 사무량이 그들의 영역을 밟았기 때문이다.

북궁에 자리를 잡은 지 삼 일이 지나서야 사무량은 그들의 영역 위치를 알 수 있었다. 만약 튼튼한 두 다리가 아니었다면 두 형제의 공격에 여지없이 당했을 게다.

가야와 가완은 사무량이 나타났다가 사라질 때까지 눈을 떼지 않았다. 새벽이면 그들도 어김없이 일어나 사무량이 자신들의 영역 밖을 지나가는 모습을 지켜보았다.

만약 한 발자국이라도 들어서는 날에는 가만히 있지 않겠다는 듯 각자 손에 무기를 꼬나 쥐고 공격 의사를 밝혔다.

오히려 그들에게서 신경을 접은 사람은 사무량이다.

'너는 너, 나는 나' 라는 사상을 지닌 자들에게 똑같이 해주는 것 외에 달리 방법이 있겠는가. 언젠가는 반드시 부딪쳐야 하지만 지금은 몸을 단련시키기 위해서 촌각이라도 아껴야 한다.

사무량은 한 번도 쌍둥이에게 시선을 던지지 않고 산을 빠져나갔다.

초입에서 벗어나면 넓은 공터가 눈앞에 펼쳐진다. 흔하디흔한 잡초 하나 자라지 않은 황토색 땅이 보인다. 공터 중앙엔 사당처럼 생긴 초옥 한 채가 자리한다.

자그마한 문엔 정체를 알 수 없는 이상한 그림이 그려져 있다. 문 옆엔 붉은색, 푸른색, 그리고 흰색, 세 가지 색의 천이 주렁주렁 매달려 있어 귀기스러운 분위기를 자아낸다.

악취도 난다. 시신이 썩어 들어가는 냄새, 바람결에 흘러나오는 피비린내.

이곳의 주인은 왕가다.

왕가는 한 번도 자신의 집에 부재도 사람을 들인 적이 없다고 한다. 그 어느 누가 식인마의 집에 들어가고 싶어하겠는가만, 근처만 지나가도 문을 꽁꽁 걸어 잠근다고 한다.

마희는 왕가가 자신의 집을 무슨 성지라도 되는 듯 정성스럽게 모신다고 했다. 파계승이 되기 전에 대선사의 주지였던 왕가이다. 대선사가 불타 정신적 충격을 받은 그를 이해하는 수밖에 없다.

그러나 해타는 왕가의 집안에 분명 시신들이 가득할 것이라고 믿었다. 한 번은 왕가의 집 주변을 걷다가 공터에서 사람의 것으로 추정되는 뼈를 발견하기도 했다고 한다.

누구의 말이 정확한지 알 수 없지만 분명한 것은 이곳을 지날 때 왕가를 조심해야 한다는 것이다. 왕가에게 있어 사무량은 아침마다 집 앞을 지나가는 고깃덩어리로밖에 보이지 않을 테니까.

그래도 왕가의 집 근처에 마희의 거처가 있는 것은 다행이라고 해야 할까.

마희의 거처는 그리 주목할 만한 대상이 되지 못했다. 사무량의 고개는 언제나 열다섯 채의 초가가 있는 곳을 향했다.

소신녀…….

사실 유담보다도 궁금한 사람이 소신녀다. 유담은 언젠가 나타나겠지만, 소신녀는 언제 저곳에서 나올지 아무도 모른다.

마희의 거처를 지나 썩은 물이 흐르는 개울을 따라 남으로 내려오면 마지막으로 보이는 게 해타의 집이다.

부재도 사람들의 이상한 점은 한눈에 보인다.

보통 작은 부락에 사는 사람들은 서로가 뭉쳐 생활한다. 먹을 것, 입을 것, 모든 게 부족한 곳에서 자급자족하는 사람들. 따로 떨어져 살 수 없는 게 사람인 데도 부재도민들은 각자의 영역을 만들고 그곳에서 벗어나지 않는다.

그렇다고 해서 적대적인 관계도 아닌 것 같다. 새로운 사람이 나타날 경우에는 뭉치지만 그 외에는 얼굴도 마주하지 않는다.

해타는 부지런하다.

아침 일찍부터 밭에 나와 고운 손으로 무언가를 파내고 있다. 물론 손에 들려나온 것은 온갖 벌레들. 하루가 멀다 하고 벌레들을 파먹으니 이렇게 땅이 황폐해질 수밖에.

"어? 사무량!"

해타가 사무량을 향해 손을 흔들었다.

부재도에 들어온 지 며칠 되었다고 처음처럼 낯설어하지는 않는다.

해타는 사무량과 단기간 내에 친해졌지만 친해진 만큼 경계해야 할 대상이다. 아직은 그의 본모습을 발견하지 못했으니까.

사무량은 해타 곁에 다가가 앉았다. 하루 중 유일하게 쉴 수 있는 시간이다. 또한 부재도에 대해 이것저것 들을 수 있는 시간이기도 하고.

"유담은 만났어?"

사무량은 고개를 가로저었다.

"이건 널 생각해서 하는 말인데, 만약 유담을 만나게 되면 머리를 비워. 아무런 생각도 해서는 안 돼."

이해하기 힘든 말이었다. 촌각이라도 생각을 하지 않는 사람이 어디 있겠는가. 하지만 고개를 끄덕여 주었다. 해타의 말을 무시하기엔 그 말속에 담긴 의미를 미처 다 이해할 수 없었다.

"묻고 싶은 게 있는데……."

“뭔데?”

“마희에 대해 아는 걸 모두 말해봐.”

“응?”

해타가 눈을 동그랗게 떴다.

또다. 불안한 듯 눈을 굴리는 모습. 작은 입술에선 또 거짓말이 튀어나올 게 분명하다.

“마희가 부재도에 들어온 게 언제야?”

“한… 십 년 전쯤? 아니, 조금 더 되는 것 같기도 하고…….”

“어디에서 온 여인인지 알고 있나?”

“주, 중원에서 왔겠지.”

들어볼 가치도 없는 대답이다.

“왜 다른 사람들은 모두 무공을 잃었는데 마희만 멀쩡해?”

이번엔 가치있는 대답이 튀어나오길 바랐다.

질문의 요점은 마희의 신분이다. 그녀는 사무량에게 무공을 가르쳐 주겠다고 했다. 무공 이야기를 꺼낸 사람은 그녀뿐만이 아니다. 흑천의 초유신군도, 소림사의 보원 선사도 무공을 주겠다고 했다. 그러나 그들이 원하는 것은 비급이었다.

마희는 무엇을 원할까. 그녀 역시 비급을 원하는 게 아닐까.

하나 분명한 것은 마희에게선 초유신군이나 보원 선사에게서 느꼈던 나쁜 기운이 느껴지지 않는다는 것. 그래서 더욱

궁금하다. 그녀의 신분이. 도대체 어떤 사람이기에 무공을 잃
지 않고서도 부재도에 남아 있는 것인지.

해타의 눈은 여전히 불안했다.

"두꺼비를 먹었나 보지."

"……!"

사무량의 고개가 해타를 향해 천천히 돌아갔다.

"두꺼비?"

해타는 실수라도 한 듯 손으로 급히 입을 막았다.

"두꺼비, 두꺼비라……."

사무량은 자신이 알고 있는 두꺼비의 종류를 머릿속에 떠
올렸다. 하지만 그의 기억 속에 없는 무공을 만들어낸다는 두
꺼비는 존재하지 않았다.

해타는 꿀 먹은 벙어리가 되었다.

그에게서 더 이상의 대답을 요구하는 것은 무리다. 한 번
입을 다물기 시작하면 반나절 동안 절대로 입을 열지 않는 자
가 해타다.

사무량은 해타의 입에서 더는 대답이 나오지 않으리라 생
각했다. 그는 즉시 자리에서 일어섰다.

"그 두꺼비가 무언지 생각이 나거든 그때 이야기해 줘."

사무량은 입을 틀어막고 있는 해타를 뒤로하고 북궁으로
발걸음을 옮겼다.

촤아아—!

이 장여 높이에서 시작된 폭포수가 정수리에 쏟아져 내렸다.

사무량은 물이 떨어져 내리는 검은 소(沼)에서 두 발로 몸을 지탱하며 꼿꼿이 서 있었다.

떨어져 내리는 물줄기의 위력은 대단했다. 금방이라도 머리가 터져 나갈 것만 같았다.

"후읍!"

깊은 숨을 들이마셨다. 머리에서 튄 물방울이 코와 입으로 들어갔다. 사무량은 눈을 감고 진기를 휘둘렀다.

운기를 하는 데 있어서 이제는 불편함이 없지만 그렇다고 많은 발전이 있는 것은 아니었다. 혹시 모른다. 조금만 더 배웠더라면 어떻게 되었을지.

사무량은 폭포 아래에서 두 시진 동안 꼼짝도 하지 않았다.

한여름이라지만 산 정상에서 떨어져 내리는 폭포는 온몸을 마비시킬 정도로 차가웠다. 입술은 벌써부터 보랏빛으로 변해가고 가만히 서 있기만 해도 몸은 절로 부들부들 떨렸다.

처음 폭포를 맞았을 때는 일다경도 되지 못해서 뛰쳐나갔다. 그리 높지 않은 폭포였지만 허약한 몸은 물이 떨어지는 압력을 이겨내지 못했다.

물에 있는 시간을 조금씩 늘려갔다. 한 시진, 이제는 두 시진. 마음만 먹으면 하루 종일 폭포를 맞고 있어도 괜찮을 것 같다.

사무량은 물에서 나와 옷가지를 입었다. 옷을 입기 전, 양 다리와 팔에 사낭(沙囊)을 차는 것을 잊지 않았다. 마희가 가져다준 주머니는 모래를 담는 용도가 되었다.

며칠 사이에 얻은 것은 있다.

매일 전신이 물 먹은 솜처럼 축 늘어지고, 피로함이 급작스럽게 밀려오고 여기저기 쑤시지 않은 곳이 없었다. 몸에 가해지는 고통은 정신력까지 피폐하게 만들었지만 이를 악물고 버텼다.

결과는 점점 만족스러워진다.

군살이 빠지더니 근육이 자리를 잡기 시작했다.

더욱 몸을 혹사시키기에 하루 열두 시진은 사무량에게 너무도 짧은 시간이었다.

2

선선한 바람이 면사로 가려진 마희의 얼굴을 스쳤다.

사방이 암흑으로 둘러싸여 있지만 달빛에 비치는 사무량의 모습은 또렷하게 보였다.

'넌 몰라. 내가 어떻게 살아왔는지.'

지난 십이 년 동안 기다리던 사람이 눈앞에 있다. 사무량은 그녀의 바람대로 건장하게 성장했다.

사무량의 모습을 보니 기억 속에 묻어두었던 그자, 혈광검
의 얼굴이 아련하게 떠오른다.

사무량은 모른다. 그녀가 어떻게 살아왔는지. 얼마나 이
날을 기다리면서 살았는지…….

처음 부재도에 발을 들여놓은 게 정확히 십이 년 전이다.

부재도는 마희와 인연이 없는 섬이다. 그녀는 죄인도 아니
고, 세상에 존재해선 안 되는 사람도 아닌 데다가 기이한 능
력을 지니지도 않았다. 그녀는 너무도 평범한 한 사람의 무인
일 뿐이었다.

아마 제 발로 부재도에 온 사람은 그녀가 처음이자 마지막
일 것이다.

십이 년 전 소림 보현 대사의 언질이 아니었다면 이곳에 올
이유가 없다. 그것도 오로지 한 사람, 사무량을 위해서.

'후우……!'

가느다란 한숨을 내쉬던 마희의 귀에 누군가의 발자국 소
리가 들려왔다.

풀을 밟는 한 걸음 한 걸음이 조심스럽다. 익숙한 발걸음
소리다. 동시에 마음이 편해진다. 부재도에서 유일하게 정상
인 사람. 무료한 나날, 말 상대가 되어준 사람이다.

'유담…….'

마희의 어깨에 묵직한 손이 올려졌다.

"밤이 늦었는데 주무시지 않고……."

유담은 속삭이듯 조용히 말했다. 무척이나 부드러운 음성이다.

생김새도 온화하다. 깨끗한 용모, 부드럽게 휘어진 눈썹 아래 자리한 가늘고 긴 눈매.

"아직 한 번도 만난 적 없지?"

유담은 웃었다.

"어때? 괜찮은 녀석 같아?"

"그 사람과 많이 닮았군요."

이번에는 웃으며 대답했다.

마희는 안도의 한숨을 내쉬었다. 유담의 말속에는 사무량을 긍정적으로 보고 있다는 뜻이 담겼다.

타인이 사무량을 어떻게 보고 있는지 궁금한 마희였다. 그리고 그 타인 중의 한 사람인 유담의 의견을 가장 묻고 싶었다.

유담의 사람 보는 안목은 뛰어나다.

그는 외양을 보지 않는다. 내면적인 성향. 독심술(讀心術)의 최고의 경지에 다다른 사람이기에 사람을 정확히 보고 판단한다.

"부인께서 그토록 기다린 녀석이기에 내심 기대를 했는데……"

유담은 마희에게 부인이라는 칭호를 붙이며 꼬박꼬박 존대를 했다.

그렇다. 면사와 천으로 가려진 마희의 나이는 이제 서른이 갓 넘은 유담보다도 많았다.

"내심 기대를 했는데?"

"아직은 잘……."

"직접 만나보는 게 좋겠지?"

유담은 말없이 웃기만 했다.

"무공을 가르치실 겁니까?"

"가르쳐야지. 그분의 진전을 이어받게 해야지. 하나밖에 없는 핏줄이잖아. 안 그래?"

"대참사가 벌어질지도 모르는 일입니다."

"……."

유담도 알고 있었다. 십이 년 전, 중원을 피로 물들인 혈광검의 이야기를 모르는 사람은 아마도 없을 게다.

유담과 마희의 사이가 처음부터 좋았던 것은 아니다.

비슷한 시기에 부재도에 들어온 두 사람은 일찍이 서로를 경계했다. 한 사람은 십이 년 전의 참사에서 피해를 입었고, 다른 한 사람은 가해자의 측근이었기 때문이다.

하지만 십이 년이라는 긴 세월과 부재도라는 작은 울타리가 두 사람의 경계심을 녹여주었다. 이제는 서로에게 둘도 없는 말동무인 사이였다.

"방법은 있을 거야. 그분은 방법을 몰랐을 뿐이지만, 사무량은 다르겠지. 그래, 다를 거야."

"자신이 어떠한 재능을 가졌는지조차 모르고 있는 것 같은
데요?"

"그것도 알게 해줄 거야. 세상은 비범한 자들을 너무 홀대
해. 항상 익숙한 것에만 길들여져 있기 때문에 낯선 것을 두
려워하지. 하지만 사무량의 재능은 하늘이 내린 거야. 고작
인간이 그걸 눈감아주고 감추는 것은 큰 죄야."

"힘들어지겠군요."

"각오하고 있어."

마희는 자신을 뚫어지게 바라보고 있는 유담의 눈길을 의
식했다.

한두 해 겪어본 일도 아니지만, 이럴 때마다 민망한 마음을
감출수가 없다.

"남의 생각을 읽는 것은 나빠."

"하하하!"

유담은 크게 웃었다.

"사무량에게 무공만 전수해 주는 게 목적이 아닌 듯해
서……. 그분의 비급이라는 것, 정말 어딘가에 남아 있습니
까?"

"있겠지. 있으니까 소림이나 흑천에서 사무량을 노리고 있
는 것이고. 분명한 건 사무량이 비급의 위치를 찾을 수 있는
열쇠라는 건데……."

"제게 거짓은 통하지 않습니다. 부인은 이미 알고 계시지

않습니까? 녀석이 갓난아이였을 때부터 쭉 보아오셨을 테니."

"정말 속일 수가 없다니까. 그래, 알고 있어. 하지만 나도 우연히 보기만 했을 뿐이야. 지금도 그게 남아 있을지는 장담하지 못하겠어."

마희는 옛 기억을 떠올렸다.

사무량이 어렸을 때 심하게 앓은 적이 있다. 온몸에 열이 펄펄 끓어 물수건으로 닦아주다가 그것을 보았다.

허리에 새겨진 그림. 혈광검이 한 짓이기에 아무런 말도 못했지만 그때 그것을 보고 얼마나 울었던지…….

"사무량이 무공을 익히면 혼자서 중원에 내보낼 생각은 아니시겠죠?"

마희는 자신의 의중을 파악한 유담을 가볍게 흘겼다.

"도와줄 수 있어?"

"누구에게 하는 말씀이십니까?"

"사무량에게 이곳 사람들을 모두 제압하라고 했어. 그럼 무공을 가르쳐 주겠다고 했지. 유담, 미안하지만 난 사무량이 유담도 제압할 수 있을 거라고 생각해."

"단지 힘으로 제압한다고 해서 마음까지 얻을 수 있는 것은 아니죠. 게다가 중원에 함께 나가기엔 저흰 힘이 없습니다."

"……."

“사무량이 자서섬(資瑞蟾)을 구해온다면 이야기가 달라지겠지만.”

“……!”

마희의 고개가 유담을 향해 휙 돌아갔다. 그녀의 눈에는 놀람과 원망이 가득했다.

“금지로 보내자는 거야? 거긴 나도 함부로 들어갈 수 없는 곳이야!”

“자서섬 없이는 무공을 회복하지 못하는 걸 아시지 않습니까?”

“절대 안 돼. 너무 위험해.”

“사람이 사람의 마음을 얻기 위해선 말이죠, 먼저 상대가 절실히 원하는 게 무엇인지부터 알아야 합니다. 그걸 알았다면 원하는 것을 구하기 위해 최소한 최선을 다하는 모습을 보여야 상대의 마음도 얻을 수 있는 것 아니겠습니까?”

“자서섬으로 무공을 되찾은 후에 사무량을 도와주겠다는 소리야?”

“무공만 되찾을 수 있다면 도와달라 하지 않아도 도와드리죠. 이건 저만의 생각은 아닙니다. 왕가를 비롯한 부재도 사람들 모두의 염원 아니겠습니까?”

“만약 사무량이 금지에 들어갔다가 죽기라도 한다면?”

“금지에서 죽는다면 중원에 나갈 그릇도 되지 못하겠죠.”

“…….”

"확실히… 우리의 능력을 모두 합치면 중원쯤이야 손바닥 뒤집는 것보다 더 쉬울 거라고 생각하는데……."

"유담, 넌 내가 여태 알아오던 유담이 아닌 것 같아. 너… 참 야망이 크구나."

"황송한 말씀."

유담의 웃는 모습을 보며 마희는 다시 생각에 잠겼다.

그의 말은 하나도 틀리지 않다.

마희는 부재도 사람 개개인이 일반인보다 특이한 능력을 지녔다는 걸 알고 있다. 이들이 사무량을 도와준다면 더할 나위 없이 기쁠 게다. 부재도를 떠나게 해준다는 것을 빌미로 사무량을 돕게 할 생각이었다.

한데 유담의 말을 들으니 여태까지의 생각은 모두 착각에 지나지 않았다.

부재도를 나간 후에 이들이 사무량을 따라갈 것인가? 십중팔구는 떠날 게 분명하다. 아니, 십중팔구가 무엇인가. 단 한 사람도 남아줄 사람은 없다.

결국엔 사무량 스스로가 이들의 마음을 움직여야 한다는 소리다. 하지만 움직일 계기가 없다.

마희도 십이 년 동안 이들과 친해지기 위해 노력하지 않은 것은 아니다. 무공으로 제압은 했다. 그뿐이다. 지금에서 돌이켜 보면 진심으로 그녀를 따라주는 사람은 없는 것 같다.

'다루기 힘든 사람들이야.'

정말 최선의 방법은 사무량을 금지로 몰아넣는 것밖에 없는 건가.

"저 녀석, 처음 저를 찾는다고 할 땐 그런가 보다 했는데, 이제는 저에게 완전히 관심을 접었더군요. 관심을 받지 못하니 우울합디다. 이제는 직접 나서서 관심을 가져달라 애원이라도 해야겠군요."

"그래."

대화가 중단되었지만 두 사람은 어색함을 느끼지 못했다.

두 쌍의 눈길은 그로부터 한참 동안이나 사무량에게 고정되어 떨어지지 않았다.

아침 식사로 칡을 씹던 사무량은 낯선 이의 등장에 조금 놀랐다.

깔끔하게 머리를 동여매고 영웅건(英雄巾)을 이마에 두른 자. 연녹 빛 무복이 들고 있는 접선과 교묘하게 어울리며 말끔한 분위기를 자아냈다.

"찾지 않으면 나타난다는 소문이 정말이네?"

한눈에 보아도 알 수 있다. 그가 유담이라는 사실을.

유담은 상당한 미공자였다. 사내가 접선을 들면 왠지 이상할 것도 같은데 그가 들고 있으니 그런대로 잘 어울린다.

"나를 찾는다고 하더군."

"그랬었지."

“그랬었지? 지금은 아니라는 소린가?”

“찾을 필요를 느끼지 못할 뿐이야. 난 당신과 이렇게 이야기를 나누고 있는 시간도 아까울 정도로 바쁜 사람이거든.”

사무량은 먹던 것을 대강 정리한 후, 호리병을 입에 대고 꿀꺽거리며 물을 마셨다.

호리병을 옆구리에 다시 찬 사무량은 이번엔 사낭 네 개를 발목과 손목에 차기 시작했다. 옆에 유담이 있는 데도 전혀 개의치 않아하는 행동이었다.

유담의 눈가에 호기심이 일렁이다가 사라졌다.

“나를 자극하는군.”

“……”

“내 느낌을 다른 이들과 견주어보고 있어. 그래, 나에게서 느낀 첫인상이 어떤가? 청명함? 아니면 천하에 다시없을 여우라고 생각하는가?”

사무량의 행동이 우뚝 멈춰졌다. 그는 곧바로 자리에서 일어서 유담과 마주했다.

“해타가 그랬지. 당신을 만나게 되면 아무 생각도 하지 말라고. 그 말이 이제야 이해가 가네. 당신… 상대의 생각을 읽는 건가?”

“유담이라 한다.”

“알고 있어. 설마 내가 모를 것이라 생각하고 있는 건 아니겠지? 볼일 없으면 그만 가.”

사무량은 차갑게 말했다. 하지만 그럴수록 유담은 더욱 짓궂게 말했다.

"지금 이 순간에도 넌 내 성격을 파악하는 중이지. 이 녀석을 어떻게 요리할까? 제압은 시켜야 하겠는데 무슨 수로 제압을 하지? 무공을 잃은 건 확실한데 어딘지 껄끄러운 상대. 진기를 끌어올려도 기운을 읽을 수 없다. 대강 이런 건가?"

"기고만장하군."

"넌 당황하고 있어. 어떻게 해서든 나를 떨어뜨려 놔야 하는데 마땅히 할 말은 없고, 주먹부터 날리자니 내가 들고 있는 접선이 자꾸 걸리고. 하하! 생각하는 것은 단순하군 그래, 사무량."

사무량은 한 마디 말도 내뱉지 못했다.

유담은 사무량의 속마음을 훤히 꿰뚫듯 이야기하고 있었다. 기분이 나쁘지만 사실이니 반박할 생각이 들지 않는다.

"이쯤 되면 무언가 한마디라도 해야 하는 것 아닌가?"

유담을 한참이나 노려보던 사무량이 살짝 입술을 열었다.

"그럼 내가 지금 생각하는 것도 알고 있나?"

"뭐?"

"네가 재수없는 놈이라는 것."

"……!"

사무량은 그를 향해 미소를 지어 보이며 마지막 남은 사낭을 손목에 찼다.

그와는 반대로 유담의 얼굴은 급격하게 붉어졌다. 하지만 금세 평정심을 되찾았다.

"제법이군. 내 앞에서 태연할 수 있다니."

"순서를 기다려. 마음 같아선 당신을 당장이라도 때려눕히고 싶지만 오늘은 때가 아니야. 이상한 소문이 들리기 시작하면 그때 다시 찾아와. 그땐 제대로 상대해 줄 테니까."

사무량은 한마디 말만 남기고 유담의 곁을 지나 산을 내려가기 시작했다.

유담은 당황해서 그를 다시 부르지 못했다.

"허허! 허허허……!"

허탈한 웃음이 절로 새어 나왔다.

第二章
저버족

"내가 때를 기다리라고 했을 텐데?"

사무량은 도끼눈을 뜨고 유담을 노려봤다.

"신경 쓰지 마라. 그냥 할 일이 없어서 온 것뿐이니까."

"귀찮게 하지 마."

사무량은 신경질적으로 등을 돌려 산을 내려갔다.

유담은 이틀에 한 번 꼴로 사무량을 찾아왔다. 그가 오는 날이면 수련은 하루 종일 중단되었다.

누군가에게 자신이 수련하는 모습을 보이는 것은 싫었다. 고이 쌓아놓은 내 것을 남이 가져가는 기분이 들기 때문이다.

사무량은 제법 튼튼해 보이는 나뭇가지를 꺾은 뒤, 마희에게 얕은 단검으로 결을 다듬기 시작했다.

"무엇을 만들고 있나?"

호기심이 동한 유담이 얼굴을 불쑥 들이밀며 물었다.

사무량은 대답하지 않고 한차례 그를 노려보았다. 대답할 필요가 없었다. 유담에게 다른 사람과의 대화 자체가 과연 의미가 있을까. 상대가 무슨 생각을 하는지 모두 알고 있으니 대화하지 않고도 살 수 있을 게다.

"검을 만들고 있군. 검이라면 내가 잘 알고 있는데……."

쓱쓱! 쓱쓱!

"아니, 그렇게 만들면 안 되지. 위로 올라가면서 점점 좁아져야 검이지. 지금 그건 검이 아니라 몽둥이잖아? 이리 줘 봐."

유담은 기어이 사무량이 들고 있던 나무를 빼앗아 자신이 손수 다듬기 시작했다. 특이한 것은 그는 나무를 다듬는 데 접선을 사용한다는 것이다.

접선 끝에 날카로운 검이 달려 있는 것을 사무량은 처음으로 보았다. 그리고 한 가지 깨달은 사실은 유담이 접선을 무기로 사용하는 무인이었다는 것이다.

"봐, 이렇게 해야 검 같잖……."

유담은 말을 잇지 못했다.

사무량은 새로운 나뭇가지를 꺾어 다른 검을 만들기 시작했다.

"고집불통 같으니라고. 어쩌다 마희는 너 같은 녀석을 십이 년 동안이나 기다렸는지 몰라."

쓰슥!

단검을 놀리던 사무량의 손이 우뚝 멈춰졌다.

유담은 회심의 미소를 지었다. 사무량의 이목을 자신에게 돌리기 위해선 그가 관심을 갖는 요소를 자극하는 방법밖에 없었다.

하지만 사무량은 이내 다시 손을 놀렸다.

"마희에 대해서 알고 싶으면 언제든지 물어봐도 가르쳐 줄 수 있는데……."

파앗!

사무량은 들고 있던 나뭇가지를 냅다 던지고 일어서 성큼성큼 발걸음을 떼었다.

"후후! 아직은 어린 녀석."

유담은 접선을 활짝 펴며 살랑살랑 바람을 만들어냈다.

사사건건 사무량이 하는 일에 참견하던 유담도 지금과 같은 상황에선 아무런 말도 하지 않고 조용히 침묵했다.

사무량은 운공 중이었다.

유담은 나무 그늘로 다가가 기대앉고선 접선을 펼쳤다. 시선은 사무량에게서 떼지 않았다.

'아무리 보아도 그냥 평범한 녀석인데…….'

실상 유담은 사무량에게서 많은 것을 알아내지 못했다. 다른 이의 생각을 읽을 수 있는 것에도 한계는 있기 마련이다. 대략적인 사무량의 생각은 알 수 있지만 그의 성격은 아직도 파악하기 힘들었다.

외양으로 볼 수 있는 사무량의 특징은 그자와 많이 닮았다는 것이다.

혈광검은 유담에게 평생 잊지 못할 인물이다. 한때는 그를 증오하다 못해 저주한 적도 있었다.

유담의 스승이었던 강랑선괴(强浪扇怪)는 십이 년 전 혈광검의 손에 유명을 달리했다.

혈광검이 강랑선괴를 죽인 것은 그야말로 순식간에 벌어진 일이었다. 본래 강랑선괴는 무림 공적이 된 문파들을 견제하던 중원의 수많은 무인 중 하나였다.

혈광검은 정말 대단한 자였다. 뭇 사람들이 그를 천하제일의 무인이라 불렀지만 유담도 그 말에 대해서는 부정하지 않았다.

그가 활동할 때 무림은 그야말로 시산혈해(屍山血海)가 되었다. 혈광검이 갑작스럽게 광기를 발한 것은 싸움이 거의 끝날 무렵이었다.

그때까지만 해도 아무것도 눈치채지 못했던 강랑선괴는 인사를 나누기 위해 혈광검에게 가까이 다가갔다. 그리곤…….

유담의 눈에 한광(寒光)이 번뜩였다.

사무량은 스승을 죽인 자의 아들이다. 복수를 위해서라면 마땅히 그를 죽여야 한다. 운공에 몰두하는 지금이야말로 사무량을 죽이기 위한 최적의 순간이다.

유담은 무엇에라도 홀린 듯 자리에서 일어섰다. 의도하지 않은 발걸음은 사무량이 있는 곳을 향해 천천히 움직였다.

한 걸음, 두 걸음. 거리가 가까워질수록 심장의 박동 수도 빨라졌다.

지금 이 순간만큼은 아무런 생각도 나지 않는다.

십이 년간 얼굴을 마주하고 살아온 마희도, 부재도를 벗어나 중원에 나가고 싶은 욕망도 그 어느 하나 머릿속에 떠오르지 않는다.

단지 스승의 복수, 스승의 영혼이 귓가에 속삭이고 있다. 저 자식을 죽여 버리라고.

유담은 자신도 모르게 짙은 살기를 풍겨냈다. 그리고 동시에 걸음도 멈췄다.

"……!"

굶주린 늑대의 두 눈이 유담을 노려보고 있었다.

눈과 눈이 부딪쳤다. 한동안이나 서로를 바라보던 두 사람 중 먼저 시선을 돌린 건 유담이었다.

"이만 가야 할 것 같아서."

유담은 경직되어 있던 얼굴 근육을 서서히 풀었다.

“예의가 없군. 운기하는 사람을 죽이려 하다니…….”

차가운 사무량의 음성에 유담은 할 말을 찾지 못했다.

“내 잘못이지. 당신이라는 작자를 앞에 두고 운공을 했으
니까.”

사무량은 자리를 털고 일어섰다.

“날 죽이려는 이유가 뭔데?”

“말하면… 죽어주겠나?”

유담의 음성은 침착했다. 무심코 살기를 흘려냈으니 사무
량을 속일 수는 없다. 그는 진심으로 묻고 있었다.

“결국엔 당신의 원한도 내 부친 때문에 생겨난 것이겠지.”

“내겐 아버지나 다름없는 분이셨다.”

유담의 목소리가 미미하게 떨렸다.

“공명정대하셨고, 모든 이의 존경을 받았지. 정말… 내가
아는 사람 중에 가장 무인다운 분이셨는데…….”

사무량은 묵묵히 유담의 말을 들었다.

“혈광검 그자가 스승님을 죽일 이유는 그 어디에도 없었
어!”

“…….”

유담의 눈썹이 부들부들 떨렸다. 벌겋게 달아오른 얼굴은
그가 흥분을 했다는 사실을 여실히 증명해 주었다.

“그럼, 넌 나를 죽일 이유는 있고?”

“넌 그자의 아들이다.”

“만약 내가 죽기 싫다면?”

“비록 무공을 잃었지만, 너 정도 상대할 여력은 남아 있다.”

“그럼 하지.”

“……?”

“내 부친이 너희 스승을 죽였다고 해서 내가 너에게 죽을 이유는 없어. 그렇게 복수를 하고 싶다면 사내답게 붙도록 해. 닷새 후 정오. 장소는 왕가의 공터가 좋겠군.”

“…….”

“네가 이기면 날 죽여도 좋아. 하지만 만약 내가 이기면 널 죽이겠어.”

“…좋다.”

유담은 거절하지 않았다.

사무량을 죽이려 했을 때도 마희를 염두에 두었다. 그녀가 자신을 죽일 수도 있지만 어차피 각오한 일이다. 사무량을 죽이고 자신도 죽고. 그걸로 스승의 복수는 끝이 난다.

목숨에 미련이 없다. 무공을 잃은 순간부터 유담은 이미 산 자가 아니었다.

“할 말이 더 남았나? 없다면 돌아가 줘.”

유담은 이를 악물고 자리를 벗어났다.

‘유담…….’

마희는 두 사람이 나누는 대화를 모두 들었다.

유담의 흥분한 모습은 그녀에게 익숙하지 않았다. 언제나 냉철하게 한 발 물러서서 상대의 입장을 생각하던 유담이다.

무엇이 그를 변하게 만들었나. 사무량이 유담으로 하여금 혈광검을 떠올리게 만들었기 때문이다.

생각해 보니 유담에게 참으로 못할 짓을 한 게 아닌가 싶다.

혈광검이 그의 스승의 원수인 걸 뻔히 알고 있었으면서도 사무량을 봐달라고 하고, 도와달라고 했으니…….

유담과 사무량이 한 번쯤은 부딪칠 거라 생각했으나 그 시일이 이렇게 가까이 올 줄은 몰랐다.

'미안하지만 유담, 만약 당신이 이긴다면 내가 나설 거야. 스승의 복수를 하려는 당신 마음은 충분히 이해해. 하지만 내가 살아 있는 한 사무량이 죽는 모습을 볼 수는 없어.'

마희에게 유담은 한주먹도 안 되는 상대다.

그러나 유담의 상대가 사무량이라면 이야기는 달라진다. 유담은 진기 한 올 끌어올릴 수 없지만 엄연한 무인인 데다 강랑선괴의 직전제자였다.

그가 항상 들고 다니는 부채에서 암기가 터져 나간다면 사무량은 피할 도리가 없다.

'복수는 안 돼, 유담. 아직… 아직은…….'

마희는 으스러져라 주먹을 쥐었다.

유담은 그렇게 사라진 후, 다시 사무량을 찾지 않았다.

앞으로 이틀 후, 유담과 만나기로 한 날이다.

사무량은 그전에 시험해 볼 게 있었다. 그의 발걸음이 향한 곳은 북궁 초입이었다.

북궁은 조용했다. 이미 썩을 대로 썩어버린 북궁엔 개미새끼 한 마리도 찾을 수 없었다.

사무량은 천천히 진기를 끌어올리며 한 발 한 발 떼어놓았다.

부재도에 금지는 많다.

처음 발을 들여놓았을 때 기관이 설치되어 있는 아름다운 곳, 소신녀가 기거한다는 초가 지역, 그리고 지금 눈앞에 있는 쌍둥이의 영역.

쌍둥이는 보이지 않았다. 하지만 알 수 있다. 그들의 영역에 발을 들여놓는 순간 어딘가에서 화살이 날아올 게다.

"후웁!"

큰 숨을 들이마신 사무량은 서슴없이 쌍둥이의 영역을 밟았다.

피융!

조그마한 파공성이 들려온다. 예상했던 대로다.

처음엔 경황이 없어 화살에 팔과 어깨를 내주었지만 이번엔 당하고만 있지 않는다.

사무량은 급히 몸을 옆으로 꺾었다. 어디선가 날아든 화살은 그의 옷깃을 스치며 뒤로 날아가 나무 둥지에 틀어박혔다.

슈아악—!

이번엔 화살이 아니다.

화살보다 조금 더 위력이 있는, 커다란 움직임이 지척에서 느껴진다.

타닷!

사무량은 땅을 박차며 위로 뛰어올랐다. 동시에 창 한 자루가 그의 발밑에 틀어박혔다.

움직임은 거기서 멈추지 않았다. 다시 날아온 화살이 하나, 연이어 터지는 창 공격이 하나.

예상만 하고 있었던 쌍둥이의 합공이 시작되었다.

무의미한 대화는 필요없었다.

쌍둥이는 사무량에게 자신들의 영역을 밟지 않도록 미리 경고했다. 경고를 무시했으니 공격을 하는 것은 당연하다.

사무량은 높이 뛰어올라 영역에서 다시 벗어났다.

"……."

공격은 중단되었고, 숲은 다시 잠잠해졌다.

쌍둥이의 모습은 보이지 않았다. 화살을 쏘아낸 가야는 그렇다 쳐도 창을 휘두르던 가완의 모습도 찾을 수 없었다.

호흡을 가늘고 천천히 내쉬었다. 몸속에 흐르는 진기는 보이지 않는 것을 잡아냈다.

'나무 뒤!'

가완의 기운을 잡아냈다.

됐다. 성공했다. 알아내고 싶은 것을 알아냈다.

조양자와 협곡에서 달아날 때 낙뢰문의 기운을 감지한 것은 우연이 아니었다. 보이지 않는 상대의 기운을 잡아내는 것. 심법을 익히게 되면서 자연스럽게 진기가 해주는 역할이었다.

이제 공격이 어디에서 시작되며 거두어지는지 대충은 감이 온다. 몸을 좀 더 빠르게 움직일 수 있다면 가야와 가완의 합공쯤은 더 이상 두렵지 않다.

사무량은 그대로 물러서지 않았다. 말없이 가완이 몸을 숨기고 있는 장소를 응시했다.

일각이 흘렀을 때, 가완이 모습을 드러냈다. 정확히 사무량이 바라보고 있던 장소에서였다.

"건드리지 말라고 말했을 텐데?"

또 한 사람의 움직임이 있었다. 움막 지붕에서 가야가 뛰어내려 가완 쪽으로 다가왔다.

가야는 호의적이지 않았다. 지난날 사무량과의 첫 만남을 기억하고 있기 때문이다.

"지난번의 한 수는 잘 받아두었다."

가야는 활을 사무량에게 겨누었다. 팽팽하게 당긴 시위는 금방이라도 화살을 쏘아낼 것 같았다.

"먼저 공격한 것은 그쪽. 난 정당한 방어를 했을 뿐이야."

"흥! 웃기지 마!"

활시위를 놓으려던 가야의 행동을 가완이 제지했다.

"무슨 볼일이 남았나?"

"이틀 후, 유담과 붙기로 했어."

"그런데?"

"와주었으면 해."

"뭐?"

쌍둥이들의 얼굴이 심하게 구겨졌다.

"왜 우리가 가야 하지?"

"목숨을 건 비무야. 이곳에서 가장 강한 자가 유담이라고 알고 있지. 내가 유담에게 이기면 너희는 내게 복종. 그게 조건이야."

쌍둥이는 어이없는 눈길로 사무량을 바라봤다.

그들은 사무량을 보낸 사람이 마희라는 걸 알고 있다. 마희와 사무량 사이에 어떤 암묵적인 이야기가 오갔는지는 모른다.

분명한 것은 사무량이 부재도민들을 제압하려 한다는 것이다. 그가 무공을 수련하기 시작했을 때부터 눈치챘다.

마희가 부재도에서 가장 강한 사람인 것은 안다. 무공을 잃지 않은 유일한 사람이라는 것도. 하지만 쌍둥이는 마희가 어떤 힘을 가졌든 상관하지 않았다.

마희는 마희, 자신들은 자신. 사무량도 그런 관점에서 크게 벗어나지 않는다. 자신들과는 아무런 상관이 없는 자, 그가 사무량이다.

가완의 얼굴에 피어오르던 비소가 점점 짙어졌다.

"싫다면?"

사무량은 이런 질문이 나오길 예상이라도 한 듯 옆구리에서 투박하게 생긴 목검(木劍)을 뽑아냈다.

"지금 이 자리에서 복종시키도록 하지."

쌍둥이는 서로를 바라봤다. 눈빛 속엔 그들만의 대화가 오갔다.

"우리는 명색이 무인. 너는 이제 갓 심법을 익힌 애송이. 상대가 될 거라 생각하나?"

"그건 직접 부딪쳐 보기 전에는 모르는 일."

사무량은 목검을 들어 가완에게 겨누었다.

"정말 죽여 버린다고 했다."

"최선을 다해."

"하하! 네가 마희에게 어떤 존재인지 몰라도 우리완 상관없다. 사정을 봐주지도 않는다. 안타깝군. 지금의 널 보니 이틀 후 유담과 싸우지 못할 것 같구나."

"말이 많다. 시작하지."

휘리릭… 척!

가완이 창을 한 바퀴 돌려 옆구리에 끼웠다. 가야는 빠르게 뒤로 물러섰다.

‘이제 시작.’

사무량은 마음을 비웠다.

이 싸움에서 승패가 어떻게 나뉠지 모른다. 분명한 것은 싸움이 끝나면 그동안의 수련의 성과를 직접 알 수 있다는 것이다.

‘후우!’

깊은 숨을 들이마시며 검을 쥔 손에 힘을 주었다.

눈앞에 있는 사람은 가완과 가야. 싸워야 하는 상황. 그뿐이다. 다른 생각은 전혀 들지 않는다.

“하앗!”

우렁찬 고함과 함께 가완의 창이 빠른 속도로 날아들었다.

사무량도 목검을 휘둘렀다.

따앙!

목창과 목검이 거북한 소리를 내며 부딪쳤다. 만약 둘 다 진기가 실린 공격이었다면 무기는 벌써 부러지고도 남았을 게다.

“제법이군.”

가완은 웃으며 비스듬히 몸을 돌렸다. 동시에,

피융!

처음과는 다른 위력의 화살이 사무량을 향해 날아들었다.

'살기!'

살기는 무공을 익힌 사람만이 낼 수 있는 것은 아니다.

무공에 무 자도 모르는 범인들도 누군가를 죽이고 싶도록 미워할 때 살기를 내뿜는다. 정작 죽이지는 못하더라도 사람이 선천적으로 가지고 있는 기운이 돌연 살기로 변하게 된다.

가야가 쏘아낸 화살엔 진득한 살기가 묻어 있었다.

스팟!

"흡!"

사무량은 이번엔 화살을 피해내지 못했다. 하지만 다행스럽게도 화살은 살갗만 스치고 지나갔다.

슈아악!

한숨 돌리는가 싶었는데 가완의 창이 사무량의 복부를 찔러왔다.

가야의 화살에 담긴 기운과는 사뭇 다르다.

가야가 사무량을 정말 죽이기 위해 작심하고 화살을 쏘아냈다면 가완은 휘두르는 창에 일말의 사정을 두었다.

"최선을 다하랬잖아! 탓!"

사무량은 곧장 가완의 면전으로 뛰어들었다.

아래에서부터 시작된 목검이 커다란 포물선을 그리며 가완의 좌측 어깨를 향해 짓쳐 나갔다.

휘리리릭! 땅!

또 한 번 목검과 목창이 부딪쳤다.

수수깡 다루듯 창을 다루는 가완의 손놀림은 혀를 내두를 정도였다.

파앙—!

쉴 틈도 없이 날아드는 화살. 사무량은 눈코 뜰 새 없이 바빴다.

가야의 화살은 한곳에서만 날아드는 게 아니었다. 어쩔 땐 우측에서, 어쩔 땐 좌측에서, 뒤에서, 앞에서.

시선을 두 사람 모두에게 둘 수 없는 게 큰 단점이다. 눈앞의 가완도 상대하기가 벅찬데 어디서 날아들지 모르는 가야의 화살을 무슨 수로 피할 수 있을까.

가완은 빙글빙글 돌리는 창으로 사무량의 시선을 혼란스럽게 만들었고, 시간도 방향도 규칙적이지 않은 가야의 화살은 사무량을 노리며 날아들었다.

'두 사람 모두 살기를 쏘아내지 않는 이유. 한 사람은 교란, 다른 사람은 공격. 이 둘의 합공이 바로 이것.'

만약 가야에게 시야를 돌린다면? 가완이 살기를 담아 공격을 할 게 분명하다.

사무량은 전신이 옥죄어오는 느낌을 받았다. 누군가와 정식으로 싸움을 하는 것은 이번이 처음이다. 그리고 만약 무인과 붙게 되었으면 어땠을까도 생각해 보았다.

내공을 잃은 자들도 이렇게 힘이 드는데, 무인과 싸우게 된다면 사무량이 이길 확률은 거의 없다고 봐도 좋다.

갑자기 무당파의 청운이 생각났다. 그땐 무슨 생각으로 그에게 덤볐는지 모르겠다. 청운은 무공도 익히지 않은 천둥벌거숭이가 나대는 모습을 보며 얼마나 기가 막혔을까.

수치심이 듦과 동시에 오기가 치민다. 반드시 무인이 되어야겠다는 생각이 머릿속을 가득 채웠다.

퍽!

'큭!'

사무량은 신음을 안으로 삼켰다. 뒤에서 쏘아진 화살이 종아리 부근에 박혔다. 살기를 담아내 쏜 화살이기에 극심한 고통이 느껴진다.

화살에 맞은 다리가 저려오면서 힘이 쭉 빠졌다.

털썩!

사무량은 한쪽 무릎을 꿇었다.

멀쩡한 다리로는 몸을 지탱했고, 목검은 여전히 가완에게 겨누었다.

"이제 알았나, 우리의 영역에 들어오면 어떻게 되는지?"

자신에게 겨누어진 창 끝을 보며 사무량은 진기를 끌어올렸다. 다리의 상처는 잊었다. 두 눈은 가완에게 고정시켰다. 그의 창이 어느 방향으로 움직일 것인지만 알아내면 조금은 승산이 있다.

'우측? 아니야. 가완은 깔끔한 걸 좋아하는 자. 성격으로

미루어보면 정면을 치겠군.'

기운을 잡아내니 한결 마음이 가볍다. 사무량은 체념한 듯 눈을 감았다.

"네가 자처한 일. 원망은 소용없다. 잘 가라."

가완은 창을 뒤로 쭉 당겼다.

눈을 감으니 보이지 않는 게 보인다. 느껴진다. 창이 움직이는 방향이. 예상했던 것과 다르지 않다. 가완의 창은 정확히 사무량의 심장을 노리며 쏘아졌다.

휘이익!

'지금!'

사무량의 눈이 뜨인 것도 동시였다.

사무량은 화살을 맞은 다리로 땅을 박차며 우측으로 몸을 날렸다.

"엇!"

창을 내리찍던 가완의 얼굴이 급격하게 굳어졌다. 그리곤 곧바로 창의 방향을 바꿨다. 하지만 사무량의 신형은 그의 움직임보다 한 발 빨랐다.

터억!

"……!"

가완은 여전히 창을 쥐고 있었지만 온몸이 석상처럼 굳어져 꼼짝도 하지 않았다.

까끌까끌한 목검이 그의 목에 대어졌다. 사무량이 조금만 힘을 주려 한다면 목뼈가 부러질지도 모른다.

"조양자라는 인간이 있어. 그가 적에게 포위당했을 때 내게 자주 사용했던 방법이지."

사무량은 가완의 등 뒤에 달라붙은 채, 천천히 원을 그리며 돌았다. 가완을 제압했으니 남은 것은 가야뿐이다. 이제는 화살에만 신경을 쓴다.

화살은 피할 수 있다. 다른 방법으로는 화살이 날아올 부근을 미리 예측해 가완의 몸을 방패 삼아 막는 수도 있다.

이 점은 가완도 알고 가야도 안다.

가야는 주위만 빙글빙글 돌 뿐, 화살을 쏘아내지 않았다.

"창을 내려."

"이거 당해 버렸군."

가완은 순순히 창을 바닥에 던졌다.

"복종하겠나?"

"하하! 어디서 굴러먹다 온 놈인지도 모르는 너에게 정말 복종을 할 것 같으냐?"

"그럼 죽어야지."

"그래, 죽여라."

가완은 팔의 힘을 빼고 아래로 축 늘어뜨렸다. 정말 죽음을 각오하기라도 한 듯 눈까지 감아버렸다.

가야가 모습을 드러냈다.

툭!

가야는 가완이 던져 놓은 창 위에 자신의 활과 화살을 내려 놓았다.

"나도 죽여라."

가야도 더는 싸울 의지를 비추지 않았다.

'……?'

사무량은 검미를 일그러뜨렸다.

사무량이 원한 것은 이런 게 아니다. 정말 순수한 마음에 무공으로 이들을 제압하려던 것뿐이다.

죽음? 죽음은 생각해 본 적도 없다. 말로는 죽이겠다 했지만 그건 어디까지나 굴복하게 만들기 위한 협박에 지나지 않았다.

하지만 이들의 반응은 어떠한가. 정말로 죽기를 바라는 사람들 같지 않은가.

'이런!'

순간, 무언가 사무량의 뇌리를 빠르게 스치고 지나갔다.

'목숨에 연연하지 않는 자들…….'

그렇다. 이들은 목숨에 연연하지 않는다.

오랜 세월 동안 부재도에서 살아온 사람들이다. 무인이면서 무공도 잃었다. 중원에 나갈 방법도 없다. 그런 자들에게 살아갈 희망이 있기라도 한 것인가. 이들은 여태까지 죽지 못해 살아온 인간들이다.

삶에 미련이 없는 사람들. 정신이 온전치 못한 것도 그런 영향 때문이리라.

사무량은 분명 쌍둥이와의 싸움에서 이겼다. 하지만 기분은 좋지 않았다.

팟!

사무량은 가완의 등을 세게 밀쳤다.

화가 치민다. 어차피 죽을 각오가 되어 있는 자들과 싸워서 무엇 하랴. 이겨야 본전, 그 이상도 이하도 아니지 않나.

사무량은 목검을 바닥에 내팽개치곤 성큼성큼 쌍둥이의 영역 밖으로 걸어나갔다.

그런 그를 바라보는 쌍둥이의 눈이 예사롭지 않게 빛났다.

2

"뭐? 남의 허락도 없이 뭐가 어쩌고 어째?"

왕가는 분기탱천하여 펄쩍 뛰었다.

유담은 사무량이 왜 왕가의 공터에서 약속을 잡았는지 이해하지 못했다. 하긴, 싸우기엔 왕가의 공터만큼 좋은 장소도 없다.

아마도 마희가 싸움을 관전하길 바라서인지도 모른다. 사무량이 그녀에게서 무공을 얻기 위해선 이 싸움에서 반드시 이겨야 하겠지만 유담도 물러설 마음이 없다.

지난 닷새 동안 많은 생각을 했다.

부재도는 낙이 없는 곳이다. 빠져나가지도 못하니 살아갈 희망도 없다. 마희가 나중에 사무량을 내보낸다고 했지만 어불성설이다. 나갈 길이 있었다면 진즉에 모두 나갔을 게다.

자서섬도 그렇다. 무공을 잃지 않은 마희도 구해오지 못한 것을 사무량이 구할 수 있을까? 구하게 된다하더라도 무공을 다시 회복할 수 있을지 미지수다. 아주 약간의 희망이 더해지는 셈이다.

유담은 괜한 것에 도박을 하지 않기로 했다. 차라리 돌아가신 스승의 복수를 하는 편이 더 나을지도 몰랐다.

오늘의 싸움은… 최선을 다할 것이다.

"당장 꺼지지 못해?"

왕가가 위협하며 손톱을 세웠다. 하지만 그런 왕가의 위협도 얼마 가지 못했다.

"일찍 왔네?"

불쑥 들려오는 목소리에 유담은 다른 쪽으로 황급히 고개를 돌렸다.

마희를 볼 면목이 없다. 사무량의 도전을 받아들임으로써 마희의 부탁은 무시하는 셈이 되었다. 당장이라도 싸움을 그만두겠다고 일어설 수도 있지만 마음은 따라주질 않으니…….

"정말 싸울 생각이구나? 나와 눈도 마주치지 않는 걸 보니."

“미안하군요.”

사과는 해야 할 것 같았다.

“괜찮아. 언젠가는 한 번 부딪칠 날이 올 줄 알고 있었어.”

“최선을 다할 생각입니다.”

“그래, 최선을 다해야 할 거야.”

유담은 고개를 돌려 마희를 바라봤다. 생각했던 것보다 마희의 음성이 너무 밝은 탓이다. 마치 사무량이 이길 것이라는 걸 예상이라도 한 듯.

마희의 입이 다시 열렸다.

“하지만 이건 알아둬. 사무량은 이미 쌍둥이를 제압했다는 걸.”

“……!”

“농담이 아니라는 건 유담이 더 잘 알고 있겠지? 독심술의 대가잖아? 이번 싸움은 정정당당히 해. 사무량의 생각을 읽은 티가 나기라도 한다면 그땐 나도 가만있지 않을 거야.”

의심할 여지가 없다. 마희의 말은 진짜였다.

사무량이 쌍둥이를 제압했다고? 두 사람이 퍼붓는 합공을… 이겨냈다는 소리인가?

유담 자신도 쌍둥이와 아직까지 부딪쳐 본 적이 없다. 건드리지 않으면 일부러 시비를 걸어오지도 않는 녀석들이기 때문에 신경을 쓰지 않았다.

하지만 그건 안다. 쌍둥이의 실력과 그들이 펼치는 합공이 무시하지 못할 정도의 것이라는 건.

'사무량… 잠들어 있던 내 투지를 불러일으키다니… 재미있군.'

유담은 두 눈을 초롱초롱 빛냈다.

"아직 늦지 않았지?"

해타가 어슬렁거리며 모습을 나타냈다.

"어라? 네 녀석까지? 이것들이 내 땅을 뭘로 보는 거야? 여긴 엄연한 내 땅이라고!"

"하지만 마희가 오라고 했는데?"

"그래, 내가 오라고 했어. 모두 지켜볼 필요가 있을 것 같으니까. 왕가, 그저 잠시 빌리는 것뿐이야. 여기서 싸운다고 땅이 사라지거나 하는 건 아니잖아? 여기가 네 땅이라는 사실은 변함이 없어."

"빌어먹을!"

왕가는 잠시 동안 투덜대더니 이내 입을 다물었다. 아무래도 왕가에게 가장 껄끄러운 상대는 마희였으니까.

"구경꾼이 늘었네."

모두의 고개가 마희의 시선이 닿은 곳으로 돌아갔다.

북궁 쪽에서 나타난 두 사람.

"어, 어! 저 새끼들까지?"

가야와 가완. 그들이 모습을 보인 것은 실로 오래간만이었다.

"저들에겐 오라는 소리는 하지 않았는데……. 이상하네? 아마도 자신들을 이긴 녀석이 싸우는 모습을 지켜보고 싶은 건가?"

"뭣?!"

왕가가 눈을 부릅떴다.

"그게 무슨 소리야? 설마 사무량이 저 녀석들을 이겼다는 소리야?"

"사실이야."

"말도 안 돼! 쌍둥이 녀석들은 나와 평수를 이뤘었는데!"

왕가가 믿을 수 없다는 듯 중얼거렸다.

가야와 가완은 공터까지 오지 않았다. 그들은 자신들의 영역을 존중받고 싶어하듯 남의 영역에도 발을 들이지 않았다. 대신 공터가 훤히 들여다 보이는 언덕 쪽에 올라 나무 그늘에 자리를 잡고 앉았다.

"재수없는 새끼들. 어딜 가나 꼭 저런 새끼들이 한둘은 있다니까. 그러고 보니 그동안 안 보였던 인간들이 다 모였네? 이러다가 소신녀 그년까지 나타나는 거 아냐?"

하지만 왕가의 말과는 달리 소신녀는 나타나지 않을 거라는 게 모두의 공통적인 생각이었다.

정오가 되기 전에 모인 사람들은 오랫동안 땡볕에 앉아 사무량을 기다렸다.

어느덧 정오라는 시간이 훌쩍 넘었다.

"늦네. 무슨 일이라도 있는 건가?"

마희의 눈은 북궁 쪽에서 떨어지지 않았다.

"흥! 이렇게 될 줄 알았다. 유담하고 싸우는 게 두려워서 나타나지 않는 게지."

"이상하다. 사무량은 시간을 잘 지키는 사람인데……."

아무 생각 없는 해타 역시 사무량이 슬슬 걱정되는 모양이다.

유담은 묵묵히 기다렸다.

사무량은 반드시 나타날 것이다. 오늘만 날이 아니다. 내일이든 모레든, 혹은 며칠이 지나더라도 사무량은 끝내 모습을 보이게 될 게다.

자신과의 싸움 때문이 아니라, 마희에게 무공을 얻기 위해서라도.

"자, 자! 모두 그만들 돌아가 주셔. 벌써 미시(未時)가 다 되어간다."

왕가가 일어나 모두에게 돌아가라 채근했다.

그때였다.

"어! 저기 온다!"

해타가 손가락을 들어 북궁 쪽을 가리켰다.

마희가 자리에서 일어섰다.

북궁 쪽에서 한 사람이 천천히 걸어오고 있었다.

정돈되지 않은 지저분한 머리, 큰 키에 떡 벌어진 어깨, 두 눈은 금방이라도 화염을 뿜어낼 듯 이글거렸다.

"저, 저, 저게 정말 사무량이야?"

왕가는 자신의 눈을 믿지 못하겠다는 듯 두 손으로 마구 비볐다.

누가 보아도 사무량의 모습은 처음 부재도에 들어왔을 때와는 많이 변했다.

한 달이 조금 안 되는 시간이었지만 꾸준한 단련 때문에 제법 탄탄한 몸이 만들어졌다. 하지만 달라진 것은 외양뿐만이 아니었다.

얼굴이 변했다. 늑대처럼 이글거리는 눈빛은 달라지지 않았지만 전체적으로 풍기는 분위기는 예전보다 훨씬 섬뜩했다.

무공만 제대로 익힌다면 어디에 내놔도 빠지지 않을 무인이 될 것 같았다.

"왜 이렇게 늦었어?"

해타가 달려가 사무량을 마중했다.

"그래도 왔으니 다행이지?"

마희가 유담을 바라보며 생긋 웃었다.

"시작하지."

사무량은 늦은 이유에 대해선 일언반구도 하지 않았다. 그는 허리춤에 천으로 매어놓은 목검을 끌어 손에 쥐었다.

착!

유담은 접선을 활짝 폈다.

철컥!

동시에 접선을 구성하고 있는 나무 틀 끝에 날카롭고 뾰족한 침들이 튀어나왔다.

"내 무기는 이것이다."

"알고 있어."

"선공(先攻)은?"

"내가 늦었으니 그쪽부터."

촤앗!

사무량의 말이 끝나자마자 유담의 접선이 원을 그렸다.

부채가 무기인 무인들의 특징은 하나같이 외모에서 무인의 기도가 풍기지 않는다는 점이다. 그들은 유생으로 위장한다. 때로는 시인묵객으로, 또는 고위 관리로.

부채는 대체적으로 사람에게 온화한 느낌을 준다. 하지만 무인은 항시 부채를 들고 있는 사람을 주의해야 한다. 부채가 무기로 돌변하는 순간 온화한 분위기는 금세 위협적으로 탈바꿈한다.

부채 속에 숨겨진 암기들.

암기를 쓰는 무인 중엔 진기를 사용하지 않는 자들도 있다. 좀 더 위력적으로 암기를 쏘아낼 때는 진기를 곁들이지만 보통은 기술로 떨쳐 낸다.

유담이 부재도에서 위험 인물인 까닭은 그것이다. 진기

를 잃은 그지만 그의 손에 배인 기술은 여전히 변함이 없었
다.

휘익!

사무량은 고개를 뒤로 힘껏 젖히며 검을 휘둘렀다.

느낌이 없다. 그의 검은 유담의 근처에도 가지 못하고 애꿎
은 허공만 베어냈다.

촤라락! 촤악!

유담의 접선은 혼란스러움을 더했다. 접었다 펼치기를 반
복하고, 뾰족한 창날이 모습을 보였다가 숨어버린다.

따닥!

목검은 힘없이 땅바닥을 내리쳤다.

누가 보아도 불리한 싸움이다. 사무량은 진기를 지녔지만
활용 방법을 전혀 모른다. 그에게 있어 진기는 단순히 상대의
기운을 읽는 용도에 지나지 않았다.

접선이 사무량의 면전으로 들이닥쳤다.

파라락!

순식간에 퍼진 부채의 끝이 사무량의 얼굴을 할퀴며 지나
갔다.

"큭!"

사무량은 뒤로 물러섰다.

얼굴이 불에 덴 듯 화끈했다.

우측 볼에서 코로, 코에서 좌측 볼로 이어진 선흔(扇痕)을

따라 가느다란 혈선이 모습을 비쳤다.

비릿한 피 냄새가 후각을 자극했다.

낙뢰문의 뇌성무류검도 빨랐지만 유담의 접선도 빠름에선 뒤지지 않았다.

낙뢰문과 다른 점은 그들은 조양자의 목숨을 노렸으나 접선은 사무량 자신을 노린다는 것이다.

사무량은 손으로 얼굴의 피를 닦아냈다.

"좋군."

'…….'

유담은 공격을 중단하고 사무량을 한차례 훑어보았다.

이글대던 눈동자는 차갑게 가라앉았다. 얼굴에선 그 어떠한 표정도 찾아볼 수 없었다.

'최선을 다한다.'

탓!

유담은 땅을 박차며 몸을 날렸다.

사무량의 검이 빨라졌다. 막무가내로 휘두르는 검이다. 하나 그런 움직임은 유담의 공격을 방어하기에 충분했다.

이번엔 유담의 발이 어지럽게 움직였다.

상대의 눈을 현혹시키는 보법. 접선의 활용을 배로 만들어 줄 수 있는 기술이다.

사무량은 계속 뒤로 물러섰다.

공터 한가운데서 시작한 싸움은 몇 차례 손속도 나누지 않았지만 한쪽으로 계속 밀려 나갔다.

"이건 상대가 안 되는데?"

해타가 중얼거렸다.

마희는 두 사람의 싸움을 묵묵히 지켜보았다. 일반 무인들의 싸움은 아니다. 분명 두 사람은 최선을 다해 싸우고 있지만 무인인 마희의 입장에서 보면 범인들의 박투(搏鬪)로밖에 보이지 않는다.

'그래도 저 정도면 잘 버티고 있는 거야. 쌍둥이를 제압했다고 해서 설마 했는데 역시……. 무공을 가르쳐 볼 만하겠어.'

사무량이 밀리고 있다. 유담의 살기 어린 접선은 기회를 노리며 맹공격을 펼치고 있는 중이다.

마희는 여차하면 싸움에 끼어들 수 있도록 만반의 준비를 끝냈다.

부웅! 부우웅!

목검이 만들어내는 파공성은 답답하고 묵직했다. 위력이 담긴 것은 분명한데 빠름을 뒷받침할 수 있는 능력은 보이지 않았다.

"허억! 헉!"

사무량은 가쁜 숨을 토해냈다.

유담의 공격은 한 차례의 방심도 용납지 않았다. 그는 정말 사무량을 죽이기 위한 공격을 펼쳤다. 저승에 가서도 최소한

스승 앞에서 고개를 들 수 있는 유일한 방법으로 여기는 듯했
다.

사무량은 숨을 헐떡이면서도 유담의 공격을 간발의 차이
로 피해냈다.

굵은 땀방울이 이마에서 흘러내린다. 하나 닦아낼 시간적
인 여유조차 없다. 등은 이미 땀으로 축축하게 젖었다.

미시. 태양이 가장 뜨겁게 대지를 불태우는 시간이다.

위치 선점에선 졌다. 사무량은 고개를 들 수가 없었다. 강
렬하게 내리쬐는 태양 때문에 유담의 접선을 자세히 볼 수가
없었다.

휘익! 따닥!

접선과 목검이 부딪쳤다. 싸움이 시작된 이래 처음으로 생
긴 충돌이다.

목검을 잡은 손이 자르르 울렸다. 하지만 손의 고통보다 사
무량을 더욱 괴롭히는 것이 있었다.

진기를 휘두르면 휘두를수록 몸에서 느껴지는 이상한 변
화.

턱에서부터 차가운 기운이 정수리까지 퍼져 나갔다. 마치
얼음으로 찜질하는 기분이다.

볼이 굳어지고 이마에 마비가 오고, 심지어는 정수리까지
차가운 기운이 끊임없이 퍼져 나갔다.

머리카락이 쭈뼛쭈뼛 솟는 듯했다. 그러나 진기를 운용하

는 것은 멈추지 않았다.

"하앗!"

사무량은 유담의 가슴을 향해 목검을 내질렀다. 유담이 막 접선을 접으려는 찰나였다.

파앗!

"흡!"

유담의 입에서 짧은 침음성이 튀어나왔다. 사무량의 목검은 정확히 유담의 명치를 쳐냈다.

유담은 뒤로 두어 걸음 물러섰다. 가늘게 떨리는 그의 눈썹이 상당한 고통을 느끼고 있음을 증명했다.

잠시 동안 입을 꾹 다물며 고통을 참던 유담이 손으로 가슴을 쓸어내렸다.

"무공을 배운 적이 없다고 하더니만 제법이구나."

"헉! 허억!"

사무량은 숨을 헐떡였다.

목검을 잡은 손에 힘이 빠진다. 현기증이 일어나는 듯 눈앞이 가물가물하다.

'아침부터……'

사무량은 한 손으로 가슴을 꼭 움켜쥐었다.

그는 자신이 약속 시간에 늦은 이유를 설명하지 않았다. 유담도 묻지 않았다.

하지만 늦은 이유는 따로 있었다.

아침 일찍 눈을 뜨니 몸살이 난 듯 온몸이 나른했다. 열이 나다가 오한이 밀려들다가 또다시 열이 나길 반복했다.

약속은 지켜야 했기에 일어나 가부좌를 틀고 운기를 거듭했다. 하지만 몸은 전혀 나아질 기미를 보이지 않았다.

얼마 동안이나 운공에 매달렸는지 모르겠다. 무심코 눈을 떠보니 약속 시간은 이미 한참이나 지나간 후였다.

"이제 그만 끝내도록 하지."

유담은 눈을 아래로 내리깔았다. 그리고 그가 다시 눈을 부릅떴을 땐 접선도 함께 활짝 펴졌다.

촤아악!

접선에서 무언가 번쩍이며 날아오는 게 보였으나 사무량은 피할 길이 없었다.

"안 돼!"

다급한 외침을 토해낸 마희가 유담에게 몸을 날렸다.

파앗!

마희가 유담의 몸을 밀쳤지만 접선에서 튀어나간 암기는 사무량을 향해 이미 날아가고 있었다.

파박! 팟! 팟!

사무량은 세 차례의 암기를 맞은 후 자리에 풀썩 쓰러졌다.

마희가 밀치는 바람에 유담의 암기가 조금 빗나갔다.

"이 새끼, 아직 살아 있는데? 다행히 요혈은 피한 모양이야."

왕가와 해타는 기절해 있는 사무량의 상처를 살폈다.

"유담."

마희의 음성은 얼음장처럼 차가웠다.

"각오하고 있었습니다. 사무량에게 이기면 당신의 손에 죽을 거라는 것."

쫘악!

허공을 가른 마희의 손이 유담의 뺨을 후려쳤다. 유담의 고개가 반쯤 돌아갔지만 다시 제자리로 돌리지 않았다.

"내가 왜 사무량을 기다려 왔는지 알아? 내가 왜 당신들을 죽일 수 있음에도 불구하고 살려둔 줄 아느냐고!"

'그자의 아들이니까.'

"그분의 아들이야. 어쩌면 희망도 없는 지긋지긋한 이곳에서 당신들을 밖으로 꺼낼 유일한 사람이 될지도 모르기 때문이야!"

'우리를 살려둔 이유는 사무량을 돕게 하기 위해서이고.'

"사무량에게 무공을 가르칠 거야. 금지로 들여보내 자서섬을 구해오도록 시키겠어. 두고 봐. 그의 앞에서 무릎 꿇고 싹싹 빌게 해줄 테니까."

"……."

마희는 쓰러져 있는 사무량을 들쳐 업고 북궁 쪽으로 걸어가기 시작했다. 멀찍이서 사무량이 쓰러지는 것을 본 쌍둥이도 슬그머니 일어서더니 이내 사라졌다.

‘또다시 원점. 나 또한 죽음을 각오했었는데…….’
 유담은 오늘따라 유난히도 맑은 하늘을 올려다보며 푹푹 한숨을 내쉬었다.

第四章
무공과의 만남

마희는 사무량의 몸에 박힌 얇은 암기들을 조심스럽게 뽑아냈다. 작은 피분수가 솟구쳤다. 재빨리 피를 지혈시킨 그녀는 품속에서 금창약을 꺼내 상처에 발랐다.

'싸움을 말렸어야 했는데… 아니, 애당초 그들을 제압하라는 말만 하지 않았어도……. 미안, 많이 아팠지?'

마희는 편안하게 잠들어 있는 사무량의 뺨을 부드럽게 어루만졌다. 마치 사랑하는 이를 대하듯 그렇게.

'그래도 잘해주었어. 단 며칠 만에 유담을 상대할 수 있는 경지까지 올라오다니……. 무공을 가르쳐 줄게. 이젠 그 누구에게도 상처받지 않도록.'

비록 유담과의 싸움에선 패했지만 그동안의 성과는 만족스러웠다.

'응?'

마른 헝겊으로 사무량의 땀을 닦아내던 마희는 문득 이상한 느낌이 들었다.

차가운 몸. 사무량의 이마에서 흐르는 땀은 식은땀이었다.

"사무량, 어디가 아픈 거야?"

그의 얼굴을 톡톡 건드려 보았지만 깨어나지 않았다. 대신 사무량의 눈가엔 잔경련이 일고 있었다.

'설마!'

마희의 뇌리에 한줄기 섬광이 스쳐 지나갔다.

그녀는 서슴없이 사무량의 옷을 벗겼다. 상의를 벗기고 고의만 남겨둔 채 하의마저 벗겼다.

'차갑다!'

사무량의 몸은 얼음장처럼 차갑게 식었다.

마희는 두 손을 바쁘게 놀렸다. 굳어가고 있는 사무량의 전신을 주물렀다. 주무르는 것으로도 부족해 안마를 하듯 주먹으로 가볍게 두들겼다.

그래도 나아지지 않았다. 혈액이 제대로 순환되지 않는지 안색도 창백했다.

마희는 죽은 듯 쓰러진 사무량의 상체를 억지로 일으켜 세웠다.

그녀는 사무량의 명문혈에 쉽게 손을 대지 못했다.

'설마, 설마 아니겠지. 설마……'

끊임없이 무언가에 대해 부정을 하던 마희의 손이 결국 사무량의 명문혈에 닿았다.

감고 있던 그녀의 눈이 점차 크게 뜨이기 시작했다. 등을 짚은 손은 가늘게 떨리고 있었다.

'이런……!'

불길한 예감은 적중했다.

사무량의 몸은 차가웠지만 심장은 미친 듯 빠르게 뛰었다. 피가 통하지 않느냐고? 천만에! 피가 잘 통하다 못해 주체하지 못할 지경이다.

마희는 이런 증세를 아주 잘 알고 있다.

불사체(不死體)라는 것이 있다. 문자처럼 절대 죽지 않는다는 의미는 아니다.

선천적으로 상단전이 열려 있는 사람 중에서도 거의 찾아볼 수 없을 정도로 희귀한 체질. 불사체를 타고난 사람의 피는 아주 조그만 작용에도 쉽게 반응한다.

사람 몸속에 있는 피가 정신을 제압하는 경우가 있을까?

있다. 불사체가 바로 그러하다.

쉽게 젊은이들에게 혈기가 왕성하다는 이야기를 종종 하곤 한다. 젊은 사람들은 뜨거운 혈기를 억누르지 못하고 가끔은 자기 자신도 책임지지 못할 일을 저지르곤 한다.

불사체는 그것과 비슷한 맥락이지만 아주 심한 경우라 볼 수 있다.

심법처럼 혈도를 자극하는 것은 불사체에게 극독이나 마찬가지다. 역류되는 피가 상단전을 마비시킨다.

상단전이 무엇인가. 사람의 머리다. 생각할 수 있는 이성은 모두 머리에서부터 나온다.

생각하는 머리가 마비된다면?

이성을 잃는다. 몸은 사람이되, 광기에 사로잡힌 강시나 다름없다.

이성을 잃은 자들은 피를 부른다. 무인이라면 더더욱 많은 피를 부른다.

몇백 년에 한 번 태어날까 한 이런 불사체를 지닌 사람을 마희는 두 명이나 보았다.

사무량의 부친인 혈광검, 그리고 사무량.

불사체를 알고 있는 자는 거의 없다고 봐도 좋다. 마희도 혈광검에게서 직접 듣지 않았다면 평생 모르고 살았을 게다.

중원무림이 사무량에게 무공을 가르치지 못하게 한 이유는 그가 바로 불사체이기 때문이다.

하지만 심법조차 익히지 않는다면? 그래도 미친 사람이 되어버린다. 심법으로 상단전을 다스리지 못하면 뇌가 점점 썩어들어 가 요절하고 만다.

마희는 사무량이 요절하게끔 내버려 둘 수가 없었다. 심법을 익혔으니 이제는 불사체의 본모습이 드러난다 하더라도 되돌릴 수는 없다.

사무량의 몸은 혈광검이 그랬던 수순을 밟고 있는 단계였다.

'방법이 있을 거야. 분명 방법이 있어. 무공을 익히고도 광기에 사로잡히지 않는 그런 방법이.'

마희는 희망을 가졌다.

사무량으로 인하여 어떠한 일이 벌어진다 하더라도 자신과는 상관이 없다. 사무량만 무사하면 된다. 그가 역류하는 피를 제어할 수 있도록 모든 방법을 총동원시킬 셈이다.

'일어나. 무공을 가르쳐 줄게. 반드시 훌륭한 무인으로 만들어줄게.'

마희는 아랫입술을 잘근 깨물며 스스로에게 다짐했다.

사무량이 눈을 떴을 땐 하루가 지난 상태였다.

그는 눈을 뜨자마자 수척해진 마희의 모습을 볼 수 있었다.

"깨어났니?"

그녀의 다정한 음성이 들려왔다.

"다행히 요혈을 피했어. 조금만 더 쉬면 평상시처럼 움직일 수 있을 거야."

사무량은 나무로 엮인 천장만을 바라보며 눈을 깜박였다.

그는 모를 것이다. 마희가 밤새도록 그의 솟구치는 피를 잠재우기 위해 추궁과혈(推宮過穴)을 했다는 사실을.

"나 조금만 잘게. 너도 좀 더 쉬어. 자고 일어나면… 무공을 가르쳐 줄 거야."

마희는 힘없는 목소리로 속삭이더니 사무량의 옆에 누워 잠들어 버렸다.

사무량은 누운 채로 자신의 몸 상태를 점검했다.

이상한 일이다.

금방이라도 죽을 것 같았는데 지금은 날아갈 듯이 가볍다. 진기는 마치 그의 상태를 비웃기라도 하듯 몸속을 거침없이 순환했다.

몸 상태에서 눈을 돌리니 어제의 싸움이 일목요연하게 눈앞에 그려졌다.

유담의 실력. 그것은 진기를 잃은 자의 실력이 아니었다. 만약 그가 진기를 잃지 않았다면 어땠을까. 사무량은 아마도 그의 일초지적도 되지 않았을 게다.

부끄러웠다. 자신은 자유자재로 심법을 익히고 있는데 전혀 활용을 하지 못하고 있었으니.

하지만 마희에게서 뜻밖의 말을 들었다.

무공을 가르쳐 준다고 한다. 아니다. 그녀는 처음부터 사무량에게 무공을 가르쳐 줄 생각을 하고 있었다. 다만 그 시일이 조금 더 빨라졌다는 것뿐이다.

사무량은 고개를 돌려 옆에 누워 자고 있는 마희를 바라봤
다.

여인이 옆에서 자고 있는데도 이상하게 편안한 느낌이 든
다. 그녀에게서 나는 체향(體香)은 불안하던 마음까지 달래줄
정도로 푸근하다.

마희의 얼굴이 보고 싶다. 중년 여인이라는 것은 알고 있지
만 그녀가 자신의 아버지와 어떠한 사이였는지 궁금하기만
하다.

'마희, 당신은 도대체 누구야?'

사무량은 깊은 한숨을 내쉬었다.

"우선 무공을 가르쳐 주기 전에 너에게 꼭 물어보고 싶은
게 있어."

마희는 여전히 피곤해 보였다. 하지만 질문을 던지는 그녀
의 눈빛은 여느 때와 달리 진지했다.

"만약 무인이 되어 중원에 나가게 된다면 무얼 하고 싶
어?"

사무량은 침묵했다.

마희는 사무량에게 무공을 어디에 쓸지를 묻고 있는 게다.
그녀는 이미 사무량에게 무공을 가르쳐 주기로 결심한 듯 보
이지만, 그가 내미는 대답에 따라 최종적인 결정을 내릴 것이
다.

약한 자를 돕는 것? 정의로운 일을 하는 것?

그런 것들이라면 굳이 사무량이 아니라도 다른 사람이 할 수 있는 대답이다.

그녀가 원하는 대답이 무엇인지는 알 수 없다. 그러나 지금 이 순간만큼은 사무량도 진심을 말하는 것이 도리라 생각했다.

"복수."

"……."

"아버지의 복수. 나를 무림에서 지우려 하는 자들에 대한 복수. 부친의 무공을 이용하려는 자들을 향한 복수."

"소림이나 무당, 혹은 흑천을 말하는 거니?"

"내 자유를 억압하고 앞길을 막는 자라면 누구나."

"그러려면 최고가 되어야 해."

"그들에게 보여줄 거야. 그들이 말하는 십이 년 전의 참혹했던 지옥의 광경을."

마희가 자신을 어떻게 생각하든 개의치 않는다. 무공을 익히기에 성격이나 의도가 비뚤어졌다고 해도 할 말이 없다.

"후후……."

마희는 힘없이 웃었다. 하지만 그녀의 눈빛 속엔 무언가를 그리워하는 듯 애잔함이 담겼다.

"좋아. 만족스러운 대답이야. 너에게 무공을 가르쳐 주도록 할게."

마희의 두 눈동자는 웃음에 가려져 보이지 않았다.

"기본적으로 알고 있던 심법은 이제 잊어."

무공 수련이 시작되었다.

"이제부터 내가 시키는 것만 해."

마희는 냉정하면서도 딱딱 자른 말투를 사용했다. 사무량은 가부좌를 틀고 앉아 묵묵히 그녀의 말을 들었다.

"운공에도 종류가 있어. 일반적으로 지금 너처럼 가부좌를 틀고 하는 운기를 좌공(坐功), 누워서 하는 운기를 와공(臥功)이라고 해. 그리고 최상의 경지인 행공(行功)이 있어. 말 그대로 몸을 움직이면서 운공을 하는 거야. 일어나. 네가 익혀야 할 것은 행공이야."

사무량은 언뜻 그녀의 말을 이해하기가 힘들었지만 조용히 자리에서 일어섰다.

마희가 혈도 하나하나를 짚어주며 설명한다. 팔 하나를 들어올리면서도 어디에 무슨 혈이 있는지 상세하게 가르쳐 주었다. 그리고 그 혈들을 이용해 움직이면서도 진기를 운용하는 방법까지.

쉽지 않다.

좌공을 하면서도 익숙해질 때까지 어렵게 수련했는데 막상 새로운 것을 배우려니 몸이 말을 듣지 않는다.

"휴! 그게 아니야. 처음부터 다시 해봐. 아니, 아니. 팔이

자연스럽지 않잖아. 몸에서 힘을 빼. 진기가 손끝까지 전해지
는 것을 느끼란 말이야."

그녀는 정말 열성적으로 가르쳤다.

평소에는 나긋나긋한 목소리로 말을 걸어왔지만, 수련이
시작되고 나면 여지없이 엄격한 모습을 드러냈다.

"네 부친도 검을 사용했으니까 너도 검을 써야 해."

행공이 익숙해질 즈음 마희는 검 한 자루를 사무량에게 건
넸다.

투박하게 나무로 깎아 만든 목검이 아니다. 묵직하면서도
날이 잘 선, 보기만 해도 섬뜩한 기운을 풍기는 그런 검. 시중
에서 파는 일반 청강장검(靑剛長劍)이 아니다. 조양자가 들고
있던 검과도 감히 비교할 수 없는, 예사롭지 않은 검임은 확
실했다.

사무량은 문득 검에서 붉은빛이 감도는 것을 보았다.

"그 검 이름이 뭔지 알아?"

마희가 눈에 웃음을 머금었다.

"네 부친의 별호가 혈광검. 그 검 이름도 혈광검. 그 검은
네 부친이 쓰시던 거야."

"……!"

떨그렁!

사무량은 검을 손에서 떨어뜨렸다. 어떠한 검인지 알기 때
문에 떨어뜨릴 수밖에 없었다.

아버지는 살인마라는 사람이다. 그가 죽인 사람이 족히 몇 백, 아니, 몇천 명에 달한다는 것도 안다. 그가 쓰던 검. 그 많은 사람을 벤 검.

요사스러움을 풍겨내는 붉은 검신이 햇빛을 받아 반짝였다.

"주워."

어느덧 마희의 웃음은 온데간데없이 사라지고 차가운 음성만이 흘러나왔다.

"누가 뭐라 해도 네 부친이야. 널 낳아주신 분이라고. 그런 그가 너에게 남긴 유일한 물건이야. 알고 있니? 네가 네 부친을 생각하는 마음은 나보다도 훨씬 못하다는 걸."

사무량은 마희의 눈을 직시했다.

신기한 여인이다. 이 여인은 자신에게 거짓을 말한 적이 없다. 지금 내뱉는 말도 모두 진심에서 우러나오는 말이다.

격정이 치밀었다.

그동안 마희 같은 사람이 있었던가? 없다. 모두들 자신의 아버지를 살인마라 불렀다. 십이 년 전의 일이 반복되지 않길 바란다며 두려워했다.

마희처럼 부친을 존중해 주는 이는 처음이다.

사무량은 허리를 숙여 검을 주웠다.

"혈광검. 피에 미친 검이라……. 멋진 이름이군."

마희의 눈빛이 한결 부드러워졌다.

손에 닿는 검병의 느낌이 좋았다. 부친이 만졌던 곳. 그의 땀방울과 숨결이 묻어 있는 것이다.

“혈광검. 많은 사람의 피를 머금은 검이야. 하지만 이제부터 네가 어떻게 쓰느냐에 따라 피에 미친 검이 아니라 미친 피를 쫓는 검이 될 수도 있겠지.”

마희는 의미심장한 말을 남긴 채 등을 돌렸다.

검법은 심법보다도 훨씬 어려웠다.

초식은 없었다. 사무량이 알고 있는 검법은 모두 하나하나의 짧은 초식으로 이루어져 있다. 하지만 지금 마희가 가르쳐 주고 있는 검법은 초식은커녕 정해진 흐름도 없었다.

“이게 도대체 무슨 검법이지?”

“네 부친이 익히던 검법.”

“뭐?”

“난 솔직히 네 부친의 무공을 몰라. 그냥 보고 외운 동작들만 너에게 가르쳐 주는 거지.”

사무량은 기가 막혔다.

“그럴 거면 차라리 당신이 익힌 검법을 가르쳐 주지 그래?”

“그건 안 돼. 내 무공으로는 천하제일이 될 수 없어.”

사무량은 그녀의 말을 웃어넘길 수가 없었다.

마희는 정말 자신을 천하제일인으로 만들려 한다. 자신은

천하제일이 아니라며, 혈광검의 무공을 제대로 알지도 못하
면서.

하지만 그녀의 열성이 너무 지극했다.

사무량은 그녀가 행하는 동작을 하나도 틀리지 않고 따라
했다.

다른 점은 확실히 있다.

막무가내로 휘두르는 것은 유담과의 싸움에서와 다를 바
가 없지만 그 속에서도 질서는 있다.

본능적으로 알 수 있는 느낌이다. 언제 어느 곳에서 얼마만
큼의 힘이 들어가야 하는지, 어떠한 반동으로 어떻게 밀어내
고 거두어야 하는지.

마희는 부친의 검법을 정확히 보았다.

초식도 알 수 없는 그런 검법이지만 정확히 보지 않은 이상
이런 식의 움직임은 불가능하다.

마희도 알고 있을까? 마구잡이로 휘두르는 이 움직임이 하
나 이상의 초식을 만들어내고 있음을.

심법과 검법. 두 가지를 몸에 익힌 지 반년이라는 시간이
흘렀을 때, 마희는 자신의 검을 사무량의 얼굴에 겨누었다.

"무공엔 순서가 있어. 젤 먼저 익히는 게 기본공, 그리고
심법과 무기술. 마지막이 의술이지만 그전에 반드시 거쳐야
하는 과정이 있지."

"실전 경험인가?"

"그래, 맞아. 실전 비무. 산타(散打)라고 해."

"난 아직 당신의 상대가 되지 않을 텐데?"

"첫술에 배부를 생각 마. 넌 내게 이기려면 한참이나 멀었어."

사무량은 자리를 털고 일어섰다.

스릉!

혈광검이 검집에서 빠져나오는 소리는 언제 들어도 섬뜩하다.

"무공을 익히고 나서 내 첫 비무 상대가 당신이 될 줄은 몰랐어."

"사정 봐주지 않을 거야. 최선을 다하도록 해."

"그럼 부탁하지. 하앗!"

마희와의 첫 번째 비무는 단 한 수에 끝이 났다.

패한 쪽은 사무량이다. 사무량의 검은 마희의 옷깃 부근에도 닿지 못했다. 나름대로 검을 빠르게 휘두른다 싶었는데 마희의 검은 이미 그의 목젖에 닿아 있었다.

두 번째 비무, 세 번째 비무도.

사무량에게 돌아오는 것은 패배요, 굴욕이었다.

느슨하게 풀어져 있던 사무량의 긴장감은 마희와의 산타를 통해 다시금 팽팽하게 당겨졌다.

게으름을 버렸다. 잠도 줄였다. 눈을 뜨자마자 일어나서

지쳐 잠들 때까지 검을 붙들고 살았다.

내일은 어디서 검이 날아올까 연구도 했다. 밥을 먹을 때도, 볼일을 보는 순간에도 검을 손에서 놓지 않았다.

손이 퉁퉁 부어오를 때는 천으로 둘둘 감았다. 나중엔 천을 감는 것도 지겨워 아예 검과 손을 천으로 연결시켜 버렸다. 자는 순간까지도 검이 손에서 떨어지지 않도록.

성과는 있었다.

매일 서너 차례씩 반복되는 비무. 처음엔 한 수도 받아내지 못했던 사무량의 실력은 회를 거듭할수록 점점 발전해 나갔다.

"실력이 많이 늘었어."

"그런가? 그렇다면 다행이군."

"언제나 그랬듯이 오늘도 최선을 다하길 바라."

서로 검을 주고받으며 약 한 시진에 걸친 비무가 지속되었다.

두 사람은 정말로 최선을 다했다. 한 사람이 지쳐 쓰러질 때까지 긴장을 놓지 않았고, 싸움에 열정적으로 임했다. 그것이 사무량에게 도움이 된다는 걸 두 사람 모두 알고 있었기 때문이다.

비무는 성공했다고 봐도 좋았다.

쉬익! 쒜에엑!

"……!"

“…….”

마희의 검은 사무량의 목에, 사무량의 검은 마희의 목에, 누가 먼저라고 할 것도 없이 동시에 상대의 목에 종이 한 장 공간을 남겨두곤 우뚝 멈췄다.

“제법… 인데?”

마희는 진심 어린 감탄을 토해냈다. 한손거리도 되지 못했던 사무량이 지금은 자신과 평수를 이룬다는 사실은 그녀를 뿌듯하게 만들었다.

“이제 어느 정도 감이 오는 것 같군.”

“나를 능가하는 것은 이제 시간문제야. 사무량, 네 무공 성취가 빠른 것은 인정해 주겠어.”

“좋은 스승이 있었기 때문이지.”

마희는 놀란 눈으로 사무량을 바라봤다.

사무량이 이토록 다정한 말을 꺼낸 것은 처음이었다. 항상 냉정하고 무뚝뚝하기만 한 줄 알았는데.

하지만 정작 사무량 본인은 자신이 마희에게 마음을 열어 놓고 있다는 사실을 자각하지 못했다. 마희에게 죽이겠다고 협박까지 한 사실은 까맣게 잊은 것 같았다.

“드디어 오늘은 두 발을 쭉 뻗고 잘 수 있겠어.”

사무량이 부재도에 들어오고 나서 처음으로 환하게 짓는 웃음이었다.

마희와의 비무는 삼 개월간 하루도 빠지지 않고 계속되었다. 어떤 날은 비무만 열 번을 넘게 한 적도 있었다. 하지만 그런 고생과 노력은 모두 사무량의 재산이 되었다.

두 사람이 평수를 이루고 난 뒤, 마희는 더 이상의 비무를 요구하지 않았다.

대신 그녀는 근 한 달여 동안, 자신이 알고 있는 지식을 총동원하여 사무량에게 의술을 가르쳤다.

마혈, 아혈, 사혈 등, 인체에 있는 모든 혈의 설명은 물론, 수백 가지의 독과 독의 해독법까지.

사무량은 의술을 배우는 데 큰 어려움은 없었다. 태을 진인의 서재에서 읽은 책 중에도 의술에 관한 서적이 있었기 때문이다.

마희에게 무공을 배운 지 십 개월. 사무량이 부재도에 들어온 지 어언 일 년이라는 시간이 흘러갔다.

2

"어때, 놀랍지 않아? 유담, 이제 넌 사무량의 상대가 안 돼. 다시 비무를 해보고 싶어?"

유담은 아무런 말도 하지 못했다.

그는 마희가 사무량에게 무공을 가르쳐 주기 시작한 후, 하루도 빠짐없이 사무량을 관찰했다.

하루하루가 놀라움의 연속이었다.

사무량의 무공 성취는 유담이 여태껏 보아오던 자 중에서 단연 으뜸이었다.

'그자의 아들이라더니 피는 속일 수가 없는 것인가.'

유담은 고개를 돌려 마희를 바라봤다.

먼발치에서 무공 수련에 매진하고 있는 사무량을 보는 그녀의 눈이 초롱초롱 빛났다.

자신이 가르쳐서 저 정도로 성장했으니 오죽 좋을까.

하지만 유담은 걱정부터 앞섰다.

"이제 사무량을 어떻게 부재도에서 빠져나가게 하는가만 남았군요."

"……."

일순간, 생글거리던 마희의 눈에 감정이라는 게 사라졌다.

"소신녀가 있잖아."

마희의 목소리엔 자신이 없었다.

"소신녀를 끌어낼 수 있는 사람은 없습니다. 그녀가 직접 나오지 않는 이상, 그녀의 영역에 들어갈 수도 없는 노릇. 몇 년, 혹은 몇십 년이나 기다릴 생각입니까?"

부재도를 벗어나려면 가장 필요한 것은 역시 배다.

이곳엔 배를 만들 수 있는 사람도 있고, 자재도 부족하지 않다. 하지만 그 누구 하나 배를 만들겠다고 시도한 적이 없다.

중원에서 부재도를 주목하고 있는 자들이 있다. 표면적으로는 드러난 사람이 없다. 하지만 오랜 세월 감시 받아온 것은 사실이다.

일직선으로 배를 저어 중원으로 가기엔 위험 부담이 크다. 바다를 빙 둘러 가는 방법도 생각해 보았다. 하지만 그러려면 튼튼한 배가 필요하다.

현재 부재도에서 튼튼하면서도 이목을 집중시키지 않을 은밀한 배를 만들 수 있는 사람은 오직 소신녀뿐이다. 그녀의 영역엔 무엇이 있는지 모른다. 한 가지 확실한 건 그동안 많은 사람과 함께 부재도로 흘러들어 왔던 온갖 종류의 물건들이 가득하다는 것.

배를 만들 수 있는 유일한 사람인 소신녀. 그녀는 왜 부재도를 떠나지 않고 있는 것인가.

이유는 간단하다.

조그만 섬에 기관까지 설치해 놓은 그녀는 자기 방어력이 뛰어나다. 무공을 잃었기 때문에 더더욱 방어에만 집착하는지도 모른다.

소신녀 같은 사람은 무공을 되찾거나 정말 확신이 서지 않는 한 절대 중원으로 나갈 사람이 아니다.

"역시 방법은 하나밖에 없는 건가?"

유담은 고개를 끄덕였다.

그녀를 끌어낼 수 있는 단 하나의 방법.

그것은 무공을 되찾을 수 있는 길을 마련해 주는 것이다. 아무리 꽁꽁 숨어 있는 소신녀라 하더라도 무공을 되찾을 수 있다면 호기심에라도 고개를 내밀 게 분명하다.

"저와의 비무가 있던 날, 부인께선 분명 사무량을 금지로 보낸다 하셨지요."

"알아."

"제 욕심 때문에 부인을 설득시키려는 건 아닙니다. 아니, 솔직히 말하는 게 좋겠군요. 욕심이 납니다. 어쩌면 정말로 무공을 되찾을 수 있을지도 모른다는 희망……. 부재도와는 안 어울리는 말입니다만."

"이해해. 무인에게 있어 무공 없는 삶이란 살아 있는 것만도 못하다는 것."

"쌍둥이 녀석들이 사무량에게 패한 것은 그런 희망이 사라져서일지도."

"나도 그렇게 생각해."

"부인께선 제 말이 아니었어도 사무량을 금지로 보낼 생각이셨지요."

"……."

유담은 묵묵히 마희의 대답을 기다렸다. 하지만 마희의 입술은 계속 움직이는데 목소리는 나오지 않았다.

그녀는 갈등하고 있었다.

"그동안 관찰했었지요. 사무량의 몸이 가끔씩 차게 식어갈 때마다 밤을 새우며 추궁과혈을 하시던 부인의 모습을. 사무량은 언제까지고 부인의 도움을 받을 수 없습니다. 자서섬이 사무량의 병을 고칠 수 있다고 생각하지 않으셨습니까?"

"말조심해. 병이라니……. 사무량은 병에 걸린 게 아니야, 그냥 일반인들과는 조금 다른 체질을 가진 것뿐이야."

"말을 정정하지요."

마희의 고운 아미가 일그러졌다.

유담은 속일 수 없는 자다. 그가 내뱉는 말 하나하나 모두 부정하지 못한다. 무공으로는 적수가 되지 못하지만 그의 독심술은 가끔씩 소름이 끼칠 정도로 기분 나쁘다.

"유담."

"말씀하십시오."

"앞으로 말을 아끼도록 해."

"……?"

"사람은 자신이 알고 있는 것 중 삼 할은 숨겨두어야 하는 거야. 유담처럼 많이 알고 있는 사람은 금방 죽어."

유담은 가지런한 이빨을 드러내 보이며 웃었다.

마희는 솔직하다. 돌려 말하지 않고 직선적으로 말하는 게 그녀의 매력이다.

사무량과의 비무 이후 마희와의 사이가 멀어진 것은 사실이다. 하지만 마희의 한마디 때문에 그동안의 껄끄러웠던 감정이 눈 녹듯 사라졌다.

이제야 마희의 본모습을 보는 것 같아 즐거웠다.

"도움이 필요하시면 언제든지. 자서섬을 구할 수만 있다면……."

"아니, 사무량은 그 누구의 도움도 필요 없어. 그를 금지로 보낸다는 말은 번복하지 않겠어. 금지에 들어가 자서섬을 구해오는 것 모두 사무량 혼자만의 몫이야."

"죽을 수도 있습니다."

"죽게 된다면 그것도 사무량의 운이겠지."

유담의 눈가에 놀람이 스쳤다.

마희가 사무량을 생각하는 마음은 하늘도 감탄할 만큼 지극하다. 사무량이 부재도에 자리를 틀기 시작한 이래, 그의 일거수일투족을 지켜본 사람 역시 그녀다. 혹시라도 심법을 익히다 잘못되지는 않을까 노심초사하면서.

그러던 마희가 마음을 바꿨다.

금지가 위험한 곳이라는 것을 알면서도 사무량을 보내겠다고 한다. 그만큼 사무량의 상태가 절박하다는 것이다.

사무량이 부재도에 있는 한, 몸에 이상한 징후가 보일 시엔 마희가 도움을 준다. 하나 중원에 내보내려면 사무량 혼자서도 광기를 절제할 줄 알아야 한다.

마희는 자서섬에 기대를 걸었다.

"만약… 사무량이 금지에서 자서섬을 가져온다면, 그래서 무공을 회복할 수 있다면… 중원에서 그를 도와줄 수 있겠어?"

이번 질문에 유담은 쉽게 대답하지 못했다.

그건 좀 더 생각해 봐야 할 문제다. 부재도민들이 단체로 중원에 스며들면 금방 세인들의 이목을 집중시킬 게다. 한둘도 아니고 일곱 명씩이나 되니. 어쩌면 예전처럼 공적으로 몰려 무인들에게 사냥당할지도 모른다.

마희 앞에서는 지나가는 말이라도 농을 할 수가 없다.

"지금은 말하지 못하는구나. 됐어. 나중에라도 마음이 바뀌면 그때 말해줘."

"죄송합니다."

마희가 사무량에게서 시선을 거두고 산을 내려가려 하다가 다시 우뚝 멈춰 섰다. 그녀는 등을 돌리지 않고 서서 그대로 입을 열었다.

"유담에게 정말 미안하게 생각해. 스승의 원수인 것을 뻔히 알면서도……. 정말 미안해."

마희는 그 말을 남기고 곧장 산을 내려갔다.

유담은 한참이나 그녀가 사라진 곳을 바라봤다.

"사무량, 네가 알아야 할 것이 있어."

마희의 표정은 평소와는 달리 진지했다. 사무량은 그녀의 입에서 무언가 중요한 이야기가 나올 것을 직감으로 알 수 있었다.

“뭔데?”

사무량은 마희에게 들어오라 손짓했다.

한 사람 드러눕기도 벅찬 공간이지만 평평한 돌을 마련해 주며 그녀에게 앉으라고 권했다.

“네 몸은… 다른 이들과는 조금 달라.”

“무공을 익히면 살인마가 된다는 것?”

지겹다.

사무량의 몸속에 흐르는 피는 다른 이들과 다르다는 것. 어렸을 때부터 들어온 말이다. 더불어 무공을 익혀서는 안 된다는 것도 알고 있다.

“꼭 살인마가 되는 것은 아냐. 피가 쉽게 역류되어 이성을 잃는 거지. 불사체라고 들어봤니?”

“불사체……. 그럼 부친도 불사체였다는 말인가?”

“그래. 너희 조부도, 증조부, 고조부 모두 불사체였어. 그리고 너 역시.”

“…….”

불사체라는 말은 처음 듣는다. 하지만 마희가 어떤 이야기를 할지 대강은 짐작이 간다.

사무량도 알고 있다. 심법을 익히기 시작한 이래, 가끔씩 몸에 이상한 변화가 생긴다는 것을.

“무공과 어떤 관계가 있는데?”

“넌 선천적으로 상단전이 발달되었어. 동시에 불사체의 체

질을 타고 태어났지. 상단전이 발달한 사람 중에 정신을 제어
하지 못하는 자들은 미치광이가 되어버려. 정신을 제어하기
위해선 심법이 필요해. 심법은 곧 무공과도 연결되지. 하지만
불사체를 타고난 자가 무공을 익히게 되면 피가 제멋대로 역
류해서 이성을 잃어. 그러니까 넌……."
　"무공을 익히면 이성을 잃은 살인마가 된다. 익히지 않으
면 나 혼자 미치광이가 된다. 이 말인가?"
　"…그래."
　"하하! 무당파가 왜 그토록 내게 무공을 가르쳐 주지 않았
는지 알게 되었군. 다른 사람에게 피해 주지 말고 혼자서 미
쳐라, 이런 것이었지."
　마희는 어찌해야 좋을지 몰랐다.
　세상을 위해서라면 사무량 같은 사람은 없어져야 한다. 무
공을 가르쳐선 안 된다.
　하지만 사무량은 이미 무공을 익혔다. 그가 원했고, 마희
또한 원했던 것이다.
　"내 몸속에서 조금씩 이상한 기운이 느껴지는 것도 바로
그것이야?"
　"알고 있었니?"
　"모를 리가 없지."
　사무량은 입을 꾹 다물었다.
　갑자기 무거운 분위기가 되려는 것을 느낀 마희가 재빨리

입을 열었다.

"방법은 있어."

"무슨 방법? 무인이 되었어도 살인마가 되지 않는 방법?"

"자서섬을 구해오면 돼."

"자서섬……. 두꺼비?"

사무량은 오래전의 기억을 되살렸다. 해타가 말한 두꺼비가 혹시 지금 마희가 말하고 있는 자서섬이 아닐지.

"영물(靈物)이야. 자서섬을 달여서 물을 마시면 죽었던 사람도 깨어날 수 있다고 해. 진기를 잃은 사람은 되찾을 수 있고."

"내 저주도 풀릴 수 있다고 장담하나?"

"솔직히 장담하진 못해. 하지만 기대는 하고 있어."

"영물이라면 구하기도 힘들 텐데 장담하지 못한다라…….
위험한 도박 같군. 관심없어."

"그렇다면 살인마가 되고 싶은 거니?"

"……."

"내 말 똑바로 들어. 네 조상들은 불사체를 이겨내지 못했어. 하지만 넌 이겨내야 해. 중원의 모든 사람들에게 너희 부친의 오명을 풀어줄 수 있는 사람은 너뿐이야."

사무량은 잠시 생각에 잠겼다.

마희의 말을 무시하는 건 아니다. 하지만 믿을 수도 없다. 저주받은 불사체라면, 그래서 자서섬을 구해야 한다면 왜 부친은 그렇게 살인마가 되어야 했는가.

무공을 원했다. 무인이 되고 싶었고, 소림에서 기연을 만나 심법을 익혔다. 부재도에서 마희를 만나 무공을 배웠다.

이제야 무인이 된다 싶었는데 불사체라는 커다란 걸림돌이 앞을 가로막고 있을 줄이야.

살인마가 되고 싶냐고? 천만의 말씀! 이성을 잃은 자가 펼치는 무공이 무슨 의미가 있겠으며 죽어 있는 사람보다 나은 점이 무엇인가.

"불사체를 이겨내기 위한 보다 확실한 방법은 없어?"

"지금으로선 없어."

마희의 대답은 냉정했지만 사실일 게다.

"후후! 만약 자서섬을 구했는 데도 저주를 이겨내지 못한다면?"

"다른 방법을 찾아줄게. 반드시, 꼭 저주를 풀어내게 해줄 거야."

사무량은 마희를 직시했다.

이제는 눈빛만 보아도 그녀가 무슨 생각을 하는지 알 수 있다.

부재도에 발을 들여놓은 첫날부터 자신에게 지대한 관심을 보이는 마희. 이제는 이 여자의 정체를 알아낼 때가 된 것 같다.

"마희 당신은 도대체 내 부친과 무슨 관계였나?"

마희가 놀란 듯 눈을 피했다. 그녀는 땅바닥으로 시선을 떨구곤 한참 동안 움직이지 않았다.

무료한 시간이 흘렀다. 마희는 오랜 망설임 끝에 천천히 입술을 떼었다.

"사랑하던 사이였어."

"……."

침묵이 맴돌았다.

마희는 입을 꾹 닫아버렸고, 사무량 역시 할 말을 찾지 못했다.

부친과 사랑하던 사이였다면 자신에게 관심을 보인 이유도 간단하게 설명이 된다. 아마 자신의 얼굴을 보며 혈광검을 떠올렸겠지. 그래서 무공도 가르쳐 준 것이고.

의심할 여지는 없다. 마희의 눈에선 거짓을 엿볼 수 없었다. 깊은 관계일 것은 예상하고 있었지만 설마 사랑하던 사이였을 줄이야.

"내가 이곳에 올 것이란 걸 어떻게 알았는지 물어봐도……?"

사무량은 말끝을 흐렸다.

아버지의 여자. 이제는 반말을 할 수가 없다.

"그분이 죽었다는 소식을 들었어. 무당파에서 너를 데려갔다는 것도. 혹시 소림에서 보현 대사를 만났니?"

"……!"

보현 대사라면 사무량의 운공을 도와주던 사람이다. 그는 분명 말했었다. 사무량이 부재도로 가길 바란다고.

"널 부재도로 보내자고 의견을 낸 사람은 아마도 보현 대사일 거야. 십이 년 전, 네가 무당에 들어갈 때부터 그렇게 결정지어진 것이니까."

"보현 대사와 아는 사이였……."

"그래, 자세한 내막은 이야기해 줄 수 없으니 이해해 줘."

"당신, 믿을 수 없어."

사무량의 눈빛이 차갑게 가라앉았다.

마희가 소림과 아는 사이라면 그녀가 한 말도 믿을 수 없다. 소림은 사무량에게 어디에 있는지도 모를 비급을 원했다. 마희도 그것을 틀림없이 알고 있을 게다.

"당신도 비급을 원해?"

"날… 믿지 못하는구나."

"비급을 원하냐고."

"그래, 비급을 원해. 네가 그분의 비급을 찾았으면 좋겠어."

사무량은 마희를 향해 비소를 지었다.

"후후! 결국 당신도 비급 때문에 날 속인 거야? 미안하군. 난 비급이 어디에 있는지 알지 못하니."

"비급의 위치는 내가 알고 있어."

사무량의 얼굴이 순식간에 굳어졌다. 그는 자신의 귀를 의심했다. 소림사도 흑천도 모두가 입을 모아 말했다. 혈광검이 남긴 비급의 위치를 알고 있는 열쇠는 오로지 사무량 자신이라고.

그러나 사무량도 모르는 비급의 위치를 마희는 어떻게 알고 있는 것인가. 그렇다. 부친과 사랑하던 사이였다면 어쩌면 알고 있을 가능성도 있다.

"내가 왜 비급을 찾길 원하는데?"

"그분의 무공이 이 세상에서 사라지지 않길 바라니까."

"정말… 그를 사랑했나?"

'사랑해. 아직도. 아마 죽어서도 사랑하게 될 거야.'

마희는 목구멍까지 솟아오른 말을 입 밖으로 꺼내지 못했다. 대신 감정이 복받쳐 코끝이 찡해졌다. 그녀는 얼른 고개를 돌렸다.

"비급의 위치를 말해줘."

"지금은 말해줄 수 없어. 네가 자서섬을 구해오면 말해주도록 할게. 사무량 네가 나를 믿지 않아도 좋아. 하지만 난 반드시 널 그분과 견줄 수 있는 무인으로 만들어놓을 거야."

사무량은 관두자는 듯 고개를 살래살래 저었다.

"자서섬, 그건 어디에 있어?"

"금지."

"지금… 나보고 금지에 들어가라?"

사무량은 자신이 잘못 들은 게 아닌지 재차 물었다.

“한 가지만 말해줄게. 금지에 들어갔다가 살아나온 사람은 없어.”

“죽을 수도 있다는 말이네.”

“넌 죽지 않을 거야.”

“날 너무 믿지 마.”

목숨을 걸고 금지에 들어가서 자서섬을 구해올 것인가, 아니면 불사체의 저주를 풀지 못하고 미친 살인마가 될 것인가.

사무량에게는 아직 생각할 시간이 필요했다.

“강요는 하지 않겠어. 선택은 네 몫이야. 결정을 하게 되면 그때 날 찾아와.”

마희는 조용히 일어서 사무량의 거처를 빠져나갔다.

第五章
그르지

파앗!

검이 허공을 갈랐다.

일렬로 세워놓은 짚더미는 검이 한 번 휘둘러질 때마다 속절없이 썰려 나갔다.

익히고 또 익히고, 이제는 눈 감고도 펼칠 수 있는 검법인데도 사무량은 손에 물집이 생길 때까지 하루 종일 검을 휘둘렀다.

잡념을 떨쳐 버리기 위해 시작한 수련이다. 하지만 잡념이 떨쳐지기는커녕 계속 다른 생각을 낳고 있다.

마희의 정체를 알게 되었지만 달라지는 것은 없다. 지금은 중요한 결정을 해야 하는 순간이다.

부친에게 물려받은 저주를 풀어내느냐, 아니면 들끓는 피에 이성을 잃어버리느냐.

남아 있는 짚더미는 더 이상 없었다. 사무량은 썩은 나무의 가지들을 검으로 쳐냈다.

스걱!

느낌이 좋다.

부친이 쓰던 검이지만 아직도 녹이 슬지 않은 명검이라는 걸 인정한다.

나무가 잘라져 나갈 때마다 자르르 울리는 손에서 희열을 느낀다. 목검이 아닌 진검을 들었을 때 드디어 무인이 되었구나라고 생각했다.

무공을 익히기 시작했을 때, 어느 정도 시련이 있으리라고는 예상하고 있었다. 하지만 실상은 그의 예상을 훨씬 뛰어넘었다.

타고난 체질은 사무량 스스로가 바꿀 수는 없는 것이다.

자서섬의 효력은 아무도 알지 못한다. 단지 영물이라는 것만으로 불사체의 저주를 풀 수 있으리라곤 생각하지 않는다.

하지만 한 번 해볼 만한 가치는 있다. 혹시 아는가. 정말 기대대로 체질을 극복할 수 있을지.

자서섬을 구해야 하는 이유는 하나가 더 있다.

부친이 남긴 비급.

세상 사람들이 깜짝 놀랐던 무공. 그걸 찾게 된다면 사무량
이 바라던 복수를 할 수 있다.

정말 최고가 되지 않는 이상, 무공을 익히는 것엔 의미가
없다.

그것을 찾을 수 있는 기회. 사무량은 그 기회를 놓치고 싶
은 마음이 없었다.

자서섬. 그것은 금지 어딘가에 있다.

그곳에 들어갔다가 아무도 살아남은 자가 없다는 데에 또
한 번 오기가 치민다.

'죽음을 각오한 도박!'

파앗!

사무량은 하루 종일 나무를 베었다.

좁은 섬에서 이런 광경을 보기란 드물다.

같은 부재도인데 한쪽은 죽음의 땅이고 다른 쪽은 지상낙
원이 따로 없다.

땅을 밟는 감촉부터가 다르다.

퍼석퍼석한 땅 대신 부드럽고 윤기있는 흙이 밟힌다. 폭신
폭신해서 솜이불 위를 걷는 기분마저 든다.

공기는 어떤가.

썩은 냄새가 진동하던 지난 일 년 동안 코는 제법 적응을
잘하고 있는 모양이다. 단지 한 발자국 들여놓았을 뿐인데 이

름 모를 꽃들의 향기가 후각을 자극한다.

아름답다. 이곳이라면 영원히 살고 싶은 마음이 든다.

"호흡을 가늘게 내쉬어. 유혼산(誘魂散)이 뿌려져 있으니까."

사무량은 그제야 향기의 정체를 알았다.

그냥 꽃향기는 아니다. 오래도록 맡았을 시에는 환각 증세를 일으키는 유혼산이 곳곳에 뿌려져 있었다.

"이곳에 있는 기관은 모두 소신녀가 만든 거야."

"놀랍군."

사무량은 진정으로 감탄했다.

겉으로 보이는 환경은 너무도 아름답지만 공포가 도사리고 있는 기관이라니…….

마희는 작은 지도를 펼치곤 천천히 길을 헤쳐 나갔다. 어떤 때는 길이 아닌 곳에 서슴없이 발을 들이밀곤 했다. 놀라운 것은 그럴 때마다 얼마 못 가서 항상 새로운 길이 나타났다.

"해타와 왕가도 이곳에 들어올 땐 지도를 꼭 보면서 들어오곤 해."

마희는 사무량이 뒤에서 잘 따라오고 있는지 수시로 확인했다.

사무량이 찾아온 것은 마희가 자서섬에 대한 이야기를 꺼낸 지 만 하루 만이었다.

하루 동안의 짧은 시간이었지만 마희에게는 억겁의 세월

보다도 길게 느껴졌었다. 혹시나 사무량이 오지 않으면 어떡하나 걱정되는 마음에 잠도 제대로 이루지 못했다.

한 발 한 발 내딛는 발걸음이 무거웠다.

지금이라도 가지 말라고 말리고 싶은 마음이 가득하다. 사무량이 적극적으로 금지에 가겠다고 나타난 것은 다행이나 어쩌면 다시 돌아오지 못할 것 같은 불안함이 전신을 옥죄어 왔다.

마희의 발걸음은 일다경 정도를 걸은 후에야 멈추었다.

"이곳은 와본 곳이야."

사무량이 주위를 둘러보며 말했다.

커다란 나무, 호랑이 바위. 처음 부재도에 왔을 때 들렀던 곳이다.

"여기에 입구가 있어."

마희는 호랑이 바위 뒤로 돌아가 팔 하나가 간신히 들어갈 수 있는 구멍에 손을 쑥 집어넣었다. 그녀가 손을 꼼지락거리길 잠시,

구르릉─!

육중한 철문이 열리는 소리가 들려왔다. 하지만 어디에서 들리는 것인지 육안으로 볼 수는 없었다.

"이곳인가?"

마희는 무겁게 고개를 끄덕였다.

"줄 게 있어."

그녀가 소매에서 꺼낸 것은 잘 말린 건포(乾脯) 몇 개, 그리고 기다란 물체 하나였다.

"이건 신호탄이야. 다시 나왔을 때 이걸 하늘에 쏘아 올려. 그럼 데리러 올게."

"건포는 구하기 힘들었을 텐데… 고맙군."

사무량은 바위 근처로 다가가 두리번거렸다. 그러다가 나뭇잎이 길게 늘어진 덩굴을 손으로 매만졌다.

"이 뒤로 들어가면 되나?"

"사무량."

"……?"

"약속 하나만 해. 반드시 살아서 나오겠다고."

"후후! 언제는 내가 분명히 살 거라고 장담하더니. 참, 그러고 보니 자서섬의 특징을 물어보지 않았네. 아, 직접 본 적이 없으니 모르겠나?"

"생김새를 몰라도 한눈에 들어올 거야. 영물은 주인을 알아보는 법이거든."

"후후후!"

사무량은 살짝 미소를 지으며 덩굴을 위로 올렸다.

"그럼 조심히 가도록."

"그래……."

사무량은 가볍게 고개를 끄덕이곤 덩굴 사이로 몸을 쑤욱 밀어 넣었다.

"……!"

그의 모습이 사라지자 마희는 재빨리 두 손으로 얼굴을 가린 면사를 덮었다.

'제발 살아서 돌아와. 제발!'

마희는 가늘게 오열했다.

덩굴에 가려져 있던 땅엔 사람 하나 간신히 들어갈 수 있는 공간밖에 없었다.

힘겹게 몸을 밀어 넣었더니 이번에는 사방이 온통 바위로 이루어진 동굴이 나타났다.

똑! 똑!

귀가 꽉 막힌 듯 답답했다. 천장에서 떨어지는 물방울 소리가 유독 크게 들렸다.

횃불이라도 들고 올 걸 그랬나 보다. 한 치 앞도 볼 수 없는 암흑이라니…… 이래선 길이나 제대로 찾을 수 있을지 모르겠다.

땡볕이 내리쬐는 바깥과는 달리 굴속은 축축한 습기로 가득했다. 바람은 한 점도 불지 않는다. 물방울 떨어지는 것 이외엔 그 어떠한 소리도 들리지 않았다.

사무량은 등을 벽에 바짝 대고 옆으로 걸었다.

반 각 정도 천천히 몸을 움직였을 때 벽은 끝을 보였다.

'통로!'

갑자기 훅 하고 뜨거운 바람이 몰아쳤다. 뜨거운 바람 속에는 매캐한 냄새가 섞여 있다.

통로로 들어선 사무량은 다시 손을 뻗어 벽을 짚어 나갔다. 한데,

'……?'

손에 닿는 감촉은 딱딱함이 아니었다.

물컹한 느낌. 마치 사람의 살을 만지듯 말랑말랑한 감촉.

"어딜 만져?"

"……!"

난데없이 들려오는 여인의 음성에 사무량은 머리카락이 쭈뼛 서는 듯했다.

화르륵!

놀랄 틈도 없이 횃불이 밝혀졌다.

그리고 환한 불빛에 드러난 한 사람의 모습.

"……!"

사무량은 그 자리에서 석상처럼 몸이 굳었다.

얼굴을 반쯤 덮은 봉두난발(蓬頭亂髮), 뼈밖에 안 보일 정도로 마른 몸매에 눈이 부실 정도의 흰옷, 핏기가 없는 창백한 얼굴에 박혀 있는 커다란 눈과 새빨간 입술.

이런 곳에 사람이 있었다면 기운을 분명히 느꼈을 텐데… 그렇다면 귀신인가? 아니다. 여인에게선 시기를 느끼지 못했다.

사무량은 자신이 혹시 잘못 본 게 아닌가 싶어 눈을 깜박였
다.

여인은 그 자리에 그대로 서서 사무량을 직시했다.

그녀의 눈가에 자리한 검은 그늘은 귀기스러움을 자아냈
다.

이목구비가 뚜렷한 얼굴을 가만히 뜯어보니 예쁘다. 한데
무언가 교묘하게 뒤틀려 있는 느낌이다. 무서움이다. 얼굴 전
체에서 발하는 무서움이 예쁜 이목구비를 가려 버렸다.

그때 문득 사무량의 머릿속에 한 사람의 이름이 떠올랐다.

'소신녀……'

"소신녀라는 여자 아이가 있어. 나중에 그 아일 만나거든 너무
놀라거나 하지 마. 그 앤 누가 자기 얼굴을 보면서 소리 지르는 걸
가장 싫어하니까."

해타가 했던 말의 의미가 이것일 줄은 몰랐다.

"왜 이렇게 꾸물거려? 내가 여기서 얼마나 오래 기다렸는
지 알아?"

음성은 얼굴만큼이나 앙칼졌다.

"부재도에 들어선 지 근 일 년여 만에 소신녀의 실체를 보
게 되는군."

여인의 눈에 이채가 떠올랐다 사라졌다.

그녀는 소매에서 커다랗고 마른 나뭇잎 한 장을 꺼냈다. 나뭇잎을 손가락 굵기로 둘둘 말은 그녀는 잎의 끄트머리를 서슴없이 횃불에 갖다 댔다.

연기가 피어올랐다. 여인은 불이 붙은 나뭇잎의 반대편을 입으로 가져가 후욱 빨았다.

"후우……!"

아까보다 더욱 짙은 연기가 피어올랐다. 나뭇잎에서도 그녀의 입에서도.

동굴에 처음 들어왔을 때 나던 매캐한 냄새의 정체는 그녀가 피우는 연초에서 나는 것이었다.

"여송연(呂宋煙)이야. 박래품(舶來品:수입품)으로 복건성(福建省)에서 들여온 거지."

"……."

"왜 그렇게 빤히 바라봐? 너도 내가 귀신같아 보여?"

"후후후!"

사무량은 가늘게 웃었다.

소신녀가 이곳에 있는 이유는 알 수 없다. 사무량을 보자마자 늦게 왔다고 닦달하는 모습을 보니 꽤 오랫동안 기다린 것 같다.

"이곳에도 네가 기관을 설치했나?"

"아니. 이곳은 내 손길이 닿지 않았어. 나도 처음 들어와 보는 곳이야."

"내가 들어올 걸 알고 있었군."

"마희가 신경 쓰는 자가 어떤 인물인지 궁금했을 뿐이야."

소신녀는 사무량이 부재도에 들어온 것을 진즉부터 알고 있었다.

소신녀는 자신의 영역에서 빠져나오지 않는 게 아니었다. 그녀는 부재도 전체를 제 방 드나들 듯 활보했다. 다만 아무도 그녀가 돌아다니는 모습을 보지 못했을 뿐이다.

"확인했으니 만족하나?"

"글쎄, 좀 더 두고 봐야 할 것 같아."

"확인했으면 그만 돌아가. 난 갈 길이 바쁜 사람이야."

"돌아가지 않아."

사무량은 소신녀를 흘겨봤다.

기다리고 있었다는 건 이해할 수 있다. 그렇게 영역에서 빠져나오지 않는 여인이 자신이 궁금해서 나왔다니 할 말은 없다.

한눈에 보아도 소신녀는 사무량과 동행을 할 목적으로 보인다. 어떠한 위험이 도사리고 있는지 예측할 수 없는 곳.

사무량도 자신의 목숨을 지키기에 급급한데, 소신녀가 따라가면 짐밖에 되지 않는다.

"위험한 곳이야."

"그럼 네게도 위험한 곳이야."

"……."

"왜?"

"한마디도 안 지는군."

사무량은 여자를 대해본 적이 없다.

도사들 틈에서 유년기를 보낸 그의 인생에 여자란 없었다. 그의 기억으론 처음 대한 여자가 마희였다.

그리고 두 번째가 지금 눈앞에 있는 소신녀.

"기관에 대해 얼마나 알아?"

소신녀는 대뜸 기관에 대해 질문했다.

"알아도 너만큼은 못하겠지."

"그럼 이야기 끝났네. 내가 앞장설게. 내 뒤만 따라와."

사무량은 횃불을 들고 걸음을 떼려는 소신녀의 팔목을 잡았다.

소신녀는 막무가내였다.

무공을 익힌 마희조차도 기피하는 곳이다. 들어온 사람 중엔 살아 나간 사람이 없다.

금지가 괜히 금지겠는가. 동굴 속에 들어온 것만으로도 긴장감을 늦출 수 없는데 소신녀의 태평함은 도대체 무엇인가.

"나에 대해 알고 싶으면 내가 이곳에서 빠져나간 후에 알아도 늦지 않아."

"무공을 익혔다고 자만하지 마. 이곳이 누가 만든 곳인 줄 알아? 귀곡자(鬼谷子)야. 희대의 기관진법 달인으로 불리는 사람 말이야."

귀곡자…….

들어본 적이 있다. 아니, 책에서 읽은 적이 있다.

타의 추종을 불허하는 기관진의 고수. 무공을 익히지 않았음에도 불구하고 기관만으로 도귀(刀鬼)들이 득실대는 양이문(陽理門)을 하루아침에 초토화시킨 자다. 중원에서 그를 모르는 사람은 아마 없을 게다.

"알고 있다는 표정이네? 그럼 귀곡자가 이곳에 살았던 건 알아?"

귀곡자가 부재도에 끌려왔다는 말은 금시초문이다. 하긴, 그 많던 서책 어디에도 부재도에 대한 이야기는 털끝만큼도 없었다.

"이 위의 금지는 귀곡자의 앞마당 정도밖에 되지 않아. 그가 살았던 곳은 여기야. 온갖 영물이 득실대는 바로 이곳."

"그가 아직도 살아 있나?"

"오래전에 죽었지. 하지만 궁금하지 않아? 귀곡자가 여기에 무엇을 남기고 갔는지."

소신녀의 눈이 반짝거렸다.

정확히 말하면 그녀가 궁금해하는 것은 귀곡자가 설치해 놓은 진이다. 다른 이유는 없다. 사무량을 빌미로 그동안 찾지 않았던 이곳에 발을 들여놓은 게다.

"이제 알았으면 내 뒤를 따라와."

소신녀는 다시 몸을 돌렸다. 한데, 사무량이 그녀의 팔을 놓아주지 않았다.

"왜?!"

소신녀가 짜증을 냈다.

"내가 앞장서지. 네가 내 뒤를 따라와."

사무량은 기막혀 하는 소신녀를 제쳐 두고 앞서나갔다.

동굴은 길이를 측정할 수 없었다.

굽이굽이 진 통로가 마치 미로(迷路) 같다. 장정 하나가 간신히 통과할 수 있는 넓이에 천장도 무척이나 낮다.

신기한 일이다. 섬의 지하라고 하면 바다일 게 분명할진대, 정녕 섬의 깊이를 알 수가 없으니.

퀴퀴한 냄새가 진동한다. 벽 아래엔 썩어버린 오물이 가득하다. 박쥐, 혹은 쥐의 오물로 추정된다.

"넌 나이가 어떻게 돼?"

소신녀가 친근하게 물어왔다.

"열아홉."

"솔직히 네가 내 또래일 줄은 몰랐어. 마희가 하도 기다리기에 늙다리가 올 거라 생각했는데. 마희 취향이 참 독특하네. 난 열여덟이야."

확실히 소신녀의 얼굴은 아직 소녀 티를 벗지 않아 앳되어 보인다. 얼굴을 몰랐을 때는 적어도 서른은 되었을 줄 알았는데 예상보다 너무 어려 놀랐다.

"그럼 도대체 몇 살에 부재도에 들어온 거야?"

"열네 살 때야. 하오문 소흥(紹興) 지부 해화기루(海花妓樓)를 박살 냈거든. 그때 잡혀서 죽을 뻔했는데 어찌어찌 목숨은 건졌지. 그리고 이곳에 온 거야."

소신녀는 아무 일 아니라는 듯 담담하게 말했다.

"넌 혈광검의 아들이라며?"

사무량은 침묵으로 대답을 대신했다. 새삼스럽게 아버지를 아느냐고 물어볼 필요가 없었다.

부친은 사무량 본인이 생각했던 것보다 훨씬 유명한 인물이다. 세 살배기 코흘리개조차도 혈광검의 존재를 안다.

"내가 이곳에 온 이유가 두 가지 있는데 그중 하나는 네가 혈광검의 아들이기 때문에 따라온 거야."

"……."

"무공의 성취가 굉장히 빠르던데? 다 지켜봤어. 한데 그거 알아? 자서섬을 복용하면 무공이 증진된다는 것."

사무량은 뒤로 고개를 흘끔 돌리다가 소신녀의 걸음걸이를 보았다.

독특한 걸음걸이다. 보통은 발을 디딜 때 발가락이나 뒤꿈치를 먼저 디디는데 소신녀는 발바닥의 움푹 들어간 부분, 용천혈을 먼저 디딘다. 아마도 신법 위주의 무공을 익히지 않았을까 예상된다.

"잠깐만."

소신녀가 발걸음을 우뚝 멈췄다.

그녀는 고개를 전혀 움직이지 않고 눈동자만을 돌려 동굴의 구석구석을 살폈다.

천장과 바닥, 벽의 틈새, 심지어는 작은 돌멩이 하나하나까지 살피는 중이었다.

사무량은 말없이 그녀의 행동을 관찰했다. 그리고 알았다.

처음 들어오자 했을 때 당당하며 자신에 차 있던 그녀의 얼굴이 점점 긴장으로 뒤덮여 가고 있다는 사실을. 벽을 짚어가는 하얀 손은 가늘게 떨리고 있었다.

"기관?"

사무량의 물음에 소신녀가 작게 고개를 끄덕였다.

2

"한 번 뛰면 얼마나 멀리 뛸 수 있어?"

사무량은 천장을 올려다봤다.

"이곳에선 반 장도 못 뛰겠군."

"안 돼. 최소한 이 장은 뛰어야 해."

무리다. 넓은 곳이었어도 사력을 다해야 이 장을 뛸 수 있다. 하지만 천장이 너무 낮다. 날개가 달려 있지 않는 한 이 장은 불가능하다.

"혹시 밧줄 같은 거 있어?"

그런 게 있을 리가 있나.

소신녀도 이런 일이 있을 거라곤 예상하지 못한 눈치다.

그녀는 주위의 작은 돌멩이를 들어 앞으로 살짝 던졌다. 그
때,

쒜에엑— 철컹!

"……!"

정말 순식간에 벌어진 일이었다.

바닥에서 검은 아가리가 벌어지는 것 같더니 일 척이 넘는
길이의 뾰족한 세침들이 땅 위로 솟구쳐 올랐다.

어림잡아도 근 이 장 넓이나 솟아오른 세침들은 사무량과
소신녀의 앞길을 막았다.

"기관을 멈추게 하는 장치는 반대쪽에 달려 있어. 우리는
무조건 이곳을 지나가야 해."

"귀곡자가 이것을 설치했다면 그도 분명 여기서 저 안으로
들어갔다는 말인데……."

"아냐. 이건 보안 장치야. 누가 침입해 들어오는 것을 막
는. 귀곡자는 장치를 끄고 밖을 빠져나간 후에 다시 안에 들
어갈 때는 장치를 원상태로 만들어놔."

소신녀는 손톱을 물어뜯으며 생각에 잠겼다.

사무량도 주변을 둘러보았다. 좁은 벽이라도 손과 발을 디
뎌 기어가면 될까 했는데 습기로 인해 잔뜩 낀 이끼 때문에
그 방법은 불가능 할 듯싶다. 밧줄이 있다 하여도 매듭을 걸

어둘 곳이 마땅치 않다.

세침을 다 부러뜨리고 가는 것 외엔 정말 방법이 없다. 세침, 세침들……

사무량의 얼굴에 서서히 미소가 그려졌다.

스릉!

그는 옆구리에서 혈광검을 뽑아 들었다.

"네가 따라온다 했을 때 말리지 않길 잘한 것 같아. 혼자 들어왔다면 이미 꼬치가 되어버렸을지도."

사무량은 소신녀를 밀치고 세침들 앞으로 뚜벅뚜벅 걸어갔다. 그리곤 망설임없이 검을 휘둘렀다.

"너, 너, 무슨 짓을 하려는 거야?"

휘이익… 까강!

쇠와 쇠가 부딪치는 소리가 동굴을 울렸다.

재빨리 손으로 두 귀를 막은 소신녀는 사무량을 보며 놀란 입을 다물지 못했다.

그는 조금도 지체하지 않고 검을 휘둘렀다. 검이 허공을 가르고 쩌렁 울리는 쇳소리가 들릴 때마다 세침들이 우수수 부러져 나갔다.

"마, 말도 안 돼!"

소신녀는 부러진 세침과 사무량을 번갈아 보았다.

물론 쇠가 쇠를 베어내는 것은 예사다. 하지만 검으로 세침을 베어낼 수는 없다. 사무량을 의심하는 것이 아니라 귀곡자를 잘 알고 있기 때문이다.

귀곡자가 설마 검에 부러질 정도로 약한 세침을 기관에 사용했겠는가? 절대 아니라고 본다. 그녀가 알고 있는 귀곡자는 완벽주의자다. 아무리 좋은 명검을 지녔더라도 세침을 나뭇가지 부러뜨리듯 베어낼 수는 없는 게다.

하지만 어쩌랴. 있을 수 없는 일이 눈앞에서 벌어지고 있는 것을.

사무량은 벌써 반대편에 다다랐다. 그가 지나간 자리에는 부러진 쇠침들이 힘없이 누워 있었다.

기관에 대해 빠삭한 소신녀도 이처럼 단순한 기관 앞에서 고민에 고민을 거듭하고 있었는데…….

'내력이 출중한가? 그건 아닌 것 같은데, 설마 단순히 힘만으로? 아냐, 그것도 아냐.'

소신녀가 머릿속으로 여러 생각들을 떠올리고 있을 때 사무량이 손짓을 했다.

"뭘 꾸물대?"

소신녀는 그가 있는 곳을 향해 천천히 발걸음을 떼었다.

"이럴 수가! 이건… 정말 이런 검은 처음 봐."

소신녀의 눈은 혈광검에서 떨어질 줄을 몰랐다.

횃불에 비춰진 그녀의 귀기스러운 얼굴은 요사스러움을 풍기는 혈광검과 너무도 잘 어울렸다.

“보통 명검은 육십 년에 걸쳐 만들어져. 한데 이 검은… 만년한철(萬年寒鐵)인 데다가 최소 백 년은 제련시킨 것 같아.”

그녀의 감탄사는 끊어지질 않았다.

‘영락없는 계집아이.’

사무량은 벽에 편안히 기대앉아 건포를 씹었다.

사람들은 소신녀에 대해 잘못 알아도 한참 잘못 알고 있는 것 같다.

조잘조잘 떠들어대는 입은 여느 십대 아이들과 다를 게 없다. 호기심에 반짝이는 눈동자가 맑다. 만약 그녀가 기괴한 생김새만 지니고 있지 않았더라면 부재도민들과 훨씬 가까워졌을 게다.

“앞으로 얼마나 더 가야 하지?”

“아직 반도 못 온 것 같은데?”

“이거 섬 아래 있는 동굴 맞나? 제길, 기가 막히는군.”

소신녀가 혈광검에서 시선을 거두곤 놀란 듯 사무량을 바라봤다.

“과묵하기만 한 줄 알았는데, 욕도 하네?”

“소신녀, 네가 그렇게 말할 처지가 아닐 텐데?”

“호호호!”

그녀의 입에서 웃음이 터져 나왔다. 하지만 사무량은 그 모습이 더욱 섬뜩했다. 음성은 분명 웃고 있는데, 표정 없는 얼굴이라니…….

"네가 사람들한테 무슨 말을 들었는지 모르겠지만, 반은 맞고 반은 틀릴 거야."

"틀린 것?"

"모두들 내가 엄청난 무공을 지녔던 무인인 줄 알아. 하지만 경공 조금 하는 것 외엔 무공을 몰라."

"그랬군."

놀랄 일도 아니다. 귀곡자 역시 무공을 모르는 평범한 사람이었으니까.

"그럼 단순히 귀곡자의 진식을 견식하기 위해 이곳에 들어온 것이군."

"꼭 그렇지만은 않아."

소신녀의 웃음이 뚝 멈췄다.

"이제 그만 가봐야지?"

그녀는 혈광검을 사무량에게 다시 건네주며 자리에서 일어섰다.

쿵! 쒜에에엑!

이번엔 화살이 날아들었다.

아니다. 자세히 보니 화살뿐만이 아니다. 온갖 종류의 침과 암기들.

"만첨진혼(萬尖鎭魂)!"

소신녀가 놀라 소리쳤다.

암흑의 공간에서 튀어나온 쇳덩이들은 사무량과 소신녀의 발 한 치 앞에 박혀들었다. 도저히 피할 수 없다. 한쪽에서 닥치는 것도 아닌 천장과 좌우 세 방향에서 터져 나왔다.

만약 사무량이 한 발만 더 앞으로 내디뎠어도 벌써 고슴도치가 되어 저승을 헤매고 있을 게다.

"교묘해. 만약 바닥에 놓인 돌의 배치를 자세히 보지 않았다면 꼼짝없이 당했어."

소신녀의 얼굴은 점차 굳어져 갔다.

만첨진혼은 수북이 쌓인 돌 더미를 건드리는 순간 작동한다. 정확히 돌 더미를 건드림으로써 그 속에 배열되어 있는 돌의 위치에 균열이 생긴다. 지금처럼 컴컴한 동굴 속에서 무심코 발을 내딛다 보면 영락없이 진에 걸린다.

사무량은 돌의 배열을 들여다보는 중이었다.

"소양(小陽), 소음(小陰), 노양(老陽), 노음(老陰). 선천팔괘(先天八掛)인가?"

"선천팔괘를 알아?"

소신녀가 의외라는 듯 물어왔다.

"무극(無極)이 태극을, 태극이 양의(兩儀)를, 양의가 사상(四象)을 낳아서 소양, 소음, 태양, 태음."

"맞아. 귀곡자는 선천팔괘를 진에 접목시킨 자야."

"그렇다면 요전의 세침과 지금의 암기는 하늘과 땅. 다음은 산과 연못이 되겠군."

"잘… 아네?"

사무량을 보는 소신녀의 눈길이 달라졌다.

선천팔괘를 한눈에 알아보는 사람은 드물다. 만약 안다고 해도 진과 연관이 되어 있다고 생각하는 사람은 아마도 없을 게다. 다음에 펼쳐질 진을 미리 예상하는 것은 더더욱 모르고.

소신녀가 없었어도 사무량은 선천팔괘진의 묘리를 깨우쳤을지도 모른다.

두 사람은 쑥대밭이 되어버린 동굴의 길을 천천히 따라 걸었다.

"이 많은 암기들은 모두 어디서 구했지?"

"아마 표류되어 온 배에서 구해 조금씩 모아둔 걸 거야."

"아니. 그렇다 해도 이 정도로 많은 양을 구하진 못했을 듯. 중원에서 직접 가지고 들어오지 않는 이상 불가능해. 귀곡자 그자는 아마도 중원과 이곳을 자유자재로 드나든 것 같군."

소신녀는 대꾸 없이 묵묵히 사무량의 뒤를 따랐다.

휘잉—!

시원한 바람 한 점이 어둠 속에서 불어왔다. 바람 속에는 짠 바닷물 냄새가 섞였다.

'물!'

두 사람은 서로를 마주 보았다. 그리고 누가 먼저라 할 것
도 없이 바람이 불어오는 곳으로 빠르게 발을 놀렸다.

바람이 부는 곳을 따라가니 동굴은 이미 끝이 나 있었고,
절벽이 자리했다. 그들이 볼 수 있는 것은 여느 문파의 대청
만한 공간이었다. 사방이 다 돌로 되어 있고, 절벽 아래엔 작
은 연못이 자리했다.

"산과 연못 맞네? 호호! 저쪽에 보이는 통로까지만 가면 되
겠는데?"

소신녀는 오 장 맞은편에 난 구멍을 손으로 가리켰다. 그때
였다.

우르르릉!

"……?"

연못물 표면에 작은 파장이 일어났다. 처음엔 조금 흔들리
는가 싶었는데 점점 크게 넘실거리다 공중으로 물이 튀어 오
르기까지 했다.

하지만 놀람은 그것으로 끝이 아니었다.

쏴아아아—!

연못 한가운데에 소용돌이가 일었다. 연못 밑바닥에 구멍
이라도 뚫린 듯 소용돌이는 점차 거세지더니 종래엔 연못 밑
바닥에 있는 물까지 모두 흡수해 버렸다.

사무량과 소신녀는 연못 바닥에 생긴 커다란 구멍을 볼 수

있었다. 그리고,

쏴아아… 파앙!

구멍 사이로 밀려든 파도가 치솟았다.

"악!"

소신녀는 그 자리에서 손으로 얼굴을 가리고 주저앉았다.

파도의 위력은 상상을 초월했다. 가히 동굴 천장까지 치솟던 파도가 희뿌연 물안개를 남기더니 가라앉았다.

연못은 무슨 일이 있었냐는 듯 시치미를 뚝 떼고 잠잠했다.

정말 눈 깜박할 시간에 벌어진 일이었다.

"뭐, 뭐야, 방금?"

소신녀가 천천히 일어서며 물었다.

"파도."

"파도? 연못에도 파도가 이나? 그런 이야긴 처음 들어봐."

"연못 밑바닥에 구멍이 있어. 해수면보다는 조금 높은 위치일 테고. 이곳 아래에서 물살이 바위에 부딪쳐 연못에 난 구멍을 뚫고 파도가 들어오는 거야."

사무량은 마치 연못 속을 들여다보기라도 한 듯 말했다.

"미쳤어. 여길 어떻게 건너가? 잘못하다간 둘 다 빨려들어가겠어."

소신녀의 얼굴엔 걱정이 가득했다. 처음 이곳을 발견했을 때의 여유로움은 온데간데없이 사라졌다.

귀곡자는 단순한 기관진인이 아니다. 그는 자연을 이용해 기관을 만들었다. 아니, 만든 게 아니다. 이건 천연적인 것. 귀곡자, 그의 발길이 닿는 곳은 그 어디든 난관이 있다.

난감하다. 절벽을 내려가는 것도 문제지만 정말 큰 문제는 연못을 어떻게 건너느냐 하는 것이다.

파도는 일정한 규칙이 없다. 언제 소용돌이가 생기고 언제 빨아들일지 전혀 알 수 없다.

사무량은 웃옷을 벗었다.

"너, 너, 지금 뭐 하는 거야?"

소신녀가 경악 어린 눈길로 쳐다봤다.

근육이 보기 좋게 자리 잡은 구릿빛 튼튼한 상체가 드러났다.

사무량은 옷을 가늘게 찢어냈다. 그리곤 옷 끝을 이어 단단하게 매듭을 지어 연결시켰다.

소신녀도 가만히 있지 않았다. 그녀는 사무량이 무엇을 할지 눈치채고 재빨리 동굴로 되돌아가 튼튼해 보이는 쇠붙이 몇 개를 가져왔다.

"가능할까?"

그녀가 조심스레 물었다.

소신녀는 어린 나이지만 기관에 대해 도가 튼 여인이다. 기관을 설치하고 파훼하는 방법은 알고 있다. 그러나 이런 천연적인 기관 앞에선 한낱 힘없는 인간이 될 수밖에 없었다.

쉽지 않다는 건 안다. 이번에 사무량을 따라 들어오게 된 것도 큰 결심을 했기 때문이다.

그가 무공을 익혔기에, 그리고 혈광검의 아들이라는 이유만으로 따라왔다. 어쩌면 정말 자서섬을 구할지도 모른다는 생각으로.

길게 이은 천은 어느덧 튼튼한 밧줄이 되었다.

사무량은 천의 길이를 재어본 후 끝을 동그랗게 말아 소신녀의 허리에 둘렀다.

"먼저 내려가. 잡아줄 테니까."

"뭐?"

"바위가 미끄러워. 내가 먼저 내려가면 네가 떨어져도 널 지탱해 줄 사람이 없어."

소신녀는 가만히 사무량을 바라보다 허리에 매인 천의 매듭을 다시 확인했다.

"잠깐 기다려."

연못에서 또 한 번의 소용돌이가 일었다. 소신녀는 재빨리 바닥에 몸을 붙였다. 또다시 소용돌이는 연못 속의 모든 것들을 깨끗하게 빨아들였다.

쏴아아… 철썩!

파도가 천장을 때리고 다시 사라졌다.

"지금이야."

사무량은 바닥에 붙은 소신녀의 몸을 절벽으로 굴렸다. 소신녀의 몸뚱이가 연못을 향해 빠른 속도로 떨어져 내렸다.

"아악!"

소신녀는 눈을 질끈 감았다. 그리고 다시 눈을 떴을 때, 그
녀는 다리 아래에서 찰랑대는 연못물을 볼 수가 있었다.

"자, 빨리!"

밧줄이 그녀의 머리 위로 떨어졌다. 소신녀는 절벽 아래 사
람 하나가 간신히 들어갈 수 있는 틈을 발견하곤 그 속으로
몸을 숨겼다.

"조심해!"

소신녀는 불안한 눈으로 사무량을 올려다보면서 놀란 표
정을 감출 수 없었다.

사무량은 밧줄도 없이 절벽을 내려오고 있었다. 그를 지탱
해 주는 것은 소신녀가 감탄한 혈광검이었다.

혈광검은 바위를 두부 베듯 푹푹 뚫었다.

'정말… 미쳤어.'

무엇과도 비교할 수 없는 명검인 것은 알고 있었다. 하지만
바위를 뚫어버릴 정도라곤 생각지 못했다.

몸이 주르륵 밀리는 소리가 생생하게 들린다. 몇십 년, 혹
은 몇백 년 동안에 걸쳐 바위 곳곳에 생겨난 이끼는 정말 위
험했다.

사무량은 내려오자마자 쇠붙이들을 절벽에 박기 시작했
다.

탕! 탕탕!

돌멩이로 쇠붙이를 두들기는 그의 손길은 빨랐다. 쩍쩍 갈라진 바위에 쇠붙이를 꽂은 사무량은 밧줄을 허리에 휘감아 묶고 다른 쇠붙이에 연결한 후, 나머지를 소신녀에게 건넸다.

"뭘 어떻게 해야 하는지 알고 있지?"

"자신없어. 만약 쇠붙이가 떨어져 나가기라도 한다면……."

"너와 나, 만난 지 이제 몇 시진도 되지 않았어. 하나, 서로의 존재를 알게 된 건 일 년이지. 그간 대화 한마디 나누지 않고서도 날 믿고 따라왔으면 끝까지 믿어."

겁에 질린 소신녀에게 사무량의 한마디는 커다란 위로가 되었다.

그래, 믿자.

몇 년 동안이나 들어올 엄두를 내지 못하다가 사무량이 혈광검의 아들이라는 소리에 따라오지 않았던가.

"알았어. 믿을게."

사무량은 고개를 끄덕이고 밧줄의 끝을 재차 확인했다.

풍덩!

사무량은 서슴없이 연못에 발을 디밀었다.

연못물이 허리까지 차올랐다. 사무량은 다른 손으로 밧줄을 움켜쥐고 조심스럽게 연못을 걸었다. 최대한 빨리, 가급적이면 솟구치는 파도를 피할 수 있도록.

또다시 연못에 소용돌이가 일어난 것은 사무량이 거의 반대편에 다다를 무렵이었다.

"뛰어!"

소신녀가 뒤에서 고함을 내질렀다.

첨벙! 첨벙!

물속에서 몸을 가누는 건 쉽지 않았다. 마음은 급한데 몸은 물의 압력을 견디지 못했다.

소용돌이가 연못을 빨아들이는 시간은 그야말로 순식간이었다.

"안 돼!"

쿠오오오!

소용돌이는 연못에 있는 모든 걸 집어삼켰다.

"사무량, 좀 더 빨리!"

소신녀의 외침 역시 소용돌이 속에 파묻혀 들어갔다.

밧줄을 잡은 손목에 엄청난 물의 힘이 느껴진 소신녀는 두 눈을 질끈 감았다.

소용돌이에 딸려 들어가는 것은 사무량뿐만이 아니다. 여차하면 자신까지도 빨려들어 가게 생겼다.

투둑! 투둑!

바위에 틀어박힌 쇠붙이들이 조금씩 빠져나오고 있었다.

소신녀는 젖 먹던 힘까지 동원해 밧줄을 잡아당겼다.

손목이 아프다. 손아귀가 찢어져 피가 흐르는 것 같다. 하지만 아직 밧줄에 완강한 힘이 느껴지기에 포기하고 놓을 수는 없다.

그녀가 눈을 뜨는 것과 동시에,

쏴아아… 파앙!

엄청난 파도가 밀려들었다. 파도는 이번에 천장을 때리는 것으로 만족을 못했는지 절벽까지 강타했다.

소신녀는 손목을 한 번 더 꺾어 밧줄을 말아 쥐었다. 물에 빨려들지 않기 위해 다리로 바위를 밀며 몸을 지탱했다.

파도는 다시 구멍으로 빠져나갔고, 연못은 금세 물로 채워졌다.

한데, 사무량이 없다. 연못으로 통하는 구멍 어딘가에 빠진 사무량의 몸무게가 밧줄을 통해 느껴졌다.

밧줄은 그녀의 손에서 점점 빠져나가고 있었다.

가망이 없다. 파도가 밀칠 때 다시 들어오지 못했다면 무슨 힘으로 올라올 수 있겠는가.

"앗!"

소신녀는 갑자기 느슨해져 버린 밧줄을 보고 깜짝 놀랐다. 그녀는 밧줄을 천천히 잡아당겼다.

밧줄이 딸려온다. 분명 사무량을 묶어두어 무겁게 느껴지던 밧줄이…….

"서, 설마!"

그녀의 눈은 금세 절망으로 물들었다.

"뭐, 뭐야? 이렇게 허무하게!"

그때였다.

"푸학!"

연못 중간에서 사무량이 솟구쳐 올랐다. 소신녀가 끌어당기던 밧줄 끝엔 사무량의 손이 걸려 있었다.

"사무량!"

소신녀는 자신도 모르게 자리에서 벌떡 일어났다.

"푸악! 헉! 헉!"

사무량은 수면 위로 얼굴을 내밀고 거친 숨을 토해냈다. 그리곤 정신을 차렸는지 자리에서 일어나 연못 끝으로 재빨리 다가갔다.

"빨리 와! 시간이 없어!"

멍하게 서 있던 소신녀의 몸뚱이는 자석에 끌리듯 연못 반대편을 향해 갔다.

두 사람은 축 늘어졌다.

사무량은 파도를 이기는 데 온 힘을 소진했고, 소신녀는 사라졌다 나타난 그를 보고 지옥과 천국을 오가는 느낌이었다.

"생각보다 파도가 세더군."

사무량은 땅바닥에 아무렇게나 누워 천장을 보고 나직이 말했다.

'독한 놈. 정말 그런 곳을 건너 버리다니.'

소신녀는 벽에 등을 기대고 편안하게 앉았다.

사무량은 산택진(山澤陣)을 통과했다.

절정고수라도 통과하기 까다로운 진이다. 운이 좋아 성공했다고는 하지만 천연의 환경을 이용하는 선천팔괘진이라면 앞으로 두 관문 이상이 더 남았을 게다.

'위험하다 해도 어쩔 수 없어. 반드시 끝까지 가야 해.'

처음엔 사무량을 따라오는 게 과연 옳은 것인가 고민했다.

천연의 묘리를 살린 귀곡자의 진만 아니었어도 들어올 생각조차 않았을 게다.

하지만 봐야 한다. 그녀에게는 귀곡자의 진을 직접 눈으로 견식해야 하는 이유가 있었다.

소신녀는 사무량을 보며 눈을 반짝였다. 그로 인해 조금의 희망을 얻었다.

第六章

귀곡자의 후인

꽈과광!

천장이 무너지는 것 같은 굉음이 울렸다. 정작 무너지는 곳은 발아래 끝없이 펼쳐진 천길 낭떠러지였다.

투둑, 툭!

굉음이 사라지고 난 뒤에도 절벽엔 조금씩 균열이 일고 있었다. 바위가 쩍쩍 갈라지며 크고 작은 돌멩이들이 밑으로 떨어져 내렸다.

아래가 보이긴 한다. 만약 누군가가 바닷물이 푸른색이라고 한다면 아니라고 말해주고 싶다. 바닷물은 모든 걸 집어삼키는 암흑 빛이라고.

"발 하나라도 잘못 디디면 너와 나 둘 다 아래로 떨어지게 될 거야."

사무량은 재차 소신녀에게 주의를 요했다.

두 사람은 절벽에 등을 바짝 붙이고 천천히 옆으로 이동했다.

일 척도 되지 않는 넓이의 소로는 절벽 부근 어딘가로 굽이져 나 있다.

"정말 이해할 수 없어. 귀곡자는 어떻게 이런 곳을 드나든 거지?"

소신녀는 자기 자신이 무인이 아니기에 더욱더 귀곡자를 이해할 수가 없었다.

"그가 무인이 아니었다고 장담해?"

사무량이 물어왔다.

"뭐?"

"부재도에 들어오기 이전엔 분명 무인은 아니었을지도 모르지만, 혹시 모르잖아? 영물이 득실대는 이곳에서 자서섬을 얻었는지도."

"말도 안 돼. 자서섬은 단 한 마리밖에 존재하지 않아."

"그렇다면 우리는 괜한 시험을 하는 중인가 보군."

콰르릉!

"엇! 조심해!"

사무량은 발밑에서 떨어져 나간 돌멩이를 툭툭 차냈다.

"휴! 정말 태어나서 이렇게 고생해 보긴 처음이군."

사무량은 입으로 이마에 흐르는 땀을 훅훅 불었다. 절벽에
바짝 붙이고 있는 손을 떼었다가는 균형이 흔들릴지도 모르
는 일이다.

"넌 무공을 익혔으면서 왜 자서섬을 구하려는 거야? 마희
가 시켰다고 해도 이해할 수 없어. 마희 역시 무인 아니야?"

"세상엔 말이야, 하기 싫어도 꼭 해야 하는 일들이 있지.
스스로의 자아를 잃지 않기 위해서라면 더더욱. 그러는 넌?
굳이 위험을 무릅쓰면서까지 귀곡자의 진을 견식할 필요가
있나?"

"무인이 무공을 위해선 별짓 다 하는 것처럼 나 같은 사람
도 기관을 하나라도 더 봐야 해. 물론 위험하긴 하지만, 난 지
금 기관을 배우는 중이야."

"배운다?"

사무량은 피식 웃었다.

소신녀의 마음을 이해하지 못하는 것은 아니다.

그녀의 말대로 더 나은 무공을 위해서라면 목숨도 아까워
하지 않는 게 무인들이다. 하지만 사무량에게는 그런 말이 오
히려 사치에 가까웠다.

생사가 달린 일이다. 아니, 어쩌면 그보다 더 심한 것일지
도 모른다. 자아를 잃는 것이야말로 죽음보다 더한 것이지 않
은가.

“만약 여기서 살아남는다면 중원에 갈 거야?”

“찾아야 할 것이 있어.”

“올라가면 내가 사는 곳으로 와. 단, 너 혼자만이야.”

“초옥으로? 왜?”

“보여줄 게 있어. 기관은 염려치 마. 네가 오면 작동시키지 않을게.”

“난 소신녀의 영역을 밟는 첫 번째 사람이 되는 건가?”

“아무한테도 말하지 마. 내가 이곳에 널 따라온 것도. 만약 말하면 죽여 버릴 거야.”

“왜 그렇게 사람들하고 어울려 살지 못해?”

“모두들 제정신이 아니잖아? 쌍둥이, 왕가, 해타. 하나같이 정상이 아냐. 마희는 멋대로 도주 행세를 해서 재수없고, 유담은 그냥 재수없어.”

소신녀는 생각도 않고 즉시 대답했다.

“다른 사람들에겐 네가 재수없는 존재인 걸 몰라?”

“상관없어. 내가 싫으면 싫은 거야.”

“유담이 재수없다는 건 나도 동감.”

“그렇지?”

만난 지 반나절 만에 두 사람은 급격하게 가까워졌다.

사무량과 소신녀는 공통점이 많았다. 사람과 어울려 살지 못하는 것도 그렇고, 생각하는 것도, 게다가 꺾이지 않는 고집까지도 닮았다.

다른 이들은 소신녀의 생김새 때문에 그녀를 무서워하지만, 사무량에게는 부재도민 누구보다도 친근한 존재로 다가왔다.

"나 원래 이런 말 잘 안 해."

"무슨 말?"

"고마워."

"……?"

"내 얼굴을 보고 놀라지 않은 사람은 네가 처음이야."

"후후!"

사무량은 웃었다.

"넌 무섭게 생겼어."

"뭐?"

소신녀의 아미가 쩡끗 올라갔다.

"무섭게 생겼다고. 처음 봤을 때 얼마나 놀랐는지 아나?"

"놀라지 않았잖아?"

"사람인 걸 알았으니까."

"고맙다는 말은 취소야."

소신녀는 화가 난 모습도 무표정했다.

뚝뚝 끊기는 말투. 가만히 들어보니 음성에도 고저가 없는 것 같다.

조심스럽게 몸을 옮기던 사무량은 문득 이상한 기분이 들었다.

끝을 알 수 없는 소로. 분명 사람이 들어갈 만한 곳이 있으니 길이 나 있겠지만 이대로 계속 간다면 바닷물 속으로 직행이다.

'어딘가에 통로가 있을 텐데…….'

사무량이 막 발걸음을 떼려는 찰나였다.

"그런데 내가 어디가 무섭게 생… 아악!"

소신녀의 몸이 아래로 쑥 미끄러져 내려갔다. 걸어 내려오던 소로가 무너질 때 미처 중심을 잡지 못했다.

휘이잉ㅡ!

귀곡성을 지닌 바람이 아래에서 불어왔다.

사무량은 절벽에 박아놓은 혈광검을 꽉 움켜쥐었다. 다른 손은 소신녀의 몸과 연결시켜 놓은 밧줄을 잡았다.

"떨어질 거 같아!"

소신녀는 줄에 대롱대롱 매달려 사무량을 올려다보았다.

"올라올 수 있어?"

그녀는 고개를 설레설레 저었다.

"몸이 벽에 닿으면 할 수 있을지도… 하압!"

사무량은 있는 힘껏 밧줄을 잡아당겼다. 소신녀는 아주 천천히 위로 들어올려졌다.

"휴! 죽는 줄 알았어."

다시 소로에 발을 올려놓은 소신녀가 가슴을 쓸어내리며 말했다.

사무량은 무너져 버린 소로 귀퉁이를 바라봤다.

되돌아갈 방법이 없다. 통로를 찾지 못하면 소로에 갇히게 된다. 아니면 절벽을 타고 올라가다 물에 빠져 죽을지도.

눈앞이 캄캄해지는 순간이었다.

"아래에 틈이 있어."

소신녀가 손가락으로 발아래를 가리켰다.

"확실해?"

"방금 눈으로 확인했는데 통로가 맞아."

"서두르자. 길 무너지지 않게 조심하고."

소신녀는 고개를 세게 끄덕이고는 벽에 바짝 다가서며 조심스럽게 몸을 움직였다.

과연 그녀는 헛것을 보지 않았다. 소로 끝엔 사람 하나가 몸을 옆으로 해야 간신히 들어갈 수 있는 좁은 통로가 자리했다.

"잠시만, 이것."

소신녀는 살짝 몸을 수그려 익숙한 손놀림으로 바닥에 튀어나온 돌을 짚었다. 그리곤 옆으로 돌렸다.

피융—!

작은 파공성과 함께 틈새 사이에서 두꺼운 화살 하나가 튀어나왔다.

"항상 어디를 들어갈 때 확인하는 버릇이 있어서."

사무량이 먼저 몸을 들이밀었고, 소신녀가 뒤를 따랐다.

통로는 답답할 정도로 좁고 공기도 부족했다.

이제 십여 장 움직인 것 같은데 벌써부터 숨이 목구멍까지 차오른다. 뒤에 따라오는 소신녀 역시 헉헉거리기는 마찬가지였다.

두 사람은 십여 장을 더 나아가서야 통로 끝에 도달할 수 있었다.

"발아래 돌이 있는지 잘 살펴봐. 있으면 좌로 돌려."

사무량은 조심스럽게 벽을 더듬었다.

"아무것도 없어."

"좋아, 나가자."

화륵!

홰에 불이 붙었다. 그리고 방금 빠져나온 통로의 전경이 훤히 보였다.

지름 칠 장 정도의 둥근 공터.

울퉁불퉁 고르지 못한 땅바닥과 고개를 꺾어야 겨우 보이는 높은 천장. 빠져나온 통로 반대편엔 역시 비슷한 넓이의 통로 하나가 보였다.

사무량과 소신녀는 주변을 둘러보며 천천히 반대편 통로를 향해 걸어갔다.

휘이익!

횃불이 꺼졌다. 순식간에 사방이 암흑으로 뒤덮이며 두 사람의 발걸음도 우뚝 멈춰졌다.

소신녀는 다시 홰에 불을 붙였다.

타닥!

홰가 타는 듯싶더니 다시 꺼졌다. 두 번째 시도도 소용이 없었다.

"홰엔 아무런 이상이 없어."

바람 또한 불어오지 않았다. 통로를 제외한 사방은 완전히 막혀 있었으며, 미풍 역시 전혀 느껴지지 않았다.

"왜 이러지?"

소신녀는 다시 홰에 불을 붙이기 위해 손을 놀리려 했다.

"잠깐!"

사무량의 그녀의 손목을 세게 움켜쥐었다.

그의 완강한 힘에 손목이 너무 아파 소리를 지르려던 소신녀는 무언가 심상치 않은 분위기를 느끼곤 숨을 죽였다.

어둠 속에서 사무량의 두 눈이 반짝이며 움직였다. 그의 시선은 어둠 속 어딘가를 향했지만 신경은 온통 후각으로 가있었다.

그러던 그의 눈이 점차 커지기 시작했다.

'산화(酸化)!'

"숨을 크게 들이셔!"

"후웁!"

소신녀는 너무 놀라 자신도 모르게 사무량의 말을 따랐다.

사무량은 그녀의 팔목을 붙들고 미리 봐두었던 통로를 향해 빠른 걸음으로 다가갔다.

"빨리 나가야 해. 안 그럼 질식해 죽어."

"……!"

소신녀는 사무량의 말을 즉각 알아들었다.

공터 안에는 습기가 없다. 무수(無水)의 산화작용. 산소가 부족하니 숨을 쉴 수 없어 종래에는 질식하게 된다. 홰에 불이 붙지 않은 이유도 그런 연유다.

이유를 알게 된 소신녀의 움직임도 빨라졌다.

"캄캄해서 아무것도 보이지 않아!"

"말하지 말고 호흡이나 조절해."

사무량은 뛰어가 통로로 몸을 들이밀었다. 한데,

쿵!

몸이 되 튕겨졌다.

"통로가… 사라졌군."

"뭣?! 어딘가에 장치가 있을 거야. 빨리 찾아야 해!"

소신녀는 다급한 마음에 두 손으로 벽을 짚어 나갔다. 이곳 통로가 막혔다면 다른 쪽 통로도 막혀 있을 것은 자명한 일.

"없어! 찾을 수가 없어!"

마음은 초조해지고 숨은 가빠왔다.

방금까지 눈으로 보았던 문이 사라졌다. 캄캄한 어둠 속에 갇힌 현실은 극도의 공포를 가져왔다.

소신녀는 머리가 어질어질했다. 숨이 목구멍까지 차올라 금방이라도 죽을 것만 같았다.

귀도 멍멍해진다. 사무량이 근처에 있는 건 알겠는데, 그가 뭐라 부르는 것도 같은데 무슨 소린지 정확히 알아들을 수가 없다.

'안 돼!'

소신녀는 전신의 힘이 쭉 빠져나가는 것 같았다. 이어 가녀린 몸뚱이가 바닥에 맞닿았다.

'죽을 거 같아!'

숨이 막혀온다. 살아왔던 지난 세월의 장면이 주마등처럼 스쳐 지나간다.

황혼이 보인다.

누가 그랬던가. 숨이 막혀 죽기 일보 직전엔 세상에서 느끼지 못했던 황홀함이 찾아온다고.

가물가물한 눈앞에 빛 한 점이 보였다. 황혼이다. 손을 뻗어 황혼을 잡을 수 있을 것 같다는 생각에 전신에 전율이 일었다.

'귀곡자… 기관… 선천팔괘… 아!'

소신녀는 몸이 붕 뜨는 기분을 느끼며 의식의 끈을 놓았다.

'뜨거워……'

온몸이 타 들어가는 것 같다.

지옥 불구덩이 한가운데 있는 것처럼 뜨거워 정신을 차릴 수 없다. 이것저것 생각은 나는데 육신이 어디 있는지 알 수 없다.

정말 숨이 막혀 죽은 것인가.

찰싹! 찰싹!

'아파!'

뺨이 따끔했다. 얼굴의 감각이 고스란히 느껴졌다.

아프다고 속으로 울부짖었지만 뺨을 때리는 손길은 멈추지 않았다.

"아파!"

소신녀는 따가움을 이기지 못하고 두 눈을 번쩍 떴다.

"쿨럭!"

기침이 터져 나옴과 동시에 꽉 막혔던 가슴이 뻥하고 뚫렸다.

"헉!"

소신녀는 깜짝 놀라 상체를 벌떡 일으켰다.

사무량이 걱정스러운 얼굴로 자신을 바라보고 있었다.

"난 분명 죽었는데……."

"죽었었어. 내가 살린 거야."

"어떻게?"

"인공호흡."

"……!"

소신녀의 얼굴이 급격하게 달아올랐다. 그녀는 재빨리 손을 가져가 입을 틀어막았다.

"감히 허락도 없이 인공호흡을……!"

사무량은 그녀의 말을 듣지도 않고 자리에서 일어섰다.

"그게 문제가 아냐."

소신녀는 옆으로 고개를 돌리다가 경악했다.

"이, 이, 이곳은?!"

뜨거움의 정체를 알았다.

커다란 기포를 만들며 부글부글 끓고 있는 붉은 물결. 뜨거운 연기가 연신 피어오르며 가까이 다가갈 엄두조차 낼 수 없는 이곳은…….

"부재도가 화성암(火成岩)으로 이루어진 곳이었나?"

소신녀는 사무량의 물음에 아무런 대답도 할 수 없었다.

전혀 모르고 있었다. 부재도 표면 역시 전혀 화성암의 흔적이 남아 있지 않다.

설마 하니 바다 한가운데 이런 곳이 있으리라곤 전혀 상상하지도 못했다.

"뭐, 뭐야? 설마 터지는 거야?"

사무량은 고개를 저었다.

"휴화산(休火山)이지. 하지만 언제 다시 터질지는 아무도 몰라. 선천팔괘의 마지막 수화(水火)가 이걸 뜻하는지 몰랐군."

‘귀곡자 당신은 어떻게 이런 곳을 알고……’

소신녀는 자신이 너무도 작게만 느껴졌다.

기관을 배우기 위해 위험을 무릅쓰고 들어온 곳이다. 목표한 대로 선천팔괘진은 알아냈으나 이것을 그대로 활용할 자신은 없었다.

"한 관문이 더 남았어. 아마도 마지막인 듯싶은데?"

사무량이 턱 끝으로 반대편을 가리켰다.

반대편의 통로를 보는 순간, 소신녀도 이번이 마지막이라는 느낌이 강렬하게 들었다.

"자서섬은 이런 곳에 살지 않아. 더위에 민감한 영물이거든."

소신녀는 고개를 설레설레 저었다.

"기적을 바라지는 않지만 저 안에 무엇이 있을지 아직 장담하긴 일러. 정신 차렸으면 일어나 가지. 몸이 타 들어갈 것 같아."

소신녀는 힘겹게 몸을 일으켰다.

그녀는 사무량의 손을 잡고 천천히 구름다리를 걸었다.

뜨겁다. 한 발만 잘못 디뎌도 뼈조차 남아나질 않을 게다. 하지만 걱정이 되진 않았다.

사무량을 잡은 손 역시 뜨겁다. 그와 함께 선천팔괘전을 통과했다는 생각만이 머릿속을 가득 메웠다. 그리고 이것이 귀곡자가 남기고 간 마지막 흔적이라는 것도.

통로를 따라 나간 후 펼쳐진 전경은 두 사람을 기가 차게 만들었다.

넓은 공터. 천장에 다닥다닥 박힌 야명주가 공터를 환히 비췄다. 무엇 하나 부족할 것 없는 생활용품은 차치하더라도 동굴 안을 가득 메운 서책, 그리고 공터 한가운데에 자리한 작은 연못.

그러나 두 사람의 눈길은 한곳을 향해 떨어질 줄을 몰랐다.

침상에 눕혀진 뼈만 남은 해골 한 구. 굳이 확인하지 않아도 그가 귀곡자라는 사실을 알 수 있었다.

"참 외롭게 죽은 사람이군."

사무량은 그에게서 시선을 떼고 연못 쪽으로 발을 옮겼다. 한데 소신녀의 몸은 사무량과 정반대 방향을 향했다.

"할아버지……."

"……!"

사무량의 고개가 빛처럼 빠르게 돌아갔다.

침상으로 다가간 소신녀가 무릎을 꿇었다. 그녀의 두 눈동자는 차갑게 가라앉았다.

아무런 감정이 없는 것은 아니었다. 뼈만 남은 해골의 손을 붙들고 가늘게 오열하는 그녀의 모습은 한눈에 보아도 슬픔에 잠겨 있다는 것을 알 수 있었다.

"귀곡자의 손녀였나?"

사무량이 그녀의 옆으로 다가갔다.

"……."

"그렇군. 날 따라오겠다고 고집을 부리던 이유가 귀곡자 때문이었나?"

소신녀는 입술을 꾹 다물며 고개를 끄덕였다.

"한 번도 보지 못한 할아버지야. 중원무림이 날 부재도로 보낸다고 했을 때 내가 얼마나 기뻤는지 알아? 할아버지가 이곳에 있다는 건 알았어. 꼭 만날 수 있을 거라 생각했는데……."

"유감이군."

"괜찮아. 오래전 일이니까."

소신녀는 체념한 듯 긴 한숨을 내쉬었다.

"선천팔괘진을 알고 있던 것도 그 때문인가?"

"난 아버지께 직접 기관진법을 배웠어. 거의 다 배웠는데… 사고로 돌아가시는 바람에 마지막 하나를 배우지 못했어."

"선천팔괘?"

"맞아."

"소원을 성취했어?"

소신녀는 가볍게 머리를 흔들었다.

"아니. 괜히 봤다는 생각이 들어. 기관에 대해선 날 따라올 사람이 없을 거라 자만하고 살았는데… 쥐구멍이라도 있다면 숨고 싶은 생각이야."

사무량은 아무런 말도 해줄 수 없었다. 누군가를 위로한다는 것은 그에게 익숙지 않은 일이었다.

"할아버지는 모르셨을 거야. 선천팔괘를 단 한 번에 알아보는 자가 있을 거라는 걸."

"그냥 우연히 맞힌 것뿐이야."

"우연히 맞혔다고? 한 사람이 평생을 바쳐 연구한 진법을 그냥 우연히 맞혔다고 말할 수 있어?"

"……."

"됐어. 이런 말 한다고 달라지는 것은 없겠지. 이제 이곳에서 나가야 할 것 같아. 자서섬은?"

"저쪽에."

두 사람의 눈길이 작은 연못 쪽을 향했다.

2

"구덩이를 파고 들어간 모양인데, 잘 보이지 않아."

지름 일 장이 채 되지 않는 작은 연못의 물은 너무나도 깨끗했다. 정말 이곳에 영물이 살고 있다는 걸 믿을 수밖에 없을 정도로 투명하고 맑았다.

하지만 자서섬의 모습은 보이지 않았다.

"기다려야겠어. 제 스스로 나올 때까지."

소신녀는 자서섬이 이곳에 있을 거라 확신했다. 아까까지만 해도 더운 곳에선 자서섬이 살지 않는다 했다.

그녀의 말은 맞다. 자서섬은 유독 더위에 민감한 영물이다. 하지만 귀곡자의 거처는 그런 생각들을 깡그리 잊게 만들었다.

그리 습하지도 않고 덥지도 춥지도 않으며, 어디선가 불어오는 바람 때문에 통풍이 되는 이곳은 사람이 살기에 최적의 장소다.

통로 하나를 사이에 두고 한쪽은 용암이 부글부글 끓고, 한쪽은 그런 것과는 전혀 상관없을 듯 아늑하기만 하고. 정말 자연이란 믿지 못할 것들로 가득했다.

"자서섬의 혀엔 극독이 묻어 있어. 닿기만 해도 피부 속으로 침투해. 황소 한 마리도 단숨에 죽일 수 있다고 해."

소신녀는 어디선가 구해온 목갑 하나를 연못 근처에 두었다. 품 안에선 매미 날개처럼 얇은 수투 하나를 꺼내 손에 끼었다.

"이곳엔 다른 영물도 많이 있을 텐데?"

"영물에 욕심을 부리면 벌 받아. 자서섬 하나로 만족해."

"후후!"

사무량은 피식 웃으며 걸음을 옮겼다.

책장이 없어 아무렇게나 놓인 수많은 책이 발에 걸린다. 앉을 자리는 고사하고 발 하나 들이밀 공간도 부족하다.

사무량은 책들을 유심히 살펴보았다.

너무 오래되어 너덜거리고 빛이 바랜 책도 있고, 손때가 덜 묻어 새것 같아 보이는 책도 있다.

대부분의 책은 기문, 기관진에 관한 책이지만 무공에 관한 책도 간혹 보인다.

유독 기관총론(機關總論)이란 두툼한 책에 눈길이 가던 사무량은 그 옆에 놓인 책에 시선이 갔다. 겉표지에 선천팔괘라 적힌 비교적 얇은 서책엔 잘 알아볼 수 없는 구불구불한 글씨들이 아무렇게나 나열되었다.

귀곡자 본인이 쓴 글귀가 분명했다.

'보물이군.'

사무량은 소신녀에게 주려고 책을 들어올렸다. 한데 책 뒤 표지에 달라붙어 딸려오던 무언가가 바닥에 뚝 떨어졌다.

"……."

낡고 눈에 잘 들어오지 않는 책이었지만 사무량은 왠지 그 책에서 시선을 뗄 수가 없었다.

선천팔괘를 바닥에 둔 사무량은 허리를 숙여 그 낡은 책을 집어 첫 장을 넘겼다.

선천팔괘에 적힌 글씨와 똑같은 필체.

내용은 더욱 놀라웠다.

명확한 날짜가 기재되어 있지 않았으나 귀곡자 자신에 대한 이야기가 적혀 있었다.

‘일기?

놀랍게도 첫 장을 가득 메운 건 무공에 대한 이야기였다.

무공을 배우고 깨달아 나가는 과정. 한계에 부딪쳐 털어 놓은 고뇌와 갈등.

사무량의 예상은 틀리지 않았다.

귀곡자는 무인이었다. 적지 않은 나이에 영물의 기운을 얻어 무공을 익혔다. 절정 수준에 달한 것은 아니지만, 어디 가서도 쉽게 몸 하나 빼낼 정도는 배웠을 게다.

일기를 읽어가던 사무량의 입가에 웃음이 걸렸다.

예상은 또 하나가 맞아들었다.

귀곡자는 부재도에 살면서 중원을 자유자재로 돌아다닌 사람이다. 일기 한쪽 면에 그려진 지도가 그것을 증명했다. 부재도로 보이는 작은 섬과 총 열 개에 달하는 수로. 그중 일곱 개의 수로 위엔 불(不)이라 적혔다.

‘부재도를 빠져나갈 수 있는 길은 모두 세 곳.’

사무량은 눈으로 세 군데의 수로를 빠르게 외웠다.

‘이제 배를 구하면 되겠……!’

다시 책장을 넘기던 사무량의 손이 갑자기 뚝 멈췄다. 전장으로 되돌아가는 그의 손은 오묘한 긴장에 사로잡혔다.

사무량은 천천히 책장을 펼쳤다.

‘불… 사체……!’

사무량은 혹시나 하여 눈을 크게 깜박였다.

잘못 본 것이 아니다. 귀곡자의 일기엔 그의 필체로 분명히 불사체라고 쓰여 있었다.

신비수(神秘水)는 아무런 효력이 없다. 만년귀초(萬年鬼草)를 보름간 말리고 삼 일 동안 달였다. 하지만 만년귀초 역시 효력이 없다… 〈중략〉 …마지막으로 생각해 낸 게 자서섬이다. 자서섬의 독을 직접 투입하는 것을 생각해 보았지만 위험부담이 너무 크다. 달여 마시는 것을 권유했지만 그는 끝끝내 거절했다. 아쉽다. 자서섬에 대한 효력은 보장할 수 없어도 불사체의 저주를 늦출 수는 있었을 게다. 그동안 내가 투입한 영물이 그가 미치는 데에 한몫을 한 것 같다… 〈중략〉 …그는 말했다. 불사체에서 벗어나는 방법은 단 한 가지. 그것은 바로 비급의 마지막…….

'헉!'
갑작스레 머리에 가해지는 충격에 사무량은 눈앞이 아찔해져 왔다.
투둑!
미처 다 읽지 못한 귀곡자의 일기가 바닥에 떨어졌다. 동시에 사무량은 가슴을 세게 움켜쥐었다.
전엔 이런 고통이 그저 단순한 몸살인 줄로만 알았다. 하지만 마희의 말을 듣고 이것이 바로 사무량이 무공을 익혀서는 안 된다는 이유를 알았다.

또다. 저주스러운 불사체의 고통.

사무량의 안색이 순식간에 창백해졌다.

"무슨 일이야?"

소신녀가 놀라 자리에서 벌떡 일어섰다.

사무량은 선 자세 그대로 운기에 들어갔다. 운기가 역류하는 피를 더욱 자극시킨다는 것은 알고 있다. 하지만 추궁과혈을 해줄 사람이 없는 지금엔 어떻게 달리 방법이 없다.

"왜……?"

사무량은 힘겹게 손을 들어 가까이 다가오려는 소신녀의 행동을 제지했다. 소신녀도 그만한 눈치쯤은 있었다.

"우욱!"

사무량은 부글부글 끓어오르는 가슴의 답답함을 이기지 못하고 입으로 한 바가지나 되는 피를 쏟아냈다.

붉은 핏물이 귀곡자의 일기장을 적셨다.

몸이 점점 달아오르고 있다. 처음엔 불가마를 밟고 올라선 듯 발밑이 뜨거워지더니 이내 허벅지, 배, 가슴까지 뜨거운 기운이 퍼지기 시작했다.

용암? 지금 느끼는 고통에 비하면 그건 아무것도 아니다. 불기둥이 온몸을 관통하는 기분은 말로 설명할 수 없을 정도로 고통스러웠다.

파앙! 팡! 팡!

역류된 피가 백회를 두드리며 천둥이 일었다. 소신녀에게
는 들리지 않는다. 오직 사무량만이 들을 수 있는 소리다.

눈앞이 번쩍했다. 눈 흰자위의 핏줄은 금방이라도 터질 것
같았다.

사무량은 이성의 끈을 놓지 않았다.

이성을 놓는 순간 그의 앞에 무엇이 도사리고 있을지는 아
무도 모른다. 얼마나 무서운 일이던가.

온몸이 스르르 녹아내리고 있는 기분. 사무량에게 가장 시
급한 것은 다름 아닌 물이었다.

'물!'

사무량은 물을 단번에 찾아냈다.

타앗!

그의 몸은 연못을 향해 전광석화처럼 뻗어 나갔다.

"어, 어!"

소신녀가 놀라 소리쳤지만 그를 막을 수 없었다.

첨벙!

사무량은 연못물에 몸을 담갔다. 무슨 힘으로 달려왔는지
도 모르겠다.

그는 곧바로 연못물 바닥에 앉아 가부좌를 틀었다. 수면이
목 언저리에서 찰랑거렸다.

귓가로 소신녀가 뛰어오는 소리가 들린다.

"사무량! 이곳이 어떤 곳인지 알아?"

그녀가 걱정하는 게 무엇인지 안다.

자서섬의 혀에는 극독이 묻어 있다. 만약 자서섬이 나타나기라도 한다면 사무량에게 내려지는 것은 죽음뿐이다.

하지만 그는 연못에서 벗어나지 않았다. 대답하지도 않았다.

연못이 아니면 죽을 것 같다. 이곳을 벗어나는 순간, 온몸이 녹아내릴 것 같다.

사무량은 튀어나올 것 같은 두 눈을 꼭 감아버렸다.

피가 거꾸로 솟는다는 말은 어디에서 유래된 것일까.

물구나무를 서면 피가 거꾸로 솟는다는 느낌을 받는다. 하지만 솟는다는 표현보다 몰린다는 표현이 정확하다.

피는 혈관을 타고 흐른다.

사람들은 잘못 알고 있다. 불사체에 대해 알고 있는 마희도 마찬가지다. 사무량을 비롯한 불사체의 몸을 가진 사람들이 광인의 피를 가졌다고?

천만의 말씀이다.

사무량은 머리가 깨져 올 정도로 아픈 이유를 깨달았다.

피가 아닌 기(氣)가 거꾸로 흐른다.

이는 역천(逆天)이다.

잘못된 심법이다. 단전에서 회음으로 내려가야 할 진기가 그와는 정반대로 가슴을 타고 올라가려 한다.

무엇을 의미하는가. 주화입마(走火入魔)다. 주화입마가 들이닥치기 때문에 몸이 아픈 것이다.

그렇다면 부친을 비롯한 사무량의 조상 모두 진기가 역천했다는 것인데……. 모두 주화입마와 싸웠다. 혈광검의 경우는 전쟁을 방불케 하는 싸움판 한복판에서 입마(入魔)에 들었다.

터져 버릴 듯한 진기가 갈 곳을 잃고 방황하다 역천을 했다. 결과적으로 혈광검은 이성을 잃고 미쳐 날뛰었다.

사무량은 역천의 이유를 상단전 쪽으로 돌렸다. 반은 맞고 반은 틀리다. 상단전이 발달한 사람은 많다. 그들 모두가 주화입마에 들지는 않았다.

그렇다면 결론은 정해졌다.

불사체의 피는 광인의 피가 아니라, 상단전이 일반인들과는 다르다는 것이다.

혈광검 역시 이 사실을 알고 있었을 게다. 그럼에도 무림에 알리지 않았다. 선천적으로 발달된 상단전을 가지고 태어났다는 건 무인에게 큰 행운이지만 일반인들에겐 불행이나 마찬가지다.

혈광검은 사무량처럼 모든 사실을 알고선 무인이 되었다.

'아버지……!'

아버지는 의원을 만나지 않고 귀곡자를 만났다.

사람들과 접촉이 많은 의원보다는 외골수적인 성격에 홀

로 독수공방하는 귀곡자를 만나는 게 비밀 유지엔 그만이기 때문이다.

다행히도 귀곡자는 아버지의 문제점을 해결하기 위해 모든 노력을 기울였던 것 같다.

서책에 이어진 다음 글귀가 무엇일까. '비급의 마지막……' 이라던 글귀.

비급을 반드시 찾아야 하는 이유가 또 생겼다.

부친의 무공을 잇기 위해서가 아닌 불사체의 수수께끼를 풀어내기 위한 이유.

가르쳐 줄 유일한 사람인 부친이 이 세상에 남아 있지 않으니 사무량 스스로가 해결해야 할 과제였다.

"후우! 후우!"

사무량은 목에까지 차오른 숨을 천천히 내쉬며 쉬지 않고 운기했다.

한 시진이라는 시간은 너무도 빨리 지나갔다.

연못 근처에서 걱정스런 눈길로 바라보는 소신녀에게는 짧은 시간이겠지만 사무량에게는 억겁의 세월보다도 길게 느껴졌다.

몸 상태는 나아질 기미를 보이지 않았다. 그렇다고 더 심해지지도 않았다. 적절한 선에서 균형을 유지한 채 사무량의 심신을 괴롭혔다.

하지만 딱히 일어설 수도 없는 것이, 눈을 뜨면 현기증이 치밀기 때문이다.

일다경 정도가 더 지났을 무렵, 사무량은 연못에 작은 파장이 이는 것을 느낄 수 있었다.

물속에서 헤엄치는 작은 생명이다.

뽕! 뽕!

기포 소리가 귀엽게 들렸다.

궁금한 마음에 살며시 눈을 떴다.

엄지손가락만한 앙증맞은 크기의 생명체는 물속에서 자유롭게 헤엄쳤다.

생김새가 특이하다. 색은 붉다 못해 피를 머금은 듯 새빨갰고 몸통 한가운데에 하얀 선이 그어져 있다. 보일 듯 말 듯 짧은 꼬리, 그리고 양옆에 달려 있는 네 개의… 다리.

그것이 수면 위로 가까워져 올수록 사무량과 소신녀의 눈은 점점 커졌다.

"자서섬!"

"움직이지 마!"

수투를 낀 손을 물에 집어넣으려던 소신녀는 사무량이 버럭 지르는 소리에 행동을 멈췄다.

"사무량… 너, 그곳에서 빨리 나오는 게 좋을 것 같아."

소신녀의 음성은 덜덜 떨리고 있었다. 그녀는 자서섬에게서 불안한 시선을 떼지 못했다.

사무량은 움직일 수 없었다. 만약 움직이다가 자서섬의 피부에라도 닿게 되면 독에 중독된다. 하지만 그보다 더 무서운 것은 자서섬의 혓바닥이었다.

"기다려! 움직이지 마!"

사무량은 어느새 고통을 잊었다. 신경은 온통 자서섬에게로 옮겨갔다.

물속에서 헤엄치는 작은 생명체가 자서섬이라는 것을 알게 되니 귀엽다는 생각이 싹 달아났다. 녀석은 사무량의 주변을 빙글빙글 돌며 헤엄쳤다. 마치 초절정고수가 갓 무공을 익힌 초짜를 가지고 놀 듯 여유로운 움직임이었다.

자서섬이 물 밖으로 고개를 들어 혀를 날름거렸을 때, 사무량은 온몸의 솜털이 곤두서는 듯했다.

가늘고 긴 혓바닥 끝에 흰색의 작은 방울이 달려 있다.

'극독!'

자서섬은 큰 눈을 끔벅이더니 꾸룩꾸룩 소리를 내곤 다시 물속으로 들어갔다.

"내가 유인할게."

소신녀가 물속에 손을 쑥 집어넣었다.

자서섬이 사무량의 등 뒤로 돌아갔다. 좋지 않은 느낌이다. 갑자기 침범한 소신녀의 손을 녀석이 경계하는 느낌이다.

사무량의 느낌은 정확하게 들어맞았다.

푸욱!

'헉!'

놀람이 미처 입 밖으로 새어 나가지 못했다.

움직임이 없었다. 소리도 없었다. 끈끈한 무언가가 등에 닿는 순간 세상이 정지되는 것 같았다.

"엇!"

사무량의 굳어진 표정을 본 소신녀가 손을 빼내어 입을 막았다.

사무량의 안색은 순식간에 변했다.

"사무량!"

소신녀의 외침이 저 멀리서 아련하게 들려왔다.

한차례 몸을 부르르 떨던 그는 결국 눈꺼풀을 뒤집었다.

등에 침투한 독은 온몸으로 급속하게 퍼져 나갔다.

몸의 감각이 서서히 마비된다. 다리도, 팔도, 그 어느 한군데도 감각이 느껴지지 않는다.

심장 박동 수가 점점 느려지고 피가 굳어간다.

얼굴 표정은 과연 어떠할까. 혓바닥조차 움직여지지 않으니 아마도 딱딱하게 경직되지 않았을까.

몸은 죽었다. 하지만 의식이 생생하다. 저 아래에서부터 무언가가 꿈틀꿈틀거린다.

진기!

진기다. 단전에 둥글게 모인 진기가 터지기 일보 직전이다.

‘이대로 가다가는 주화입마……!’

사무량에게는 진기를 제어할 힘이 하나도 남아 있지 않았다.

촤아아!

갑자기 샘솟은 진기가 백회를 향해 빠르게 움직였다.

꽈과과광!

머릿속에 천둥이 이는 듯했다.

사방으로 솟구친 진기가 사무량의 전신 혈도를 강한 힘으로 때렸다. 눈앞에 불똥이 번쩍인다.

너무 아파서 차라리 기절하고 싶은 심정이다. 하지만 그래선 안 된다. 사무량은 알고 있다. 지금 정신을 잃게 되면 다시는 돌아오지 못할 곳으로 떠나게 된다는 사실을.

사무량은 가까스로 의식의 끈을 잡았다.

‘빌어먹을……!’

의식은 이렇게도 멀쩡한데 왜 진기가 말을 듣지 않는 것일까.

누가 그랬나. 진기는 의식이 원하는 대로 움직인다고. 원망스럽다. 그런 말이라도 듣지 않았다면 불가능한 희망을 기대하고 있을 리도 없을 텐데…….

사무량은 더 이상 고통을 이길 수 없을 것 같았다.

가장 힘든 싸움이 자기 자신과의 싸움이라지만 육체의 항거에는 아무리 강인한 사람이라 해도 이길 수 없다.

‘무인… 아버지의 비급…….’

결국 이렇게 끝나게 될 줄이야…….

‘으으! 더 이상은……!’

사무량이 막 이성의 끈을 놓으려는 찰나였다.

천하불여의 항십거칠팔(天下不如意 恒十居七八). 세상사 뜻대로 되지 않는 것이 십에 칠, 팔이다.

사시지서 성공자거(四時之序 成功者去). 순리에 따라 물러설 줄도 알아야 한다.

무위자연…….

도가 서적 어디선가 읽었던 글귀들이 머릿속에 떠올랐다.

‘명경지수(明鏡止水)!’

무심의 경지. 고정관념을 버리고 유연하게 대처하라.

사람은 역천의 기운을 막아내려고만 하지 담담히 받아들이려고는 하지 않는다. 흔히 역천을 받아들였다가 주화입마를 당한 경우를 종종 보아왔기 때문이다.

하지만 사람의 체질은 각각 다르다.

‘만약 내 몸이 역천을 받아들인다면……!’

한 번도 시도해 보지 않은 것이다. 조상들은 시도해 보았을까? 설마 역천을 일부러 몰아내기 위해 주화입마에 걸렸던 것은 아닐까.

‘어차피 중독되어 가망이 없어. 그래, 밑져야 본전. 도박이
다!’

사무량은 진기의 움직임을 제어하지 않았다.

촤아아!

안면을 타고 올라간 진기가 백회를 향해 치달을 때에도 고
통은 느껴지지 않았다.

따다다당!

쇠망치로 머리를 두들기는 소리가 고막을 자극한다. 하지
만 여전히 느낌이 없다.

정수리에 잠시 머물렀던 찬 기운이 사무량의 뒷목을 타고
흘러 등으로 내려갔다. 등으로 내려간 진기가 다시 단전으
로…….

역천은 보통 운기조식을 할 때와 마찬가지로 몸속을 순환
했다.

어떤가. 의식을 잃었는가? 주화입마에 걸렸는가?

아직은 알 수 없다.

진기는 사무량의 의도는 전혀 아랑곳하지 않고 제 갈 길을
바쁘게 달렸다.

단전에 도달한 진기가 다시 얼굴을 거슬러 올라갈 때 사무
량은 또 한 번의 고통을 맛봐야만 했다.

‘참아야 해. 여기서 정신을 놓으면 죽어!’

불길함이 가득했다. 피가 역류하는 느낌이다. 멎어버린 심

장이 딱딱하게 굳는 듯했다.

'소용없는가! 마지막은……'

그때였다, 사무량의 백회에 따뜻한 기운이 들어온 것은.

쏴아아!

'아!'

열려 있는 상단전은 우주의 기운을 받는다. 사무량이라고 해서 다를 건 없었다. 무위자연을 그대로 따랐고, 상단전은 그 원리대로 자연의 기운을 받아들였다.

콰광쾅!

머리가 터져 나갈 것 같은 굉음이 들려왔다.

'크으으윽!'

사무량은 고통을 참으려 안간힘을 썼다. 그리고,

'……!'

순식간에 찾아온 정적.

아무것도 들리지 않는다. 아무것도 보이지 않고 느껴지지 않는다. 다만, 분명한 것은 몸속을 흐르던 진기가 편안해졌다는 것이다.

'이, 이건……?'

성공이다.

정말 어이없게도 역천에 성공했다. 주화입마에 걸리지 않았다. 이유는 사무량이 더 잘 알고 있었다.

'하, 하하! 하하하!'

사무량은 얼굴의 근육만 움직일 수 있다면 크게 웃고 싶었다.

자서섬이 몸을 죽여놓았기 때문에 고통을 전혀 느낄 수 없었다. 거꾸로 흘러간 진기가 백회를 사정없이 두드려도 전혀 고통이 없었기 때문에.

이 얼마나 웃고 싶은 일인가.

머리가 한층 맑아지는 느낌이다. 싸우지 않아도 될 것과 죽어라고 싸우다가 몸 안의 순리대로 내버려 두었더니 속이 시원하다.

됐다. 앞으로도 또 이런 일이 일어날 때는 어떻게 해야 할지 모르겠지만 당장은 불사체의 위기에서 벗어났다.

이제 몸이 깨어나는 일만 남았다. 하지만 어떻게 깨어날까.

고민이다.

"사무량! 사무량!"

소신녀는 목이 터져라 사무량을 불렀다.

하지만 소용이 없다. 사무량은 그녀의 목소리가 들리지 않는지 꿈쩍도 하지 않았다.

소신녀의 고운 아미가 점점 일그러져 갔다.

사무량은 죽은 것인가? 그런 것 같다. 순식간에 피부가 새파래지더니 이젠 보라색으로 물들었다. 자서섬의 독이 강하다는 이야기는 들었지만 이 정도일 줄은 꿈에도 생각지 못했다.

일어서서 사무량의 코에 손가락을 가져갔다.

내쉬고 들이마시는 숨이 없다. 그나마 바르르 떨리던 눈꺼풀도 딱딱하게 굳은 채 미동을 않았다.

소신녀는 자리에 털썩 주저앉았다.

"그자의 아들이라고 해서 기대했는데, 결국 너도 사람이었구나."

슬프지는 않다. 사무량을 만난 지 얼마 되지도 않았으니 그가 죽었다고 해서 눈물이 나오진 않는다.

다만 허무할 뿐이다.

귀곡자의 선천팔괘를 견식했고, 자서섬도 찾았다. 하지만 몇 차례나 위기를 극복하며 이곳까지 동행한 사무량은 시체가 되었다.

"기구한 팔자, 이제 중원에 나갈 수 있는가 했더니……."

소신녀는 홀로 중얼거리며 설레설레 고개를 저었다. 그리곤 자리에서 힘없이 일어섰다.

그녀는 몇 가지 필요한 서책을 챙기고, 자서섬을 가져가기 위해 다시 연못가로 갔다.

자서섬은 사무량의 주위를 떠나지 않고 맴돌았다.

"영물 몫을 톡톡히 하는구나. 사람 하나가 죽었다. 사람 목숨을 가져갔으니 이제는 네 목숨을 줘."

소신녀는 수투 낀 손을 연못에 넣었다. 그녀는 조심스럽게 자서섬을 잡아갔다. 하지만 자서섬은 그녀의 손아귀를 피해 이리저리 도망 다녔다.

피할 곳을 찾아 헤엄치던 자서섬이 갑자기 사무량의 손바닥 안으로 들어갔다.

'휴……'

소신녀는 자서섬을 꺼내기 위해 손을 조금 더 집어넣었다. 그런데,

"……?"

꿈틀!

"엇!"

소신녀는 깜짝 놀라 연못에서 물러섰다. 사무량의 손가락이 분명히 움직이는 것을 보았다.

"살았어?!"

그녀는 수투를 벗었다. 책과 목갑도 바닥에 내려놓고 사무량의 얼굴을 관찰했다.

소신녀는 살면서 이렇게 신기한 장면은 처음 보았다.

사무량의 얼굴색이 시시각각으로 변하고 있었다. 파래지더니 하얘지고, 또다시 파래지더니…….

'깨어나지 못하고 있어. 도와야 해!'

어쩌면 사무량이 다시 살아날 수도 있을 거라는 생각이 들었다. 어떻게 도와야 하나 이리저리 고개를 돌리며 무언가를

찾던 소신녀의 두 눈에 연못이 들어왔다.

그녀의 눈이 가늘어졌다.

'신비수……!'

소신녀는 즉시 연못으로 다가가 손으로 물을 떠서 사무량의 입에 강제로 넣었다.

꾹 닫힌 입이 열릴 리 없다. 그래도 마시게 해야 한다. 신비수는 죽은 사람도 살릴 수 있다는 영약이다.

물은 입속으로 들어가지 못하고 자꾸 뚝뚝 흘러내리지만 소신녀는 포기하지 않았다. 이것이 아니라면 사무량을 깨울 수 있는 방법이 없다.

소신녀는 한 손으로 사무량의 입을 벌렸다. 그리고 계속 신비수를 퍼서 입에 넣었다.

지성이면 감천이라…….

"쿨럭!"

거센 기침과 함께 사무량의 의식이 돌아왔다. 기침 속에는 검은 핏덩이가 섞여 있었다.

사무량은 잠시 어지러운 듯 머리를 흔들더니 천천히 눈을 떴다.

"나를… 죽일 셈이냐?"

"……!"

소신녀는 사무량의 눈에서 시선을 뗄 수가 없었다.

점차 정상으로 돌아오는 혈색 때문이 아니었다.

한층 깊어진 눈동자. 무공의 깨달음을 얻은 무인들에게서 흔히 볼 수 있는 현상.

소신녀는 잘못 보지 않았다. 사무량의 분위기는 이곳에 들어올 때와 많이 변했다.

"허! 내가 지금 꿈을 꾸고 있는 건가? 살았어. 사무량, 너 살아 있는 것 맞니?"

소신녀는 놀란 입을 한참이나 다물지 못했다.

"너무… 피곤하군. 이제 돌아가야지."

첨벙! 첨벙!

사무량이 천천히 물에서 일어섰다. 그의 손엔 자서섬이 들려 있었다.

第七章
회복

　팔짱을 끼고 나무에 기대어 있는 사무량의 모습을 본 마희는 온몸이 굳어졌다.

　금지에서 폭죽이 터지기만을 얼마나 기다려 왔던가.

　마희는 폭죽이 터지는 것을 멍하니 바라만 봤다. 유담이 가 보라고 말하지 않았더라면 그것이 환각이라고 생각했을 게다.

　사무량은 어디 한군데 다치지 않고 버젓이 살아 나와 마희 앞에 서 있었다.

　"돌아… 왔구나."

　사무량은 대답 대신 손에 든 목갑을 흔들었다.

타닷!

마희가 한달음에 달려가 사무량을 껴안았다.

"무슨 짓이야?"

그녀는 사무량을 놓아주지 않았다.

"너무 반가워서. 이대로 잠시만 있을게."

사무량은 뿌리치지 않았다. 그 역시 마희를 보게 되어 마음이 놓이긴 마찬가지였다.

금지에서 일어난 일들은 다시 생각하고 싶지 않았다. 며칠 되지 않은 시간이었지만 유수처럼 세월이 흘러간 것 같았다.

마음을 진정시킨 마희가 사무량을 놓아주었다.

"그래, 어디 다친 데는 없……!"

마희는 말하던 도중 입이 굳어져 버렸다. 사무량의 변화는 한눈에 들어올 정도로 뚜렷했다.

"무슨… 일이 있었……?"

"금지엔 들어갈 생각 마. 이젠 아무것도 남아 있지 않아."

사무량이 그녀의 물음을 가로막았다.

사무량은 금지에 귀곡자가 살았다는 걸 모른 척해달라는 소신녀의 부탁을 받았다.

두 사람은 왔던 길로 돌아오지 않았다. 귀곡자는 위험한 길로 부재도 밖을 들락날락할 인물은 아니었다.

길은 있었다. 배를 타고 나와야 했지만 마희를 비롯한 다른 이들의 궁금증이 증폭되는 것을 원치 않아 다시 금지로 돌아왔다.

소신녀는 나타났을 때와 같이 귀신처럼 자신의 거처로 사라졌다.

"혹시 도중에 몸에 무슨 변화라도 있었니?"

"그런 일은 없었어."

'앞으로도 영원히 없을 거야.'

사무량은 마희에게 목갑을 건네주었다. 마희는 조심스럽게 목갑을 받았다. 목갑 안에 자서섬이 들어 있다는 것은 굳이 묻지 않아도 알 수 있다.

"배고파. 먹을 것 좀 줘."

사무량은 휘적거리며 걸음을 옮겼다.

사무량이 금지에서 살아 나온 사실은 반 시진도 되지 않아 부재도 전체에 퍼져 나갔다.

한 명, 두 명 마희의 거처로 모이기 시작했다.

"이, 이, 이게 말로만 듣던 그 자서섬이야?"

왕가가 눈을 빛내며 목갑을 바라봤다. 인육 외에는 관심도 없어하던 그가 목갑을 보며 입맛을 다셨다.

"자서섬!"

순박하던 해타 역시 목갑 곁에서 떨어지지 않았다.

목갑 안에 든 것은 그저 신비한 영물이 아니다. 이들에게는 무공을 되찾을 수 있는 희망이며 평생의 염원이나 마찬가지였다.

"이거 어떻게 복용해야 하는지 알고 있어?"

마희는 고개를 저었다.

"복용하는 방법은 소신녀가 알고 있을 거야."

"흥! 그년이 드디어 모습을 보이겠구먼. 무공을 되찾을 수 있는데 안 나타날 리가 없지!"

"유담은 기쁘지 않아? 어째 안색이 좋지 않잖아."

유담은 가볍게 고개를 저었다.

그의 시선은 목갑이 아닌 먼발치에 앉아 나뭇가지로 흙에 장난을 치고 있는 사무량에게로 향했다.

'확실히 변했다. 진기는 없지만 느낄 수 있어. 금지 안에서 분명 무슨 일이 있었던 거야.'

유담의 눈매가 가늘어졌다.

사무량은 지친 기색이 역력했다. 하지만 눈빛이나 기도는 금지에 들어갔을 때와는 판이하게 달랐다.

사무량과 직접 대화를 나누지 않는 이상 유담은 알 길이 없다. 하지만 호기심이 치미는 것은 어쩔 수 없었다.

금지에서 살아 나온 유일한 사람. 그것만으로도 사무량은 주목을 받기에 충분하다. 게다가 있는지 없는지도 모르는 자서섬까지 구해왔다.

'기연을 만났군.'

유담은 한눈에 알아볼 수 있었다.

"왕가, 무공을 되찾게 되면 뭘 할 거야?"

해타가 물었다.

왕가는 눈동자를 데룩데룩 굴리더니 음흉하게 웃었다.

"뭘 할 거냐고? 너희들을 다 잡아먹을 테다."

"하지만 나도 무공을 되찾게 되는데?"

"네 녀석이 감히 나한테 상대가 될 것 같으냐?"

"왕가, 너 큰일 나. 여긴 마희도 있고, 유담도 있어. 우리들한테 합공 받고 싶은 거야?"

왕가는 재빨리 목갑을 품에 안았다.

"흥! 이건 내가 먼저 복용할 거다!"

보다못한 마희가 끼어들었다.

"왕가는 가장 마지막에 복용하도록 해. 그리고 아무렇게나 목갑에 손대지 마. 자서섬의 혓바닥이 몸에 닿는 순간 넌 즉사야."

"제기랄! 저년은 꼬박꼬박 초를 치는데 뭐가 있어!"

왕가는 목갑을 다시 제자리에 가져다 놓았다.

"그런데 소신녀 이년은 언제 나타나는 거야? 그년 나타날 때까지 기다려야만 하는 거야?"

왕가는 대놓고 투덜거렸지만 다른 사람들 역시 같은 마음이었다.

무공을 되찾을 수 있다는 설렘. 이들에게는 죽었다가 되살아나는 새로운 희망이다.

유담은 사무량에게 다가갔다.

"무슨 일이 있었군. 그렇지?"

"후후! 맞혀봐."

당황한 사람은 유담이었다.

상대방의 생각을 읽는 것. 독심술을 펼치는 것은 생각보다 쉽다.

인간의 심리에 대해 잘 이해하면 된다. 심리는 곧 행동으로 반영된다. 행동으로 인간의 심리를 읽는다.

인간의 감정을 크게 일곱 가지로 나눈 희로애락애오욕(喜怒哀樂愛惡欲). 거기에서도 좀 더 세밀하게 나누어 수십, 수백 가지의 감정을 느끼게 되면 자연스레 생각도 읽을 수 있다.

하지만 노력만으로는 상대의 심리를 정확하게 알아낼 수가 없다.

독심술도 타고나야 한다. 뛰어난 감각이야말로 독심술을 한 단계 높이는 데 큰 공헌을 하는 셈이다.

유담이 당황한 것은 사무량의 얼굴에서 아무런 심적 변화를 읽지 못했기 때문이다.

눈빛이 참 부드러워졌다. 아니다. 거센 풍랑과도 같은 기운이 담겼다. 아니, 잘못 보았다.

알 듯 모를 듯 무언가 오묘한…….

유담은 독심술을 익힌 이래 처음으로 난관에 부딪쳤다는
사실을 깨달았다.

"남의 생각을 읽는 것은 관둬. 누구 말처럼 재수없어."

사무량은 황당한 얼굴을 하고 있는 유담을 보며 계속 말을
이었다.

"좋겠군. 무공을 되찾을 수 있어서."

"무공을 되찾게 되면 한 가지 청을 들어주겠나?"

유담은 사무량에게서 눈길을 떼지 않고 말했다.

"뭔데?"

"겨루고 싶다."

참 자존심이 상하는 말이다. 사무량은 이미 유담에게 한차
례 진 적이 있다. 오히려 다시 겨루고 싶다고 말해야 하는 사
람은 사무량이다.

하지만 유담은 진심이었다. 금지에서 나온 이후 변화된 사
무량을 보는 순간, 그리고 무공을 되찾을 수 있다는 생각이
들자 문득 그와 다시 한 번 정식으로 겨루고 싶다는 욕심이
생겼다.

"이번엔 무엇을 걸고?"

"주종 관계."

"하!"

유담은 어처구니없는 이야기를 꺼냈다. 이긴 사람은 진 사
람의 주인이 되고, 진 사람은 이긴 사람의 종이 된다.

"이 좁아 터진 섬에서 주종 관계?"

"중원으로 갈 거다."

유담의 말투는 사뭇 진지했다.

"어떻게?"

"중원의 이목을 피할 수로만 알게 된다면 즉시. 배를 만들 것이다."

"주종 관계가 된다면 중원에서도 떨어지지 않게 되겠군. 이거 왠지 귀찮아지겠는데? 사양하겠어."

"좋다, 그럼 이렇게 하지. 만약 네가 이기면 비급을 찾을 때까지 널 도와주겠다. 하지만 내가 이기면……."

"네가 이기면?"

"비급을 나에게 넘겨라."

"……."

사무량의 두 눈이 차갑게 가라앉았다. 눈빛만으로도 가히 한 사람을 죽일 것 같은 기세다.

그러나 사무량의 입에서는 뜻밖에도 긍정적인 말이 튀어나왔다.

"좋아, 네가 이기면 비급을 주겠어. 목숨을 걸지 않고 상대를 굴복시키는 비무라……. 재미있겠군."

사무량은 차갑게 웃었다.

"혹시 소신녀를 만났니?"

말도 하지 않았거늘, 유담도 눈치채지 못했거늘.

마희는 진즉에 눈치챘다. 그렇다. 이것이 연륜이다.

"아무래도 네가 직접 소신녀를 불러내 주어야 할 것 같아. 그 애 없이는 자서섬을 복용할 방법을 알 수 없거든."

"그렇게 하지."

사무량도 굳이 부정하지 않았다.

금지에 기관진이 가득하다는 것을 마희도 알고 있을 게다. 그녀는 사무량 스스로가 기관을 파훼했다고는 생각지 않는 게 분명하다. 그래서 나온 결론이 소신녀다. 소신녀가 있었기에 기관을 통과할 수도 있었던 것.

어쩌면 마희는 사무량이 금지에 들어가는 순간 소신녀가 따라붙을 것을 알고 있었는지도 모른다.

"나에게 할 말이 있을 것 같은데?"

사무량은 약속을 잊지 않았다. 금지에서 빠져나오면 비급이 있는 장소를 가르쳐 주겠다는 마희의 약속을.

"알아. 그래서 찾아온 거야."

"위치는?"

마희는 대답 대신 호리병 하나를 꺼내 사무량의 앞에 내밀었다.

"술 좋아하지?"

그녀는 질문에 대답을 해주진 않았지만 사무량도 닦달하지 않았다. 분명 그 이야기를 하려고 찾아온 것이니까. 본인

입으로 말을 하기 전까지는 기다려 줄 수 있다.

"그런 것까지 알고 있었나?"

사무량은 호리병을 받아 들었다.

"그분도 애주가(愛酒家)셨으니까."

또다시 혈광검을 이야기하는 마희의 눈엔 애잔함이 가득
했다.

사무량은 호리병의 마개를 열었다.

혹하고 독한 주향이 풍겨 나왔다. 평정산 동굴에서 마셔본
이후 처음이니 근 일 년 만에 마시는 술이다.

"이런 곳에 술도 있나?"

"여기 올 때 가져왔으니 오래된 술이야. 사천성(四川省) 검
남춘(劍南春). 그분이 가장 좋아하던 술이지."

"내가 사천성 출신이라는 것도 처음 듣는군."

"눈치가 빠르네?"

사무량은 호리병의 주둥이를 입에 대고 술을 들이마셨다.
상쾌한 액체가 목구멍으로 넘어갔다.

"독하군."

입으로는 독하다면서 인상 하나 찌푸리지 않는 사무량을
보고 마희는 웃었다.

"금지에서 무슨 일이 있었는지 묻지 않을게. 하지만 직접
말해준다면 들어줄 생각은 있어."

"불사체의 저주. 이제야 감이 와. 하하! 마희 당신을 비롯

한 모두가 잘못 알고 있었어.”

“…혹시 저주를 풀어낼 방법을 알았니?”

“거의 그렇다고 봐야겠지.”

마희는 한숨을 내쉬었다.

사무량이 그렇다면 그런 거다. 그가 저주를 알기나 할까. 항상 고통에 겨워 혼절할 때 추궁과혈로 기를 진정시켜 준 사람이 자신이건만.

하지만 아직 자서섬이 있기에 마희는 희망을 버리지 않았다.

“왜 항상 얼굴을 가리고 있어?”

이번엔 사무량이 질문했다.

마희는 조금 당황했지만 미리 준비한 대답이 있기에 바로 말할 수 있었다.

“사정이 있어 가린 거니 이해해 주길 바라. 애석하지만 넌 아마 평생 내 얼굴을 볼 수 없을 것 같구나.”

사무량은 재차 묻지 않았다.

마희는 그의 이런 점이 좋았다. 상대가 곤혹스러워하는 것은 눈감아주는 성격이 혈광검과 너무 흡사했다.

안타깝다. 혈광검이 살아 있다면 얼마나 좋아했을까.

마희는 사무량에게 혈광검의 모습을, 혈광검에게 사무량의 모습을 보여줄 수 없다는 사실이 너무도 안타까웠다.

“이제 비급에 대해 이야기해 줄게.”

마희는 시간이 조금 지나기를 기다렸다가 입을 열었다. 취기가 살짝 오른 사무량의 얼굴에 홍조가 떠올랐다.

"사무량, 내 말 잘 들어. 비급의 위치를 알고 있는 사람은 너밖에 없어."

사무량의 인상이 찌푸려졌다. 그럴 만도 하다. 사무량은 분명 모르고 있으니까.

마희는 다짜고짜 사무량의 뒤로 다가가 그의 웃옷을 들어올렸다.

"무슨 짓이야?!"

"가만히 좀 있어봐. 뭔가 확인할 게 있어."

마희는 자세를 낮춰 사무량의 허리에 얼굴을 들이밀었다.

'이, 있어! 아직 남아 있어!'

취기에 달아오른 사무량의 피부엔 붉은 반흔의 흔적이 명확하게 드러났다.

또다시 아픈 기억이 떠올랐지만 마희는 애써 침착한 모습을 유지했다.

사무량이 불편한 기색을 보이자, 마희는 재빨리 품속에서 동경(銅鏡) 두 개를 꺼냈다.

그녀는 동경 하나를 사무량의 눈앞에, 다른 하나는 그의 허리 부근에 갖다 댔다.

"여길 잘 봐. 무언가 보이지?"

"보이긴 뭐가 보⋯⋯!"

동경을 들여다보던 사무량의 눈이 화등잔만큼 커졌다.

"이게… 뭐야?"

"네 몸에 새겨져 있는 비급의 위치."

사무량이 놀란 얼굴로 마희를 바라봤다.

"그게 무슨 뜻이야? 이십 년을 살아오면서 내 몸에 저런 흔적이 있다는 것은 처음 보는데?"

"맞아. 이건 반흔이야."

"반… 흔?"

"피부가 붉어질 때만 드러나는 일종의 문신이야. 가느다란 세침으로 상처를 내서 평소에는 보이질 않아."

사무량의 얼굴은 의아함으로 가득했다.

"뭐라고 쓰여 있어?"

"기다려 봐. 자세히 좀 볼게."

마희는 눈을 동그랗게 뜨고 사무량의 허리에 얼굴을 갖다 댔다.

가장 먼저 눈에 들어오는 것은 그림이다. 구름 위에 얼굴을 드러내고 있는 용. 그 밑에는 깨알 같은 글씨가 적혀 있었다.

"군웅들이 밀집한 계곡. 구름 사이에 용이 모습을 드러내니, 그 끝은 처음과도 같아라. 흐르는 물에 몸을 뉘이니, 보이는 것은 태양 위에 떠 있는 작은 산사……."

"계속해 봐."

"…이건!"

"뭔데?"

마희는 입을 꾹 다물었다. 사무량의 허리에 적혀 있는 글귀와 그림은 어떠한 장소를 은유화시킨 것이었다. 그리고 마희는 그 장소를 알고 있다. 죽어서도 잊을 수 없는 장소, 그곳은 그녀와 혈광검이 처음 만난 곳이니까.

'그곳……'

꽃이 만개한 여름이었다. 혈광검은 이름 모를 꽃들을 군웅이라 했고, 구름을 뚫은 높은 봉우리의 생김새가 구불구불해 마치 용 같다고 했다. 계곡 바위 위에 누워 고개를 젖혔을 땐 산꼭대기에 보이는 산사가 마치 태양 위에 떠 있는 것 같아 까르르 웃던 마희였다.

마희는 잠시 그때의 추억을 회상했다. 혈광검이 미쳐 사무량에게 반혼을 남기는 순간까지도 마희와의 추억을 잊지 않았다 생각하니 더욱 가슴이 아파왔다.

안도 반, 걱정 반 섞인 웃음도 새어 나왔다. 만약 자신이 사무량을 만나지 못했더라면 어쩌려고 그 장소에 비급을 숨겨두었단 말인가.

그녀는 입술 아래를 지그시 깨물었다.

혈광검이 비급을 숨겨둔 그곳. 그 산사를 알고 있다.

"사천성 동부 호북성의 경계에 무산(巫山)이 있어. 그곳으로 가. 그곳에 가서 가장 높은 데 위치한, 오래된 산사를 찾아."

사무량은 마희의 확신에 의아해하며 고개를 돌렸다.

"내 허리에 적힌 것, 당신만 알고 있는 의미인가?"

"물론 그런 일은 없겠지만 산사에 비급이 있다는 이야긴 그 누구에게도 하지 마. 그걸 찾기 전까지는 반드시!"

마희의 음성이 너무 무거워서 사무량은 순순히 고개를 끄덕여 주었다.

"왜 흑천이 내게 비급의 위치를 알려줄 열쇠라고 했는지 이제 알겠어. 설마 내 몸에 문신이 있을 줄이야."

"그 어떤 세력이 널 막아도 비급을 찾는 걸 포기하지 말아 줘."

"누가 포기한대? 절대 포기 못하지. 부친의 비급을 썩게 만들 수는 없잖아?"

"…그래."

마희는 안도의 한숨을 내쉬었다. 사무량이 포기하지 않겠다 말해주어 얼마나 고마운지 모르겠다.

사천성. 흑천과 소림을 비롯한 중원의 눈길을 피해 가기에 는 너무도 먼 곳이다. 그러나 낙담하기엔 아직 이르다.

사무량을 도와줄 사람이 많다.

후각이 발달한 왕가, 기감이 뛰어난 해타, 청력과 시력에선 따라올 자가 없다는 쌍둥이, 독심술의 대가인 유담과 기관진 법의 달인인 소신녀까지.

그들은 모두가 사무량을 돕게 될 것이다. 그가 무공을 회복 할 수 있는 자서섬을 가지고 왔으니 이견이 나올 리 없다.

엉뚱하고 특이한 능력을 지닌 자들이지만 사무량에겐 천군만마(千軍萬馬)와 같은 힘을 줄 수 있는 사람들이다.

'꼭 찾을 수 있을 거야. 반드시.'

마희의 눈빛엔 희망이 일렁였다.

"부재도를 빠져나가는 일만 남았군."

"배를 준비해야 해. 그건 소신녀에게 부탁하면 괜찮을 것 같은데… 문제는 수로야."

"수로?"

"부재도는 중원인들의 경계 대상이야. 우리는 모르지만 항상 누군가가 이곳을 주목하고 있어. 은밀하게 중원에 들어설 곳을 찾지 않는 이상 십중팔구는 발각돼."

"그래?"

사무량은 입꼬리를 말며 살짝 웃었다. 마희는 그의 웃음을 이해하지 못했다.

2

소신녀가 부재도에 들어온 이후, 그녀의 영역을 침범한 최초의 영광이 사무량에게 내려졌다.

소신녀가 살고 있는 초옥 하나를 제외한 다른 열네 채의 초옥은 폐허가 되어 쓰러지기 일보 직전이었다. 단지 남과 어울리기 싫다고 하기엔 그녀의 성격에도 문제가 있는 듯했다.

사방이 폐허로 뒤덮인 곳에서 어린 소녀 혼자 살고 싶을까.

사무량이 우려한 기관진은 작동하지 않았다.

"어서와. 기다리고 있었어."

골목까지 마중을 나온 소신녀가 사무량을 반겼다.

밝은 곳에서 본 소신녀는 한층 더 무서웠다. 새카만 머리카락과 창백한 얼굴에 눈 밑의 검은 그늘은 영락없는 귀신의 모습이었다.

"네가 나서야 할 것 같은데. 저들은 자서섬의 복용법을 몰라."

"귀찮게……."

"경공밖에는 펼치지 못하지만 너 역시 무공을 되찾아야 할 텐데?"

"알았어. 조만간 가지."

소신녀는 특유의 걸음걸이로 사무량에게 길을 안내했다.

"네가 가야 할 곳은 두 군데야."

그녀는 따로 초옥에 대한 설명은 하지 않았다. 하지만 사무량은 그녀가 어느 곳으로 가는지 짐작할 수 있었다.

마을에 들어서자마자 정체를 알 수 없던 독특한 냄새. 쇠 냄새 같기도 하고 화약 냄새 같기도 했다. 소신녀가 걸음을 옮길수록 그 냄새는 점점 짙어져 갔다.

그녀는 마을 깊숙이 자리한 초옥 앞에서 걸음을 멈췄다.

"여기야."

사무량은 소신녀를 따라 초옥 안으로 들어갔다.

끼이익!

곳간의 문이 열렸다.

활짝 열린 문 사이로 사무량은 내부의 모습을 한눈에 볼 수 있었다.

키 높이까지 수북이 쌓여 있는 쇠 도구들. 식기부터 농기구의 모습도 보인다. 누구의 것인지 짐작할 수 없는 병기들도 가득하다.

"놀랍지? 그동안 모아온 거야."

소신녀는 한쪽 구석에 비스듬히 세워져 있는 검 한 자루를 들었다.

"대부분은 표류되어 떠내려 온 배에서 챙긴 거고, 지인이 직접 중원에서 가져다 준 것도 있어."

"직접 가져다 줘?"

소신녀는 소매에서 여송연 한 장을 꺼내 능숙하게 불을 붙인 후 죽 빨아들였다.

"연초는 어디서 구했을 것 같아? 이곳에서 재배는 꿈도 못 꾸지. 이건 올해부터 들여온 거야."

소신녀가 말을 할 때마다 뿌연 연기도 같이 뿜어져 나왔다.

"몰랐군. 중원과 교류하고 있었을 줄은."

"아마 마희도 마찬가지일 걸? 그러니까 네가 올해에 부재도로 올 것이란 것도 알았을 테고."

소신녀의 말은 일리가 있다.

마희는 부재도에 갇혀 있으면서도 중원의 소식을 알고 있다. 소림과 무당파의 소식, 그리고 흑천의 움직임까지도.

"나가는 사람은 없지만 들어오는 사람은 있다는 것?"

"글쎄……. 어느 정도 허락은 되어 있겠지. 하지만 이곳에 왔다가 나가는 사람들은 며칠 동안 중원의 감시를 받게 돼."

"혹시나 빠져나간 부재도민이 있을까 봐?"

"응, 우리가 중원에 나간다면 아마 다들 죽이려 들 거야. 다들 한 번씩 죽을 뻔하다가 겨우 목숨을 부지시킨 사람들이니까."

"죄인이 따로 없네."

"맞아. 묘하게도 모순이 있어. 정작 자기네들은 살인을 밥 먹듯이 하면서 우리는 이곳에 가두어두고. 부재도에 갇혀야 할 사람들은 우리가 아니라 중원의 모든 무인들이야."

사무량은 소신녀의 말속에서 억울함을 느낄 수 있었다.

아마 소신녀뿐만이 아닐 게다. 마희를 제외한 부재도민 모두 같은 마음이리라.

"날 이곳에 데려온 이유는?"

"중원과 교류하고 있다는 걸 보여주기 위해서. 그리고 또 하나 보여줄 게 남았어."

소신녀는 곳간의 문을 닫고 등을 돌렸다.

소신녀를 따라 섬 연안의 동굴로 들어온 사무량은 가장 중요하고 필요한 것을 보았다.

철썩!

튼튼한 말뚝에 밧줄로 묶여 있는 소선 다섯 척.

그동안 부재도에 떠내려 온 배 중 일부만이 남았다. 다행히도 소선들은 수리를 거쳐 튼튼해 보였고, 금방이라도 항해 할 수 있을 것 같았다.

"중원으로 나갈 수 있어."

소신녀가 사무량에게 이곳을 보여준 이유는 간단했다.

배는 부재도민들도 만들 수 있다. 하지만 그 누구도 배를 만들 생각은 하지 않았다. 배를 만들면 뭐 하나, 바다에 나가도 갈 곳이 없는데.

소신녀는 자신이 배를 가지고 있다는 사실을 아무에게도 말하지 않았다. 사무량에게 보여주는 것은 쉽지 않은 결정이었을 게다.

사무량은 자신을 빤히 바라보는 소신녀의 얼굴에 무슨 의미가 담겨 있는지 알 수 있었다.

중원으로 나가려 한다. 그녀 혼자서는 빠져나가기 불가능한 일을 사무량에게 맡기려는 것이다.

무엇이 소신녀의 마음을 움직일 수 있었을까.

사무량이 혈광검의 아들이라서? 아니면 자서섬을 구해왔기 때문에? 그도 아니면 귀곡자의 선천팔괘진을 모두 견식했기에?

세 가지 이유 모두 포함되어 있을 게다.

"중원에 나가고 싶어?"

사무량의 물음에 소신녀는 어깨를 으쓱해 보였다.

"나갈 순 없어. 내 힘으로 선천팔괘진을 능가하는 기관을 완성하기 전까진 못 나가. 아직 내겐 중원을 상대할 힘이 없으니까."

소신녀는 이제까지와는 달리 체념한 듯 작게 한숨을 내쉬며 말을 이었다.

"그리고 가장 중요한 건 나갈 방법이 없다는 거야. 수단은 있는데 중원의 눈을 감쪽같이 속이고 나갈 수가 없어. 수로를 몰라."

"수로를 알면 나갈 수 있나?"

"아마도."

사무량은 침묵했다.

그는 소신녀에게 귀곡자의 일기에서 수로를 보았다는 걸 말하지 않았다.

배는 모두 다섯 척. 마음이 맞는 사람과 배를 나눠 탄다 해도 이곳 여덟 명에게는 충분한 숫자다. 하지만 각자 따로 부재도에서 빠져나간다면 살아남을 수 있는 자가 과연 몇이나 될까.

사무량은 수로를 안다. 어디 가서도 제 몸 하나 간수할 수 있는 무공도 익혔다. 중원에 무사히 도착할 수 있는 유일한 사람은 사무량이다.

하지만 마음 깊은 곳에서 갈등이 고개를 내밀었다.

수로를 알고 있는 사실을 꽁꽁 숨겨두었다가 혼자서만 살아나갈 것인지, 아니면 사실을 털어놓아야 하는지.

분명한 건, 소신녀는 수로를 알아야 할 권리가 있다는 것이다. 사무량은 귀곡자가 남긴 것을 후인에게 알려주지 않는 파렴치한 행동은 내키지 않았다.

그는 오랜 고민 끝에 결론을 내렸다.

일단은 귀곡자의 일기에 적힌 수로가 맞는 것인지 확인부터 해야 한다. 알아낼 길은 직접 부딪쳐 보는 수밖에 없다.

부재도에서 중원까지는 하루 하고 한나절. 갔다 오는 데 삼일이면 충분할 듯싶었다.

"소선을 사용해도 되나?"

"지금?"

"지금."

소신녀가 무표정하게 사무량을 바라봤다.

"제정신이야?"

"수로를 알고 있어."

"수로를 알고 있어?"

그녀는 믿지 못하겠다는 듯 사무량의 말을 따라 하며 되물었다.

사무량은 대답 대신 한참이나 소신녀에게 시선을 고정시켰다.

"정말… 길을 알고 있구나?"

"하지만 그곳이 맞는 길인지 장담할 수는 없어. 그래서 직접 확인해야 해."

"그런데 왜 하필 지금……?"

"빠르면 빠를수록 좋겠지. 머릿속에 들어 있는 수로가 잊혀지기 전에."

사무량은 서슴없이 소선 한 척에 올라탔다.

"삼 일. 갔다 오는 데 걸리는 시간이야. 내가 만약 나타나지 않으면 죽었다 생각해. 날 믿으려면 확실히 믿고."

"넌 정말… 내가 만난 사람 중에 가장 이상한 녀석이야."

소신녀는 갑작스런 사무량의 행동에 조금 놀랐지만 그의 고집을 꺾을 수 없다는 걸 잘 알고 있었다.

그녀는 고개를 설레설레 저으며 말뚝에 묶인 밧줄을 풀었다.

"햐! 저 귀신 같은 년, 저거, 저거, 영물 구해왔다니까 조르르 나오네. 생김새 하고는……. 저년, 정말 귀신 아냐?"

소신녀의 등장은 모두의 이목을 잡아당겼다.

그녀의 생김새가 독특해서가 아니다. 그녀가 사람들 앞에 모습을 보인 건 몇 년 만에 처음 있는 일이었다.

소신녀의 등장은 또 다른 의미를 가져왔다.

자서섬의 복용을 도울 수 있는 유일한 사람. 왕가가 홍분하며 엉덩이를 들썩인 데에도 이유가 있었다.

"야, 이년아! 너 때문에 지금 몇 명이 애가 타는 줄 알아? 퍼뜩퍼뜩 오지 못해?"

"왕가, 죽고 싶지 않으면 입 닥쳐."

왕가의 얼굴이 순식간에 일그러졌다.

"뭐, 뭐? 입 닥쳐? 머리에 피도 안 마른 애송이 년이 뭐? 입 닥치라고?"

얼굴이 벌겋게 달아오른 왕가는 뒷목을 부여잡았다.

"왕가, 진정해."

부재도에서 일어나는 모든 싸움을 중지시킬 수 있는 유일한 여인, 마희가 앞으로 나섰다.

"오랜만이구나."

"자서섬은 어디 있어?"

마희는 자신의 인사를 받아주지 않고 대뜸 자서섬부터 물어오는 소신녀의 행동에도 전혀 개의치 않았다. 그녀는 턱 끝으로 움막 입구에 놓여 있는 목갑을 가리켰다.

"해타, 불을 지필 수 있는 나무를 구해와. 왕가, 큰 솥 하나 가져와. 마희 넌 물을 받아오고."

"뭐? 이년이 보자 보자 하니까. 솥을 구해오라고? 그런 거 없다, 이년아!"

"왜, 너희 집에 사람 끓여 먹는 솥 있잖아. 가져오기 싫어?
그럼 자서섬은 국물도 없을 줄 알아."

왕가는 기가 차 입만 벙긋거렸다. 하지만 반박하지 못했
다. 소신녀가 자서섬을 다루지 않으면 무공을 되찾는 희망이
날아가 버리니까.

왕가는 구시렁거렸지만 끝내 솥을 가져왔다.

준비는 금세 끝났다.

왕가를 비롯한 해타, 유담, 쌍둥이까지. 부재도에 사는 사
람들이 한자리에 모인 것은 처음이었다.

해타는 불을 지폈고, 마희는 왕가가 가져온 솥에 물을 부었
다.

소신녀는 양손에 수투를 끼고 조심스럽게 목갑을 잡아갔
다.

모두가 긴장되는 마음으로 목갑에 시선을 가져갔다.

드륵!

목갑이 열리고, 붉은빛의 자서섬이 모습을 드러냈다.

"우와! 굉장히 작네? 두꺼비라서 클 줄 알았는데……!"

해타는 마치 신기한 물건을 본 어린아이처럼 호들갑을 떨
었다.

'저것이 자서섬!'

마희의 눈이 반짝였다.

자서섬이 불사체의 저주를 막아줄 수 있다는 막연한 희망

은 언제나 그녀의 마음속에 자리했다.

왠지 좋은 예감이 든다.

살면서도 흔히 볼 수 없는 영물이다. 영물은 사람을 알아본다. 사무량이 가져온 자서섬이기에 저주를 풀 것 같은 희망 역시 지워지지 않는다.

자서섬을 잡아가는 소신녀의 손길은 극히 조심스러웠다.

꾸룩! 꾸룩!

소신녀의 손아귀에서 나오는 힘을 이기지 못한 자서섬이 울음을 터뜨렸다. 워낙 작은 생물이기에 터지지는 않을까 하는 걱정도 들었다.

모두가 소신녀의 행동을 지켜봤다.

보통 약재를 달일 때는 먼저 죽인 후 땡볕에 몇 시간 동안을 말리는 게 수순이다. 하지만 소신녀는 다짜고짜 끓는 물이 담긴 솥을 원했다.

궁금증은 소신녀가 자서섬을 산 채로 끓는 물에 담그는 것으로 해결되었다.

"어엇!"

지켜보던 이들은 놀람을 감추지 못했다.

다들 설마 하는 생각은 했지만 그 설마가 사실이 될 줄은 꿈에도 몰랐다. 살아 있는 생명을 그냥 솥에 넣어버리다니…….

소신녀는 재빨리 솥의 뚜껑을 닫아버렸다.

솥은 장장 열두 시진을 끓었다.

그동안 자리를 벗어나는 사람은 없었다. 평생의 염원과도 같은 시간이 다가오는 것을 모두가 지켜보았다.

마희 역시 한숨도 잠을 자지 못했다. 계속해서 물을 퍼 날라 왔고, 곁에서 소신녀의 시중을 들었다.

그래도 가장 고생을 하는 사람은 소신녀지만, 그녀는 피곤한 기색조차 내비치지 않았다.

소신녀는 딱 하루 하고도 세 시진을 더 끓인 후에야 불을 껐다.

피곤에 지쳐 여기저기 누워 있던 사람들이 다가왔다.

여태까지 말 한마디 없던 유담과 쌍둥이까지 솥 근처로 다가와 뚜껑이 열리길 기다렸다.

'가만, 사무량이⋯⋯.'

사무량은 어제부터 나타나지 않았다.

마희는 사무량이 보이지 않자 갑자기 마음이 조급해졌다. 누구보다 이 자리에 있어야 할 사람은 사무량이다. 그녀의 욕심이지만 자서섬은 사무량을 위해 끓였다고 봐도 좋았다. 한데 정작 있어야 할 사무량은 왜 코빼기도 보이지 않는 것인가.

마희의 눈길이 소신녀에게 향했다.

사무량은 어제 분명 소신녀를 찾아갔다. 그랬기에 지금 이

자리에 소신녀가 와 있는 것이다.

"사무량은 어디에 있지?"

마희는 소신녀의 곁으로 다가가 물었다.

"날 만나고 돌아갔어. 어디로 갔는지 내가 알 게 뭐야."

마희는 소신녀의 말을 믿을 수 없었다. 계속 밖에 나와 있었지만 그가 자신의 거처를 지나가는 모습은 보지 못했다.

"다 모인 거지? 이제부터 이걸 복용한 후에 어떻게 하는지 알려줄게. 딱 한 번 말할 거니까 귀 똑똑히 열고 잘……."

"사무량은 어디 있냐고?!"

"……!"

마희가 버럭 지른 고함은 모두의 귓가를 세게 때렸다. 모두의 고개가 그녀에게로 돌아갔다.

마희는 소신녀만 바라봤고, 소신녀도 마희를 바라봤다.

"사무량이 어디 있는지 말해!"

마희는 금방이라도 검을 빼 들 듯 소신녀를 향해 살기를 쏘아냈다. 그녀와 눈싸움을 벌이던 소신녀는 결국 살기를 감당하지 못하고 작게 한숨을 내쉬었다.

"휴! 정말 재수가 없으려니까. 무인이라고 유세 떠는 것도 아니고, 뭐야?"

"마지막으로 묻는다. 사무량은 어디에 있어?"

마희는 검집으로 손을 가져갔다.

"중원에 갔어. 이제 됐어?"

“…뭐?”

“뭣?!”

“뭐야?”

놀람은 여기저기서 튀어 나왔다.

마희는 자신의 귀를 의심했다. 소신녀가 방금 작은 입술로 무어라 종알거렸나. 사무량이, 사무량이 중원에 나갔다고?

잘못 들은 게 아니다. 이곳에 있는 사람들 모두 믿을 수 없는 눈으로 소신녀를 바라보고 있다.

“내 잘못 아니야. 제 스스로 간 거니까 괜한 오해 하지 마.”

“중원에… 갔다고?”

“귓구멍 막혔어? 도대체 몇 번을 말해야 알아들어?”

정말이다. 사무량은 중원에 갔다.

무슨 수로? 방법은 있다. 소신녀라면 소선 한두 척쯤 가지고 있으리란 건 예상했다. 사무량은 그녀의 영역에 처음으로 들어간 사람이니 소선을 보았을지도 모른다.

하지만 이해할 수 없다.

사무량이 아무런 말도 없이 중원을 갔다? 수로도 모르면서 무작정 갔다는 말인가.

소신녀는 마른 헝겊을 몇 겹으로 접은 후에 뚜껑의 손잡이로 가져갔다.

스릉!

그녀의 동작이 우뚝 멈춰졌다. 차가운 검날이 목에 닿은 느낌이 든 직후였다.

"무슨 짓이야?"

소신녀는 고개를 돌릴 수가 없었다.

"사무량이 구해온 자서섬이다. 그가 없이 너희끼리 복용하는 걸 지켜볼 수는 없어."

"흥! 빨리 복용하지 않으면 약효가 떨어져."

검날이 목에 닿았지만 소신녀의 대답은 냉랭했다.

"부인, 진정하시죠."

유담이 마희를 말리려 다가서려 했다.

"유담, 너는 내가 어떻게 이날을 기다려 왔는지 알면서도 그런 소리가 나와? 그래, 넌 애초에 날 위하려는 마음이 없었어. 무공을 회복할 수 있는 순간이 눈앞에 다가오니까 그동안의 일은 까맣게 잊었나 보지?"

"마희, 네년이 정말!"

왕가가 자리에서 벌떡 일어섰다. 해타 역시 자리에 앉아 있을 수가 없었다. 쌍둥이는 이미 무기를 마희에게 겨눈 상태였다.

"후후! 너희가 합공을 한다 해도 지금으로선 나를 이길 수 없다는 걸 잘 알고 있을 텐데?"

스스슥!

왕가가 발을 어지러이 놀리며 싸울 태세를 취했다. 쌍둥이 역시 공격의 위치를 선점하려 자리를 옮겼다.

마희는 이들의 합공을 기꺼이 받아줄 용의가 있었다. 소신녀의 목에 겨누어졌던 검은 어느새 정면으로 겨누어졌다.

일촉즉발의 순간.

누가 먼저 움직이기라도 하면 곧장 싸움이 벌어질 위기의 순간이었다.

"부인."

대치 상태를 가로막은 것은 다름 아닌 유담이었다. 유담은 마희에게 천천히 다가가 그녀의 검 앞에 몸을 디밀었다.

"우리가 자서섬을 복용해야 하는 이유, 부인께서 더 잘 알고 계시리라 생각됩니다만……."

"……."

"자서섬을 대신할 영약은 얼마든지 구할 수 있습니다. 일단은 우리의 무공부터 되찾아야 하는 게 우선 아닙니까?"

마희는 유담이 무슨 소리를 하는지 알고 있다.

유담에게 사무량을 도와달라고 말한 사람은 마희 자신이다. 이들이 무공을 되찾아야 사무량과 함께 중원에 나가 비급을 찾는 데 주력할 수 있다.

현재로선 중원에서 사무량을 도울 수 있는 사람은 전무하다. 이들은 사무량에게 있어 또 다른 희망이다.

마희는 한참 동안이나 유담을 직시했다. 그리고 검을 거뒀다.

"좋아, 복용하도록 해. 하지만 사무량 몫은 남겨놔. 만약 약효가 떨어진다 해도 어쩔 수 없어. 그리고…….”

마희는 소매에서 작은 목갑 하나를 꺼냈다.

“이건 너희들을 위해 준비한 거야.”

목갑 속에는 검은 단환 여섯 개가 들어 있었다.

“뭐냐, 그건?”

왕가가 의심 가득한 눈길로 마희를 바라봤다.

정말 몰라서 묻는 말이 아니다. 검을 빛을 지닌 단환을 보는 순간, 모두의 머릿속에는 한 가지밖에 떠오르지 않았다.

“고독(蠱毒)이야.”

순식간에 정적이 맴돌았다. 한바탕 소란을 피울 것 같던 예상과는 달리 모두는 침묵했다. 대신 눈빛만큼은 뜨겁게 타올랐다. 진기가 있는 자들이라면 마희는 벌써 이들이 내뿜는 살기에 옴짝달싹하지 못했을 게다.

“자서섬을 복용하는 조건이야.”

“지금 협박하는 거야?”

“그래. 이걸 먹지 않으면 자서섬도 복용하지 못해. 내 말, 알아들어?”

검은 단환은 단순한 약이 아니다. 그것은 맹독을 지닌 벌레에 불과하다. 투입될 시 장기간 몸속에 기생하는 것은 물론, 정해진 시간이 되면 내장을 서서히 갉아먹으며 결국엔 죽음에 이르게 된다.

고독의 활동을 제지할 수 있는 유일한 방법은 시전자가 일

정한 시기에 새로운 고독을 넣는 것이다. 새로운 고독은 먼저 몸에 투입된 고독을 잡아먹고 또다시 장기간 사람의 몸속에 기생한다.

이는 죽을 때까지 몸속에 맹독성의 벌레를 키워야 한다는 뜻이기도 하다.

"미친……."

가장 먼저 움직인 사람은 가완이었다.

그는 어이없다는 듯 고개를 내저으며 창을 등에 찔러 멨다. 가야도 활을 접었다.

고독을 복용하느니 자서섬을 포기하겠다는 행동이다.

"왜 우리가 그걸 먹어야 하냐?"

왕가는 이유부터 물었다.

"내가 원하는 건 한 가지야. 일 년간 사무량을 보좌하며 그를 도와. 일 년만 버티면 고독의 영원한 해독약을 줄게."

"무슨 뜻이야? 우리가 무얼 도와야 하는데?"

"희대의 살인마이자 천하제일인이었던 혈광검의 비급. 그 비급을 찾는 걸 도와."

"뭐, 뭣?! 혈광검의 비급이 세상에 남아 있어?"

유담을 제외한 사람들은 또 한 번 놀랐다. 막 자리를 벗어 나려던 쌍둥이의 걸음도 우뚝 멎었다.

"남아 있어. 사무량은 그걸 찾아야 해."

"마희, 이 미친년. 우리가 혈광검의 무공을 모르고 있을 거라 생각하냐? 지금 넌 우리에게 살인마를 만들어달라는 소리를 하고 있는 거야. 알아?"

"함부로 단정 짓지 마. 살인마가 될지 정말 천하제일인이 될지는 아직 아무도 몰라."

"만약 놈이 비급을 찾아 살인마가 된다면 우리가 제일 먼저 죽겠구나."

"사무량이 천하제일인이 되면 너희는 자유를 얻을 수 있어."

"크크크!"

왕가의 눈이 광기로 번뜩였다.

마희의 말에 동요되는 사람은 없었다. 이들도 무엇이 그른지 무엇이 옳은지는 안다.

모두의 목표는 똑같다. 무공을 되찾는 것, 그리고 중원으로 나가는 것.

배가 있고 수로를 안다면 혼자 나가서 쥐 죽은 듯 조용히 사는 것은 어렵지 않다. 하지만 모두가 뭉쳐 사무량과 비급을 찾아다니는 것은 무림인들에게 '나 여기 있으니 와서 죽이시오' 하는 것과 다를 게 없다.

그러나 정말 만에 하나 마희의 말대로 사무량이 천하제일인이 된다면 상황은 역전된다. 감히 어느 누가 천하제일인의 측근을 건드릴 생각이나 하겠는가.

선택권은 없다. 무공을 되찾고 중원으로 나가려면 자서섬을 복용해야 한다. 하지만 마희가 내미는 고독 역시 몸속에 넣어야 한다. 현재로선 이들 모두가 합공을 해도 마희의 상대가 되지 못할 것이기에.

또 다른 방법은 있다. 고독을 먹지 않는 대신, 무공을 포기하고 중원을 포기하며, 평생 늙어 죽을 때까지 부재도에 사는 것.

어느 하나 내키지 않는 일이다.

"마희, 이 요망한 계집. 네년도 제 명에 죽기는 힘들 게다. 사람의 약점을 잘도……. 이런다고 우리가 네 말을 들을 거라 생각하느냐?!"

"좋습니다. 고독을 복용하지요."

옆에서 튀어나온 유담의 대답은 왕가의 말을 무색하게 만들었다.

그의 한마디는 공간에 작은 파랑을 가져왔다. 유담이 고독을 삼키는 모습을 본 사람들의 눈동자가 격하게 흔들렸다.

앞서 말한 두 가지 선택권 중 하나를 고른다면 단연 중원으로 나가는 것이다. 단지 고독을 몸 안에 일 년간 넣어야 한다는 제재가 따르지만.

"좋아, 나도 먹을게. 어차피 자서섬도 사무량이 구해온 거야. 우리가 그를 도울 이유는 충분해. 그럼 사무량을 일 년만 따라다니면 되는 거지?"

소신녀도 손을 내밀었다.

가완과 가야가 마희에게 다가왔다.

"만약 약속된 기간 내에 사무량이 죽는다면 우리도 해독약을 받지 못하는 건가?"

마희는 고개를 내저었다.

"아니, 별개의 문제야. 그럴 리 없겠지만 설혹 사무량에게 무슨 일이 생긴다 해도 너희에겐 해독약을 줄게. 믿어도 좋아. 무인으로서 하는 약속이야."

쌍둥이는 오랫동안 마희의 눈을 바라보다 목갑 안의 단환 두 알을 집어 들었다.

"이, 이것들이 갑자기 왜 이래?! 야, 이놈들아! 늬들은 저년 말을 믿냐? 나 하나 먹고 살기도 바빠 죽겠는데 뱃속에 벌레 새끼 넣고 싶냐고!"

왕가는 아직 결정을 하지 못한 해타에게 고개를 돌렸다.

"해타, 넌 저년 말을 안 들을 거야. 그렇지? 무공 없이도 나와 이곳에서 살 수 있어. 안 그래?"

해타가 머리를 긁적였다.

"왕가, 미안하지만 난 중원에 나가야 할 것 같아. 텃밭에 벌레들이 얼마 남지 않았거든."

"이런, 우라질!"

고독을 손에 든 채 망설이던 사람들은 결국 그것을 입에 넣고 꿀꺽 삼켰다.

남은 사람은 왕가밖에 없었다.

“왕가, 너밖에 남지 않았어. 이곳에서 평생 혼자 지내며 살래?”

“이, 이……!”

“사무량에겐 네가 필요해.”

왕가는 주위를 둘러보며 되도 않는 도움을 요청했지만 모두들 한결같이 그의 시선을 외면했다.

“그, 그래, 눈 딱 감고 먹는 거야! 이곳에서 쓸쓸하게 죽는 것보단 일 년 살고 죽지, 뭐. 그래!”

왕가는 결국 마희를 이기지 못했다.

빠른 그의 손은 목갑에서 단환을 낚아 채 입 안에 쑤셔 넣었다.

“끄으으!”

쓰디쓴 악취가 입 안 가득 퍼졌다. 단환이 식도를 타고 위로 흘러갈 때까지도 악취는 사라지지 않았다.

위액에 단환이 녹는 순간 단환 속에 들어 있던 고독이 몸속에 잠복할 거란 생각은 왕가의 얼굴을 절로 찌푸리게 했다.

‘휴우…….’

마희는 남몰래 깊은 한숨을 내쉬었다.

第八章
욕심

　　며칠 동안 부재도는 무슨 일이 있었냐는 듯 조용했다.

　　물론 겉으로 보았을 때만 그랬다.

　　자서섬을 복용하기 위해 한 자리에 모인 이후, 모두는 다시 만나지 않았다.

　　그들은 자신들만의 영역으로 돌아간 후에도 밖의 출입을 일체 하지 않았다.

　　부재도는 조용했지만 부재도민 개개인은 하루 열두 시진이 촌각보다 아까운 시간이었고, 나름 바빴다.

　　지금쯤 그들이 무엇을 하고 있는지 알고 있다. 부재도민이 다시 모이는 날이 중원으로 가는 날일 게다.

"후웁!"

유담은 며칠 동안 잠 한숨 제대로 자지 못했다.

지금처럼 그에게 중요한 순간은 없다.

잠을 잊고 끼니도 걸렀다. 하루의 일과는 가부좌를 트는 것으로 시작해서 푸는 것으로 끝났다.

며칠째 반복되고 있는 운공조식.

자서섬의 효력은 극히 미미했다. 대부분의 영약은 복용하는 즉시 효력이 나타나지만 자서섬은 달랐다.

소신녀가 솥뚜껑을 열었을 때의 그 향기는 아직도 잊을 수가 없다.

쓴 약은 몸에 좋다고 했다. 영물을 끓인 물이니 당연히 지독한 냄새를 예상했다.

하나 모두가 맡은 냄새는 그 어떤 꽃보다 향기롭고 꿀보다도 달콤했다. 입 안에 군침이 가득 고이며 단숨에 뜨거운 물을 들이마시고 싶었다.

물에 삶아진 자서섬을 기대했다. 하지만 자서섬의 모습은 그 어디에서도 찾을 수가 없었다.

수증기와 함께 증발이라도 한 듯, 너무 뜨거워 녹아버리기라도 한 듯 자서섬이 솥 안에서 사라진 것은 영원한 수수께끼로 남았다.

소신녀는 약을 복용하는 즉시 반 시진 안에 운공조식을 취할 것을 당부했다. 잠은 자되 되도록 짧게, 운공조식을 끊어지지 않게 여러 번 되풀이하라는 것까지.

말은 쉽다.

단전에 진기가 모여야 운기를 하든가 할 것이 아닌가. 운공 조식이 이렇게 힘든 일인 줄은 처음으로 깨달았다.

하지만 효력이 아예 없지도 않았다. 첫날은 손톱의 때만큼도 진기가 모이지 않았다. 설마 자서섬이 잘못된 것이 아닌지 의심을 했다.

하지만 이틀이 지나고, 삼 일이 지나자 아무것도 없이 텅 비어 있던 단전이 조금씩 채워져 가고 있는 느낌이다.

'진기가… 모이고 있다!'

단전에 진기가 모이니 비로소 운공다운 운공을 하는 것 같다. 도대체 몇 년 만에 느껴보는 진기란 말인가.

희열이 전신을 감쌌다.

지금이라도 당장에 일어서 무공을 펼쳐 보고 싶다. 진기가 있을 때와 없을 때의 차이점을 두 눈으로 명확하게 보고 싶었다.

유담은 땀이 얼굴을 뒤덮고 옷이 축축하게 젖는 것도 잊은 채 계속 운공에만 몰두했다.

쉬익… 쒜에엑!

활짝 펼쳐진 부챗살에서 비침들이 쏟아져 나갔다.

섬전과 같은 빠르기다. 절정고수라 할지라도 육안으로 잡아내지 못할 빠르기.

위력도 다르다. 진기가 없을 때 쏘아낸 비침은 끝이 나무에 닿는 순간 우수수 떨어져 내렸다.

지금은… 스무 개가 조금 넘는 비침이 하나도 빠짐없이 나무에 틀어박혔다.

틀어박힌 정도가 아니다. 유담과 나무 사이의 공간이 반짝하는 것 같았는데 비침은 아예 모습을 감췄다. 나무 깊숙이 틀어박혀 빛도 보이지 않았다.

손의 감각도 예전보다 훨씬 향상되었다.

가벼우면서도 묵직한 느낌. 경(輕)과 중(重)을 동시에 느낄 수 있는 비선초(飛扇招)의 감각이 손목을 타고 그대로 전해졌다.

'스승님!'

유담은 격한 감정을 억누르기 힘들었다.

꿈에 바라마지 않던 무공을 되찾았다. 부재도에서 평생 썩을 일도 없다.

중원으로 돌아갈 수 있다는 희망.

영문도 알지 못한 채 자신을 부재도에 밀어 넣은 복면인들을 찾을 수 있다. 비록 복면 때문에 얼굴은 보지 못했지만 그들의 가슴에 그려져 있던 작은 거미 문양을 기억한다.

'사무량과의 대결은 일 년 후로……'

사무량을 돕는다?

마희 때문에 사무량을 도울 생각은 전혀 없다. 사무량을 돕는 것은 유담 본인을 위해서다.

그를 통해 정말로 혈광검의 무공이 세상에 존재하고 있는가를 봐야만 한다. 사무량이 비급을 찾기 전까지 유담이 해야 할 일은 비선초를 더욱 갈고닦는 일.

그때까지 최소한 사무량을 이길 정도의 실력을 쌓아야 한다. 그래서 사무량이 혈광검의 무공을 익히기 전에 비무를 해야 한다.

승리는 당연한 말이고, 승리를 하게 되면 혈광검의 무공은 유담이 차지하게 된다.

천하제일인의 무공.

절대자가 되고 싶은 생각은 없다. 그러나 복면인들을 이기기 위해선 천하제일의 무공을 익혀야 한다.

십이 년 전에 보았던 복면인들의 무공은 유담이 감당할 수 없는 종류의 것이었다. 하지만 혈광검의 무공이라면 상대할 수 있을 게다.

스승의 복수는 그것으로 하련다.

스승의 죽음을 직접 목격한 것은 아니다. 하지만 혈광검이 죽였다고 들었다.

사무량을 처음 보는 순간, 복수를 하고 싶은 마음이 굴뚝같았지만 애초부터 유담의 복수 대상은 따로 정해져 있었다.

스승의 죽음엔 더러운 냄새가 난다. 유담은 스승의 죽음이 복면인들과 무관하다고 생각지 않았다.

'사무량, 딱 일 년. 나는 나를 위해 너를 돕는다.'

탁!

유담은 힘차게 부채를 접었다.

소신녀는 소선을 묶어놓은 동굴 안 바위 위에서 꼼짝도 않고 운기했다.

하지만 정작 걱정될 만한 일은 따로 있었다.

자서섬을 복용한 지 칠 일째 되는 날. 사무량이 나타났어도 진즉에 나타나야 할 시간이다.

하지만 그는 돌아오지 않았다.

'믿으라더니…….'

그녀의 성격대로 얼굴에 감정은 드러나지 않았지만 조급한 마음은 억누를 수가 없었다.

지금쯤이면 마희도 안절부절못하고 있을 게다. 소신녀 자신에게 사무량이 돌아왔느냐고 물어보고 싶겠지만 기관 때문에 들어오지도 못한다.

자서섬을 복용했고, 진기도 되돌아왔다.

하지만 사무량이 없이는 중원에 나가지 못한다. 이곳에 있는 사람 중 안전한 수로를 알고 있는 사람은 없다. 종종 중원과 교류를 하는 소신녀 본인조차도 수로를 모른다.

진기가 되돌아왔지만 중원에 나갈 수 없는 형편.

정말 사무량에게 무슨 일이라도 생긴 게 아닐까.

소신녀는 깊은 한숨과 함께 눈을 감았다.

그녀가 다시 눈을 뜬 건 해가 완전히 모습을 감추었고, 둥근 달이 휘영청 떠오를 무렵이었다.

스윽! 스윽! 철썩!

소신녀는 두 귀를 쫑긋거렸다

규칙적인 소리가 들려온다.

무언가로 물을 헤치는 소리, 파도가 무언가에 부딪치는 소리.

물을 헤치는 것은 필히 노일 게고, 파도는 배의 몸통에 부딪치는 것일 게다.

배 하나가 조용하면서도 은밀히 동굴 쪽으로 다가오고 있었다.

'사무량!'

소신녀는 자리에서 일어섰다.

달빛을 비친 소선을 바라보던 소신녀는 안도하며 가슴을 쓸어내렸다. 어둠을 헤치고 나타난 배는 사무량이 타고 나간 것이었다.

스으으!

배는 소리없이 동굴 안으로 들어왔다.

"좀 오래 걸렸지?"

사무량의 얼굴은 며칠 새 부쩍 말라 있었다. 아마 그럴 것이다. 식량도 떨어졌고, 물도 부족했을 것이 분명하다.

“수로는 확인했어?”

사무량의 입가에 미소가 걸렸다.

대답은 그것으로 족했다. 소신녀의 눈도 반짝이기 시작했다.

“그런데 왜 이렇게 오래 있다가 와?”

사무량은 배에서 내려 근처에 놓인 물부터 들이켰다. 목을 어느 정도 축였다고 생각할 즈음 그의 입이 열렸다.

“내가 알고 있는 수로는 모두 세 군데였어. 그런데 두 군데는 이미 막혀 있더군. 보는 눈이 많아. 중원에 조용히 들어가기가 불가능해.”

“그럼 다른 하나는?”

“중원까지 가는 데 좀 오래 걸릴 거야. 돌아서 가야 하거든.”

소신녀의 얼굴에 화색이 맴돌았다. 사무량은 역시 그녀를 실망시키지 않았다.

“무공은 회복했나?”

“모두 자서섬을 복용했어. 우리가 마희 때문에 얼마나 피곤했는지 알아? 너 없이는 아무도 복용하지 못한다고 내 목에 검까지 디밀었다니까.”

“그 여자 성격 참…….”

“게다가 고독까지 먹였어.”

"고독?"

사무량의 눈이 화등잔만 해졌다.

고독을 몰라서 묻는 게 아니었다. 고독은 누군가가 타인의 행동을 금제시킬 때 쓰는 방법이다. 마희가 무엇 때문에 고독까지 먹이면서 이들을 금제시켰는가.

"너 때문이야. 네가 네 부친의 비급을 찾을 때까지 널 도와주래. 해독약은 일 년 후에 준다고 하더군."

"거부하지 그랬어?"

"거부할 수가 없었어. 목이 말라 죽기 일보 직전인 사람들을 앞에 두고 '내 말 듣지 않으면 물도 안 주고 죽여 버릴 거야' 라고 하는데 어떻게 거부해?"

"그 여자다워. 모두들 날 원망하고 있겠군. 걱정하지 마. 반드시 해독약을 받아내 줄 테니까."

"당연히 그래야지."

"그래서 무공이 돌아온 모양이군. 눈빛이 달라졌어."

"나뿐만이 아냐. 지금쯤은 모두가 무공을 되찾았을 거야."

상황은 많이 바뀌었다.

가장 강한 사람이 마희였지만 이제는 누가 제일 강한지 판가름할 수 없다.

소신녀가 말뚝에 배를 묶으려 하자, 사무량이 그녀의 행동을 말렸다.

"다시 중원에 나가야 할 것 같아."

“뭐?”

소신녀의 눈이 휘둥그레졌다.

“수로를 찾았잖아. 그럼 된 거 아냐? 왜 또 혼자서 나가려고 해?”

“알아봐야 할 게 있어.”

소신녀는 그게 무엇인지 묻지 않았다.

사무량이 알아볼 일이 무엇인가. 비급의 위치를 하루라도 빨리 찾아내려는 것밖에 더 있겠는가.

비급에 대한 실마리는 마희에게 들어 알고 있다.

하지만 그것만으로는 위치를 알아낼 수 없다. 중원에 있는 정보를 다 합쳐도 모자란데, 하물며 사무량은 중원에 있는 사람 중 누구 하나 알지 못한다.

“마희에게는 적당히 둘러대.”

“혼자서 뭘 어쩌려고 그래?”

“혼자가 아냐.”

“뭐?”

소신녀가 인상을 찌푸렸다.

“구파일방도 아니고 흑천도 아니면서 부재도에 관심을 가진 사람을 딱 한 명 알고 있지. 이번에 나가면 그 사람과 연락을 해야 돼.”

‘무인!’

소신녀는 깜짝 놀랐다. 무인이 아니라면 부재도에 관심을 가질 이유가 없다. 누구인지 몰라도 사무량이 무인과 접촉을 가진다는 것은 위험한 일이 아닐 수 없다.

"믿을 만한 사람이야?"

"적어도 어디에 속한 자는 아니지. 날이 밝기 전에 출발하려면 서둘러야겠어. 혹시 물이나 먹을 게 있으면 좀 가져다 줘."

소신녀는 한참이나 그를 바라보다 몸을 돌렸다.

보기와는 달리 소신녀는 꽤나 꼼꼼한 성격이었다.

그녀가 들고 온 것은 음식과 물뿐만이 아니었다. 두툼한 침낭, 지도, 지남침(指南針), 유등, 그리고 무언가 적혀 있는 종이 한 장이었다.

"절강성(浙江省) 소흥에 가면 남쪽 하류에 꽤 유명한 홍등가가 있어. 그곳에서 오륭(梧隆)이라는 자를 찾아. 내가 보내서 왔다고 하면 돼."

"그동안 교류를 한다던 지인이 그 사람인가?"

"맞아. 우리 부친과 인연이 닿아 어렸을 때부터 날 돌봐주던 사람이야. 기녀의 기둥서방에 불과하지만 엄연한 하오문 문도. 잘 말하면 그에게 여러 가지 도움을 받을 수 있을 거야."

"고맙군."

"너 때문이 아니야. 나 때문이야. 하루라도 빨리 고독에서

벗어나려면 네가 어서 비급을 찾게 하는 방법밖에 없어. 만약
오룡을 만나게 되면 내가 곧 나갈 거라는 말도 전해주고.”

“그러지.”

사무량은 짐을 싣고 다시 배에 올랐다. 아직은 초보 사공에
불과하지만 노를 잡은 모습이 썩 잘 어울렸다.

“정말 다시 돌아올 거지?”

소신녀가 걱정스런 얼굴로 다시 한 번 물었다.

“돌아와. 약속하지.”

쓰으윽!

사무량은 노로 바위를 힘차게 밀었다.

배가 움직이기 시작했다. 소신녀는 배가 들어올 때와 마찬
가지로 사무량의 모습이 보이지 않을 때까지 그에게서 시선
을 떼지 않았다.

2

곤히 잠을 자던 마희는 어둠 속에서 살며시 눈을 떴다.

달빛 한 점 들지 않는 움막은 사위를 분간하기 힘들었고,
쥐 죽은 듯 조용했다.

마희는 숨을 죽였다. 깊은 잠을 방해할 정도로 찌를 듯한
살기. 본능적으로 위험을 감지했다.

눈에 뚜렷하게 보이는 것은 없지만 누군가가 자신을 노리

고 있다.

'이런 일이 한 번은 있을 줄 알았지.'

타앗!

생각이 끝남과 동시에 이불을 박차고 허공으로 뛰어올랐다.

쉬이익!

커다란 무언가가 마희가 누워 있던 침상을 덮쳤다.

무기가 아니다. 사람 그림자다. 맹수처럼 날카롭게 손톱을 세우고 자신을 향해 몸을 던진 사람.

화르륵!

마희는 재빨리 유등에 불을 붙였다.

움막 안의 전경이 한눈에 들어왔다. 손톱을 세우고 덤빈 사람은 역시나 예상대로 왕가였다. 그리고…….

'이럴 수가! 언제?'

움막 안에 들어온 사람은 왕가뿐만이 아니었다.

활과 창을 겨누고 있는 쌍둥이까지.

"크크! 어디서 이상한 냄새가 난다고 했어. 네놈들까지 왔을 줄은 나도 몰랐군."

"시끄러워, 식인마. 네놈 때문에 저 여자가 잠에서 깼잖아. 은신술도 제대로 못하면서 기습? 도둑고양이가 웃을 일이군."

"네놈이 이상할 정도로 귀가 밝은 게지. 네놈들이 썩은 풀

냄새만 풍기지 않았더라도 저년은 이미 내가 접수했어!"

왕가와 쌍둥이는 마희에게 볼일이 있어 찾아왔다. 좋은 목적은 아니다. 이들이 원하는 것은 고독의 해독약이다.

마희가 이들에게 고독을 복용케 한 것은 실로 큰 도박이 아닐 수 없었다.

고독을 주는 대신 자서섬을 복용하게 하고 그로써 무공을 회복한 후, 해독약을 구하기 위해 자신을 찾을 거라는 것.

어느 정도 예상하고 있던 일이다.

"네놈들은 가만히 있어. 우선 저년한테 해독약을 받아 먹은 뒤 상대해 주마."

쌍둥이와 실랑이를 벌이던 왕가의 고개가 마희에게로 향했다.

"이 요망한 년, 어서 해독약을 내놔!"

마희는 침을 꿀꺽 삼켰다.

그녀가 십이 년 동안 보아온 단순하기만한 왕가가 아니었다. 왕가에게서 느껴지고 있는 기운은 진정한 살기다.

무공을 되찾은 왕가는 오래전 무림을 떠들썩하게 했던 왕가림으로 되돌아왔다.

쌍둥이는 어떤가. 무공으로는 그 누구에게도 밀리지 않던 마희가 인기척조차 느끼지 못할 정도였으니 이들 역시 예전의 무인이었던 때로 되돌아온 게다.

마희는 세 사람을 천천히 번갈아봤다.

왕가의 빠른 신법, 가야의 가공할 활의 위력, 가완의 창법.

지금 이 자리에서 싸움이 벌어진다면 승산을 점칠 수 없다. 아니, 오히려 지는 쪽은 마희가 될 게다.

'정말… 어째서 이자들이 부재도로 오게 되었는지 이해가 가.'

"해독약은 지금 나에게 없어."

"뭐야?"

"무공이 되돌아오면 내게 당장 찾아와 해독약을 달라고 할 게 뻔한데, 내가 그걸 가지고 있을 거라 생각해?"

쉬익!

이번엔 뾰족한 창날이 마희의 목에 들이밀어졌다.

"약은 어디 있나?"

"중원에 누군가가 가지고 있어. 일 년이 되는 날, 그 사람이 너희 앞에 나타나 해독약을 줄 거야."

"그렇다면 너는 이제 필요없는 존재라는 뜻이군."

가야가 웃음을 머금었다. 살기가 담긴 웃음인데도 불구하고 넋이 빠질 정도로 아름다운 얼굴이다.

띠잉!

가야는 다시 활을 들어 줄을 튕겼다. 그리곤 전통(箭筒)에 담긴 화살 하나를 뽑아 시괄에 얹은 후 줄을 잡아당겼다.

팽팽한 줄은 흔들림이 전혀 없었다. 그가 손가락을 튕겨 내는 걸 미처 알아차릴 새도 없이 화살은 마희에게 날아들

게다.

'휴! 셋이 무공이 다르니 한꺼번에 덤벼도 상대하기가 힘들어. 나에겐 역부족. 이를 어쩐다?'

마희는 침상 옆에 세워둔 검을 잡아 들었다.

부웅!

가장 먼저 공격을 가한 사람은 가완이었다.

마희는 침상 위로 몸을 던지며 가완의 창을 종이 한 장 차이로 피해냈다. 하지만 창은 봉과는 달리 휘두르기만 하는 물건은 아니었다.

목표물을 잃어버린 창극이 기이한 각도로 휘어지더니 마희의 왼쪽 팔꿈치를 가격했다.

따악!

'헉!'

마희는 침상 밑으로 떨어지며 다른 손으로 팔꿈치를 감쌌다.

하마터면 비명이 입 밖으로 튀어나올 뻔했다.

만약 가완이 가지고 있는 창이 나무가 아닌 쇠였다면 살이 베이는 것은 물론, 뼈까지 으스러져 있을 게다.

마희는 곧바로 몸을 일으켰다.

"필요없는 사람이라니, 무슨 그런 섭섭한 말을. 내 연락이 없으면 그 사람도 너희들 앞에 나타나지 않을 거야."

"크크크! 그럼 죽지 않을 만큼만 두들겨 놓으면 된다 이

거지?"

왕가가 번들거리는 얼굴을 앞으로 쑥 내밀고 다가왔다.

가완의 창도, 가야의 활도 무섭지만 정작 무서운 건 왕가였다.

왕가의 주 무기는 긴 쇠사슬 끝에 둥근 구슬이 달린 유성추(流星錘)다. 귀신같이 빠른 신법과 어우러져 유성추를 다루는 그의 실력은 중원에서도 익히 들은 바 있다.

지금 그는 무기를 가지고 있지 않다. 쇠로 된 물건을 구하지 못했기 때문이다. 만약 그의 손에 무기가 들려 있었다면…
상상도 하기 싫은 일이 벌어지고도 남았을 게다.

"킁킁! 이건 또 뭐야?"

가까이 다가오던 왕가가 눈동자를 사방으로 굴렸다. 커다란 그의 콧구멍이 벌렁벌렁거렸다.

"한 사람이 더 추가되었군."

가완의 말이 떨어지기가 무섭게 움막의 휘장이 걷히며 한 사람이 들어섰다.

팟!

접선이 활짝 펴짐과 동시에 마희를 위협하던 세 사람이 주춤했다.

"사내 셋이서 여인 하나를 공격하다니, 비겁하군."

유담은 접선을 팔랑이며 안으로 걸어 들어왔다.

"비겁? 비겁이라고 했나? 멀쩡한 사람 몸에 고독을 넣은 사람은 비겁하지 않은 건가?"

유담을 대하는 가완의 태도는 싸늘했다.

"무인이 무공을 아무 데서나 남발하고 다녀선 안 되지."

"그건 내가 하고 싶은 말이군. 저 여자가 처음 부재도에 들어왔을 때를 기억하게 하지 마. 무공도 제대로 펼칠 수 없는 우리를 먼저 공격한 사람은 저 여자야."

가야 역시 가완과 같은 마음이었다.

이들에게는 유담이 반가울 리 없다. 마희가 부재도주를 자처했을 때, 그녀의 곁에 항상 머물러 있던 사람이 유담이다.

왕가나 해타에게는 일말의 동질감이라도 느껴지지만 유담은 열외다. 그리고 무엇보다 자신들의 생각을 읽는 사람은 여간 께름칙한 게 아니다. 동료로 삼기에도 거부감이 드는 자. 적이면 반드시 죽여야 하는 자가 바로 유담이다.

"뭐야? 네놈도 해독약이 필요해서 온 것 아냐?"

"부인을 죽인다고 달라지는 건 없어. 해독약을 받으려면 어차피 일 년이라는 시간을 기다려야 하지. 우리는 그동안 사무량이 비급을 찾는 걸 도와주는 데 주력해야 하고."

"그딴 비급 따위 관심 없어. 천하제일인? 흥! 웃기고 자빠졌네. 천하제일인은 뭐 아무나 해먹는 건지 알아?"

"아암, 물론 아무나 할 수 없지. 하지만 만약 네 자신에게 천하제일인이 될 수 있는 기회가 찾아온다면 그때도 아무나라고 말할 텐가?"

“…뭐?”

“십이 년 전, 천하제일인이라 불렸던 혈광검이 남긴 비급이다. 비급을 찾는 것은 사무량뿐만 아닌 우리 모두가 해야 할 일. 꼭 그 비급을 사무량만 익히라는 법은 없지.”

‘……!’

마희는 재빨리 유담을 바라봤다.

그녀는 유담이 하고 있는 말의 의미를 제대로 이해할 수 없었다. 아니다. 제대로 이해를 했기 때문에 의아함을 감출 수 없다.

‘도대체!’

유담은 알고 있다. 마희가 처음 이들에게 고독을 내밀었던 순간부터 유담이 자신의 생각을 읽고 있으리라 생각했다.

그랬기에 지금 그가 자신을 도와주러 온 줄 알았다. 아니, 도와주긴 했다. 세 명이서 합공을 감당할 자신이 없는 찰나에 나타나 준 것만 해도 감지덕지다.

하지만 유담의 말뜻이 무언가.

“크크! 비급을 찾게 되면 우리에게도 익힐 수 있는 기회가 온다는 게군.”

유담은 고개를 끄덕이며 웃었다.

“유담!”

마희가 버럭 소리를 질렀다.

이로써 유담의 뜻은 명확해졌다. 그는 중원에 나가는 것만이 목표가 아니다. 사무량을 복수의 대상으로 삼은 것도 아니다.

그가 바라는 것은 혈광검이 남긴 비급이다.

"후후! 부인, 당신이 우리에게 고독을 먹이며 사무량을 도와주라 한 건 큰 실수죠. 하지만 이미 엎질러진 물. 다시 주워 담을 수가 없겠군요. 이제 당신이 말려도 우리는 사무량과 동행을 할 것이니까."

"어떻게 네가⋯⋯?"

마희는 말을 잇지 못했다.

자신을 바라보며 한쪽 눈을 찡긋거리는 유담의 얼굴을 보았다.

'아!'

안도의 한숨이 절로 새어 나왔다.

유담은 이들이 자신을 공격하는 것을 막기 위해 꺼낸 말이다. 게다가 군말없이 사무량을 돕게 만들려는 의미도 포함되어 있다.

하지만 어딘지 찜찜한 느낌이다. 유담의 말이 이들을 따돌리기 위한 단순한 거짓이 아닐 거라는 이상한 느낌.

'모르겠어. 유담 당신이 하는 말은 믿을 수가 없어. 가끔 당신이 적인지 아인지 구분이 되질 않아.'

마희는 그제야 유담에게서 눈길을 거뒀다.

"어때? 이래도 사무량과 동행하는 게 싫다고 하겠나? 어차피 우리는 밖을 나가는 순간 전 무림의 공적이 되고 말지. 그럴 바에 천하제일인의 비급을 찾아 무공을 익히는 것도 나쁘지 않을 거라 생각하는데?"

"크크크! 네놈 속은 하도 능구렁이 같아서 믿을 수가 있어야지. 하지만 비급이라……. 그것도 괜찮은 방법 같군. 마희, 네년! 이놈 때문에 목숨 건진 줄 알아. 비급만 아니었으면 넌 벌써 솥에 삶아졌어!"

왕가는 신경질적으로 휘장을 걷으며 움막을 빠져나갔다.

"너희들은?"

유담의 물음은 쌍둥이에게 던져졌다.

"한 가지 알고 싶어. 만약 비급을 찾게 된다면 우리 모두가 똑같이 나눠 가질 수는 없는 것."

"당연한 말. 우리 중 살아남는 한 사람만 차지할 수 있다는 소리다."

휘이익… 턱!

가완의 창이 거두어지며 원래 있던 제자리로 들어갔다.

"비급이라는 말을 들으니 구미가 당기는군. 좋아. 중원을 나가면서 비급을 찾기까지는 동지, 비급을 찾는 순간 우리는 모두 적이 된다."

"살이 찢어지고 피가 터지는 싸움을 예상하고 있다."

"그 말을 잊지 않길 바라. 혹시 마음이 바뀌어 그전에 우리 중 누군가를 공격한다면 고독의 해독약은 영원히 가질 수 없는 걸로 정하지.”

가완의 마지막 말은 마희에게 향한 것이었다.

쌍둥이는 그 누구도 믿지 못한다.

중원을 나가는 순간 밤이고 낮이고 함께 다녀야 하는 사람들이다. 하지만 비급을 찾는 도중 이들끼리 싸움이 벌어지지 않으리라고는 장담하지 못한다.

어쨌거나 사람 수가 줄어야 경쟁자도 줄어들 테니까.

“좋아, 그렇게 할게.”

마희는 쉽게 승낙했다.

“중원에 나가기 전까지 다시 마주칠 일 없었으면 좋겠군.”

쌍둥이는 냉랭한 웃음을 던지며 움막을 나갔다.

‘휴! 정말 다루기 힘든 자들이야. 사무량이 잘 해나갈 수 있을까?

“어디 다치신 데는 없습니까?”

마희는 유담의 말을 듣고서야 팔꿈치가 다시 아파옴을 느꼈다.

“뭐, 이 정도야 예상하고 있었어. 때마침 나타나 주어서 고마워.”

“별말씀을.”

유담이 웃으며 살짝 고개를 숙였다.

마희는 유담에게서 눈을 뗄 수가 없었다.

진기를 회복한 유담의 행동 하나하나엔 절정고수에게서만

느낄 수 있는 절도가 배어 있다. 왕가도 그랬고 쌍둥이도 달라졌지만 유담은 특히 더했다.

'만약 지금 상태로 유담과 겨룬다면… 승패를 점칠 수 없다.'

마희는 자신도 모르게 유담을 경계했다.

접선을 잡은 유담의 손이 언제 움직일지, 그의 발이 어떤 각도로 움직이게 될지 신경을 쓰지 않을 수 없다.

"절 경계하고 계시군요. 마음 놓으시죠."

아차! 잊고 있었다. 사람의 속마음을 들여다보는 유담의 능력은 변함이 없었음을.

"미안. 나도 모르게 그만."

"다시는 저들이 공격할 일은 없을 겁니다. 이제 걱정하지 마십시오."

"확실히 자서섬의 효능이 있긴 있는 모양이야. 사람들이 하루아침에 달라진 것 같아."

"아직 원래 있던 진기를 모두 회복한 것은 아닙니다. 저들도 마찬가지일 것이고요."

마희는 또 한 번 놀랐다.

아직 진기를 모두 되찾은 것이 아니라니…….

'유담 넌 내가 상대할 수 없는 무인.'

속이 상하지만 인정할 수밖에 없었다.

"그나저나 사무량이 며칠째 보이지 않습니다. 무슨 일이라도 있는 것인지……?"

마희는 즉각 상념에서 깨어났다.

"소신녀의 영역에 들어간 후로 나온 적이 없어. 나도 궁금하던 참이었는데 아무래도 소신녀를 직접 찾아가야 할 것 같아."

"그럼 나중에 무슨 일이라도 있게 되면 알려주시길."

유담은 마희에게 고개를 숙여 보인 뒤, 움막 입구로 몸을 돌렸다.

"유담."

등 뒤에서 부르는 마희의 목소리가 유담의 걸음을 멈추게 했다.

"아까 했던 말… 설마 진심은 아니지?"

"무엇 말입니까?"

"혈광검의 비급을 찾게 되면 익히고 싶다는 말."

"후후! 천하제일인의 무공이 탐이 나는 건 사실이지만, 그걸 익힐 만한 자질이 뒷받침되어야 하지요. 부재도민 모두 어디 가서도 빠지지 않는 무인임에는 틀림이 없으나 혈광검의 무공을 익힐 만한 그릇들은 되지 않습니다."

"…그래, 그렇게 말해주어서 고마워."

"그럼 편히 쉬십시오."

유담은 다시 발걸음을 옮겼다.

'부인, 송구합니다. 용서를……'

그는 아랫입술을 꾹 깨물었다.

십이 년 동안 친누이처럼 지내왔던 마희에게 처음으로 한 거짓말이었다.

마희는 꼬박 이틀 동안 소신녀의 영역 입구에서 서성인 뒤에야 그녀를 만날 수 있었다.

"사무량은 지금 여기 없어."

소신녀는 귀찮다는 듯 짤막하게 이야기했다.

"아직 돌아오지 않았니?"

"몰라. 자기 스스로 중원에 나간 걸 나보고 어쩌라고."

"스스로… 중원에 갔다고?"

"중원으로 빠져나갈 길은 찾았대. 그런데 누굴 만나야 한다더니 다시 나가더라?"

"…누굴?"

"몰라. 내가 어떻게 알아?"

마희는 자신이 알고 있는 모든 사람들을 머릿속에 떠올려야 했다.

지난 십이 년, 마희는 부재도에 있었지만 사무량에 대한 이야기는 하나도 빠짐없이 들어 알고 있다.

사무량은 여섯 살 때 이후로 무당산에서 벗어난 적이 없다. 그가 알고 있는 사람은 고작해야 무당의 도인들.

그리고 부재도로 오는 동안 알게 된 사람이 전부다.

혹천의 인물들을 만날 리는 없고, 소림승들을 만날 리는 더더욱 없다. 만약 그런 일이 생기면 보현 대사가 소식을 전달해 주었을 터다.

예전에 혈광검을 지지하던 자들이 있다. 그들은 적랑회(赤狼會)라는 이름으로 활동했다. 혈광검을 신처럼 떠받들고, 그의 수족을 자처하던 자들이다.

혈광검이 죽자마자 적랑회도 모습을 감추었다.

만약 그들이 아직도 혈광검을 잊지 않고 있다면 사무량 또한 잊지 않았을 터. 중원에서 사무량에게 도움을 줄 사람은 적랑회 사람들밖에 없다.

하지만 아무리 생각해도 사무량이 만나는 사람은 적랑회가 아니다. 보현 대사를 통해 많은 정보를 지니고 있는 마희였지만 적랑회의 종적은 그 누구도 알지 못한다.

그렇다면 사무량은 도대체 누구를 만나러 간 것인가.

"언제 돌아온다는 말은 없었니?"

"좀 오래 걸릴 거라는 것밖에. 더 할 말이 남았어? 난 너랑 이야기하기 싫어."

소신녀는 노골적으로 마희에 대한 반감을 드러냈다. 나이로 따져 보아도 엄마와 딸 정도의 차이인 데도 서슴없이 반말을 사용했다.

하지만 마희는 그런 소신녀를 나무라지 않았다.

"마지막으로 물어볼 게 있어. 금지에서 무슨 일이 있었는지 말해줄래?"

"사무량이 그래? 내가 금지에 들어갔다고?"

마희는 고개를 저었다.

"금지에서 네 흔적을 우연히 보게 되었어. 같이 들어갔을 거라 확신했지."

"같이 들어간 일 없어."

"분명 무슨 일이 있었지? 그렇지 않고서야 사무량이 갑자기 변할 리 없어."

"난 모르는 일이래도?"

소신녀는 신경질을 내며 몸을 돌렸다.

"귀곡자 어르신의 선천팔괘. 소신녀 넌 그걸 보기 위해서라도 들어갔을 거야."

소신녀가 다시 몸을 홱 돌렸다.

"선천팔괘를 알고 있는 사람이 또 하나 있었네? 어떻게 그걸 알면서도 여태 목숨을 부지할 수가 있는 거지?"

"말해줘."

"그래, 들어갔었어. 자서섬을 구하려 했는데 사무량이 이상한 발작 같은 걸 일으키더라고. 그러더니 갑자기 연못으로 풍덩 뛰어들지 뭐야? 그리곤 자서섬에게 공격당했어. 이제 됐어?"

"……!"

소신녀는 마희의 눈이 경악으로 물들든 말든 귀찮다는 식으로만 이야기했다.

"자서섬… 에게 공격을 당했는데… 살아났다… 고?"

마희는 자신이 말을 더듬는 것조차 자각하지 못했다.

"귓구멍 막혔어?"

"어, 어떻게 살아났어?"

"몰라. 그냥 살아난 건 살아난 거야. 더는 묻지 마. 당신하고 이야기하니까 짜증나 죽겠어."

소신녀는 뒤도 돌아보지 않고 영역 안으로 들어가더니 굳게 문을 잠가 버렸다.

그녀가 떠난 지 오랜 시간이 되었는데도 마희는 그 자리에서 석상처럼 굳어져 꼼짝도 하지 못했다.

귀곡자의 선천팔괘가 어떠한 것인지 알고 있다. 선천팔괘를 통과한 것은 그의 후손인 소신녀가 있었으니 그러려니 하고 이해한다.

하지만 자서섬에게 공격당했다는 이야기는 충격이었다.

자세히는 몰라도 자서섬이 어떠한 영물인지는 대충 알고 있다. 소신녀가 그걸 다루는 것도 직접 눈으로 보았다.

독기를 가득 머금은 두꺼비다. 그것에 공격을 당했다면 대라신선이 와도 절대 살아날 수 없다.

하지만 사무량은 살았다. 소신녀의 말이 거짓일까. 아니다. 소신녀는 버릇이 없을지언정 거짓말은 하지 않는 여자다.

'알 수 없어. 분명 무슨 기연이 있었던 거야. 사무량 너는

도대체…….’
　마희는 자신이 사무량에 대해 가장 잘 알고 있는 사람이라
는 생각을 급히 수정해야 했다.

第九章
외인

넓은 움막은 언제나처럼 향긋한 차 향기가 가득했다.

천기자가 큰마음 먹고 사들인 용정차(龍井茶)는 이제야 그 값어치를 드러냈다.

오신군 중 가장 많은 실권을 잡고 있는 그녀 도화신군은 천기자가 내오는 용정차를 유독 좋아했다.

천기자가 그녀를 위해 차를 내오는 이유는 따로 있었다. 항상 얇은 면사로 얼굴을 가리고 다니는 도화신군이지만 차를 마실 때는 그 향과 맛을 음미하기 위해 면사를 풀곤 했다.

면사가 풀어지며 드러나는 아름다운 얼굴을 보며 천기자는 천상에 다시없을 선녀를 보는 듯해서 기분이 좋았다.

그냥 예쁜 여자는 한 번 가슴에 품어보고 싶기도 하고, 조금 더 심하면 내 여자로 만들어 곁에 두고 싶기도 하다.

하지만 너무 예쁜 여자는 그런 마음이 생겨나는 것조차 용납하지 않는다. 또한 다른 사람이 갖게 해서는 안 된다는 마음도 있다.

감탄이 절로 터져 나오는 미모. 하지만 갖고 싶다는 마음이 전혀 들지 않는 여자.

도화신군의 반짝이는 눈이 가느다란 초승달을 떠올리게 했다.

"요즘도 다들 사이가 좋지 않나요?"

도화신군의 물음은 다른 네 신군의 사이를 말한다.

"일 년 전, 사무량을 추적했을 때 이후론 서로 얼굴도 마주 보지 않는 형편입니다."

"안타깝네요. 이제 곧 일을 진행시켜야 할 때가 되었는데……."

천기자가 예상했던 말이 튀어나왔다. 도화신군이 자신을 찾아온 이유가 이것 말고 무엇이 있겠는가.

흑천은 지난 일 년 동안 많이 변했다.

다른 네 문파의 사이가 좋아졌다는 이야기가 아니다. 사무량을 놓치고 나서 오신군이 마지막으로 만남을 가진 이후 사람들이 바뀌었다.

그때 일을 계기로 모두는 느끼는 바가 있을 것이다. 그렇지

않고서야 쉴 새 없이 무공을 수련하고, 기강이 튼튼히 바로잡
히는 경우가 없을 테니까.

도화신군은 확신을 가졌을 때에만 움직이는 여인이다.

그녀는 말한다.

이제는 흑천이 중원에 나서야 할 때가 되었노라고. 혈광검
의 비급을 찾아야 할 때라고.

천기자는 그가 아직도 살아 있음을 확신했다. 그의 기감이
그렇게 말해주었다.

이제는 사무량을 부재도 밖으로 빼내오는 일만 남았다.

준비는 차분히 진행시켰다.

흑천이 움직이지는 않되, 다른 사람을 이용해 사무량을 부
재도에서 빼내오는 일.

희생양은 우연하게 사무량의 존재를 알아버린 용검문(龍劍
門)이 되었다.

"달포 전에 용검문 소문주(小門主)를 납치했어요."

"…그랬군요."

처음 듣는 이야기다.

도화신군은 나머지 신군들을 비롯한 자신에게조차도 일의
진행을 미리 말하지 않았다.

가끔씩 자신이 왜 이 자리에 앉아 있어야 하나 의문도 들지
만 천기자가 생각할 수 없는 일을 도화신군이 할 때에는 그녀
의 능력을 인정하지 않을 수 없다.

"용검문주는 벌써 일 년째 앓아누웠고, 용검문을 이을 후계자는 소문주뿐이에요."

"소문이 전혀 나지 않아 몰랐습니다."

"당연하죠. 자신들이 위기에 놓여 있다고 동네방네 떠들고 다닐 사람이 누가 있을까요."

도화신군은 가녀린 손으로 입을 가리며 살며시 미소 지었다.

천기자는 그녀 몰래 마른침을 삼키기 위해 차를 들이켰다. 그녀에게 별다른 질문은 하지 않았다. 도화신군이 직접 찾아온 이유가 그간의 일들을 모두 말해주기 위해서니까.

"용검문주에겐 세 명의 자식이 있어요. 우리가 데리고 있는 소문주는 유일한 사내고, 두 명의 딸이 있는데 큰딸은 패기는 있지만 머리를 쓸 줄 모르죠."

'희생양은 둘째가 되었겠군.'

"둘째에게 살짝 언질을 해두었죠. 그녀는 무공을 모르지만 머리는 돌아가요. 아마 지금쯤이면 사무량을 찾으러 나갔을 거예요."

'빈틈이 없는 여인……'

천기자는 조잘조잘 떠들어대는 도화신군의 입술을 흘끔흘끔 바라봤다.

그녀가 그렇다면 그런 거다. 한 번도 그녀의 계획에 차질이 생긴 적은 없다.

용검문의 소공녀라면 사무량을 부재도에서 끌고 나오는 데 성공할 것이다. 이쯤 되면 천기자가 무엇을 해야 하는지 알고 있다.

우선은 다른 네 명의 신군을 만나야 한다.

"그만 일어나야겠네요."

도화신군은 할 말을 마치곤 자리에서 일어섰다. 그녀는 다시 면사로 얼굴을 가렸지만 천기자는 그녀의 얼굴을 잊을까 똑똑히 기억해 두었다.

"그동안 천기자의 묵혀두었던 기감이 이제는 다시 활발하게 움직이길 기대하겠어요."

천기자는 움막 밖으로 빠져나가는 도화신군을 배웅했다.

그녀의 걸음걸이는 봄날의 풀밭에서 뛰노는 강아지처럼 가벼워 보인다. 아침 이슬을 머금은 풀잎과 같이 싱그러운 향기가 난다.

하지만 가녀린 뒷모습에선 흑천을 이끌어 나가는 힘이 있다.

일 년간의 긴 기다림.

이제는 움직일 때가 되었다.

*　　　*　　　*

"지금이 마지막으로 생각하실 수 있는 기회입니다. 정녕 저곳으로 들어갈 작정이십니까?”

은소부(恩素富)는 천천히 고개를 돌렸다.

울던 아이도 별호만 듣고는 울음을 뚝 멈추게 한다는 사혼검(死魂劍). 찔러도 피 한 방울 나오지 않을 것 같은 그가 이토록 근심 어린 표정을 하고 있다는 걸 누가 믿을 수 있을까.

“숙고하심이…….”

그녀는 아무런 대답도 없이 멀리서 보이기 시작하는 조그마한 섬만 바라봤다.

“무슨 일이신지 자초지종이라도 말씀해 주셔야…….”

배를 탄 이후 사혼검의 안색은 풀어질 기미를 보이지 않았다.

“죄송해요. 느닷없이 부탁을 드리게 되어서…….”

사혼검은 미안해하는 은소부의 말에 입술을 꾹 닫았다.

용검문의 차녀. 천상 여자라고 할 만큼 조용하고 여려 보이던 은소부의 고집이 이렇게 셀 줄은 사혼검도 미처 몰랐다.

열 살에 입문해 십칠 년을 용검문에 있었지만 은소부와 몇 마디 말을 나눈 기억이 없다. 활달한 성격인 장녀 은소령(恩素怜)과 한 자매라고 할 수 없을 정도로 은소부는 용검문 무인들 사이에서 그 존재감이 별로 드러나지 않았다.

툭 치기만 해도 쓰러질 것 같은 유약한 그녀가 혼자 문을 나서겠다고 결심한 것은 실로 의외였다. 한밤중에 자신을 찾아와 도움을 요청하는 그녀의 간곡한 부탁을 거절하지도 못했다.

건강하던 문주가 갑자기 쓰러진 것은 일 년이 조금 안 되는 시간이었다. 원인을 알 수 없었다. 용하다는 의원을 데려와도 고개만 내저을 뿐이었다.

용검문은 절강성에서도 눈에 띄지 않는 조용한 문파다.

긴 역사를 가지고 있다는 이유만으로 절강성에서의 입지는 다져졌지만 탐탁지 않게 생각하는 자들이 많았다.

하루에도 수십 개씩 생겼다 사라지는 게 무림문파들. 호시탐탐 용검문을 노리는 자들은 갓 개문한 신흥 문파들이 대부분이다. 수익 면에서나 영역 면에서 용검문이 차지하는 비율이 높기 때문이다.

그런 그들에게 있어 문주의 횡액은 다시없을 좋은 기회일 게 분명했다.

문주가 쓰러진 사실은 비밀에 부쳐졌다.

물론 문주의 자리를 대신할 사람은 있었다.

은소부와 은소령의 오라버니이자 차후 문주의 자리를 잇게 될 소문주 은서효(恩瑞曉). 은서효 정도의 나이와 지략이라면 쓰러진 문주를 대신하기에 적절했다.

하지만 불행은 거기서 끝이 아니었다.

문주가 쓰러진 지 일 년도 채 안 되었을 무렵, 은서효는 돌연 자취를 감추었다.

자발적이 아니라는 것은 확실하다. 은서효는 무책임하게

모습을 감출 인물이 아니다.

그러나 남겨진 서신이나 흔적도 없었다. 용검문의 인력을 총동원하여 그의 행방을 수소문했지만 모두 허사로 끝이 났다. 은서효는 그야말로 하늘로 증발한듯 사라져 버렸다.

모두 의아함을 감추지 못했다.

새로이 문주로 등극할 시기에 맞춰 은서효가 사라진 것을 감안하자면 암중의 음모가 도사린다는 가정은 무시하지 못했다.

문주의 일은 차치하더라도 은서효를 찾아내는 것이 우선이었다. 그러나 아무런 증거도 없이 그가 어디로 갔는지 알아내는 건 쉬운 일이 아니었다.

사람을 풀어 수소문하는 것 외에 그들이 할 수 있는 것이 무엇인가.

용검문 사람들이 조용히 움직일 때, 은소부도 움직이기 시작했다. 용검문 일에는 전혀 관심이 없을 것 같았던 그녀가…….

은소부의 움직임은 바로 지금, 눈앞에 보이는 작은 섬을 찾는 것으로 시작되었다.

"저곳이 정말 부재도가 맞는 거죠?"

은소부의 물음에 사혼검은 즉시 상념을 접었다.

부재도가 어떠한 곳인지 모른다면 사람도 아니리라. 그리고 그곳에 들어서려는 것. 무림에 대해 잘 알고 있는 사람이라면 이같이 무모한 짓은 하지 않을 게다.

"휴! 죄송해요. 사람 하나를 찾아야 해요."

"……!"

순간, 사혼검은 불안한 예감이 들었다.

그가 알고 있는 사람 중에 부재도에 들어간 인물은 딱 하나밖에 없었다.

그만 아는 것이 아니다. 용검문의 수뇌부들이라면 모두 알고 있는 사람이다.

'설마 혈광검의 아들……?'

소림과 무당이 쉬쉬하며 십이 년 동안 감추었던 일을 용검문은 너무도 우연히 알게 되었다.

용검문 원로 중 한 명의 아들인 이금찬(李金燦)은 무당의 속가제자(俗家弟子)였다.

일 년 전, 무당에 들른 이금찬이 사무량을 본 것도 우연에 지나지 않았다.

자신의 아비에게 지나가는 말로 무당파에 혈광검의 아들이 있다고 말한 이금찬은 그날 이후로 홀연히 사라졌다.

거기까지는 사혼검도 아는 바가 없다. 혈광검의 아들에 대한 이야기는 원로회의 입방아에 올랐다가 순식간에 잠잠해졌다.

사혼검의 개인적인 생각이지만 무당과 원로회 간에 무슨 이야기가 오갔을 게다. 그것만으로 충분하다. 의심의 여지는 없다. 혈광검의 아들이 생존해 있다는 것은 기정사실이 되었다.

하나, 이미 다 지나간 일이라 생각했거늘…….

"혹시 사무량이라는 자를 찾아가시는 겁니까?"

묻지 않을 수 없었다.

은소부는 침묵으로 대답을 대신했다. 그녀는 입술이 바짝 마르는지 몇 차례 침을 묻히다가 결국 말을 꺼내지 못했다.

'도대체 그자를 찾아서 무엇을 하려고…….'

부재도를 찾아간다는 것은 실로 위험한 일이 아닐 수 없다.

절강성에서 배를 탈 때부터 뒤를 밟히기 시작했다.

누구인지 모른다. 부재도를 경계하는 세력 중 하나일지도. 혹은 무당이나 소림의 사람들일지도.

본문에 아무런 보고 없이 은소부와 단둘이 빠져나왔지만 지금쯤은 모두가 알고 있을 게다.

'발칵 뒤집어졌겠군.'

그보다 중요한 것은 은소부에겐 지금도 되돌아갈 마음이 전혀 없다는 것이다.

부재도는 위험한 곳이라고 알고 있다. 하지만 사혼검 자신이 무공을 익혔으니 그녀를 보호하는 데 별다른 탈은 없을 게다.

중요한 건 다시 절강성으로 들어갔을 때다.

사무량을 찾으러 갔다는 사실이 알려진다면 용검문에 집중되는 무림의 이목을 피할 수 없다.

은소부를 말리지 않은 죄로 사혼검은 장로회로부터 큰 질
책을 받아야 할지도 모른다. 아니, 파문이나 당하지 않으면
다행이다.
　은소부의 팔을 잡아가던 사혼검은 결국 그녀를 말리지 못
했다.
　이상하지 않은가.
　마음은 부재도를 거부하고 있는데 몸이 따라주지 않는다
는 게.
　'자세한 이야기는 가봐야 알 것 같군.'
　부재도는 점점 가까워오고 있었다.

　긁적긁적!
　해타는 때가 잔뜩 낀 날카로운 손톱으로 정신없이 몸을 긁
어댔다. 그렇지 않아도 얇은 살가죽은 금세 벌겋게 상기되었
다.
　"왜 자꾸 긁어대?"
　왕가가 짜증을 부렸다. 그러나 해타의 긁적임은 단순한 피
부 질환이 아니라는 걸 왕가는 잘 알고 있었다.
　긁적긁적!
　살가죽을 긁는 소리가 왕가의 귓가를 묘하게 자극했다.
　"피 터지겠다. 웬만하면 날 자극시키지 않는 게 좋을 거야.
안 그래도 요즘 몸보신하고 싶은 생각이 간절하다고."

“자꾸 간지러워. 꼭 사무량이 이곳에 들어왔을 때처럼.”

땅을 파던 왕가의 손길이 우뚝 멈춰졌다. 뱀처럼 가느다란 그의 눈이 날카롭게 번뜩였다.

“뭐냐?”

“예감이 좋지 않아. 뭔가 다른 기운이 느껴져.”

“……!”

왕가는 해타의 말을 흘려듣지 않았다.

전에도 이런 일이 있다. 표류된 배가 부재도에 떠밀려 왔을 때도, 일 년 전 사무량이 왔을 때에도.

해타의 벗겨진 피부에서 기어이 핏방울이 맺히기 시작했다.

왕가는 해타의 몸에서 나온 피를 보고 자리에서 벌떡 일어섰다.

“이 자식, 날 자극하지 말라고 했지? 내 눈깔 뒤집히면 적이고 아고 없는 것 몰라? 자해도 그 정도면 충분……!”

말을 하던 왕가가 갑자기 코를 벌름거렸다.

“킁킁! 호호호! 해타 네 말이 맞았어.”

가느다란 왕가의 뱀눈에서 광기가 번뜩이고 있었다.

“냄새가 난다. 뭍에서 자라는 싱그러운 풀냄새, 그리고 지독한 피 냄새. 남자와 여자, 두 놈이군.”

“난 아무런 냄새도 나지 않는데…….”

해타도 코를 킁킁거려 봤지만 썩은 흙냄새만 진동할 뿐이었다.

투둑!

왕가는 해타의 발아래 꿈틀거리는 벌레 몇 마리를 던졌다.

"왜, 안 먹을 거야?"

"오랜만에 온 손님들을 맞아야지. 흐흐! 생각만 해도 벌써부터 군침이 도는구나."

"하지 마. 그러다가 마희에게 또 걸리기라도 하면 어떻게 해?"

"마희 년은 이제 내 상대가 되지 못해. 암, 그렇고말고."

왕가는 입가에 흐르는 침을 닦으며 벌써 저만치 걸어가고 있었다.

"예감이 안 좋은데……."

해타는 자리에서 일어나 터덜거리며 왕가를 따라가기 시작했다.

'정녕 이곳이 부재도란 말인가!'

상상 속에서 만들어낸 부재도의 모습은 현실과 극명한 차이를 보였다.

사혼검은 태어나서 이토록 아름다운 섬은 처음 보았다. 누군가가 이곳이 어디냐고 묻는다면 지상낙원이라 대답해도 모자람이 없을 듯하다.

이름 모를 나무와 꽃이 만개하고, 먹음직스런 열매가 식욕을 돋운다. 향긋한 풀냄새는 바닷물 냄새와 어우러져 중원에서는 맡을 수 없는 독특한 향기가 난다.

배에서 내리기 전 무거웠던 마음과는 달리 한 걸음, 한 걸음 내딛는 발걸음이 가볍다. 솜이불 위를 걷는 듯 폭신폭신한 땅의 감촉 또한 색달랐다.

조숙한 숙녀로만 보아왔던 은소부 역시 겉으로 내색하지 않았으나 상기된 얼굴을 보니 무척이나 기분이 좋은 듯했다.

그러나 애석하게도 두 사람의 산뜻했던 기분은 반 시진도 되지 못해서 사그라졌다.

"아직도 숲을 벗어나지 못한 것 같은데 설마 길을 잃은 건 아닐까요?"

사혼검은 대답할 수 없었다.

이상한 느낌이 든 건 반 각 전부터였다. 그때 나뭇가지 하나를 꺾어 작은 매듭을 지어놨었다. 또다시 반 각이 흐르고 나서야 사혼검은 자신이 함정에 빠졌다는 것을 깨달았다. 반 각 동안 걸어온 곳에 아까 매듭지어 놓은 나뭇가지가 있는 것을 본 후에야.

"아무래도 기관에 걸린 것 같습니다."

"기관이라뇨?"

은소부가 무슨 소리냐는 듯 두 눈을 동그랗게 떴다.

"숲 자체가 기관인 것 같습니다. 같은 길을 계속 돌고 돌았습니다."

“음……..”

은소부는 예상과는 달리 침착했다.

“기관을 작동하는 장치를 찾지 못하는 이상, 빠져나갈 수 없겠네요.”

삼척동자도 알 만큼 지극히 당연한 소리다. 하나, 문제는 사혼검과 은소부는 기관에 대해 무지하다는 것.

은소부는 커다란 나무 둥지에 기대앉아 다리를 주물렀다.

“죄송해요. 저 때문에 이런 고생을 하시게 되어서.”

사혼검은 그녀의 행동을 이해할 수 없었다. 기관이 장치되어 있다는 것을 알면서도 편히 앉아 있을 사람은 몇 되지 않기 때문이다.

사혼검의 굳어진 얼굴을 보며 은소부는 그의 마음을 이해한다는 듯 살짝 미소를 지어보였다.

“아무런 공격이 없는 것을 보면 살상용으로 만들어진 기관은 아닌 것 같네요. 단지 침입자를 가둬두기 위한 덫이라고나 할까요?”

연신 다리를 주무르며 주변을 훑어보는 은소부의 눈길은 그 어느 때보다 반짝거리며 빛났다.

사혼검은 두 팔을 아래로 축 늘어뜨리고 은소부 곁으로 다가갔다.

“여쭙겠습니다. 부재도를 찾은 진짜 이유가 사무량이라는 자를 찾기 위해서입니까?”

“맞아요.”

은소부는 의외로 순순히 대답했다.

어차피 부재도로 들어온 이상 더는 사혼검에게 자초지종을 이야기하지 않을 수 없었다.

“오라버니 때문이에요. 그자를 찾으면 오라버니를 찾을 수 있어요.”

“그게 무슨 말씀이십니까?”

사혼검은 그녀의 의미 모를 말에 인상을 찌푸렸다.

“며칠 전, 제 앞으로 전서 하나가 도착했어요. 누가 보낸 것인지 알 수 없지만, 오라버니와 연관된 자가 보낸 것만은 틀림없어요.”

“그자가 부재도로 가서 사무량을 찾으라고 했습니까?”

“사무량을 찾으면 오라버니의 행방을 알 수 있을 거라 했어요. 물론 제가 직접 그자를 찾아야 한다는 이야기도 있었고요.”

“그렇게 중요한 이야기를 왜 아무에게도 말씀하지 않으셨습니까!”

아무리 소공녀라 할지라도 화를 내지 않을 수 없었다.

소문주가 사라진 것은 분명 큰일이다. 용검문은 할 수 있는 방법을 총동원해서 그를 찾았지만 누구 하나 소문주의 행방을 찾아내진 못했다.

은소부는 큰 실수를 저질렀다.

장난으로 보내진 전서라 해도, 그 안에 협박의 내용이 담겨
있다 하더라도 혼자서 이렇게 결정을 하면 안 된다. 무공도
모르는 그녀 혼자 도대체 무슨 일을 할 수 있겠는가.

"죄송해요."

은소부는 죄송하다는 말만 거듭했다.

그녀의 심정을 모르는 것은 아니다. 문주는 원인 모를 병으
로 쓰러진 지 오래고, 지금 당장 용검문을 이을 후계자도 없
다.

지푸라기라도 잡고 싶은 그녀의 마음을 십분 이해하지만
이토록 개인적인 행동을 납득할 수는 없었다.

사혼검은 한편 자신이 따라와 주어 다행이라 생각했다. 만
약 은소부 혼자서 이곳을 찾았다면… 상상하기도 싫은 일이
벌어졌을 게다.

"문규를 어기셨습니다."

"알고 있어요."

"돌아가시면 큰 질책을 면치 못할 겁니다."

"그것도 알고 있어요."

"전 자초지종도 듣지 못하고 아가씨를 따라왔지만, 문을
무단이탈한 책임은 저에게도 있습니다."

"……."

은소부는 고개를 숙였다. 그녀도 사람인 이상, 미안한 마음
이 드는 것은 당연했다.

"지금은 전서를 누가 보내왔는지, 그 내용이 진실인지 파악할 수 없지만 만에 하나라는 것이 있으니… 반드시 사무량 그자를 이곳에서 데리고 나가야겠군요."

은소부의 고개가 번쩍 치켜들어졌다.

그녀가 다른 사람도 아니고 사혼검을 택한 이유가 바로 이런 점 때문이다.

다른 사람들은 어떠한 일을 함에 있어 자신의 안위부터 따지기에 급급하다. 아무리 중요한 일이라도 자신에게 조금이라도 해가 갈 것 같으면 바로 손을 놓아버린다. 문파가 흔들릴 정도의 위험한 일엔 아예 손도 대지 않는다.

물론 이런 점은 용검문 자체를 번영시킨 중요한 요인이기도 하지만 은소부는 마음에 들지 않았다.

용검문이 지닌 명성은 헛치레에 불과하다. 무림을 위해 혁혁한 공을 세웠다거나 위명을 떨친 일은 없다. 긴 역사만을 가지고 위험하지 않은 안전한 길로만 걸어왔을 뿐이다. 이른 바 '가늘고 길게' 라는 인생의 표본이 바로 용검문이었다.

하지만 사혼검은 달랐다.

그는 일단 불의를 보면 참지 못하는 성미를 지녔다. 젊은 나이이기에 혈기가 왕성하다. 때문에 안전한 길로만 돌아가려는 장로들과 가장 충돌을 많이 일으키는 사람이기도 했다.

은소부는 사혼검의 그런 점을 높이 샀다. 적어도 자신의 일을 도와줄 수 있는 유일한 사람이라 생각했다.

"고마워요."

은소부는 옅은 미소를 지었다.

"솔직히 이번 일은 아가씨의 철없는 행동입니다. 하나, 소문주를 찾는 일엔 저라도 발벗고 나서야 하기에 돕는 것입니다."

사혼검은 냉정하리만치 차갑게 말했지만 은소부는 그의 진심을 알게 되어 기쁜 마음이었다.

사무량이라는 자를 찾아 무사히 부재도를 나갈 수 있다면 더는 바랄 게 없을 텐데…….

누군가 나타나길 얼마나 기다렸던가.

'살기!'

사혼검은 자리에서 조용히 일어섰다.

스릉!

차디찬 검신이 검집에서 모습을 드러냈다.

지독한 살기를 뿜어내며 다가오는 낯선 자. 사혼검은 조용히 주위를 경계했다.

기운을 드러내며 다가오고 있는 자는 하나가 아니었다.

'적어도 둘!'

상대의 실력은 가늠하기 힘들다. 적을 알면 그나마 대책이라도 세울 텐데, 이곳에 누가 사는지도 알 수 없다.

사혼검은 옆을 흘끔 바라봤다. 기다림에 지친 은소부는 아무것도 모른 채 나무에 기대어 곤히 잠들었다.

지켜야 할 사람이 있는 싸움은 힘들다. 은소부가 제 몸 하나라도 지킬 수 있는 무공을 지녔다면 얼마나 좋았을까.

스스스슥!

바람 한 점 불지 않던 숲에서 풀잎이 갈라지는 소리가 들려왔다. 사혼검은 정신을 바짝 세우고 소리가 나는 쪽으로 고개를 돌렸다. 한데,

'……!'

이상한 일이다. 방금 전까지만 해도 들썩이던 풀숲이 언제 그랬냐는 듯 잠잠했다.

'분명 누군가 다가왔는……!'

슈아악!

사혼검은 생각을 이을 수 없었다.

솥뚜껑만한 손바닥 하나가 하늘을 가리는가 싶더니 안면으로 날아들었다.

빠악!

둔탁한 소리와 함께 사혼검의 몸뚱이가 이 장여를 날아 나무에 부딪쳤다.

"카악… 퉤!"

입에서 피 한 모금을 내뱉은 사혼검은 쓰러진 자리에서 재빨리 몸을 일으켰다.

정신을 수습한 그는 풀숲에서 몸을 드러내는 두 사람을 볼수 있었다. 비대할 정도로 뚱뚱한 몸을 가진 키가 작은 파계승 하나와, 비실비실해 금방이라도 쓰러질 것 같은 중년인 하나.

"크크! 자서섬이 꽤나 쓸 만한데? 바로 이 기분이야. 도대체 얼마 만에 느끼는 쾌감이냐?"

파계승은 눈을 희번덕거리며 사혼검을 향해 천천히 다가왔다. 빼빼 마른 중년인은 은소부를 손가락으로 가리켰다.

"이 여자… 예뻐."

"해타, 넘볼 생각 마. 둘 다 내 거야. 이놈은 살이 부들부들할 거 같지 않으니 아주 자근자근 씹어줘야겠어."

사혼검은 괴인들의 정체를 궁금해할 여유가 없었다. 해타라 불린 중년인이 은소부에게 점점 가까이 다가가는 것을 본 그가 검을 치켜세우며 소리쳤다.

"함부로 건드리지 마!"

사혼검의 고함에 놀란 은소부가 잠에서 깨어났다.

"당주(堂主), 무슨… 헉!"

자신의 얼굴로 바짝 들이밀어진 해타의 모습을 본 은소부는 너무 놀라 두 손으로 입을 막았다. 그녀의 불안한 눈동자가 해타와 사혼검을 번갈아봤다.

"누, 누구……?"

"나는 해타, 저 뚱땡이는 왕가야."

"뭐? 뚱땡이? 이 자식이! 자꾸 허튼소리 지껄이면 너까지 잡아먹을 줄 알앗!"

"뚱뚱한 걸 뚱뚱하다고 하지 그럼 말랐다고 하나? 그나저나 너, 참 예쁘다. 헤헤!"

"아가씨에게서 당장 떨어지지 못해! 하앗!"

사혼검은 은소부에게 가까이 붙어 있는 해타를 향해 몸을 날렸다.

"어딜!"

왕가의 신형이 움직인 것도 그때였다.

키가 작은 사람이 키가 큰 사람보다 비교적 날쌘 경우는 많이 보았다. 하지만 뚱뚱한 자가 날쌔다는 이야기는 그 어디에서도 들은 적이 없다.

날쌔도 날쌘 정도가 아니다. 버마제비가 먹이를 낚아챌 때처럼 빠르면서 딱딱 끊어지는 신법. 하지만 육안으로 잘 구별할 수 없는 게 가장 큰 문제였다.

쉬이익!

사혼검은 가차없이 검을 휘둘렀다.

귀신같은 신법의 파계승이 아른거리다가 막 눈에 보이던 찰나였다.

검에서 터져 나온 빛 무리는 파계승의 움직임을 용납하지 않았다. 신법은 어떨지 몰라도 사혼검법 앞에선 뼈조차 추리지 못하리라.

사혼검은 막 신법을 펼치던 파계승의 가슴을 일직선으로
그었다.

쉬익!

손에 전해지는 묵직한…….

'응?

검으로 사람을 베어본 적이 있다. 함부로 살상을 저지르는
것은 도리에 크게 어긋나는 일이나 베는 순간의 짜릿함을 느
껴보기도 했다.

한데 검을 통해 아무런 느낌이 전달되지 않는다. 하다못해
펄럭이는 옷자락이 베이는 소리도 들리지 않았다.

"어쭈? 제법 하는데?"

사혼검의 두 눈이 부릅뜨였다.

파계승의 음성은 그의 바로 등 뒤에서 들렸다. 그렇다면 사
혼검이 베어낸 것은 무엇인가. 잔영이다. 움직이는 속도가 너
무 빨라 파계승이 만들어낸 뚜렷한 잔영.

'이럴 수가!'

사혼검에겐 놀랄 여유도 주어지지 않았다.

공포로 물든 은소부의 얼굴을 보았을 때, 그리고 그녀가 외
치는 소리.

"당주!"

퍽!

"컥!"

둔기로 맞은 듯 뒷머리에 묵직한 아픔이 전해졌다.

눈앞이 아찔해져 왔다.

"그러기에 얌전히 있으라니까. 크크크! 반항하면 너만 손해야."

'이, 이럴……!'

사혼검은 더 이상 생각을 이을 수 없었다. 그의 몸은 모래성처럼 힘없이 허물어졌다.

사혼검이 쓰러지는 모습을 웃으며 지켜본 왕가는 두 손을 탁탁 털었다.

"왕가, 이 여자는 살려주지 그래? 예쁜데……."

"어차피 먹을 건데 예쁘고 안 예쁘고가 어디 있어?"

탐욕으로 물든 왕가의 눈을 본 은소부의 동공이 급격하게 팽창되었다.

"사, 살려주세요!"

그녀는 애원하듯 처절하게 외쳤다.

"이곳이 어떤 곳인 줄 알면서 들어온 건 모두 네 잘못이지. 모르고 들어왔다면 그건 운이 없는 거고. 보시(布施)한다 셈 치든가. 크크!"

"사람을 찾으러 왔어요!"

"사람?"

"사무량, 사무량이라는 자 말이에요!"

왕가와 해타가 서로를 마주 보며 고개를 갸웃했다.

예사롭지 않은 일이다. 중원에 있는 누구도 부재도에 사람을 찾으러 온 경우는 없다. 이름까지 거명하는 걸로 보아선 사실인 것도 같은데…….

"사무량을 왜 찾는데?"

"그를 만날 수 있나요?"

은소부는 왕가의 물음에 안도의 한숨을 내쉬었다. 사무량을 알고 있는 자라면 적어도 자신들을 해치지는 않을 테니까. 하지만 그건 단지 그녀만의 착각에 지나지 않았다.

"내가 사무량이라면 어쩔 건데?"

"…네?"

"내가 사무량이야. 그렇다고 해서 네가 내 식사가 되지 않으리란 생각은 마. 중원에서 날 찾아올 사람은 아무도 없어."

"그, 그런……!"

"왕가, 네가 어째서 사무량이야? 넌 왕가잖아."

해타가 두 사람의 이야기에 끼어들었다.

"우씨! 넌 가만히 입 좀 다물고 있어! 내가 사무량이면 사무량인 거야!"

"네가 어떻게 사무량이야? 그럼 사무량이 왕가야?"

"이 자식이 정말!"

은소부는 티격태격하는 두 사람에게서 분명한 사실을 알았다. 눈앞에 있는 파계승은 사무량이 아니라는 것을.

"부탁이에요. 제발 그를 만나게 해주세요."

“그래, 사무량을 만나러 왔다잖아? 그럼 만나게 해줘야지?”

“그 녀석 일을 내가 알 게 뭐야?”

“나중에 마희가 알면 크게 화를 낼 텐데?”

“흥! 마희 년은 이제 내 상대가 되질 않는다고 몇 번을 말했어?”

“하지만 유담도 있고……..”

“그 재수없는 자식 이야기는 꺼내지도 마!”

왕가는 유독 유담의 이름이 나올 때마다 신경질을 부렸다.

무공을 되찾은 그들 사이에서도 보이지 않는 서열은 존재했다. 왕가에게 해타는 경계해야 할 사람은 아니다. 소신녀는 신경을 쓸 존재가 아니고, 쌍둥이와는 실력이 비등하거나 그 위다. 마희는 한참 아래로 벗어난 지 오래다.

하지만 거슬리는 것은 유담이다. 유담은 여태 자신이 어떠한 사람인지 명확히 드러낸 적이 없었다. 더욱이 무공을 되찾은 그에게는 그 어떠한 틈도 보이지 않았다.

“하하! 식인마의 입에서 내가 재수없는 사람이 될 줄이야.”

“……!”

왕가, 해타, 그리고 은소부의 고개가 소리가 난 곳으로 빠르게 돌아갔다.

그곳에는 접선을 활짝 편 채 여유롭게 바람을 쐬고 있는 유담이 서 있었다.

쓰러져 있는 사혼검을 흘끗 바라본 유담은 은소부에게 시선을 던졌다.

"외지인이군."

왕가가 재빨리 유담의 앞을 막아섰다.

"건드리지 마! 내 밥이야!"

"사무량을 찾아왔다고 했나?"

유담의 물음은 은소부에게로 향했다.

"맞아요. 사무량이라는 사람에게 볼일이 있어서 찾아왔어요."

유담은 다시금 은소부를 훑어봤다.

하얗고 자그마한 얼굴에 순박해 보이는 커다란 눈. 나무랄 데 없는 청초한 외모다. 입고 있는 옷은 시중에서 흔히 볼 수 없는 고급스런 재질로 만들어졌다. 필시 여염댁 규수거나 고생이라고는 전혀 모르고 자란 귀한 집 자손이 분명하다.

"사무량을 왜 찾으려 하나?"

"이유는… 그를 만나면 직접 말하겠어요."

유담은 망설이다 대답하는 은소부에게서 무언가 다급한 사정이 있음을 느낄 수 있었다.

"이곳이 어떠한 곳인지 알면서도 찾아왔다면 급한 일일 터. 일어나. 사무량이 있는 곳으로 안내해 주겠다."

"안 돼! 누구 마음대로! 내가 잡아놓은 연놈들이란 말이야! 어디서 가로채려고 해!"

“왕가, 우리가 사무량을 도와야 한다는 걸 잊었나? 혹시 모르지. 저 여인이 무슨 중요한 정보라도 가지고 왔을지.”

“이, 이……!”

“그렇게 억울하면 직접 상대하는 것도 나쁘진 않겠지. 네가 나를 누를 수 있다면 여인과 사내를 데려가도 좋아.”

왕가의 눈길은 유담이 펄럭이고 있는 접선에서 떨어지지 않았다. 신법이 아무리 빨라도 언제 어느 각도로 터져 나올지 모르는 암기들을 맞받아낼 재간이 없다. 무기까지 지니고 있지 않은 마당에서야 상대가 되겠는가.

“제기랄! 이년이고 저놈이고, 다 된 밥에 코 빠뜨리는 데는 뭐가 있다니까!”

왕가는 유담에게서 시선을 돌려 숲 밖으로 씩씩거리며 걸어갔다.

2

마희는 은소부의 등장이 달갑지만은 않았다.

그녀는 사무량을 찾으러 왔다. 사무량의 존재를 아는 사람이 소림과 무당, 흑천 외에 또 누가 있단 말인가. 소림이나 무당 사람 같지는 않았다. 그렇다면 남은 것은 흑천이라는 말인데…….

“사무량을 찾으러 왔다고요?”

마희는 한시도 의심의 눈길을 거두지 않았다. 그녀 역시 흑천의 인물들에 관해서는 무지하다.

"은소부라고 해요. 용검문의 차녀죠. 이쪽은 은형당주(隱形堂主) 사혼검이에요."

"용검문?"

다행스럽게도 용검문에 대해선 알고 있다. 절강성에서 입지를 다진 지 오래된 문파지만 그리 눈에도 띄지 않는 평범한 곳.

마희는 다시금 두 사람을 조목조목 뜯어보기 시작했다.

은소부라는 여인은 아예 무공을 익힌 흔적이 보이지 않았고, 사혼검은 기도가 날카롭지만 나쁜 기운을 지닌 사람 같진 않았다.

"의외군요. 용검문에서 사무량의 존재를 알고 있다니……."

"저도 그에 대한 이야기를 들은 건 며칠 되지 않았어요."

"그런… 가요? 그를 만나려는 용건이 뭐죠?"

"그건 직접 그 사람을 만나서 말하면 안 될까요?"

"안 돼요. 내 허락이 없는 이상 사무량을 만나지 못해요."

마희의 매서운 눈길을 받은 은소부는 한차례 몸을 부르르 떨었다. 입이 떼어지지 않는 은소부를 대신해 사혼검이 앞으로 나섰다.

"달포 전, 용검문 소문주가 행방불명되었소."

“…….”

“여기저기 수소문해도 그를 찾을 수가 없었소. 한데 며칠 전 여기 계신 소공녀 앞으로 전서 한 통이 도착했소. 누구인 지 자신을 밝히진 않았지만 소문주를 찾고 싶다면 사무량을 부재도에서 빼내오라고…….”

‘흑천!’

마희의 심장이 두방망이질 쳤다.

여인만의 예리한 직감은 은소부에게 전서를 보낸 이들이 흑천이라 말해주었다.

분명 흑천일 게다. 사무량을 부재도에서 빼내려고 하는 사 람들이 그들밖에 더 있겠는가.

마희는 두근거리는 마음을 애써 진정시켰다. 얼굴의 반을 덮은 면사 때문에 이들에게 놀란 표정이 보이지 않아 천만다 행이었다.

“그런데요?”

마희의 음성은 시리도록 차가웠다.

“그들이 당신네 소문주를 데려갔다는 증거라도 있나요?”

사혼검은 대답할 수 없었다.

은소부가 진즉에 전서를 보여주었더라면 거짓인지 사실인 지 진위라도 판가름할 수 있었을 게다. 지금은 막연히 은소부 의 말만 믿고 부재도에 들어와 사무량을 만나게 해달라고 하 니 당연히 의심을 받을 수밖에.

"제발 그를 만나게 해주세요."

은소부는 막무가내였다.

이곳에서 그녀를 이해할 수 있는 사람은 아무도 없었다. 아니, 이곳 사람들을 이해하지 못하는 건 그녀뿐이다.

"미안하게 됐네요. 난 당신들을 믿지 못하겠어요. 안전을 보장해 줄 테니 배를 타고 돌아가세요."

마희가 곧바로 몸을 돌리려고 했을 때다.

"안 돼요! 생사가 걸린 일이에요! 제발 그를 만나게 해주세요! 제발!"

은소부는 마희의 바짓가랑이를 붙들고 놓아주지 않았다. 사혼검이 은소부를 일으켜 세우려 했지만 그녀의 애처로운 눈은 마희에게서 떨어지지 않았다.

"안 된다고 분명 말했……!"

마희는 은소부의 품안에서 구깃구깃한 종이 한 장이 꺼내지는 걸 보았다. 종이 자체는 나쁜 질이 아닌데, 얼마나 손으로 만져 댔는지 너덜거리기까지 했다.

은소부는 접힌 종이를 조심스럽게 펼쳤다. 그리고 종이 맨 마지막 부분을 손가락으로 짚어 마희에게 보여주었다.

종이에 적힌 내용은 은소부 앞으로 당도한 협박 편지였다. 하지만 마지막 부분에 그림인지 글자인지 알 수 없는 것과는 필체가 달랐다.

"오라버니와 저는 어릴 때부터 종종 둘만의 밀마(密碼)를 만들곤 했어요. 그 밑에 적힌 건 저희 오라버니가 직접 쓴 거예요.”

사혼검도 놀라 마희의 손에 들린 전서와 은소부를 번갈아 봤다.

은소부는 뭣도 모르고 행동한 게 아니다. 그녀 또한 전서의 내용을 의심했을 게 분명하다. 하지만 마지막에 적힌 은서효의 필체가 그녀를 직접 움직이게끔 만들었다.

“사무량이라는 자는 지금 어디에 있소?”

사혼검 또한 더는 의심의 여지를 찾을 수 없었다.

“도움을 주지 못해서 안됐네요. 우리 역시 사무량을 본 지 오래됐거든요. 그는 지금 이곳에 없어요.”

“……?”

“그러니 돌아가세요. 사무량 또한 댁들의 부탁을 들어줄 만큼 여유로운 사람은 아니에요.”

은소부의 눈이 절망으로 물들었다.

사무량을 만나기만 한다면 몸을 내어주는 한이 있더라도 그에게 부탁을 하려 했다. 그러나 사무량은 부재도에 없다고 한다.

“그 말이 사실이오?”

“남을 믿지 못하는군요.”

사혼검은 마희의 눈을 한참이나 직시하다가 아직도 무릎을 꿇고 있는 은소부를 일으켜 세웠다.

"걱정하지 마십시오. 소문주님은 꼭 돌아오실 겁니다."

장담하기 힘들다. 전서를 보내온 자들이 대단한 세력이라면 용검문으로서는 할 수 있는 게 아무것도 없다.

그때, 은소부를 부축하던 사혼검은 먼발치에서 유령인지 사람인지 모를 괴이하게 생긴 무언가가 다가오는 것을 보았다.

그것이 점점 가까이 다가올수록 사혼검과 은소부의 두 눈은 더는 커질 수 없을 정도로 크게 뜨였다.

정녕 귀신인가, 사람인가? 귀신의 몰골이나 발로 걸어다니는 것을 보니 사람인 모양이다.

"뭐야, 이것들은?"

소신녀는 마희에게 다가오다가 두 사람을 흘끗 쳐다봤다.

"무슨 일이니? 오랜만에 밖엘 다 나오고."

"긴말 할 거 없고, 조만간 떠날 거니까 나갈 준비를 해."

"……?"

"사무량이 돌아왔어."

묘한 사람이다. 보면 볼수록 알 수 없는 매력이 풍긴다.

가끔씩 번뜩이는 눈은 성난 늑대를 연상케 했고, 지저분하게 쭉쭉 뻗은 머리카락이 꽉 다물어진 듯한 표정과 이상하게 잘 어울린다.

잘생긴 얼굴은 아니다. 하지만 사내답게 생겼다.

은소부는 사무량을 보며 눈을 반짝였다. 태어나 살아온 지금까지 사무량과 같은 야성적인 사내는 처음 봤다.

은소부가 그의 외모에서 눈을 떼지 못했다면 사혼검은 사무량의 기도에 시선을 거두지 못했다.

한없는 부드러움을 지닌 것 같다. 겉모습은 사나운 맹수와 다를 게 없지만 깊게 침잠한 두 눈에선 부드러운 기운이 풍겨나온다.

용검문 장로들이 사무량에 대해 이야기를 할 때 얼핏 들은 기억이 난다.

무공을 익히지 않은 몸이라는 것. 하지만 모른다. 부재도에 들어온 지가 일 년이 다 되었다고 하니 그 안에 무공을 익혔을 게다.

하나, 갓 무공을 익힌 자 같지는 않다. 솔직한 심정으론 사무량의 실력 또한 가늠할 수 없었다.

무엇보다 눈앞에 있는 자가 전 무림을 발칵 뒤집어놓았던 혈광검의 아들이라는 게 믿기지 않는 사혼검이었다.

자초지종을 다 들은 사무량은 한동안 묵묵히 생각에 잠겼다.

그 역시 말은 하지 않았지만 은소부를 끌어들인 자들이 흑천이라는 것을 짐작하고 있는 듯했다.

오랜 기다림 끝에 한참만에야 사무량의 입술이 열렸다.

"미안하군. 청을 들어주지 못할 것 같아서."

"하지만 이곳에서 나갈 거라고 하지 않았나요?"

“나가야지. 다만 중원에 있는 사람들 모르게 나갈 생각이
야.”

“아!”

은소부의 안색이 급격하게 창백해졌다.

이래선 사무량이 중원에 나간다 하더라도 전서를 보내온
자들에게 알릴 방법이 없다.

“전서를 보내온 그자들. 아무래도 날 불러내기 위해 소저
(小姐)를 이용한 것 같군. 용검문 소문주에 대해선 유감이
야.”

사무량은 어쩔 수 없는 방법을 택했다.

부재도민 모두가 중원에 나가기 위해선 그 누구에게도 들
켜서는 안 된다. 나중에 가서 언젠가는 알게 되겠지만 비급의
위치를 찾기 전엔 조심스럽게 행동해야 한다.

은소부의 사정을 모르는 것은 아니다. 자신 때문에 용검문
소문주가 납치당했으니 눈 감고 모른 척할 수도 없는 노릇이
다.

하지만 소문주의 안위보다 자신과 부재도민의 안위를 먼
저 생각할 때였다.

“그럼 저는 어떻게 해야 하는 거죠?”

해박한 지식을 갖고 있는 은소부도 사무량이 완고히 거절
하는데 별다른 도리를 찾을 수 없었다.

“우선은 돌아가. 소저에게 전서를 보낸 자들이 나중에라도

내가 중원에 있다는 걸 알게 되면 소문주를 다시 보내줄 거야."

"당주……."

은소부의 애처로운 눈길은 사혼검에게로 향했다.

사혼검도 은소부도 알고 있다. 사무량에게 있어서는 최선의 결정이라는 것을.

만약 전서를 보낸 자들이 정말 사무량을 노리고 소문주를 납치했다면 나중에라도 풀려날 확률이 높다. 그러나 은소부나 용검문은 소문주가 풀려날 때까지 조급한 마음을 다스릴 수 없을 게다.

"그들이 누군지 알고 있다면 가르쳐 주시오."

사무량은 사혼검을 바라보며 살짝 웃었다. 정말 웃는 것인지 아니면 비웃는 것인지 애매한 표정으로.

"만약 알려준다 해도 용검문은 그들에게 상대도 되지 않아."

"우리도 하는 데까지는 해야 하지 않겠소?"

"무림의 역사를 바꾸려는 자들과 맞설 자신이 있는 모양이지?"

"……!"

"잔말 말고 돌아가. 소문주는 반드시 다시 만나게 될 테니까."

사혼검은 주먹을 불끈 쥐었디.

사무량의 말이 사실이라면 자신 혼자서는 감당하지 못한다. 용검문주가 누워 있으니 용검문 모두가 나설지도 장담할 수 없다. 위험한 일에는 아예 손조차 대지 않는 그들이니까.

사혼검은 자리에서 일어섰다. 방법이 없다니 돌아갈 수밖에. 마음은 조급하더라도 일단 문 내로 돌아가 회의를 할 생각이었다.

은소부도 사혼검을 따라 자리에서 일어섰다. 그때 사무량이 두 사람에게 질문을 던졌다.

"이곳에 올 때 감시하는 자들이 있었나?"

"우리 역시 이곳에 몰래 와야 했기에 인적이 없는 곳에서 배를 탔소. 하나, 지금쯤은 본문에서 모두 알고 있으리라 생각하오."

"어디서… 왔는데?"

사무량은 설마 하는 마음에 천천히, 아주 천천히 물었다.

"절강성 태주(台州)에서 배를 탔소만……."

"이런!"

사무량의 얼굴이 급격하게 일그러졌다. 방금까지 평온했던 모습은 찾을 수 없었다.

"왜? 무슨 일이야?"

곁에서 이야기를 듣고 있던 소신녀가 입을 열었다.

사무량은 인상을 고치고 깊이 한숨을 내쉬었다. 혼자 무슨 생각을 하는지 고개를 절레절레 젓던 그가 어깨마저 으쓱거렸다.

“우연인지 필연인지 모르겠어. 하필이면 가장 안전하다고 생각했던 수로를 타고 왔다니……”

“그게 무슨 소리야?!”

소신녀가 자리에서 벌떡 일어섰다.

“그, 그럼 우리 중원으로 못 가는 거야?”

“가야지. 바로 출발하기로 마음먹었으니 가야겠지. 게다가 그 사람과도 연락이 닿았으니까 약속을 어길 순 없어.”

“이것들 때문에 수로를 들켰다며? 그럼 어떻게 해?”

“몰래 갈 방법을 생각해야지. 이들에게 이목을 따돌려 주길 기대하는 수밖에.”

소신녀는 먼 산을 바라보는 사무량을 보며 고개를 갸웃거렸다.

아무에게도 말하지 않았는데 부재도민들이 한자리에 모였다.

그들은 사무량이 나타난 것을 알고 있었다. 그리고 그가 나타난 날이 부재도를 떠나는 날이라는 것도.

모두는 왕가의 공터에 모닥불을 피워놓고 부재도에서의 마지막 밤을 보내고 있었다.

“정말 도와주시는 건가요?”

사무량이 자신들과 같은 방향으로 길을 떠난다는 이야기

를 들은 은소부는 홍분을 감추지 못했다.

"도와주는 게 아니야. 오히려 당신들의 도움을 받아야겠어. 내가 겨우 찾아낸 수로를 중원에 알려 버린 당신들이니까."

며칠 동안 고생해서 찾아낸 수로가 이들 때문에 알려진 데에는 참을 수 없을 만큼 화가 나기도 한다. 그러나 난데없이 등장한 외부인 두 명이 부재도민들의 희망을 짓밟게 할 수는 없다. 희망이 사라진다면 만들어서라도 중원에 들어서야만 한다.

"분명히 말해두는 건데, 일이 틀어진다면 네년하고 저놈 멱을 반드시 뜯어놓을 줄 알아!"

모두들 은소부와 사혼검을 보는 눈길이 곱지 않았다.

사무량은 당장에 닥친 수로 문제를 차치하더라도 고민할 게 많았다.

이 자리에 모인 사람들. 모인 지 반 시진이 다 되어가도록 서로 말 한마디 주고받지 않은 자들이다. 무공을 되찾은 것을 과시하기라도 하듯 저마다 살기를 흘려내고 있다. 누구 하나라도 심기가 뒤틀리면 바로 싸움이 일어날 것만 같았다.

참으로 어울리지 않는 사람들이다.

이런 사람들과 비급을 찾을 수 있을지도 알 수 없다. 마희는 이들이 사무량에게 도움이 될 것이라고 했지만 비급도 찾기 전에 몇 명이나 곁에 남아 있을지 걱정이다.

비급을 찾아내기 위해서 사무량은 이들을 하나로 만들어

야 하는 과제를 안았다.

"소신녀에게 부탁해서 만들긴 했는데 마음에 들지 모르겠군."

사무량은 대뜸 왕가의 앞에 무언가를 집어 던졌다.

촤르륵!

긴 철사 매듭이 왕가의 발밑에 떨어졌다. 모두의 시선이 집중된 것은 물론이다. 하지만 다른 사람들이 사무량이 던진 물건이 무엇인지 들여다보고 있을 때, 왕가의 입술 끝은 귓가를 향해 천천히 말려 올라가고 있었다.

"왕가림은 유성추를 썼다고 하지?"

"낄낄낄!"

왕가는 몹시 기분이 좋은 듯 사무량이 던진 유성추를 가슴에 안으며 웃었다. 그러다가 곧바로 얼굴을 굳히곤 사무량을 노려보았다.

"흥! 이런다고 널 예쁘게 봐줄 거라 생각한다면 큰 오산이야!"

"후후!"

사무량이 웃고 있을 때 한쪽에선 경악 어린 얼굴을 한 사람들이 있었다.

"왕가림……. 대선사 주지승 왕가림?!"

"계집, 그래도 내 이름은 들어본 모양이군."

"저, 정말 저자가 왕가림이에요?"

은소부가 믿을 수 없다는 눈을 했다.

더 놀란 사람은 사혼검이었다. 오래전 대선사가 불 탄 이후, 정신적 충격을 받고 사람들을 도륙하던 왕가림이 부재도에 있을 줄이야.

그러나 더 놀라운 사실은 은소부가 왕가림을 알고 있다는 것이었다. 그녀는 무림에 대해 모르는 게 아니다. 항상 서재에서만 틀어박혀 있을 뿐이었지, 귀는 항시 밖을 향해 열어두고 있었다.

"이건 가완과 가야를 위해 준비했는데……."

고개를 돌리고 있던 쌍둥이들 앞에 놓여진 것은 튼튼한 쇠로 만든 철과 활이었다.

"가완과 가야라면 엽사의 쌍둥이!"

은소부의 놀람은 연이어 터져 나왔다.

쌍둥이는 가타부타 말도 없이 무기를 집어 들어 꼼꼼히 살폈다.

"해타에겐 환우독조의 조법이 있으니 무기는 필요 없을 듯하고."

"환우독조! 설마 진전문의 조준?!"

은소부와 사혼검은 이 자리에 모인 사람들을 다시 봐야 했다.

무림을 떠들썩하게 만들었던 인물들이 한자리에 모여 있다는 사실을 두 눈으로 보면서도 믿을 수가 없었다.

“유담은……."

“난 됐어. 이 접선 하나면 족해."

이제는 더 놀랄 것도 없었다.

“흥! 사무량만 아니었다면 너흰 이 물건들을 갖지도 못했
을 거야."

소신녀의 말은 고마운 기색이 하나도 없는 왕가와 쌍둥이
들에게 향했다.

“돌아가면 준비들 해. 내일 날이 밝자마자 떠날 거니까."

자리에서 일어나는 사람은 없었다.

모두들 오늘이 부재도에서 보내는 마지막 순간이라는 걸
알고 있다.

꿈에도 그리던 중원. 그것이 꼭 꿈만은 아니다.

어떠한 위험이 도사리고 있을지 모르는 지옥 불구덩이 속
으로 들어가는 것과 진배없다. 하지만 부재도에서 처박혀 여
생을 보내는 것보단 위험하더라도 더 넓은 세상으로 나가고
픈 게 모두의 공통된 바람이었다.

모닥불은 소리없이 타 들어갔다.

몇 년, 혹은 몇십 년 동안 이곳에서 보낸 나날들에 대한 기
억을 태워 버리듯이.

지금 이 순간만큼은 모두 한결같은 마음으로 모닥불을 바
라보고 있었다.

단 두 명, 은소부와 사혼검만이 아직도 벌어진 입을 다물지

못했다.

소신녀가 귀곡자의 후인이라는 사실까지 알게 된다면 아마 까무러치고도 남을 것이다.

어두운 부재도에 새벽이 찾아왔다.

모닥불이 꺼지고 모두 자신들의 영역으로 돌아갔지만 간밤 한숨도 자지 못했을 게다.

소신녀는 동굴에 숨겨두었던 배 중 두 척을 부재도 남쪽에 가져다 놓았다.

하나둘 사람들이 모이기 시작했다.

"정말 가지 않으실 겁니까?"

유담의 물음에 마희는 가만히 고개를 내저었다.

"우리가 모두 떠나게 되면 부인 혼자만 남게 됩니다."

마희는 애초부터 부재도를 떠날 생각이 없었다.

처음엔 사무량을 기다리기 위해 부재도에 직접 찾아온 그녀였지만 이제는 중원에 나갈 처지도 되지 못한다.

"됐어. 그 분이 세상을 떠났을 때 난 이미 죽었어."

마희의 눈엔 슬픔이 가득했다.

"내 걱정은 하지 마. 언제는 혼자가 아니었나? 배가 고프면 금지에 들어가서 이것저것 열매를 따 먹을 수도 있고, 해타의 밭이 있으니까 거기에 채소나 길러볼 생각이야."

“…….”

“난 오히려 유담 일행이 걱정되는데? 중원에서 잘할 수 있을지 말이야.”

“비급을 찾는 일이라면 걱정하지 마십시오.”

“그래, 믿을게. 처음부터 유담을 믿기로 했으니까 끝까지 믿어볼게.”

두 사람은 아무런 말도 하지 않았다.

그렇다고 침묵이 어색하지만도 않았다. 이렇게 이야기를 나눠온 게 벌써 십이 년. 좋은 사이로 만난 인연은 아니었지만 십이 년이면 강산이 바뀌어도 여러 번 바뀌었을 시간이다.

말이 없이 그저 서 있기만 해도 상대가 무슨 생각을 하는지 알고 있는 두 사람이었다.

“유담, 정말 비급 때문에 사무량을 돕기로 마음먹은 건 아니지?”

마희가 차분한 목소리로 물었다.

“그때 나누어 준 고독 말이야, 해독약은 애초부터 없다는 걸 유담은 알고 있었잖아? 호호! 그건 고독이 아니라 내공 증진을 북돋워주는 영단이니까.”

유담은 알고 있었다.

마희가 모두를 협박하며 먹인 단환은 고독이 아니었다. 마희는 사무량이 비급을 찾기 위해 이들이 필요했고, 어떻게 해서든 강제적으로라도 이들이 사무량을 돕게 만들어야 했다.

그래서 선택한 방법이 고독으로 위장한 영단이었다.

"비급 때문이 아니라곤… 하지 못하겠습니다."

유담은 속마음을 솔직하게 털어놓았다.

거짓말이라면 얼마든지 할 수 있다. 마희를 방심하게 할 수 있다면 그보다 더한 말도 해줄 수 있다.

하지만 거짓을 말하는 것은 그동안 알아온 마희에게 예의가 아니었다. 비록 인연은 여기서 끝나겠지만 사실을 털어놓으니 나중에 죽어서도 떳떳하게 얼굴을 볼 수 있지 않겠는가.

"휴! 정말 어쩔 수 없구나. 이럴 줄 알았으면 그분이 비급을 남기지 못하게 말렸어야 했는데……. 아무리 욕심 없는 사람이라도 마음에 잠재되어 있는 탐욕을 끌어내는 비급이야. 그런 물건은 화를 불러일으키지."

"질책하지… 않으십니까?"

"처음 유담의 입에서 비급 이야기가 나왔을 때는 정말 너무 얄미웠어. 그동안 쌓아왔던 신뢰가 한순간에 무너지는 기분이 어떤지 알아? 그런데 지금 사무량을 보니까 조금 안심이 돼."

"저대로 중원에 나간다 하더라도 초출내기밖에 되지 않습니다. 걱정되지 않으시는지요?"

"아직은 무공 실력이 미비한 건 사실이야. 하지만 일 년 만에 쌓아온 실력으로 날 상대할 정도까지 올라왔다는 건 대단한 성취지. 그분의 아들이야. 그리고 날이 갈수록 점점 그분을 닮아가고."

마희의 눈길은 연안에서 일행을 챙기는 데 분주한 사무량에게서 떨어지지 않았다.

유담은 이제 작별을 고할 시간이 왔다고 생각했다.

마희와 더 오래 대화를 나누다가는 그녀를 강제로라도 데리고 가야 할 것 같았다. 차라리 씁쓸하지만 이렇게 헤어지는 게 그녀를 위해 나을지도 모른다.

"정말 마지막입니다. 사무량에게 마지막 인사라도 해야 하는 것 아닙니까? 비록 오랜 세월 떨어져 지냈다고 하지만 부인은 사무량을 낳은 어미이십니다."

마희는 고개를 숙였다. 그리고 손으로 천천히 얼굴을 감싸던 면사를 풀어냈다.

"이런 몰골로 어떻게 만나……."

면사 아래에서 드러난 마희의 얼굴은 세상에 다시없을 정도로 추했다.

짓이겨진 피부, 누렇게 흘러나오고 있는 고름 덩어리.

마희는 후천적인 나병 환자였다.

"다행이야. 그래도 옮는 게 아니라서 사무량과 가까이 지낼 수 있었잖아? 혹시나 냄새가 날까 봐 얼마나 약초를 발라 댔는지……."

말하지 않아도 안다. 마희가 병을 앓기 시작한 것은 몇 해 되지 않았다. 가망이 없어 오래 살기는 글렀다고 생각했다.

무조 新무협 판타지 소설
FANTASTIC ORIENTAL HEROES

혈야광무 3

무조 新무협 판타지 소설

초판 1쇄 찍은 날 § 2007년 11월 12일
초판 1쇄 펴낸 날 § 2007년 11월 22일

지은이 § 무조
펴낸이 § 서경석

편집장 § 문혜영
편집책임 § 최하나
편집 § 장상수
펴낸곳 § 도서출판 청어람
등록번호 § 제1081-1-89호
등록일자 § 1999. 5. 31
어람번호 § 제2-1344호

주소 § 경기도 부천시 원미구 심곡1동 350-1 남성B/D 3F (우) 420-011
전화 § 032-656-4452 팩스 § 032-656-4453
http://www.chungeoram.com
E-mail § eoram99@chollian.net

ⓒ 무조, 2007

ISBN 978-89-251-1014-1 04810
ISBN 978-89-251-0935-0 (세트)

血夜狂舞

혈야광무

무조 新무협 판타지 소설

FANTASTIC ORIENTAL HEROES

금란지교(金蘭之交)

3

정음

目次

第一章
부탁 아닌 명령

부재도에 가 있던 며칠 동안 달라진 게 하나 있다.

배를 타고 떠나기 전까지만 해도 주위에 보이는 것이라곤 허리 높이까지 자라난 들풀이 다였다. 사람이 살 만한 장소는 눈을 씻고 찾아봐도 없었다.

그런데 다시 중원으로 들어선 순간, 없던 것이 생겨났다.

초옥 두 채.

혹시 잘못 들어온 것이 아닌가 의심스러울 정도로 초옥 두 채는 자연스럽게 들판 한구석에 자리해 있었다.

뚝딱하고 만들어놓기엔 정교한 솜씨다. 새로 만든 태는 전혀 나질 않았다. 일부러 다 쓰러지게 만들기도 힘들 것이다.

사혼검과 은소부는 적당한 곳에 배를 댔다. 올 때도 그냥 왔으니 갈 때도 그냥 가면 된다. 하나, 그럴 수 없었다.

배에서 내린 그들이 들판에 오르기 무섭게 초옥 문이 열리며 누군가가 모습을 드러냈다.

허리가 구부정하고 거동이 불편해 지팡이에 몸을 의지한 노인이었다. 듬성듬성 빠진 머리카락에 얼굴 가득한 주름, 뼈가 앙상해 툭 치기만 해도 쓰러져 버릴 것 같은 힘없는 노인.

날이 더웠던 모양인지 노인은 싸리문 옆에 놓인 평상으로 걸어가 걸터앉았다. 뜬 듯 안 뜬 듯한 작은 눈은 보이지도 않았다.

덜컹!

맞은편 초가의 문도 열렸다.

"아이고! 날 한번 오지게 덥네. 그나저나 이 양반은 왜 점심 먹으러 안 오는겨?"

뚱뚱한 아낙 하나가 뒤뚱거리며 마당으로 걸어나왔다. 그녀는 언제 파놓은 것인지도 모를 우물로 가 물을 긷기 시작했다.

사혼검은 은소부와 함께 조용히 풀숲을 걸었다.

바다에서 태주로 흘러들어 와 강변에 이르기까지. 사무량의 말이 맞았다. 아무도 찾지 못했던 수로에 감시자가 생겼다.

노인과 아낙은 무관심한 듯 보이지만 온 신경을 사혼검과 은소부에게 쏟고 있었다.

어디 사람들일까? 하오문? 소림? 무당? 아니면 자신들을 협박했던 사람들?

알 수 없다. 그러나 분명한 것은 아낙과 노인의 눈이 사혼 검과 은소부 말고도 다른 인물들을 찾고 있다는 것.

"뭍에서 사람이 왔네. 어디서 오셨수?"

두 사람을 발견한 아낙이 먼저 말을 건네왔다. 억척스럽게 생긴 아낙은 말투 역시 강했다.

하나 사혼검은 아낙에게 신경 쓰지 않았다.

이곳엔 아낙과 노인만 있는 게 아니다. 미미하지만 사방에서 느껴지는 기운들. 숨어서 지켜보는 자들은 하나같이 무공을 익힌 무인들이다.

아낙과 노인 역시 자세히 보지 않으면 일반인과 다름없지만 예리한 눈썰미를 지닌 사혼검은 두 사람 역시 무인이라는 걸 눈치 챘다.

"거짓말을 하는 게 좋겠지. 일다경, 일다경이면 충분할 듯해. 사람들의 이목을 따돌려 줘."

육지에 다다르기 전에 사무량에게 들었던 말이다.

사무량은 사혼검과 은소부를 빌미로 이곳에 몰래 잠입하

려 한다. 그가 무슨 방법으로 잠입을 하려는지는 궁금하지도 않다.

다만, 사혼검은 사무량의 명령을 들을 이유가 없었다. 어딘가에서 지켜보고 있을 그자들. 그들에게 사무량을 중원에 데리고 들어왔다는 것을 알리는 게 우선이라고 생각했다.

"우리는 부재……."

"삼문(三門)에서 왔어요. 생전 배를 타본 적이 없어서 가볍게 유람이나 하다가 들어온 곳이 여기네요."

사혼검은 자신의 말을 가로막은 은소부를 조용히 바라봤다. 아낙을 향해 보이는 그녀의 해맑은 미소의 의미를 알 수 없었다. 겉으로 드러나지 않은 용검문 최고 지낭(智囊)이 내뱉은 말이니 이유야 있겠지만, 지금은 사무량의 존재를 알려야 할 때가 아니던가.

"그러셨수? 이곳은 워낙 외지 출입이 뜸한 곳이라 사람들 얼굴 보기가 힘들어서 말이유."

아주 찰나에 불과했지만 은소부를 바라보는 아낙의 눈빛에 날카로움이 떠올랐다 사라졌다. 정작 아낙과 얼굴을 마주하고 있는 은소부는 눈치 채지 못했으나, 뒤에 있던 사혼검은 똑똑히 보았다.

'무공을 익혔지만 부족한 수준. 이들은 그저 하수인에 불과한 자들.'

"그럼 이만."

사혼검은 아낙에게 가볍게 고개를 숙여 보이곤 은소부를 데리고 자리를 벗어났다.

쉬익! 쉭!

무언가가 빠르게 풀숲을 가르고 지나갔다. 목표는 사혼검과 은소부가 정박해 놓은 배.

사혼검은 그들이 움직이는 소리를 정확히 들었지만 못 들은 척했다.

자신들의 뒤에도 사람이 붙었다. 이들은 사혼검과 은소부가 용검문으로 향할 때가 되어야만 감시에서 물러날 게다.

"왜 거짓말을 하셨습니까?"

사혼검은 개미가 기어가는 목소리로 작게 속삭였다.

"약속했잖아요, 거짓말을 하기로."

"그자의 말을 들을 필요가 없습니다. 지금은 소문주가 무사히 풀려나길 바라야 하는 것 아닙니까?"

은소부가 걸음을 늦췄다. 그녀의 맑은 눈동자는 사혼검의 얼굴로 향했다.

"전 그래도 당주가 사람 된 도리는 지키실 줄 알았는데……."

"본문을 위한 일이라면 사람됨을 포기하겠습니다."

"호호! 당주다워요."

은소부는 얼굴 가득 함박웃음을 지었다.

"이대로 문으로 돌아가지 않을 거예요."

"무슨 말씀이십니까?"

"사무량 저 사람은 분명 오라버니가 곧 풀려난다고 했지만
요, 전 그렇게 생각하지 않아요. 어차피 쓸모가 없는 사람에
겐 죽음밖에 내려지는 게 없죠."

"……!"

듣고 보니 맞는 말이다.

소문주를 납치한 자들…… 좋은 세력이 아닌 건 분명하다.
사람을 납치한 후, 아무것도 모르는 은소부를 시켜 부재도로
들여보낸 사실만 봐도 족하다.

문제는 용검문이 약하다는 데 있다.

긴 역사 하나만 믿고 간신히 명맥을 유지시키는 문파다. 그
런 문파를 이을 차기문주 하나 없어지는 것이야 아무도 신경
쓰지 않는 일일 게다.

은소부의 말대로 저들에게서 은서효가 쓸모없다고 판단되
면 그의 목숨은 보장할 수 없다. 되돌아올지도, 혹은 돌아오
지 않을지도 모른다.

"사무량이 어디로 간다고 했는지 알아요?"

은소부는 이미 그를 미행하기로 마음먹은 듯했다.

사무량을 따라가다 보면 납치한 자들의 정체를 저절로 알
게 되는 것은 자명한 일.

그들에게 맞설 힘이 없지만 체면을 생각해서라도 소문주
를 죽음으로 내몬 자들을 모른 척할 용검문이 아니다.

사혼검은 무엇을 해야 할지 알고 있었다.

"제가 알아보겠습니다."

독자적으로 움직이는 일이다.

당연히 위험도 따른다. 그러나 사혼검은 은소부에게서 사람이 곤경에 처하면 없던 용기까지 발휘한다는 사실을 다시금 깨달았다. 얌전하기만 하던 소공녀가 직접 발 벗고 나서겠다는데 당주인 자신이 가만히 있을 수야 없지 않은가.

"일단은 본문이 있는 방향으로 가도록하지요. 뒤에 붙은 자들을 떼어내는 게 우선이니."

"당주만 믿을게요."

은소부는 환하게 웃었다.

사혼검은 묘한 눈빛으로 그녀를 바라봤다. 마냥 어수룩한 소녀인 줄로만 알았는데, 지금은 은소부가 어떤 성격을 지닌 여인인지 도무지 종잡을 수가 없다.

무림사에 대해 아무것도 모른다고 여기던 생각도 뜯어고쳤다. 부재도에서 기인들을 알아보던 은소부는 정말 의외였다. 어쩌면 그녀는 사혼검보다 무림에 더욱 촉각을 곤두세우고 있는지도 모른다.

무엇보다 사혼검이 은소부와 동행하기로 마음먹은 것은 그녀의 웃음에서 비롯되는 자신감이었다.

그녀의 얼굴에서… 자신이 그토록 존경하던 용검문주의 모습을 본 까닭이다.

"그나저나 저들이 무사히 잠입해야 할 텐데……."

두 사람은 걸음을 멈추진 않았지만 놔두고 온 배에 신경이 가는 것은 어쩔 수 없었다.

쉬익!

일단의 무리들이 강가에 대어놓은 배 위로 뛰어들었다.

"아무것도 없습니다."

"또 다른 흔적은?"

무리의 수장으로 보이는 턱이 뾰족한 자가 물었다.

"아무것도."

질문을 받은 무인이 고개를 내저었다.

사혼검과 은소부가 타고 온 배는 다섯 명도 못 탈 정도로 무척 작았다.

"다른 수로는 이미 탄로가 났어. 들어온 놈들이 한두 명은 아닐진대 흔적 하나 없다는 소린가? 분명 들어왔어. 그자의 기감은 한 번도 틀린 적이 없지 않나."

턱이 뾰족한 사내는 공허함으로 가득 찬 강만 바라봤다.

천기자의 기감이 정확하다 판단되지 않았다면 도화신군의 명령도 없었을 게다.

용검문의 사혼검이 있고, 사무량을 포함한 다른 부재도민이 있을 거라는 가정하에 도화신군은 무인들을 파견했다.

만영문에서도 실력으론 으뜸인 자들. 무공은 물론 추적에

도 능한 그들이 지금 이 자리에서 흔적도 하나 찾지 못하고 있었다.

다른 배들 역시 보이지 않는다. 강변에 넓게 포진한 다른 만영문도에게서도 사무량을 찾았다는 신호를 받지 못했다.

'시간차…….'

턱이 뾰족한 사내는 두 눈을 가늘게 좁히곤 고개를 끄덕였다.

"이대는 용검문 차녀의 뒤를 밟고, 일, 삼대는 각자 맡은 구역으로 가. 개미새끼 한 마리라도 놓치는 날엔 제삿날이 될 테니 각오해!"

들려오는 대답은 없었다. 단지 풀잎이 조금 흔들렸다는 것밖에.

*　　　*　　　*

"젠장! 이게 도대체 말이 되는 소리냐고? 해타, 말 좀 해봐. 내가 지금 물밑에 있는 거 맞아?"

"나도 몰라. 왕가, 그렇게 소리 지르지 마. 귀가 멍멍하단 말이야."

"지금 조용하게 생겼어? 야, 이 귀신같은 년아, 도대체 배에다가 무슨 짓을 한 거야!"

"늙은이, 명 단축시키고 싶으면 계속 귀신같은 년이라고

해.”

왕가는 현실을 믿지 못하겠다는 듯 배 안을 어지럽게 돌아다녔다. 해타는 두 손으로 귀를 막고 있었고, 소신녀는 갑판 쪽에 앉아 팔짱을 꼈다.

긴 여정이 끝났지만 그들은 중원의 푸른 하늘을 볼 수 없었다. 천장 역시 나무 갑판으로 꼼꼼히 막혀 있는 상태였다.

“내가 원한 건 이게 아니야! 뱃머리에 올라서서 이 두 팔로 중원을 맞이하고 싶었는데… 제길!”

왕가의 투덜거림은 끊이지 않았다.

소신녀가 내어준 배는 독특한 구조를 지녔다. 그녀는 바다에 표류되어 떠내려 온 배를 직접 개조하는 데 이르렀다.

사방에서 끌어올린 나무판자는 튼튼한 천장이 되었다. 그 위에 아교를 적당히 바르고, 두꺼운 천을 여러 겹 덧대어 물 한 방울 스며들지 않았다.

갑자기 하늘을 볼 수 없게 되어 무슨 일인가 했다.

소신녀는 이번에는 갑판 구석에 뾰족이 튀어나온 긴 막대기를 힘껏 잡아당겼다. 배가 기우뚱하더니 점점 물에 잠긴 것은 그때부터였다.

“배 밑에 물이 찼으니 배가 가라앉는 것은 당연하지.”

“뭐? 배에 물이 차? 무슨 수로?”

“밑바닥을 열어두었을 뿐이야. 아우! 시끄러워. 좀 조용히 할 수 없어? 너 때문에 위에 있는 녀석들한테 걸리기라도 하

면 책임질 거야?"

"흥! 다 죽여 버리면 되지! 무공도 되찾았겠다, 뭔들 못하겠어?"

"왕가, 그렇게 흥분하면 고독의 활동이 활발해질 거야. 조용히 해."

나직이 내뱉는 사무량의 말에 왕가는 그제야 입을 다물었다.

"배가 다시 떠오르는데 일다경이라고 했지?"

사무량의 물음은 소신녀에게 던져졌다.

"지속적인 장치가 아냐. 일다경 후면 저 막대기가 다시 제자리로 돌아오게 될 거야. 구멍이 막혀 버리면 물이 들어오지 못하고 넘치겠지. 그럼 다시 위로 떠."

자세히 귀를 기울이면 소신녀가 잡아당긴 막대기에서 삐거덕 소리가 난다. 물의 압력을 이기지 못하고 금방이라도 부러져 나갈 것만 같았다.

"무조건 일다경 안에는 육지로 올라서야 한다는 소리군."

"배가 뜨면 저들은 당연히 물밑을 수색할 테니까. 이제 시간이 얼마 남지 않았어. 빨리 움직이는 게 좋을 거야."

사무량은 자리에서 일어섰다.

그는 배에 아무렇게나 놓인 나무 상자들 틈에서 대나무 대롱 네 개를 꺼내 모두에게 나눠 주었다.

"가급적이면 수면 위로 나가지 않길 바라. 정말 숨을 참기

힘들 때만 사용해.”

“다른 배는?”

“유담이 맡기로 했어. 꾸준히 헤엄치면 일각 안에 도착할 수 있을 테니까 모두 정신 똑바로 차려.”

“그곳이 어딘데?”

세 사람의 눈길이 사무량에게로 향했다.

위의 상황이 어떻게 돌아가는지는 알 수 없다. 몇 명이 있으며, 어디에 감시의 눈동자가 번뜩이고 있을지 아무것도 모른다. 어쩌면 이렇게 걱정하는 것이 지나친 우려일 수도 있다.

“좋은 길 안내자가 있지. 나만 따라와.”

사무량은 대롱을 품 안에 넣었다. 그리고 바닥으로 통하는 문손잡이를 잡아당겼다.

콸콸콸!

바닥을 통해 들어온 물이 조금씩 차오르기 시작했다. 밑바닥이 보이는가 싶었는데 금세 발목까지 차올랐다.

사무량은 숨을 크게 들이마신 뒤, 구멍 속으로 몸을 들이밀었다. 왕가와 해타, 소신녀가 그의 뒤를 따랐다.

사무량을 가장 먼저 발견한 사람은 가야였다. 다른 쪽 배에 타고 있던 유담과 쌍둥이들이 일행에 합류했다.

물밑에서의 움직임은 지극히 은밀했다.

수면 위로 모습이 보이는 것을 우려하여 깊이 침잠한 채로 조금씩 앞으로 나갔다.

한 치 앞도 보이지 않는 물밑에서도 그들은 사무량을 따라 조심스레 움직였다. 가라앉은 소신녀의 배가 이제 보이지 않는 거리까지 왔으나 그 누구 하나 호흡 때문에 곤란해 하는 일은 없었다.

뭍에서만 생활하던 사람들이라고 믿을 수 없을 정도로 일곱 명은 물 만난 고기처럼 유유히 헤엄쳤다. 사무량을 제외한 다른 이들은 부재도에서 여러 번 탈출을 시도했었다. 수영을 배운 적이 없던 사람들이었지만 섬에서 살던 날이 한두 해가 아니기에 물과 친한 것은 당연했다.

무엇보다 자신들이 중원에 들어왔다는 사실을 알려선 안 되기에, 절대로 방심하면 안 된다는 생각이 이러한 행동의 결과를 낳았다.

헤엄친 지 반 각도 되지 않았을 무렵, 가장 먼저 호흡의 곤란을 느낀 사람은 다름 아닌 소신녀였다.

처음엔 이를 악물고 버텼지만 배에서 점점 멀어지자 긴장감이 사라지며 숨이 가빠왔다. 아니다. 이 정도면 많이 참아왔다. 일행 중에 무공이 제일 약했고, 폐활량도 가장 적은 그녀였다.

사무량의 뒤를 바짝 쫓던 소신녀의 행동이 굼떠졌다. 그녀는 품 안에 넣어두었던 대롱을 꺼내 손에 꽉 쥐었다.

문제는 숨을 쉴 수 있는 높이까지 위로 헤엄쳐 올라가야 한다는 건데, 그렇게 되면 자칫 일행까지 위험에 처해질지도 모르는 상황이었다.

숨을 쉴 수 있는 기회란 일행이 동시에 올라갈 때뿐.

그러나 소신녀는 더 이상 참기가 힘들었다. 얼굴이 하얗게 질리기 시작했고, 손발이 마비된 듯 제대로 움직여 주지도 않았다. 자기 딴에는 열심히 헤엄치고 있다고 생각했지만 사무량과의 거리는 점점 멀어져만 갔다.

'참아야 하는데…… 아!'

그녀의 사정을 눈치 챘음인가. 사무량이 헤엄을 멈추고 자신을 바라보고 있었다.

잠시 인상을 찌푸리던 사무량이 손가락으로 위를 가리켰다.

안색이 창백해진 소신녀는 힘겹게 고개를 끄덕임과 동시에 즉시 위로 헤엄쳐 올라갔다. 당황하던 일행이 한 명, 두 명 그녀를 따라 헤엄쳤다.

"근 일 리 안은 꼼짝도 하지 못할 거야. 워낙 철통같은 방어가 되어 있으니까."

"그런데 왜 아무런 신호도 없는 거지? 용검문의 차녀는 벌써 뭍에 올랐다던대."

"낸들 아나. 이곳에서 세월아 네월아 시간만 죽이고 있으

면 언젠가는 신호를 받겠지."

만영문 무인 두 명이 물가에서 이야기를 주고받았다.

한여름의 뜨거운 햇빛을 받으며 풀숲에 앉아 있기란 여간 고통스러운 일이 아니었다.

한 발만 내딛으면 더위를 잊게 해줄 물이 있는데도 꼼짝없이 자리를 벗어나지 못했다.

"이러고 있을 게 아니라, 잠깐 물에라도 들어가 보는 게 어때? 세수라도 하면 좀 개운해질 것 같은데. 더우니까 자꾸 잠만 쏟아지잖아."

"안 돼. 놈들은 차치하더라도 자리 이탈한 걸 나중에라도 걸리면, 그땐 너나 나나 둘 다 모가지가 날아갈 거야."

"그럼 한 명씩 물에 들어가도록 하지. 남은 한 명이 망을 봐주면 되니까."

"안 된대도."

"솔직히 너도 물에 들어가고 싶잖아. 안 그래?"

무인은 가타부타 말없이 의복을 벗어젖혔다. 튼튼한 상반신이 드러나고 하의마저 벗은 무인은 첨벙거리며 물로 걸어 들어갔다. 발목부터 전해져 오는 시원함이 전신을 감싸는 듯했다.

"캬! 정말 죽이네. 지상낙원이 따로 없구나."

"거참, 사람하고는! 대강하고 나와."

다른 무인이 핀잔을 주었지만 그 역시 물에 들어간 사내의

마음을 알기에 더는 나무라지 않았다.

　기약 없이 땡볕 아래 매복하고 있는 것은 생각보다 힘든 일이었다. 더군다나 올 여름은 유난히도 더웠다. 온몸은 땀으로 범벅이 된 지 오래였고, 콧구멍으로 자꾸 뜨거운 바람이 들어와 숨쉬기조차 곤욕스러웠다.

　'어차피 이쪽은 감시하지 않아도 될 것 같은데……'

　무인은 푸른 하늘을 올려다보며 품에서 건포를 꺼내 입에 넣고 질근질근 씹었다.

　잔잔하던 수면에 파랑이 일었다.

　"……!"

　수면 위로 헤엄치던 사무량 일행 중 가장 먼저 물 안의 침입한 자를 발견한 사람은 가야였다. 아니다. 가완은 귀로 소리를 들었으며 왕가는 냄새를 맡았다. 그도 아니다. 해타는 아까부터 온몸이 근지러운 듯 물속에서 몸부림을 쳤다.

　하나 가장 먼저 뛰어든 사람은 사무량이었다.

　슈우욱!

　사무량은 빠르게 헤엄쳐 물 위로 나가려는 소신녀의 팔목을 잡았다. 두 눈을 꼭 감던 소신녀는 팔목에 완강한 힘이 가해지자 자신도 모르게 입 안에 가득 든 공기를 뿜어냈다.

　뽀르륵!

　물속에서 생겨난 기포는 누가 말릴 새도 없이 수면 위로 빠

르게 솟아올랐다.

뽀록!

모두가 숨을 죽였다. 숨이 가쁘던 소신녀까지 긴장한 눈으로 위를 바라봤다.

그때였다.

여유롭게 헤엄치던 사내의 팔과 다리가 우뚝 멈췄다. 그리곤 머리가 물 안으로 쑥 디밀어졌다.

아무도 움직이는 자가 없었다. 긴장으로 얼룩진 일곱 쌍의 눈동자가 한 곳만을 바라봤다.

마치 시간이 정지된 듯했다.

이 순간만큼은 머릿속에 아무것도 떠오르지 않았다. 무인이 자신들을 보았느냐, 보지 못했느냐.

"……."

무인은 사무량 일행이 있는 곳을 보곤 눈을 몇 번 깜박거린 후, 다시 고개를 물 밖으로 빼냈다.

"이봐! 이 밑에 뭐가 있는 모양인데?"

들린다. 무인이 밖을 보며 동료에게 소리치는 소리가.

"강이니까 당연히 물고기가 살겠지. 왜, 물고기 처음 봐?"

뭍에서 누군가가 대꾸하는 소리도 들린다. 단 한 명이다.

"물고기나 잡아먹을까? 이래 봬도 내가 귀신같은 손놀림을 지녔지."

"미친놈! 그러다가 걸리면 뼈도 못 추려. 오래 살고 싶으면

당장 나와. 물고기를 어떻게 잡겠다는 거야?"

"너 나중에 딴말 하지 마! 물고기 잡으면 국물도 없을 줄 알아!"

모두가 긴장했다.

사내가 물속으로 들어오길 마음먹은 듯하다. 아니, 이미 물 안으로 몸을 디밀었다. 그리곤 빠르게 사무량 일행이 있는 쪽으로 헤엄쳐 왔다.

사무량과 유담, 유담과 쌍둥이, 쌍둥이와 왕가가 서로 눈빛을 교환했다.

발견되어선 안 된다.

적어도 일 리를 벗어날 때까지는 그 누구의 눈에 띄어서도 안 된다. 그러나 무인은 그들이 생각할 시간적인 여유조차 주지 않았다.

점점 가까이 다가오는 무인의 얼굴에 조금씩 변화가 생겼다. 눈을 가늘게 뜨고 어둠 속을 바라보며 고개를 갸웃하더니 이내 동공이 점점 팽창되기 시작했다.

무인은 헛것을 본 게 아니다.

물속에 있는 일곱 명의 사람들. 그들이 지닌 무기를 보는 순간, 무인의 머릿속에는 부재도라는 글자밖에 떠오르지 않았다.

파앗!

무인은 발로 물살을 박차며 위로 헤엄치기 시작했다.

'잡아!'

사무량 일행도 즉각 움직였다.

그들의 선택은 하나다. 무인을 죽여야만 한다. 그를 물 밖으로 내보내게 되면 자신들의 존재가 탄로 나는 것은 시간문제다.

하지만 죽인 후엔 어떻게 처리할 것인가? 그건 나중에 생각할 문제다.

작고 뚱뚱한 체구의 왕가는 일행 중에서 헤엄치는 게 가장 빨랐다. 그의 유성추는 이미 손을 벗어난 후였다.

촤륵……!

물 안에서 떨친 유성추의 위력은 현저히 떨어졌다. 무인을 향해 내던져진 유성추는 그의 털끝도 닿지 못하고 다시 떨어져 내렸다.

그때, 물결을 가르며 빛이 번쩍였다.

슈아악—!

유담이 펼친 접선에서 비침 십여 개가 쏟아져 나갔다.

투둑! 툭! 툭!

소리는 들리지 않지만 느낄 수 있다. 유성추보다 빠른 비침들은 무인의 몸통에 틀어박혔다. 하지만 무인은 헤엄치는 동작을 멈추지 않았다.

'안 돼!'

사무량은 활을 쏘려는 가야의 행동을 저지하며 그를 발판

삼아 위로 솟구쳤다.

활은 안 된다. 비침은 작아서 괜찮지만 만약 화살이 빗나가기라도 한다면 문제가 복잡해진다.

무인의 좌측은 사무량이, 우측은 가완이 맡았다.

무인은 알몸이었고, 방어할 무기조차 없다. 간발의 차이를 제외한다면 무인은 물속에 있는 일곱 명에게 상대조차 되지 않는다.

그는 처음부터 동료의 말을 들었어야 했다. 후회를 해도 늦었다. 그의 죽음은 이미 기정사실화되었으니까.

푹! 푸욱!

살갗을 뚫는 소리가 두 번 들렸다.

사무량과 가완은 무인을 베지 않았다. 잘못하다 살점이라도 떨어져 나가 물에 둥둥 뜨게 되면 큰 낭패다.

무인에게 창과 검을 꽂은 두 사람은 누가 먼저라고 할 것 없이 무인의 입을 틀어막았다. 뽀글거리는 기포는 어쩔 수 없다. 하지만 소리만은 나가지 않게 해야 한다.

그들은 무인이 수면 위로 나가기 직전에 처리했다. 정말 찰나의 순간에 벌어진 일이었다.

밖은 여전히 잠잠했다. 무인의 동료로 짐작되는 자의 움직이는 소리는 들리지 않았다.

가완이 축 늘어진 무인의 몸뚱이를 붙들고 물밑으로 내려왔다.

‘조그만 더 가면 돼!’

사무량은 일행들에게 고개를 크게 끄덕이고는 다시 헤엄치기 시작했다. 숨이 가빠 곧 죽을 것 같던 생각도 소신녀의 머릿속에서 사라진 지 오래였다.

2

“푸악!”

“헉! 헉!”

수면 위로 솟은 일행은 저마다 가쁜 숨을 토해내느라 정신이 없었다.

그들이 헤엄쳐 들어온 곳은 강 밑의 작은 통로. 천장이며 벽이며 할 것 없이 꽉 막혀 있던 통로를 따라 십여 장쯤 헤엄쳐 도달한 곳은 지하에 자리한 작은 굴속이었다.

고개를 내밀고 호흡을 가다듬은 일행은 하나, 둘 바위로 기어 올라왔다.

가장 마지막에 올라온 가완은 무인의 시체에 무거운 돌을 매달아 통로로 떠내려 보냈다.

모두 멀쩡했지만 단 한 사람만은 호흡곤란으로 인해 혼수상태에 빠져 있었다.

“이 귀신같은 년, 체력이 이 정도밖에 안 돼? 잘 돼졌다, 이년아.”

왕가의 독설은 때와 장소를 가리지 않았다.

사무량은 정신을 잃은 소신녀를 바닥에 눕히고 그녀의 손목을 짚었다.

"아직 살아 있어."

"뭐야? 아직 살아 있어? 명줄 한번 징그럽게 기네."

사무량은 손바닥을 모아 소신녀의 가슴 정중앙을 눌렀다.

소용이 없었다. 기도가 꽉 막혀 숨을 쉬지도 못하고, 물이 밖으로 빠져나오지도 못한다.

"좀 도와줘야겠는데? 누구, 인공호흡 할 사람 있나?"

"……."

선뜻 나서는 사람이 없었다. 모두가 시선을 외면했다. 예상했던 결과다.

"너 같으면 귀신같은 년 입술에 내 입술을…… 제길! 생각만 해도 소름이 끼치네."

왕가가 얼굴을 잔뜩 찌푸리며 말했다. 단지 이유가 그것뿐만은 아닐 게다.

마희에게 들어 알고 있다.

이들이 자신을 도우려는 목적은 부친이 남긴 비급을 직접 찾으려는 것이다. 이들 모두가 비급을 탐내고 있다고 해도 과언이 아니었다.

하나 비급은 단 한 사람만 익힐 수 있다는 규칙을 만들어놓았다. 결국 비급을 찾는 순간, 모두 적이 되어 서로의 목숨을

노려야 한다는 말이다.

　그러나 비급을 찾기 전까지는 여기 있는 모두는 서로를 공격할 수 없다. 그렇게 되면 고독의 해독약은 저 멀리 날아가 버릴 테니까.

　공격하지 않고 상대를 죽이는 방법은 상대가 예기치 못한 사고를 당하는 것이다.

　지금이 그렇다. 이들에게 소신녀의 목숨은 안중에도 없다. 그녀가 익사하면 경쟁자 하나 없어지는 것뿐이다.

　그렇지만 사무량은 소신녀가 죽도록 내버려 둘 수 없었다.

　"후읍!"

　크게 숨을 들이마신 사무량의 입술이 소신녀의 입술에 포개어졌다.

　"이, 이 미친! 야! 너 역겹지도 않냐!"

　모두는 고개를 설레설레 저었지만 사무량은 인공호흡을 그만두지 않았다.

　"콜록!"

　몇 차례의 시도 끝에 소신녀가 기침을 했다. 그녀는 한 바가지가 넘는 물을 토해냈다.

　안색도 천천히 정상으로 되돌아왔다. 백지장처럼 하얗던 얼굴에 아주 약간이지만 핏기가 보였다.

　그녀가 깨어나자 사무량은 한시름 놓았다는 듯 한숨을 쉬고 바위에 등을 기댔다.

"이곳에서 무엇을 해야 하나?"

질문은 유담이 했지만 모두가 동시에 사무량을 바라봤다.

이들은 앞으로 나아갈 행로를 묻고 있는 게다.

물로 나가기는 이미 글렀다. 다시 통로를 이용해 강으로 나갈 수도 없다. 지금쯤이면 동료가 사라진 것을 안 무인이 다른 곳에 있는 자들에게 신호를 보내고도 남았을 시간이다.

물속 수색이 끝나길 기다리기엔 굴은 너무 좁고, 냄새도 나고, 결정적으로 먹을 게 하나도 없었다.

그래서 모두가 사무량을 바라봤다.

어떻게 할 것이냐고. 지금까지 그의 안내를 받아왔으니 앞으로 나아갈 길도 말해 달라고.

"이곳에서 북으로 일 리 정도를 가면 놈들의 매복에서 벗어나게 돼. 일 리는 눈 깜박할 정도로 가까운 거리지만, 지금부터 그런 생각은 접어둬."

사무량은 손가락으로 북쪽 흙벽을 가리켰다.

"우리는 지금부터 땅 속으로 이동한다."

동요하는 자는 없었다.

그래, 물과 가까우니 무른 땅이라고 치자. 하지만 무슨 재주로 땅굴을 판다는 말인가. 땅을 파는 데도 며칠은 걸릴 터. 수색이 끝나고 매복자들이 모두 물러설 때에야 목적지에 도달할 수 있을 게다.

"네놈이 제정신이 아니구나."

사무량은 왕가의 말을 대수롭지 않게 받았다.

"예전에 무당파 무인들과 땅속을 이동한 적이 있었어. 앞에선 세 명이서 땅굴을 팠는데 꽤나 쓸 만하더군. 반나절 만에 삼 리에 가까운 거리를 이동했으니까."

"그 새끼들은 호조수를 익혔잖아! 누구 손가락 부러뜨릴 일 있냐? 우리가 무슨 수로 땅굴을 파!"

"우리에게도 중원에서 몇 손가락 안에 드는 조공 고수가 있잖아."

"……?"

사무량의 턱 끝이 살짝 움직였다.

그곳엔 아무것도 모르는 듯 순진무구한 해타가 두 눈을 동그랗게 뜬 채 일행들을 바라보고 있었다.

만영문을 인솔하던 턱이 뽀족한 사내, 마종구(麻淙玖)의 발이 허공을 갈랐다.

쉬익— 빠각!

뼈가 으스러질 정도의 충격을 받은 무인은 뒤로 나가떨어지자마자 벌떡 일어나 그의 앞에 부복했다.

"송구합니다! 송구합니다!"

무인은 입에서 피가 흐르는 것도 모른 채 연신 머리를 조아렸다. 곧 죽을 것 같은 수하의 모습에도 마종구는 눈썹 한 올 꿈틀하지 않았다.

　무인은 자신의 죽음을 직감했고, 그 직감은 금방 현실로 나타났다.

　뻐걱!

　이번에는 처음과 소리가 달랐다. 바위라도 깨부술 것 같은 발뒤꿈치가 무인의 정수리에 꽂혔다.

　"송구합……!"

　무인은 미처 말을 다 잇지 못했다. 입에서 끄르륵 소리가 나옴과 동시에 무인의 신형은 모래성처럼 힘없이 허물어졌다.

　마종구는 쓰러져 죽은 무인에게 눈길 한 번 주지 않고 들풀 너머의 강물만 바라봤다.

　조용히 강물을 바라본 지 일다경쯤 지났을 무렵, 잠잠한 수면에서 사람 머리통이 하나둘 모습을 드러냈다.

　"시신을 찾았습니다!"

　무인들은 눈도 감지 못하고 죽은 무인을 힘겹게 물 밖으로 끌어냈다. 시신은 방금 마종구에게 맞아 죽은 무인과 함께 이 부근에 배치되었던 무인이 분명했다.

　시신은 차마 눈을 뜨고 보기 힘들 정도로 처참했다. 오른쪽 가슴은 어린아이 주먹 하나가 들어갈 만큼 뻥 뚫려 있었고, 갈라진 왼쪽 등에선 아직도 피가 멈추지 않고 흘러내렸다. 또한 비침에라도 당한 모양인지 몸 이곳저곳에 가느다란 혈선까지 비쳤다.

"창과 검, 그리고 비침이라……. 세 명 이상이 나왔다는 소리군. 쥐새끼 같은 놈들! 물 밑으로 잠입할 줄이야."

사혼검과 은소부가 정박한 배를 기점으로 촉각을 곤두세우고 있던 만영문의 눈길을 단번에 잡아끈 것은 강변에서 갑자기 솟아오른 배 두 척이었다.

그전까지만 해도 아무도 배가 강가로 들어오는 걸 보지 못했다. 귀신이 곡할 노릇이었다. 물 밑에서 배가 솟아오르는 희귀한 장면을 목격한 만영문은 비상이 걸렸다. 연이어, 지금 마종구가 두 발로 밟고 있는 이 자리에서 폭죽이 터졌다.

그러나 한달음에 달려온 마종구가 볼 수 있는 것은 머리를 조아리고 있는 무인밖에 없었다. 굳이 무인이 해명하지 않아도 어찌 된 상황인지는 한눈에 알아챌 수 있었다.

임무를 소홀히 한 책임은 목숨으로 대신하였지만, 중요한 것은 부재도에서 들어온 사무량 일행을 놓쳤다는 것이다.

철통같은 경계망을 뚫고 이곳을 나갈 수는 없을 것. 놈들은 물 밑으로 이동하고 있다.

"시신이 발견된 곳에 육지로 통하는 작은 구멍이 있습니다. 통로를 따라 들어가 보았지만 중간에 막혔습니다. 놈들은 필시 그곳으로 도주했습니다."

땅 속으로 이동 중이라면 아직은 만영문의 발밑에 있다는 소리. 두더지가 아니고서야 반드시 땅 위로 올라오게 되어 있다.

딱딱하게 굳어져 있던 마종구의 얼굴에 희미하게 웃음이 맺히기 시작했다.

"일대는 강변을 포위해. 삼, 사, 오대는 일 리 밖에서 넓게 포진하고 기다려. 혹시 모르니 이대는 계속 용검문 여식을 미행하도록 하고. 너는 이 일을 문주께 알려라. 어쩌면 고언문의 도움이 필요할지도 모르겠다."

"존명!"

만영문도들은 마종구를 향해 깊게 고개를 숙이며 물러났다.

'사무량……'

천기자의 직감은 틀리지 않았다. 이로써 사무량이 중원에 들어왔다는 건 사실이 되었다.

부재도에서 나온 다른 사람들은 안중에도 없다. 흑천이 주시해야 하는 인물은 오로지 사무량뿐이다. 그토록 고대하던 비급의 열쇠를 쥐고 있는 자이기에.

만영문이 맡은 일은 사무량을 해치는 것이 아니다. 그를 발견했다 하더라도 명령이 없는 이상 그의 눈앞에 나타나서도 안 된다. 만영문은 철저하게 사무량을 감시하고 미행해야만 한다.

손 안 대고 코풀기. 사무량 스스로가 비급을 찾을 때까지 기다리는 게 흑천 모두가 할 일이었다.

"낮엔 새가 있고, 밤엔 쥐가 있다면, 중원 전역엔 밤낮으로

만영문이 있지. 아무리 발버둥 쳐도 만영문의 시야에선 벗어 날 수 없을 터!"

마종구는 으스러져라 주먹을 꾹 쥐었다.

* * *

해타는 자신을 바라보는 여섯 쌍의 눈동자를 하나씩 바라 보다가 손가락을 들어 본인의 얼굴을 가리켰다.

"왜, 왜들 그래? 내 얼굴에 뭐 묻었어?"

"호오! 그래, 어쩌면 말이지……."

왕가의 두 눈이 희번덕였다.

"환우독조라면 중원에서 손꼽히던 조공 고수. 그의 진전을 이어받았으니 이딴 흙무더기쯤은 두부처럼 뚫어버리겠지?"

"하지만 문제는 본인이 조공 고수라는 걸 자각하지 못한다 는 거야."

정신을 차린 소신녀가 작은 한숨과 함께 왕가의 말을 받았 다.

역시나 일행 중 가장 문제가 많은 사람은 해타였다.

자서섬을 복용해 모두가 무공을 되찾고 기뻐했지만 유독 해타만은 예전과 다름없이 담담했다.

예전에 무인이었다고는 전혀 생각할 수 없을 정도로 무공 을 회복했다는 데에 관심이 저조한 해타였다. 비록 내공은 되

찾았다 하더라도 그걸 적절히 써먹을 수 있을지도 의문이다.

해타는 단지 부재도에 있기 싫어 밖으로 나온 사람 같았다.

“제길! 그런 문제가 있었군.”

가야가 차가운 눈으로 해타를 노려보았다.

해타는 그때까지만 해도 상황을 파악하지 못하고 계속 고개를 갸웃거렸다.

“사무량, 얘네 왜 이래? 내가 혹시 무슨 잘못이라도 한 거야?”

“해타, 잘 들어.”

사무량의 목소리가 낮게 가라앉았다. 영문을 모르겠다는 해타의 동그란 눈동자는 사무량의 굳은 얼굴에서 떨어지지 않았다.

“해타, 우리는 지금 이곳에서 땅속으로 이동해야 해.”

“땅속으로? 두더지처럼? 어떻게?”

“빠른 시간 안에 이 마른 벽에 땅굴을 만들 수 있는 사람은 해타, 너밖에 없어.”

해타의 눈동자가 더는 커질 수 없을 정도로 부릅 뜨였다.

“나, 난 그런 거 몰라! 난 고작해야 흙무더기를 조금 파는 정도밖엔…….”

“야, 이 새끼야! 너 지금 장난해?”

손톱을 세우며 해타에게 뛰어들려던 왕가를 말린 사람은 유담이었다. 유담은 아까부터 해타를 보고 있지 않았다. 그의

눈길은 줄곧 사무량에게로 향했다. 배 밑바닥에서 빠져나와 물밑을 이동할 때, 그때부터였을 게다.

사무량은 지금 일행을 인솔하는 역할을 맡았다. 누가 시킨 것도 아니고, 자의로 행동하고 있다.

만약 유담이 사무량의 입장이라면 어땠을까. 어차피 여기 있는 모두가 남남이다. 정은 고사하고, 누가 죽든 말든 자신만 살아나갈 수 있다면 상관하지 않을 사람들이다.

사무량이 이들에게서 얻을 건 없다. 마희는 어미 된 입장에서 자신의 아들을 돕게 하기 위해 이들을 이용하지만, 유담이 느끼기에 사무량은 조금 달랐다.

뭐랄까. 자신들이 없더라도 혼자 비급을 찾을 수 있을 것만 같은 그런 느낌.

그래서 눈길을 떼지 않았다. 마희의 등살에 못 이겨 함께 부재도에서 나왔으나 언제 사무량에게 내쳐질지 몰랐기에.

하나 유담의 예상은 보기 좋게 빗나갔다. 사무량은 어떻게 해서든 같이 살아 나갈 길을 모색하는 쪽으로 전심을 기울이고 있다.

"나, 난……."

무언가 말을 하려던 해타는 뒷말을 흐리며 입만 벙긋거렸다.

유담과 왕가, 소신녀, 쌍둥이들은 정면에서 해타의 얼굴 표정을 똑똑히 볼 수 있었다. 그의 두 눈동자는 사무량에게서

고정되어 떨어지질 않았지만 아래로 축 처진 눈썹 끝이 파르르 떨렸다. 안색도 시시각각으로 변했다.

다섯 사람은 서로의 얼굴을 마주 보았다.

그들은 해타와 마주하고 있는 사무량의 등만 볼 수 있었다. 지금 그가 해타를 향해 어떤 표정을 짓고 있는지는 알 수 없지만 무언가 강압적인 분위기라는 건 분명했다.

한참이나 침묵이 흐르는 가운데 해타의 동공이 점점 작아졌다. 그리고 막 뭐라 입을 여는 찰나, 사무량이 일행을 향해 몸을 휙 돌렸다.

"모두 똑똑히 들어."

사무량의 말투는 얼음장처럼 차가웠다. 조금 전까지 일행에게 따스함을 보이던 모습은 온데간데없이 사라졌다.

갑작스럽게 달라진 그의 분위기에 모두는 대꾸할 말을 찾지 못했다.

"중원에 나온 이상 당신들이 어떻게 되든 난 상관없어. 유람을 즐기러 나왔다면 그렇게 해. 하나, 그건 어디까지나 일 년 후부터야. 내가 중원에 나온 첫 번째 목적은 부친의 비급을 찾는 것. 목적을 이루는 데까진 당신들은 날 따라야 해. 이건 부탁이 아니야. 명령이다."

"뭐가 어쩌고 어째?"

왕가가 엉덩이를 들썩였지만 그의 흥분에 대한 사무량의 대답은 간단했다.

스릉—!

혈광검이 섬뜩한 음향을 토해내며 모습을 드러냈다. 혈광검은 왕가가 함부로 덤비는 걸 허락지 않았다. 왕가는 목전에 겨누어진 사무량의 검을 보곤 다시 자리에 엉덩이를 붙였다.

"비급이야 나 혼자서라도 어떡해서든 찾을 수 있어. 흑천이라는 놈들이 노리는 건 나지만, 나와 함께하는 이상 당신들의 목숨을 보장할 순 없지."

"걱정하는 척은."

소신녀가 팔짱을 끼곤 입을 열었다.

"그렇게 걱정이 되면 아예 여기서 흩어지는 게 어때? 고독의 해독약이야 일 년 후에나 얻을 수 있으니 그때 다시 만나면 되잖아? 그리 자신있으면 우리 도움없이도 혼자 비급을 잘 찾을 수 있겠네. 그렇지?"

소신녀는 동의를 구하기 위해 유담 등을 바라봤지만 모두 그녀의 시선을 외면하고 있었다. 왕가와 쌍둥이들은 고독 때문이 아니더라도 혈광검의 비급을 원하고 있다는 걸 소신녀는 아직 몰랐다.

"어차피 중원에서 환영받지 못하는 몸. 이곳에서 헤어져도 발붙일 곳은 있나? 동병상련이야. 그리고 당신들!"

사무량의 손가락이 소신녀와 해타를 제외한 사내들에게 향했다.

"당신들 역시 비급을 원하고 있다는 건 알아."

"후후후!"

"뭐야! 그런 거였어?"

유담은 작게 웃음을 터뜨렸고, 소신녀는 버럭 고함을 지르다 그제야 이해가 간다는 듯 고개를 끄덕였다.

"대부분 목표가 정해진 것 같으니 여기서 확실히 하지. 여기 있는 누구도 나 없이는 비급을 찾을 수 없어. 또한 고독의 해독약을 구할 수 있을 때까지 당신들의 목숨은 내가 쥐고 있다고 해도 과언이 아니겠지. 해서… 함께 움직이기로 했으면 철저하게 나를 따르도록 해. 의견이 엇갈리는 건 용납하지 않아. 앞으로 일 년간, 여기 있는 사람들 각자의 목숨은 개인의 것이 아닌 우리 모두의 목숨이야. 자신들이 할 수 있는 일엔 군말 말고 협조하도록 해."

사무량은 자신이 할 말만을 내뱉은 뒤, 다시 해타에게로 고개를 돌렸다.

"징징거리거나 거짓을 일삼는 것도 용납하지 않아. 해타, 당신이 환우독조의 진전을 이어받았다는 것은 세상 사람이 다 알아."

해타가 입술을 조그맣게 오므렸다. 그리곤 자리에서 천천히 몸을 일으켰다. 그는 사무량이 가리킨 곳으로 걸어가 벽에 손을 대고 다시 물었다.

"여기를… 파내면 되는 거지? 응?"

‘처음 모습과 똑같아. 굶주린 늑대의 본성이 다시 드러난 건가?

유담은 사무량이 갑자기 태도를 돌변한 데에 적잖이 놀랐지만 한편으로는 안심했다.

조금 전 사무량이 모두에게 보여준 차가운 분위기는 처음 그가 부재도에 왔을 때로 되돌아간 것 같은 착각을 안겨주었다. 지극히 독선적이고, 고집이 세고, 자신감이 충만한, 건드리면 뭐든 용서하지 않을 것 같은 굶주린 늑대의 모습.

사무량은 예전의 사무량으로 다시 돌아왔다. 환경이 그렇게 만들었다. 처음 부재도의 생활도 순탄하지만은 않았지만 긴장감과 앞으로 일어날 일에 대한 압박감은 지금에 비할 수 없을 것이다.

사무량은 그 점을 잘 알고 있기에, 그리고 일행이 긴장을 놓지 못하게 태도를 바꾸었다. 그 어느 쪽이든 유담으로서는 환영이었다. 그 역시 앞으로 나아가는 데 있어 걸림돌이 될 만한 것은 없었으면 하는 바람이다.

퍼벅! 퍽! 퍽!

더뎌 보이던 해타의 손길이 빨라졌다.

여인의 것처럼 가늘고 유약해 보이는 손가락이 부드럽게 움직이기 시작하더니 이내 사람 몸뚱이가 들어갈 정도의 구멍을 만들어 놓았다.

사방으로 튀는 흙이 만들어낸 구멍을 보며 나머지 사람들

은 가슴이 뛰었다. 이 작은 구멍이 중원과 통할 수 있는 연결로인 셈이다.

해타가 앞섰고, 하나둘 구멍에 몸을 디밀었다.

땅속으로 이동하는 속도는 굼벵이가 기어갈 정도로 느렸다. 캄캄한 어둠 속에서 앞서 가는 사람의 움직임만을 의지한 채 어느덧 두 시진이라는 시간이 지나갔다.

고작 일 리를 움직이는 데 이토록 오랜 시간이 걸릴 줄은 그 누구도 예상하지 못했다.

어느 정도 이동했다 싶은 순간, 앞서 나가던 해타가 벼락을 맞은 듯 몸을 뒤집더니 경련을 일으켰다.

경련이 아니다. 해타는 별안간 흙을 파던 손으로 몸을 긁기 시작했다.

벅벅벅벅!

땅굴 속엔 한동안 흙이 무너지는 소리 대신 해타의 몸을 긁는 소리만 울려 퍼졌다.

"무슨 일이야? 왜 갑자기 몸을 긁고 난리야?"

정지된 움직임을 참지 못한 소신녀가 신경질적으로 물었다. 하나 그의 이상함을 가장 먼저 알아챈 사람은 누구보다 그와 가깝게 지내던 왕가였다.

"쉿! 모두들 입 다물고 가만히 있어봐. 근처에 누군가가 있다!"

왕가의 외침은 모두에게 긴장을 안겨주기에 충분했다.

"뭐, 뭐야? 이제 거의 다 온 것 아냐? 사무량! 네가 말한 게 이거였어?"

왕가와 쌍둥이들에겐 무기를 쥘 만한 여유 공간도 주어지지 않았다. 암흑처럼 어두운 공간 속에서 긴 정적이 흘렀다.

그때 웃음을 담은 듯한 사무량의 목소리가 조용히 들려왔다.

"이 부근인 모양이군. 해타, 괴롭겠지만 조금만 더 힘써줘. 이제 올라가도록 하지."

해타는 평상시처럼 칭얼대지 않았다. 그는 가려운 몸을 긁지 못해 부르르 떨면서도 두 손으로 위를 향해 흙을 파헤치기 시작했다.

팟!

땅속으로 스며든 한줄기 태양빛을 보았을 때, 위에 있던 흙 무더기가 우르르 아래로 떨어져 내렸다.

"잠깐, 뭔가 냄새가 난다."

해타의 뒤를 따르던 왕가가 코를 벌름거렸다. 그 뒤에 있던 가완도 귀를 기울였다. 하지만 정작 아무런 소리도 들을 수는 없었다.

"이상한 냄새다. 무슨 향냄새 같기도 하고… 이건 절간에 박혀 있는 사람한테서 나는 냄새다!"

모두들 후각의 신경을 열었다. 그러나 왕가가 말한 향냄새는 전혀 나지 않았다.

“다들 위로 올라가.”

눈치를 보고 있던 일행에게 사무량은 명령조로 중얼거렸다.

“하지만 밖에 누군가가 있다고 하잖아?”

“걱정하지 마. 왕가의 말이 맞다면 우리를 기다리던 사람이 맞아.”

“……?”

좁은 땅굴에서 모두의 고개가 가장 후미에 있던 사무량에게로 돌려졌다.

의심은 있다. 하지만 믿는 마음도 없잖아 있다. 땅굴을 기어 나오기 전에 그가 일행에게 한 말이 있으니 믿어도 좋다. 하나, 누구도 섣불리 밖에 나가고 싶은 마음은 없었다.

“해타, 네놈이 먼저 나가.”

왕가가 해타의 몸을 밀어 올렸다.

“시, 싫어!”

“나가! 안 나가면 다리를 물어뜯어 버릴 거야!”

올라가지 않으려고 애쓰던 해타는 침을 꿀꺽 삼키곤 어쩔 수 없이 땅 위로 기어 올라갔다.

“해타, 어때?”

해타를 먼저 올려 보냄으로써 밖의 상황을 파악하려던 왕가의 속셈이었지만 밖에서 들려오는 해타의 대답은 없었다.

“야, 임마! 말 좀 해봐!”

왕가는 여차하면 유성추를 튕겨내려 만반의 준비를 하며 위를 올려다봤다.

"너도 나가."

이번에 왕가를 재촉한 건 가완이었다.

"지금 나한테 명령한 거냐? 죽을래?"

"흥! 네놈의 유성추가 빠른지, 내 창이 빠른지 한번 해볼까?"

가완은 창끝으로 왕가의 엉덩이를 쿡쿡 눌렀다.

"제길! 이젠 별 시러배 같은 놈까지 맞먹으려 드네. 애송이, 네놈의 목숨도 일 년 후엔 끝날 줄 알앗!"

왕가가 어기적거리며 위로 올라갔다. 그가 나간 뒤 해타와 다르게 이번엔 반응이 있었다.

"제기럴!"

분노와 절망이 섞인 왕가의 목소리는 땅 속에 있는 일행 전부의 귓가에 또렷하게 들려왔다. 병장기 부딪치는 소리는 없었다. 그러나 밖에 누군가가 있다는 것은 분명한 사실이었다.

가완과 가야는 서로 눈빛을 교환하고 고개를 끄덕였다. 두 사람이 신형을 위로 띄운 것은 거의 동시였다.

"아!"

쌍둥이가 내뱉은 소리는 탄성과 놀람이었다.

곧이어 소신녀와 유담도 그 뒤를 따랐다.

마지막으로 땅 위에 올라선 사무량은 빙 둘러선 일행을 볼

수 있었다. 그리고 그 가운데 해타의 목에 검을 겨누고 있는 사내를 보았을 때, 사무량의 눈은 초승달처럼 구부러졌다.

건장한 체격의 사내. 봉두난발과 길게 자라난 수염이 마치 산적 같아 보였다. 탄탄하게 다듬어진 몸인데 무공을 익힌 흔적은 엿볼 수 없었다.

그 사람 역시 사무량과 눈이 마주쳤고, 해타에게 겨누었던 검을 천천히 내려놓았다.

"넌, 내가 알고 있던 그 녀석이 맞나?"

그가 믿지 못하겠다는 눈으로 바라보며 물었다.

"고작 일 년이라는 시간밖에 흐르지 않았어. 당신도 많이 변한 듯하군, 조양자."

第二章
계획

　사무량이 조양자와 연락을 취하게 된 건 천운이었다.

　먼저 연락을 취한 사람은 조양자였다. 일전에 사무량이 수로를 알아보기 위해 중원에 몰래 잠입했을 때, 그를 알아본 사람들이 있었다.

　하나같이 정체를 알 수 없는 자들이다. 그들은 사무량을 단번에 알아보았고, 조심스럽게 접근해 왔다. 나쁜 의도는 없었던 듯하다. 사무량에게 조양자의 소식을 알려준 사람들도 그들이다. 그 사람들은 다시는 사무량 앞에 나서지 않았다.

　누구인지는 모른다. 그들이 사무량을 단번에 알아봤다는 사실이 놀라울 뿐이다. 소림과 무당, 흑천의 눈도 감쪽같이

속였는데 정체를 알 수 없는 사람들이 알아보다니.

그들이 부재도에서 한시도 눈을 떼고 있지 않아서였다. 무당이나 소림은 말할 것도 없고, 흑천 역시 용검문의 차녀가 일을 해줄 거라 믿었기에 그전엔 부재도에 신경을 쓰고 있지 않았다.

그들에게서 조양자의 소식을 전해들은 사무량은 생각지도 않고 그들의 말을 믿었다. 그리고 그들을 통해 자신의 계획을 조양자에게 전달하기까지 했다.

철썩같이 자기 자신을 믿는 마음과 배짱이 없었더라면 감히 상상도 못할 일이었다.

"왜?"

사무량은 자신을 빤히 바라보는 조양자에게 고개도 돌리지 않고 물었다.

"상당한 수준의 무공을 익힌 모양이군."

"아아, 사정이 있어 그렇게 되었어."

"무공을 익혀선 안 된다는 태을 진인의 말씀을 잊었나?"

"당신이야말로. 그 정도 협박에 굴복할 내가 아니라는 걸 그새 잊은 모양이군."

"……"

"태을 진인의 말씀대로라면 지금 나는 반쯤은 미치광이가 되어야 옳겠지. 자, 확인해 봐. 당신이 보기에 내 모습이 어떤 것 같아?"

"아직은 판단할 수 없다. 중요한 것은 네가 비급을 찾으러 나온 사실이 분명하다는 것. 만일 네가 그 비급을 익힌다면 이야기는 달라지겠지."

이번엔 사무량이 입을 다물었다. 그리고 조양자를 향해 고개를 돌렸다.

"비급 이야기… 무당에 했어?"

"무당에 신세진 보답인 것 같아서 내가 알고 있는 사실을 그대로 이야기했다."

"조양자."

"우서문(雨瑞雯)."

"……?"

"내 이름은 우서문이다. 조양자라 부르지 마라."

사무량은 다시 조양자의 위아래를 찬찬히 훑어보았다.

그는 도복을 걸치지 않았다. 머리도 단정히 묶지 않았으며 수염도 지저분하게 길렀다. 몸에서 한시도 떨어뜨릴 것 같지 않던 송문검이 있던 자리엔 시장에서 쉽게 구할 수 있는 싸구려 철검이 하나 매달려 있었다.

그러나 가장 눈에 띄는 곳은 역시나 힘없이 축 처져 덜렁거리는 왼팔이었다.

"팔은……?"

조양자, 아니, 우서문은 자신의 팔을 흘끔 내려다본 뒤 다시 하늘을 응시하며 꾹 다문 입술을 어렵게 떼었다.

"무공을 펼칠 수 없게 되니 동네 개만도 못한 신세로 전락하더군. 힘줄은 끊어져 사용할 순 없지만, 없는 것보다야 보기엔 낫지 않겠나."

우서문의 팔은 무당의 짓이 아니다. 무당에서 내공을 폐하고 파문당한 그가 이름도 들어보지 못한 동네 패거리에게 당했다. 사무량이 알고 있던 우서문의 성격으로는 시비가 붙어도 그냥 넘어가지 않았을 게 분명하니, 막무가내로 때리는 동네 파락호들에게서 목숨을 부지한 것만도 다행이라 여길 수 있었다.

"무당은 잔인한 짓을 했어. 무인에게 있어 무공이 없는 삶이란 살아갈 가치도 없다는 것을 가장 잘 알고 있는 사람들일 텐데."

"내가 원한 일이니 그 누구도 원망할 생각은 없다."

우서문은 담담하게 말했지만 그 담담함 속에서 그가 겪어야 했던 고통들이 눈에 보이는 듯했다.

"중원에 나오면 가장 먼저 당신과 겨뤄보고 싶었는데."

"무공을 다시 익히고 있다. 나이가 있어 시일은 좀 걸리겠지만 언젠간 네 상대가 되어줄 테니 실망하지 마라."

사무량은 왠지 우서문이 안쓰러웠다. 따지고 보면 사무량에게 내공이란 걸 알게 해준 사람도 우서문이지 않은가.

그랬는데…… 고작 일 년 만에 두 사람의 위치가 바뀌게 되었다. 무공도 모르던 일개 범인이 일 년 만에 절정고수의 위

치에 오르게 되고, 절정고수였던 자가 일 년이 지나고 보니 무공을 잃은 평범한 몸이 되었고……. 사람 일이란 정말 알다 가도 모를 일이다.

"이곳은 위험하지 않나?"

사무량은 주위를 경계하는 일행들을 둘러보았다.

물 밑으로 가라앉았던 배는 일찌감치 떠올랐을 게고, 자신들이 죽인 무인의 시신도 발견되었을 게다.

흑천이 근방의 개미 새끼 한 마리도 빠져나가지 않게 감시망을 펼쳐 놓았을 것은 코흘리개 어린아이도 알지 않겠는가.

"안전하진 않지만, 그보다 일행이 너무 많은 것 같은데."

우서문은 짐짓 곤란한 듯 말했다.

사무량 하나쯤은 변복을 시켜서 빠져나갈 수 있다고는 하나, 무리가 움직이는 데는 어려움이 따른다. 더군다나 이곳은 인적이 뜸한 곳이라 사람들 눈에 띄는 것은 그야말로 시간문제.

"저들은 일 년간 나에게서 떨어질 수 없는 자들이야. 곤란하면 흩어져서 이동하는 것도 괜찮지."

"목적지가 어디냐?"

우서문은 비급의 위치를 묻고 있었다.

"사천성."

"사천성이라…… 좋아, 우선은 변복을 해야겠지. 저들도 중원 지리는 웬만큼 알 터이니 따로 이동하는 쪽으로 해야겠

다.”

우서문은 자리에서 일어섰다.

　우서문을 따라 이동하는 데는 만 하루가 꼬박 걸렸다. 다행스러운 점은 무당에 있을 때부터 사무량에 초점을 두었던 만영문이 우서문의 존재를 아직까지 모른다는 것이다. 게다가 사무량과 함께 나온 부재도민들의 얼굴을 그들은 알지 못한다.

　변복을 한 사무량과 우서문은 일부러 사람들이 많은 곳만 골라 이동했다. 이 역시 은밀하게 이동할 것이라는 만영문의 생각을 미리 꿰뚫은 행동이었다.

　만 하루가 지났을 무렵, 사무량이 도착한 곳은 중자산(中子山). 흩어진 일행과 만나기로 한 곳이기도 하다.

　산 중턱에 올랐을 즈음 작은 집 한 채가 사무량을 맞았다.

　익숙한 우서문의 발걸음은 그가 이 집에서 그동안 생활했다는 것을 단적으로 보여주었다.

　나무로 얼기설기 만든 침상이며 탁자, 생활에 필요한 도구들 또한 가지런히 정리되어 있었다.

　“팔이 이렇게 된 이후로 사람들이 있는 곳에선 지내고 싶지 않더군.”

　뒤돌아 앉아 베어다 놓은 나무들을 다듬는 우서문의 두 어깨가 유독 작아 보였다. 무당에 계속 있었더라면 지금쯤 중원

에 이름을 떨치고도 남았을 인재였는데.

"이상하군. 부재도에 있던 사람들은 모두 무공을 잃었다고 들었지만, 구덩이에서 튀어나온 사람들 모두 녹록지 않은 무공을 지니고 있던 것 같은데……."

"부재도는 신비의 섬이지. 죽음과 희망이 동시에 공존하는 곳. 그들은 그곳에서 기연을 만나 무공을 되찾을 수 있었어."

우서문의 두 눈이 반짝였다.

무인에게 무공을 잃었다는 것은 사형선고나 마찬가지다. 방금 사무량의 입에서 쏟아진 말은 우서문의 귀를 번쩍 뜨이게 할 만큼 유혹적인 것이었다.

"하지만 이제는 불가능해. 무공을 되찾을 수 있는 기연은 벌써 동이 나버렸거든."

사무량은 금세 눈빛이 바뀌어 버린 우서문을 향해 어깨를 으쓱했다.

"이렇게 될 줄 알았으면서도 무당을 나왔다. 무공은 처음부터 다시 시작하면 되니 아무런 상관이 없지."

우서문은 사무량을 부재도로 데려다 놓은 직후, 무당으로 돌아가 파문을 당했다. 사무량의 일을 비밀에 붙이는 것을 전제로 무당파는 우서문의 파문을 허락했다. 물론 뼛속까지 무당인 사람의 무공을 모두 폐하는 것은 무당으로서도 쉽지 않은 선택이었을 게다.

대신 무당은 중원에서 우서문의 행동에 제약을 두지 않았

다. 그가 무당을 나와 지금까지 사무량의 신변을 알아내기 위해 백방으로 뛰었어도 신경 하나 쓰지 않았다.

혹시 무당은 알고 있을까, 사무량이 우서문의 도움을 받아 중원에 나온 사실을.

"이런 산골짜기에 코딱지만 한 집 한 채 숨겨두고 하루 만에 찾아오라는 게 말이 돼?"

"그래도 일단은 찾아왔잖아."

"그 조막만 한 입 좀 닥쳐. 너는 왜 내가 말할 때마다 토를 못 달아서 안달이야?"

산 어귀에서 왕가와 해타의 목소리가 들려왔다.

흩어졌던 일행은 반 시진 간격을 놓고 이동했다. 사무량보다 반 시진 늦게 출발했던 왕가와 해타는 예상했던 시간보다 조금 늦게 도착했다.

사무량을 발견한 그들은 말다툼을 잠시 미루고 초옥으로 한달음에 달려왔다.

해타는 우서문을 보자마자 다시 몸을 움츠렸다. 처음 굴에서 나왔을 때의 기억이 다시 떠오른 탓이다. 기운을 감지하는 능력은 무공을 되찾은 해타가 우위였지만 우서문의 행동은 그의 감지 능력보다 한참이나 빨랐었다.

덕분에 해타 이후로 굴에서 나온 사람들 모두가 우서문을 향해 섣불리 공격을 펼치지 못했다.

우려와는 달리 일행은 별 탈 없이 우서문의 초옥으로 족족

들어서기 시작했다. 해가 중천에 떠 있을 무렵, 사무량이 도착했는데 일행이 다 모이니 벌써 어둑어둑한 밤이 되었다.

모두들 불편한 마음을 가누지 못하는 듯, 늦은 밤이 될 때까지도 한곳에 모이지 않았다. 쌍둥이들은 아예 초옥 근처에는 다가서지 않은 채 근처 바위와 나무에 등을 기대고 눈을 붙였다.

왕가와 해타, 유담도 모닥불 곁에는 있지만 제각기 떨어져 각자만의 생각에 잠겼다. 소신녀는 이미 우서문의 침상을 차지하고 곯아떨어진 지 오래다.

모두들 꿈꿔온 중원에서의 첫날은 이런 것이 아니었을 게다. 하나같이 불쌍한 사람들이다. 자신의 의지와는 전혀 상관없이 부재도라는 곳으로 끌려들어 갔고, 이제야 겨우 자유의 몸이 되었지만 떳떳하게 중원을 돌아다닐 수도 없다.

왕가는 자신의 앞길을 가로막을 수 있는 자들은 모두 상대해 주겠다고 큰소리를 쳤지만 중원 무인들을 두려워하긴 마찬가지다.

하나둘, 일행 모두가 잠에 들었건만 사무량과 우서문은 여전히 술잔을 주고받았다.

오고가는 술잔 속엔 많은 이야기가 담겨 있었다. 두 사람이 함께했던 시간은 고작해야 두 달. 짧은 시간이었지만 두 사람에겐 목숨을 걸어야만 했던 억겁과도 같은 시간이었다.

한 동이의 술이 바닥을 드러냈다. 이제 곧 있으면 먼동이

터 오르나 사무량은 지친 기색 하나 보이지 않았다.

"무작정 사천성으로 들어갈 거냐?"

"재미있는 것 하나 말해줄까?"

사무량은 대답 대신 우서문을 향해 웃어 보였다.

"협곡에서 초유신군과 만났던 일 기억나?"

"음! 초유… 신군."

우서문으로서는 처음 드는 별호였다.

"아! 그렇군. 당신은 그의 별호를 듣기 전에 혼절했으니까. 당신이 감당할 수 없다고 말하던 그 인자하게 생긴 중년인이 자신을 초유신군이라고 하던대."

"그렇군."

"후후! 사실 난 그때 아무것도 몰랐어. 부친이 비급을 남겼다는 사실도 그자의 입을 통해 들었고, 소림이 날 부른 이유도 그것 때문이라는 것. 그전까진 아무것도 몰랐지."

"하지만 넌 분명 그때 비급의 위치를 안다고……."

"안다고 말한 적 없어."

"……."

"모른다고 하면 정말 죽을 것 같았거든."

"하면, 비급이 사천성에 있다는 걸 어떻게 알아냈나?"

"그 이야긴 할 수 없어. 자식과 남편을 지극히 여기는 한 사람의 인생이 담겨 있으니까. 사천성으로 가는 것은 맞긴 한데, 꼭 비급 때문만은 아니야. 그곳은 내 고향이기도 해."

"아까도 느꼈던 거지만 여기서부터 사천은 너무 멀다. 가는 길이 안전하리라는 보장도 할 수 없고. 만영문의 정보력이 얼마나 방대한지 알아낼 수도 없으니."

"아니. 당신은 이미 알고 있어."

"뭐?"

"만영문의 정보력이 나은지, 아니면 적랑회의 정보력이 나은지 어디 한번 보고 싶은데?"

"……!"

우서문의 두 눈이 부릅 뜨였다. 그의 두 눈에 비치는 사무량의 얼굴은 마치 모든 것을 다 알고 있다는 표정이었다.

"내가 설마 그것도 모를 것이라 생각하진 않았겠지? 우서문, 당신 혼자의 힘으로는 부재도에 있는 나의 소식을 들을 수 없지. 날 태주에서 빼내는 것 빼고는 도와줄 능력도 없고. 어쩌다가 적랑회에 들어갔는지는 모르지만, 당신이 나를 위해 해줄 수 있는 유일한 것은 적랑회와 나 사이에 다리를 놓아주는 일이야."

우서문은 차마 대답을 할 수 없었다.

적랑회.

예전 혈광검을 추종하던 자들이다. 그들이 어떠한 이유에서 혈광검을 지지하는지는 아는 바가 없다. 세상에 하늘이 있으면 땅이 있고, 양이 있으면 음이 있는 것과 같이 적랑회도 중원 무인들의 뜻을 반하는 무리인 것만은 분명하다.

　우서문이 적랑회와 인연을 맺게 된 것은 우연이었다. 적랑회도 흑천과 마찬가지로 사무량의 동태를 꾸준히 살펴온 것으로 알고 있다. 그들은 사무량이 부재도에 들어가는 길도 가로막지 않았다. 우서문의 생각으로는 이해할 수 없는 일이었다. 그들은 마치 사무량이 부재도에 들어가길 바라는 사람들 같았다.

　먼저 접근해 온 것도 적랑회였다. 우서문은 적랑회의 일원은 아니지만 사무량이 중원에 나오는 것을 돕는 마음은 같았기에 그들과 연락을 하고 지냈다.

　그러나 사무량이 적랑회의 존재를 이미 알고 있다는 사실은 충격이었다. 우서문 개인적인 욕심은 사무량이 적랑회와 연결되지 않았으면 하는 것이다. 아직은 사무량이라는 인간에 대해 탐색하려는 생각이다. 그들과 사무량이 손을 잡게 되면 예전 혈광검 때처럼 중원이 위협받지 않으리란 보장도 하지 못한다.

　그런 연유로 어찌해서든 덮어두려 한 비밀이었건만…….

　"아버지의 사람들은 내 사람들이나 마찬가지. 내가 앞으로 나서 그들을 찾는 위험한 짓을 하느니, 당신을 통해 알게 되었으면 하는 바람이야."

　굳게 다물렸던 우서문의 입술이 천천히 벌어졌다. 그의 얼굴엔 고심하는 표정이 역력했다.

　"우선 한 가지… 이들과 같이 움직이려는 목적이 뭐냐?"

짚고 넘어가야 할 문제였다. 하나같이 위험한 인물들로 낙인찍힌 사람들이 사무량과 동행한다는 것은 두고 볼 수 없었다.

"이들은 내가 비급을 찾을 때까지만 날 도울 사람들이야. 혹시 나중의 일을 걱정하는 거라면 괜한 시간 낭비야. 어차피 마음으로 나를 따르는 자들은 아니니 언젠가는 떠날 사람들."

우서문은 무겁게 고개를 끄덕였다.

"적랑회의 인물들에 대해선 나도 잘 아는 바가 없다."

"그럴 테지. 흑천이 몰래 자라왔듯 적랑회 역시 마찬가지로 숨죽이며 살아왔을 테니. 당신에게 큰 기대는 하지 않아. 그냥 만날 수 있는 자리만 만들어달라는 소리야. 그 후의 일은 내가 해."

"너를 태주에서 벗어날 수 있게 한 것은 순전히 내 의지다. 하나, 내가 널 도와줄 이유는 없다고 본다만."

"도와줄 이유가 없을까? 당신은 나에게 빚이 있어. 협곡에서 내가 아니었으면 당신은 벌써 수십 번도 더 죽었겠지."

우서문의 눈가가 바르르 떨렸다.

한참이나 생각에 잠겼던 그는 결심한 듯 크게 고개를 끄덕였다.

"좋다. 만남은 내가 주선하지만, 무림이 주목할 만한 큰일은 만들지 마라."

“미안. 그 부탁은 들어주지 못할 것 같아. 부재도에서 빠져나올 때부터 내 결심은 이미 굳어졌어.”

“…….”

“다시 말할까? 우서문, 당신은 지금 이 자리에서 선택권이 없어.”

우서문은 할 말을 잃었다. 결국 그는 자신이 할 수 있는 유일한 것을 사무량에게 해줄 수밖에 없었다.

“…알았다. 자리를 마련해 주마.”

“날이 밝으면 움직이자고. 시간을 지체하는 것처럼 어리석은 것도 없지.”

사무량은 술잔을 내려놓고 땅바닥에 대자로 누웠다. 잠깐 하늘을 바라본다 싶은 순간, 새근거리는 숨소리가 들려왔다.

우서문은 조용히 한숨을 내쉬었다.

2

사무량을 제외한 다른 일행들의 행동은 그다지 제약을 받지 않았다. 사람들 눈에 띄지 않는 이상 중원 어디를 돌아다녀도 별 문제가 되지 않았다.

중자산에서 가장 먼저 나선 것은 소신녀였다.

산에서 내려와 마차를 타고 며칠을 이동한 그녀가 향하는 곳은 소흥이었다. 큰 도읍인 소흥에서도 밤에 활동을 시작하

는 사람들이 모여 있는 곳.

소신녀는 홍등가를 찾았다.

벌써부터 술에 취해 비틀거리는 사람들이 있다. 붉고 푸른 형형색색의 등을 달아놓고 손님을 유혹하는 창기들의 짙은 분 냄새가 콧속으로 스며들었다. 골목 곳곳엔 힘깨나 쓸 법한 장정들이 삼삼오오 모여 낄낄거리며 잡담을 나눴다.

어느 것 하나 적응할 수 없는 분위기다.

아버지의 인생을 망가뜨리고, 어머니를 자살로 몰고 간 창기들이 모여 있는 곳이다. 어깨 너머로 배운 기관진식 덕분에 주루 하나를 몰락시켰지만, 소신녀도 죽을 뻔한 고비를 넘겼던 곳이 바로 이곳, 소홍의 홍등가였다.

소신녀는 혹시나 그때의 일을 기억하는 누군가에게 얼굴을 들킬까 조심스럽게 발걸음을 옮겼다.

툭!

길을 걷던 취객이 소신녀에게 어깨를 부딪쳐 왔다. 소신녀는 키로 보나 가녀린 몸매로 보나 동기(童妓)로 오해받기 딱이었다. 하나, 헤벌린 취객의 웃음이 뚝 멈춘 것도 순간이었다.

"으으… 꺽! 어디서 거지 같은 게… 꺽! 재수가 없을려니까!"

코가 빨간 취객의 입에서는 술 냄새가 진동했다. 취객은 행여나 이가 옮을까 부딪친 어깨를 연신 손으로 문질렀다.

그녀를 거지로 둔갑시킨 사람은 사무량이다.

정갈히 머리를 빗고, 보통 여인들처럼 수수하게 꾸미려 했지만 그녀의 무섭게 생긴 얼굴 때문에 포기해야만 했다. 화장을 시키려니 분이나 사향 등 구비할 것이 너무 많았다. 결국 선택한 것은 거지였다.

머리는 원래부터 봉두난발이었으니 상관없었다. 대신 눈이 부실 정도로 하얗던 옷을 벗고, 우서문이 입었던 누더기를 몸에 걸쳤다. 옷과 마찬가지로 창백한 얼굴엔 숯을 칠했다.

비록 더러워 보였지만 무서운 느낌은 한결 가셨다. 이제야 사람처럼 보인다며 왕가가 감탄할 정도였다.

소신녀는 취객을 무시하고 빠르게 발을 놀렸다. 여느 때 같으면 독설을 퍼부었을 소신녀지만 지금은 사람을 찾는 데 한시가 급했다.

그녀는 기억을 되짚으며 홍등가 골목을 샅샅이 뒤졌다. 그러다가 우뚝 발걸음을 멈췄다.

'있다!'

소신녀의 눈동자가 미미하게 흔들렸다.

골목 어귀에 세워져 잘 보이지도 않는 낡은 기루는 소신녀의 기억 속 모습 그대로였다. 약간 비뚤게 걸려 있는 보화루(寶花樓)라 적힌 현판도 여전했다.

소신녀는 손님도 없는 기루의 문을 열고 안으로 들어섰다.

손님이라도 온 줄 알고 반색하던 창기 두 명의 얼굴이 소신

녀를 보곤 순간적으로 굳어졌다. 화장을 짙게 해 고운 얼굴들이 험악하게 일그러졌다.

"뭐야? 거지 같은 년이 여기가 어디라고 함부로 들어와! 썩 나가지 못해!"

소신녀가 움직이질 않자 창기 하나가 팔까지 걷어붙이며 달려들 기세로 다가왔다.

"어서 나가라니까! 이 거지 년이 귀를 먹었……."

"오룡을 찾으러 왔어."

따귀를 날리려던 창기의 손이 우뚝 멈췄다.

"……뭐?"

"너희야말로 귀 먹었어? 오룡을 찾으러 왔다고."

소신녀의 말에 어이없어하던 창기 두 명이 서로를 바라봤다. 소신녀의 입에서 튀어나온 반말도 황당했지만 그녀가 내뱉은 말의 내용에 의문을 감추지 못했다.

"오룡 오라버니를… 찾으러 왔다고?"

"그래, 가서 소을(素乙)이가 왔다고 전해."

눈을 깜박이던 창기들이 갑자기 배를 잡더니 박장대소를 터뜨렸다.

"하하하! 뭐? 소을이가 왔으니 가서 전하라고? 아하하하!"

"어디서 들은 것은 있어가지고. 하하! 그러면 우리가 '네, 알겠습니다' 하고 네 말을 들어줄 것 같아?"

그때였다.

짝! 짝!

두 창기 사이에서 불똥이 일었다. 느닷없이 달려들어 뺨을 후려친 사내를 본 창기들의 웃음이 얼굴에서 사라졌다. 그녀들은 영문을 알 수 없다는 듯 따가운 뺨을 만지며 사내를 바라봤다.

"오, 오라버니! 이 거지가 자기 마음대로 들어와서⋯⋯!"

소신녀를 보고 깍듯이 허리를 굽히는 사내의 모습을 보며 창기들은 말을 잇지 못했다.

"오셨습니까? 이미 소식은 전해 들었습니다."

소신녀에게 웃음을 보이던 사내가 매서운 눈으로 고개를 돌려 창기들에게 소리쳤다.

"오늘은 장사 그만 하고 문 닫아! 예의라곤 배우지도 못한 것들이 어디서 설쳐?"

"됐어, 그만 해. 이런 꼴을 하고 찾아온 내가 잘못이지."

소신녀가 사내를 나무랐다.

"안으로 드시지요."

사내는 어리둥절해 하는 창기들을 내버려 두고 귀빈이라도 모시듯 소신녀를 안으로 안내했다.

"그동안 찾아뵙지 못해 죄송합니다. 그간 일이 좀 있어서."

오룡은 홍등가의 여느 파락호들과는 달리 작은 체구에 얄

궂게 생긴 사내다. 나이는 대략 삼십대 중반이었으며, 말투는
조근조근했다.

소신녀의 부친에게 은혜를 입고 인연을 맺어 그녀의 부친
이 세상을 떠나고 나서 부재도에 있는 소신녀를 딸처럼 돌봐
주던 사람이기도 하다.

"그새 루주가 된 모양이야?"

"나이가 있는데 언제까지 기둥서방 노릇만 하고 있을 순
없지요. 모아둔 돈도 꽤 되고. 그나저나 정말 잘 나오셨습니
다. 제 머리로는 아가씨를 부재도에서 빼내올 방도를 구하지
못했습니다."

"나오긴 했으니 상관없지. 그동안 날 보살펴 줘서 고맙다
는 말을 먼저 하고 싶었어."

"제가 어르신께 받은 은혜를 생각하면 아가씨를 돌봐드리
는 일은 조족지혈도 되지 않을 겁니다."

오륭은 따뜻한 차를 내어와 탁자에 올려두었다.

"요즘 잘 찾는 손님도 없고, 불경기인 데다 아이들이 좀 드
센 성격이라서……. 기분이 나쁘셨다면 사과드리지요."

"상관없어. 변복을 하지 않으면 절대 보내줄 수 없다고 해
서 이런 모습이야."

소신녀는 가느다란 손가락으로 한데 엉킨 머리카락을 정
리하려다가 곧 포기했다. 하지만 그녀의 그런 행동과는 달리
오륭의 귀는 쫑긋 움직였다.

“누가 아가씨를 도왔습니까?”

“있어. 부재도 사람.”

“제가 부재도에 자주 가긴 했으나 그곳 사정을 잘 몰라서… 혹시 그분을 만날 수 있다면 고맙다고 인사라도 드리고 싶군요.”

“그럴 필요 없어. 어차피 한두 사람도 아니고 이렇게 번잡한 곳에 몰려다닐 순 없으니까.”

“가실 곳이 없다면 여기서 지내셔도 좋습니다. 아니면 제가 따로 거처를 마련해 드리지요.”

“안 돼. 난 일 년 동안은 족쇄를 찬 몸이야. 내 마음대로 움직일 수 없어.”

“그게… 무슨 말씀이십니까?”

“부재도에서 나오게 해준다는 조건으로 뭘 좀 찾으러 가야 해.”

“무얼 말입니까?”

오륭의 눈이 호기심으로 물들었다.

소신녀는 무심한 눈으로 그를 바라보다가 짧게 한마디를 내뱉었다.

“비급.”

“비, 비급이라니요? 설마 무공 비급을 말씀하시는 겁니까?”

“그런가 봐. 그 비급을 찾을 때까지 그 녀석과 같이 다녀야

해. 어차피 난 별로 도와줄 일도 없을 텐데, 왜 그러나 몰라.”

“부재도에서 함께 나온 사람들… 혹시 무인들입니까?”

오륭의 거침없는 질문 공세가 펼쳐졌다. 몇 년 동안 친딸과도 다름없는 소신녀의 안위이니 궁금하지 않을 이유가 없었다. 그는 죽은 소신녀의 부친을 대신해서 그녀를 보살펴야 할 의무를 지녔기 때문이다.

“무인들이야.”

오륭의 안색이 파래졌다. 부재도에 대해 지식이 부족한 그지만 그도 알고 있는 것이 하나 있었으니, 부재도에 있는 사람들은 모두 무공을 잃었다는 것이다.

한데 소신녀의 말은 무엇이란 말인가.

“그, 그자들은 모두 무공을 폐했다는…….”

“기연이 있었어. 자세한 건 설명해 주기 귀찮으니까 간단하게 말할게. 부재도에 있었던 사람들 모두 잃었던 내공을 회복했어.”

“…….”

오륭은 가느다란 눈으로 소신녀를 바라봤다.

소신녀 역시 무인이라면 무인이랄 수 있는 여인이다. 부친에게서 신법을 전수받기 위해 내공을 익혔다. 그리고 그녀 역시 부재도로 들어가기 전 가지고 있던 내공을 모두 폐했다.

비록 오륭은 무인이 아니었지만 사람의 기운을 읽는 눈치만큼은 빠른 자였다.

여유로워 보이는 소신녀. 그러고 보니 숯을 발라놓은 얼굴의 혈색도 예전처럼 많이 창백하지는 않았다. 동공 사이로 흐르는 맑은 빛은 얼마 전까지만 해도 퇴색되어 버린 눈동자를 지닌 여인이었다는 생각을 말끔히 걷어내게 만들었다.

"아가씨도 무공을 회복하셨군요."

"무공이랄 게 뭐 있어? 난 싸움도 못하는걸."

"정말, 정말 다행입니다."

눈시울을 붉히는 오륭을 보며 소신녀는 작게 한숨을 내쉬었다.

"그런데 나, 그곳에서 할아버지의 기관을 봤어."

"귀곡자 어르신의 기관진 말입니까?"

"굉장했어. 천연적인 재료로 기관을 만들 수 있는 할아버지의 능력에 놀랐어. 난 아마 평생 공부해도 할아버지의 발뒤꿈치도 따라가지 못할 거야."

소신녀는 기관진에 대해 말할 때 유독 눈을 반짝였다.

오륭은 그런 소신녀의 생기있는 모습에 흐뭇한 미소를 지었다. 그리고 생각이 났다는 듯 주머니에서 무언가를 꺼내 소신녀의 앞에 내밀었다.

"이게 뭐야?"

"필요하실 것 같아서 미리 준비했습니다."

소신녀는 눈앞에 있는 제법 묵직해 보이는 전낭과 오륭을 번갈아 봤다.

"고마워. 잘 쓸게. 그리고 부탁이 하나 있긴 한데……."

"얼마든지 말씀하십시오. 제가 할 수 있는 일이라면 기꺼이 도와드리겠습니다."

"하오문의 도움이 필요해."

"하오문의 도움이라면, 혹시 비급의 위치를 알아내는 것을 말씀하시는 겁니까?"

소신녀는 고개를 가로저었다.

"아니, 이제는 일행이 되었으니 남의 일 같지 않아서 말이야. 보다시피 정체를 알 수 없는 인간들한테 쫓기고 있는 몸이야."

"그들을 알아내면 되는 겁니까?"

"흑천이라는 세력이라는데… 겉으로 드러난 적이 없는 자들이니. 아! 오룡도 아마 알 거야. 예전에 큰 싸움이 있었다고 하던데, 만영문이라고 알아?"

"만영… 문……!"

오룡의 눈이 부릅 뜨였다.

"그자들이 아직도 활동하고 있다니, 금시초문이었습니다."

"내가 들은 말로는 무당과 소림에서 이미 흑천의 존재를 안다고 하던대?"

소신녀는 의문을 가득 담은 눈으로 고개를 갸웃거렸다.

무당과 소림이 아는데도 하오문이 모른다면 말이 되지 않

는다. 하오문은 개방과 어깨를 나란히 할 정도의 막강한 정보 세력. 하오문이 모른다면 중원 전체가 모른다는 소리와 진배없다.

"정말 모르고 있었구나."

"그들의 정체를 알아내면 되는 겁니까?"

소신녀는 고개를 끄덕였다.

"알아내 주었으면 좋겠어. 이건 내 개인적인 부탁이거든. 솔직히 나도 그리 자유의 몸은 아니잖아? 귀곡자의 후인이 살아서 돌아다닌다는 소문이라도 퍼지면……."

"그 점은 걱정하지 마십시오. 화근이 생긴다면 미리미리 제거할 테니까요."

"고마워."

"별말씀을요."

소신녀와 오륭은 서로를 마주 보며 웃었다.

그녀가 하오문의 손을 빌어 흑천의 정보를 알아내려는 것은 몇 번의 위기에서 목숨을 구해준 사무량에 대한 보답이었다.

第三章
적랑회

　반안(磐安) 지역 서쪽으로는 큰 장터가 자리한다. 일 리가 조금 넘는 길이의 장터이니만큼 사람들이 북적거리는 것 또한 당연한 일이다.

　외곽에 거주하는 서민들의 생활 터전과도 마찬가지인 이곳은 멀리 사는 사람들의 왕래도 드문 편이 아니다.

　시장 사람들의 인심은 후덕해 보였다. 흔히 일어나는 장터에서의 싸움도 눈을 씻고 봐도 찾을 수 없었다.

　이유는 외곽을 돌면 알 수 있다.

　장을 벗어나 또다시 일 리쯤 벗어나면 이번엔 호화 주택이 늘어서 있다.

대부호라 일컫는 사람들이 모여 사는 곳이다. 길을 걷는 어린아이의 걸음걸이만 하더라도 깍듯한 예의를 배운 듯 절도가 있다. 개 짖는 소리는커녕 시끄러운 잡음도 일절 들리지 않았다.

비단 장수로 둔갑한 사무량은 천천히 마을로 들어섰다. 등에 한가득 짊어 멘 비단은 한눈에 보아도 최고급품임을 알 수 있다.

이따금씩 희귀품이나 박래품을 취급하는 봇짐장수들이 부호들의 집을 찾아가는 일이 있기에 마을 사람들 역시 사무량을 경계하지 않았다.

사무량은 목표로 삼은 저택을 눈에 담고 그곳으로 걸어갔다.

현판은 없었다. 하지만 절로 감탄이 터져 나올 정도로 호화스러운 저택이었다. 이곳에 누가 살고 있을까.

한자리 한다는 고위 관리들이나 대부호가 아닌 이상 집주인의 얼굴을 본 사람은 아마 몇 되지 않을 게다. 그러나 사무량은 비단을 팔러 이 저택에 들른 것이 아니다. 그는 집주인을 만나러 왔다.

"무슨 볼일이슈?"

수문지기가 사무량을 위아래로 훑어보며 물었다. 사무량은 대답 대신 품에서 작은 동전 하나를 꺼내 수문지기에게 건네주었다.

동전을 받아 이리 저리 둘러보던 수문지기의 얼굴색이 창백해졌다. 다시금 사무량을 바라보는 그의 눈빛은 조금 전과는 너무도 다르게 변해 있었다.

"주인 어르신을 만나러 왔수?"

작게 속삭이는 목소리에는 다시금 사무량의 목적을 확인하려는 의도가 담겨 있었다.

"사천성 최고급 비단 열세 필을 보여드리러 왔소."

수문지기가 큰 숨을 들이마시며 고개를 끄덕였다.

"잠시만 기다리시우. 내 냉큼 가서 고하고 올 테니."

수문지기는 뒤도 돌아보지 않고 헐레벌떡 안으로 뛰어 들어갔다.

고급스러운 저택의 정원은 이름 모를 꽃들로 가득했다. 세심한 성격의 사람이 아니고서야 이처럼 아름다운 정원은 만들어지지 않았을 게다.

정원 오른쪽으로는 넓은 연못이 자리했고, 작은 돌다리가 연못 위에 지어진 정자와 연결되었다. 다섯 명 정도 들어갈 법한 작은 정자 역시 화려함의 극치를 보여주었다.

사무량의 시선을 잡아끈 건 정자에 앉아 있는 한 여인이었다. 사무량을 발견한 그녀는 자리에서 다소곳이 일어섰다. 잠깐 동안 시선을 마주한 사무량은 이윽고 돌다리를 건너갔다.

"어서 오세요. 기다리고 있었어요."

중년의 여인이었다. 나긋나긋한 목소리는 상냥했다.

"사무량이라고 합니다."

여인은 생긋 웃고 사무량에게 자리를 권했다.

"양유련(梁柳蓮)이라고 해요. 이 저택의 주인이죠."

사무량은 탁자에 놓여진 차를 들이켰다. 저택의 주인이 꼼꼼한 성격일 것은 예상하고 있었지만 여인일 줄은 몰랐다.

"혈광검이란 분의 자제를 직접 만나게 될 줄은 몰랐네요. 그간의 일들은 말씀하실 필요는 없어요. 저희도 시종일관 그쪽을 관찰했으니까요."

양유련의 말 속에서 사무량이 살아온 날들에 대한 궁금증은 찾을 수 없었다. 그녀가 원하는 것은 단 하나였다. 사무량이 적랑회를 찾은 이유.

"저에 대해 모두 알고 있다면, 앞으로 제가 무슨 일을 할지도 아시겠군요."

"아니요. 그렇지는 않아요. 당신이 비급을 찾으러 가는 것은 확실할 테지만 어떤 경로를 이용할지, 어떤 방법으로 혹천이나 구파일방의 눈을 피할지는 우리로선 알 수가 없죠."

"제가 이곳에 찾아온 이유는 어렴풋이 알고 있으리라 생각합니다만?"

"도움을 달라는 것이겠죠."

양유련의 고요한 눈동자는 사무량에게서 떨어지지 않았다.

하지만 사무량의 등장에 내심 놀란 사람은 여인이었다. 아니, 적랑회 모두가 같은 생각일 것이다.

적랑회는 혈광검이 죽음과 동시에 중원에서의 활동을 중지했다. 정보로는 제일이라는 개방이나 하오문도 적랑회의 행보에 대해 궁금해 하지 않았다.

어쩌면 그들에게는 적랑회가 그다지 신경 쓸 존재가 아니라 판단한 것인지도 몰랐다. 중원이 알고 있는 적랑회는 단순히 혈광검이라는 천하제일인을 추종하는 무리였으니까. 추종할 인물이 없어지면 당연히 무리도 뿔뿔이 흩어지게 되지 않는가.

따라서 적랑회의 활동은 겉으로 드러나지도 않았지만 중원의 주목을 받을 이유도 없었다.

"당신이 적랑회주입니까?"

양유련이 고개를 가로저었다.

"적랑회주는 저희 조부님이세요."

"조부님이 적랑회주?"

"네."

"그러니까 당신이 적랑회주가 아니라는 말씀이군요."

사무량은 찻잔을 내려놓은 후 자리에서 일어섰다.

"제가 이곳에 온 목적은 적랑회주와 만나기 위함입니다. 그를 만나게 해주시지요."

"지금은 곤란해요."

"……?"

"조부님은 이곳에 계시지 않아요. 엽곡(獵谷)에 계세요."

"엽곡이라면……?"

"이곳에서 그리 먼 곳은 아니에요. 하지만 굳이 아버님을 만나실 필요가 있을까요? 제게 말씀하시면 전해드릴 수 있……."

"그곳이 어디입니까?"

양유련은 다시금 사무량을 바라보았다.

그녀가 적랑회에서 특별히 하는 일은 없다. 적랑회의 일원이라면서 혈광검의 얼굴을 보지 못했을 뿐만 아니라 적랑회에서 하는 일에 단 한 번도 참여해 본 적이 없다.

그녀의 역할은 사무량에 대해 들어오는 보고를 회주에게 직접 전달하는 일.

지금도 마찬가지다.

엽곡에 사무량을 보낼 권한을 그녀는 지니고 있지 않았다. 사무량은 애초부터 적랑회의 존재를 모르고 있어야 한다.

사무량의 어미인 마희도, 적랑회의 존재를 알고 있는 소림의 보현 대사도 사무량에게 적랑회를 말할 권리가 없다.

적랑회는 아직도 결정을 하지 못하고 있었다.

적랑회가 추종하는 사람은 혈광검이지 그의 아들이 아니다. 혈광검에게 큰 은혜를 입은 사람들이기는 하나, 아무런 이유도 없이 그의 아들까지 추종해야 할 필요는 없었다.

그래서 사무량에게 자신들의 존재를 알리지 않았던 것이다. 조용히 사무량을 지켜보다가 혈광검에 못지않은 인재임이 확인되면, 그때는 수면 위로 떠올라 사무량을 도와줄 생각이었다.

지금처럼 사무량이 미리 알고 찾아올 거란 예상은 하지 않았다. 이대로 사무량을 엽곡으로 보낸다면 회주의 질책은 피할 수 없을 것. 이래저래 가장 곤란한 사람은 양유련이었다.

"무슨 부탁인지 제가 먼저 들으면 안 될까요?"

양유련은 입술을 굳게 다물고 있는 사무량의 얼굴을 보곤 곧 고개를 설레설레 저었다.

"그렇게 뜻이 완강하다면 할 수 없네요. 하지만 만약 그쪽이 엽곡에 가서 무슨 일이 일어나든 그건 제 탓이 아니에요. 이것 하나만은 명심하세요."

"그러지요."

"휴……!"

양유련은 천천히 엽곡의 위치를 설명하기 시작했다.

*   *   *

가산(歌山)은 우서문의 거처가 있는 중자산과 그리 멀지 않은 산이다. 면적은 작지만 산이 험하기로 유명해서 일반인들은 잘 찾지 않는 산이나, 맹수들이 많아 엽사들의 발걸음이

끊이지 않는 곳이다.

가산엔 다른 지방에서 온 엽사들이 단기간 머무를 수 있는 장소가 있다. 바로 엽사들이 많이 모인다 하여 이름 붙여진 엽곡이다.

사무량은 양유련이 준 활과 화살을 어깨에 걸머멨다. 투박하게 생긴 창 한 자루와 천으로 둘둘 말린 검을 등 뒤에 꽂으니 영락없는 엽사의 모습이 되었다. 위로 질끈 묶었던 머리는 자연스럽게 풀러 야성적인 분위기를 자아냈다.

엽사가 된 사무량은 물이 스며들 듯 조용히 엽곡에 들어섰다.

마침 점심시간이라 엽곡엔 끼니를 때우려는 엽사들로 넘쳐 났다. 사무량은 사람들이 많은 곳으로 다가갔다.

"어서 오게. 빨리 먹지 않으면 음식이 남아나질 않을 게야."

한 사내가 사무량에게 손짓을 했다.

모르는 사내가 아는 척을 했지만 사무량은 조금도 당황하지 않고, 그가 내어준 자리로 가서 앉았다.

커다란 솥에 담긴 고기 국물 냄새가 식욕을 당겼다.

"어? 처음 보는 양반이네. 보아하니 아직 젊은 것 같은데 사냥하려고?"

"이봐, 나도 저 나이 때부터 시작했어. 한 살이라도 젊을 때 한 가지 기술에 파고들면 나중에라도 굶어 죽을 염려는 없

지."

"헹! 그럼 뭐 해? 그 정도 사냥질을 했으면 이젠 두 다리 뻗고 쉬엄쉬엄 살아야지. 자넨 아직도 그대로이질 않나?"

"하하하!"

엽사들은 자기네들끼리 농을 주고받으며 웃고 떠들었다.

여기에 모여 있는 사람들은 서로를 잘 알지 못하는 자들이 대부분이다. 하지만 타인에 대한 경계는 하지 않았다. 같은 목적을 가지고 산에 오른 사람들이니 유대감은 자연스럽게 형성되기 마련이다.

"자넨 특기가 뭔가?"

한 사내가 그릇에 국물을 담아 사무량에게 건네며 물었다. 하지만 대답은 다른 사람의 입에서 나왔다.

"보면 모르나? 활이랑 창을 가져 왔잖아. 거참, 어린 사람이 신통하게도 두 가지를 모두 사용하나 보네. 나는 기껏해야 활밖에 다루지 못하는데."

사무량은 미소를 지었다.

"활과 창은 그냥 한번 가져와 본 것이고, 특기는 검입니다."

식사하는 데 정신이 없던 엽사들의 눈동자가 동시에 사무량에게 쏠렸다.

"무, 무인인가?"

"그런 셈이죠."

"험! 험!"

엽사들은 다시 고개를 돌렸다.

엽사들과 무인들은 잘 어울리지 못하는 부류다. 직업이 판이하게 다르니 누가 더 낫다 말할 수 없지만 추구하는 목적은 분명 다르다.

맹수를 사냥하는 엽사들, 그리고 사람을 죽이는 무인들.

물론 엽사들 중에서도 뛰어난 무인이 있기는 하나, 대부분은 무공을 익히지 않은 자들이다. 그런 연유로 사내들은 자못 민망한 듯 대화를 이어나가지 못했다.

어색해진 분위기를 애써 바꾸려는 듯 사내가 사무량의 어깨를 툭툭 치며 입을 열었다.

"무인이면 어떻고, 아니면 어떠나. 같은 일을 하는 사람들인데 친하게 지내면 좋지. 보아하니 가산에는 처음 온 것 같은데, 그래, 자네는 뭘 사냥하러 왔나?"

"맹수를 잡을 생각은 없고… 사람 하나 잡으러 왔습니다."

"……!"

사무량의 어깨를 치던 사내의 손이 얼어버린 듯 뚝 멈췄다.

"하하하! 젊은 사람이 농담도 잘하는구먼."

"농담이 아닙니다."

화기애애한 분위기가 싸늘하게 변해 버린 것은 정말로 순식간이었다. 사내들의 고개는 다시금 사무량에게로 향했다. 사무량을 바라보는 그들의 눈빛은 맹수를 발견했을 때와 같

이 오묘한 감정을 담아냈다.

사무량은 사내들의 눈길을 의식하지 않았다. 그는 건더기를 다 먹고 국물까지 후루룩 마신 후, 솥에서 한 그릇을 더 퍼냈다.

엽사들이 하나, 둘 자리에서 일어서기 시작했다. 그들은 서로에게 잘 먹었다는 인사 한마디 하지 않았다. 개중엔 식사를 다 마치지도 않고 일어선 자도 있었다. 기분 나쁜 사람과 같이 식사를 하고픈 마음은 엽사들에게 추호도 없었다.

모두가 떠났지만 유일하게 자리에 남은 사내가 있었다.

"뭘 사냥하러 왔다고? 사람?"

사내는 입에 음식물을 가득 넣은 채 우물우물거렸다. 그는 사무량을 아예 바라보지도 않았다. 양념에 잘 버무려진 나물들을 집어 입에 넣는 그의 손은 젓가락질을 하기에 바빴다.

사무량의 두 눈이 그릇 너머의 사내에게 잠시간 고정되었다.

"엽곡엔 적랑회만 있는 게 아니에요. 평범한 엽사들도 같이 있어요. 그들 앞에서 적랑회주가 누구냐고 묻는 우를 범하지 않았으면 해요."

"그들도 엽사로 가장했다는 말입니까?"

"적랑회는 사람들이 아는 것과 다르게 무림에 깊게 연관되어 있어요. 정보는 물론 무공 면에서도. 중원에 있는 적랑회는 정보

를 주로 다루지만 엽곡에 있는 자들은 무공만 수련해요. 엽곡처럼 무공을 익히기에 그만인 장소가 없거든요."

"그렇다면 어떻게 찾아야 합니까?"

"얼굴이 길고 눈이 위로 쭉 올라간 사내가 있어요. 각산(角山) 이라는 자죠. 날카로운 인상 때문에 단번에 찾을 수 있을 거예요. 그자에게 접근하세요."

"방법은?"

"그것까지 알려드려야 하나요? 참, 그들이 당신을 먼저 알아볼 거란 기대는 하지 마세요. 당신이 혈광검을 얼마나 닮았는지 저로 선 알 수가 없지만, 그들은 혈광검이 타계한 후부터 엽곡에 있던 탓에 당신의 얼굴을 몰라요. 그러니 그들과 접촉하는 것도 다 당 신 능력이죠."

"각산이라는 자에게 물으면 되겠군요."

"대신 이것 하나만은 알아두세요. 절대로 그곳에서 적랑회라는 말을 꺼내지 말아야 한다는 것. 사냥만 하는 엽사들이지만 소문이 퍼져 나가는 것까진 막을 수 없어요."

양유련과 나누었던 대화가 머릿속에 다시 떠올랐다.

사무량의 눈앞에 있는 자는 양유련이 말한 각산이라는 자 가 분명할 게다. 사무량은 눈을 가늘게 하고 각산의 위아래를 찬찬히 살폈다.

마른 얼굴과는 다르게 온몸은 탄탄한 근육으로 뒤덮여 있

다. 외모만으로는 뛰어난 엽사 같지만 무공을 익힌 사람이라는 것을 금방 알 수 있었다.

"태평하군."

"……."

"무인을 별로 두려워하지 않나?"

"무인에도 종류가 있다. 몇십 년간 수련해서 정말 잘 다듬어진 고수는 나 역시도 두렵지. 반대로 초짜라는 놈들이 있어. 나이는 어린데 왕성한 혈기를 주체하지 못하는, 자기 자신이 제일 잘난 줄 아는 녀석들."

"난 후자인가?"

각산은 대답하지 않고 남아 있는 국물을 후루룩 삼켰다. 곧 자리에서 일어난 그는 옷에 묻은 흙을 턴 뒤, 바닥에 놓인 활을 걸머멨다.

"어린 녀석 같아 하는 말이다. 괜한 추태는 부리지 마라. 네까짓 게 아무리 무인이라고 해도 연륜이 있는 노련한 엽사들에겐 상대가 되지 않으니. 잘난 척 다 했으면 산을 내려가라."

"싫은데 어쩌나?"

"……."

"내가 했던 말을 귓등으로 들은 모양이군. 난 분명 사람을 사냥하러 왔다고 했어. 사냥감을 찾았으니 그냥은 돌아가지 못할 것 같군."

"뭐? 사냥감?"

사무량이 자리에서 벌떡 일어나 각산의 완맥을 강하게 움켜쥐었다.

"내가 찾던 노련한 엽사. 당신 같은 자야."

각산의 입가에 곡선이 그려짐과 동시에 사무량에게 잡혔던 손목이 빠르게 움직였다.

쉬익…… 탁!

하지만 각산은 손목을 빼내지 못했다. 무당파에서 퍼져 나온 태극권의 묘리를 이용해 손목을 감아냈지만 막 떼어내려는 찰나, 사무량의 손이 잽싸게 따라붙었다.

타닥… 탁! 탁!

몇 번의 충돌이 더 일었다.

사무량의 왼손과 각산의 오른손. 한 치의 틈도 주지 않는 공격과 방어.

각산이 사무량을 노려봤다. 사무량 역시 그의 눈빛을 담담히 받아냈다.

그러나 사무량과는 달리 주위를 의식하는 각산은 조금 불안해 보였다. 몇 번의 부딪침으로 인해 다른 엽사들의 시선을 끌까 걱정되었다. 그 역시 엽곡에서는 무인이 아닌 엽사로 통하고 있었던 탓이다.

"역시 무인이었어."

사무량의 입가에 미소가 번졌다.

"애송이가 제법이군. 엽사들 때문에 산 줄 알아라."

팟!

각산은 사무량의 팔을 뿌리치고 성큼성큼 걸어가기 시작했다. 그런 그의 등 뒤에 대고 사무량이 조용히 읊조렸다.

"각산."

각산의 신형이 우뚝 멈췄다. 다시 뒤를 돌아보는 각산의 눈빛엔 의아함이 떠올랐다.

"누구냐?"

"나? 애송이 무인."

각산은 사무량을 향해 뚜벅뚜벅 걸어왔다.

"정체가 뭐냐?"

"반안에서 왔지. 적량……."

"쉿!"

각산은 황급히 사무량의 입을 틀어막았다.

그의 표정은 불신으로 가득했다. 중원에서 손님이 올 것이라는 걸 양유련에게 듣지 못했다. 그런 일이 있다면 제일 먼저 알려주었어야 할 양유련이 아무 말도 없이 사람을 보내다니.

각산의 머릿속에는 반안에 무슨 일이 생긴 것은 아닌가 하는 불안함마저 엄습했다.

사무량은 단순히 치기를 부리기 위해 엽곡에 들어선 자가 아니다.

사람을 사냥하겠다는 분명한 목적. 그것이 적랑회와 연결되어 있다는 것은 간과할 수 없는 일이었다.

"용건이 뭐냐?"

각산은 기어들어 가는 목소리로 조용히 속삭였다. 사무량도 작게 말하는 데 협조했다.

"회주를 만나게 해줘."

"뭐?"

"……"

"원하는 게 그것뿐이냐?"

"회주를 만나게 해준다면. 어쨌든 난 이곳 사람들에게 당신들의 정체를 알리게 할 생각은 추호도 없으니까 잘 판단해. 이대로 날 회주에게 데려다 줄 것인지, 아니면 적랑… 당신들의 소문이 중원에 퍼지게 할 것인지."

"……"

각산에게는 선택권이 없었다.

십 년이 넘는 세월 동안 적랑회의 총타가 이곳에 있다는 사실을 철저히 숨겨왔다. 중원이 모르게 무공을 익히고, 죽은 혈광검을 아직도 추종하고 있다는 비밀을.

각산은 다시 주위를 둘러보았다. 이제 엽사들은 두 사람에게서 관심을 끊고 제 할 일을 했다. 각산과 사무량을 주목하는 자들은 먼발치에 있는 두 명의 사내뿐이었다.

각산은 그들에게 턱짓으로 무언가를 지시했다. 그리고 다

시 사무량을 바라보며 말했다.

"조용히 따라와라. 소란을 일으키면 그 자리에서 즉시 죽이겠다."

"걱정하지 마."

엽곡에서 왜 엽사들이 모여 사는지 알게 되었다.

삼면으로 이루어진 절벽 아래엔 천형적인 동굴 십여 개가 넘었다. 크기는 제각각이지만 이곳에서 사냥을 하는 엽사들은 충분히 쉴 수 있는 공간이었다.

점심을 먹고 사냥을 나간 엽사들이 자리를 비운 동안 사무량은 각산을 따라 절벽 사이를 걸었다.

"이곳으로."

재차 주위를 확인한 각산이 유독 입구가 작은 동굴로 사무량을 밀어 넣었다.

화륵!

홰에 불이 붙자 어두컴컴했던 동굴 안의 전경이 훤히 드러났다.

"아!"

입구만 보고 크기를 무시할 게 못 된다는 걸 깨달았다.

사무량이 들어선 동굴은 장정 열 명이 뛰어다닐 수 있을 정도로 넓었다.

각산은 사무량을 데리고 안쪽으로 깊숙이 들어갔다. 입구

반대편으로 걸어들어 와 벽에 걸린 천을 떼어내니, 이번엔 입구보다 더 작은 구멍이 나타났다.

각산은 따라오라는 고갯짓을 하고 자세를 낮춰 구멍 속에 몸을 들이밀었다.

사무량은 말없이 그의 뒤를 따랐다.

굴은 너무 좁아 홰를 가지고 들어갈 수 없었다. 한 치 앞을 내다볼 수 없는 어둠 속에서 사무량은 각산의 기척만을 따라 앞으로 나아갔다.

풋풋한 흙냄새가 후각을 자극했다. 차디찬 동굴 벽에 몸이 스칠 때마다 더위는 금세 사라지고 서늘한 감촉이 피부에 와 닿았다.

십여 장 정도 앞으로 나갔을 때, 앞서 가던 각산의 기척은 더 이상 느껴지지 않았다. 사무량은 이제 도착했다는 것을 직감으로 알았다.

선선한 바람이 훅 하고 얼굴로 불어왔다. 사무량은 굴에서 빠져나와 허리를 일으켜 세웠다. 그런데,

쒜에엑!

예기를 담은 미풍이 면전에 들이닥쳤다. 사무량은 재빨리 고개를 젖혔지만 미처 다 피하지 못했다.

따악!

왼쪽 어깨가 화끈했다. 날카로운 물건은 아닌 듯하나 뼈가 으스러질 정도의 위력은 어마어마한 충격을 안겨주었다.

사무량은 천천히 오른손으로 왼쪽 어깨를 더듬었다.

다행이다. 뼈가 부러지거나 탈골되진 않은 것 같다. 기운을 끌어올리니 사람들의 기척이 느껴진다. 한두 사람의 기운은 아니다. 마치 수십 명에게 둘러싸인 기분이 들었다.

"뭔가, 이건?"

무심한 어조로 던진 사무량의 말투는 다시금 기척들의 움직임을 재촉시켰다.

쉬이익―! 쒜엑―! 부우웅!

이번엔 한 번으로 끝나지 않았다. 좌우, 앞뒤 네 곳에서 몰아치는 공격. 천에 둘둘 말려 있는 검을 풀 시간적인 여유가 없다.

"타앗!"

사무량은 제자리에서 높이 뛰어올랐다.

'무공의 기본은 권각술. 무기가 없다고 싸우지 못한다면 그건 무인이 아니다.'

공중에서 왼발을 축으로 몸을 돌리며 오른발이 어느 한 지점을 향해 뻗어 나갔다. 어둠에 적응된 시야에 사람 그림자가 정확히 보이기 시작했다.

휘익… 빠각!

발뒤꿈치에서 경쾌한 느낌이 들었다.

"컥!"

동시에 그림자 하나가 비명과 함께 스르르 무너졌다.

이들은 여차하면 사무량을 죽일 기세였지만 사무량은 공격에 살의를 담지 않았다. 적랑회주를 만나기 전에 이유도 없이 사람을 죽일 수는 없었다.

동료가 쓰러졌지만 공격은 여전히 멈추지 않았다.

사무량은 아예 눈을 감아버렸다. 이렇게 많은 사람들을 상대하는 것은 처음 있는 일이다.

'어둠과 소리. 냄새와 기운.'

자신도 모르게 속으로 읊조렸다. 기억 저편에서 어렴풋이 한 장면이 떠올랐다.

소림에 있을 때의 일이다. 조양자에게 심법을 배운 지 얼마 되지 않았을 무렵, 홀로 독방에 앉아 운공을 하려고 노력하지 않았던가. 그때 눈을 감고 기운을 느꼈다. 사람이 느낄 수 있는 오감을 끌어올렸다.

사무량의 느낌이나 감각은 일반인보다 배는 월등했다. 상단전이 열려 있기에 우주의 기운을 보통 사람들보다 몇 배나 받아들일 수 있기 때문이다.

그리고 그 증거는 지금, 몸소 체험하고 있다.

휘익— 빠각!

전광석화와 같이 움직이는 사무량의 몸놀림에 당황한 것은 그림자들이었다.

땅을 차고, 벽을 디디고, 때론 그림자를 밟고 사방으로 움직이는 그의 몸놀림은 날쌔고 사나운 맹수들에 비할 바가 아

니었다.

돌덩이 같은 주먹과 몽둥이 같은 다리는 그림자들에게 점점 위협이 되어갔다. 하지만 그들은 물러서지 않았다. 무인의 길에 들어선 지 그리 오래되지 않은 그들이지만, 이제 약관에 접어들었을까 말까 한 사내아이 하나쯤은 다룰 수 있다는 자신감으로 가득했다.

하지만 합공을 펼치는 그들이나 그들의 공격을 받아내는 사무량이나, 그 어느 한쪽도 쉽지 않았다.

그림자들이 하나둘 쓰러져 갈수록 사무량도 지쳐 갔다. 아직도 공격하는 자들은 너무도 많이 남았는데… 언제까지 권각으로만 상대할 수도 없는 노릇.

그때였다.

"그만—!"

가슴에서부터 터져 나오는 우렁찬 목소리가 어둠 한켠에서 들려왔다.

목소리의 효과는 바로 나타났다. 사무량을 공격하던 그림자들이 썰물처럼 일시에 물러섰다.

"후욱! 후우!"

사무량은 가쁜 숨을 몰아쉬며 호흡을 조절했다. 의도치 않게 후들거리는 몸뚱이는 금방이라도 쓰러질 듯 위태위태했다.

화르륵!

사방에서 동시에 횃불이 들어 올려졌다.

"아!"

갑자기 쏟아지는 빛에 눈을 찌푸리던 사무량은 조금씩 보이는 전경에 탄성을 토해냈다.

천장을 뒤덮어 버린 높은 나무들, 삼백여 평은 됨직한 넓은 공간. 분명 동굴을 지나왔다고 생각했는데…….

사무량이 온 곳은 절벽을 통과해 가려져 있는 숲이었다.

모여 있는 사람들의 수는 대략 백오십 명 정도. 작은 문파를 차려도 될 숫자였다. 겉으로만 보아도 하나같이 무공을 익힌 사람들이다.

잔뜩 경계심에 곤두서 있는 무인들 사이로 공간이 생기며 작은 인영이 모습을 드러냈다.

정말 작았다.

키가 오 척도 되지 않는 노인은 등마저 구부러져 지팡이로 간신히 몸을 지탱하며 걸어나왔다.

얼굴에 더덕더덕 붙은 검버섯과 늘어진 주름살로 보아 상당한 고령인 듯했다.

사무량은 노인의 모습을 보고 충격을 받았다.

감히 범접할 수 없는 기운. 체구는 분명 작은데 마치 거대한 산을 마주하고 있는 기분이 들었다.

노인은 일말의 두려움도 없이 사무량의 앞으로 다가왔다.

"날 보자고 했다고?"

쩌렁쩌렁하게 울리던 고함은 온데간데없이 사라지고 힘없는 목소리가 노인의 입에서 흘러나왔다.

2

무인들은 모두 물러가고, 사무량은 노인을 따라 움막으로 들어섰다. 노인은 시중을 드는 여인 두 명을 물리는 대신 각산과 과묵한 중년인 한 명을 불렀다.

거지들이 사용하는 거적때기 하나를 깔고 앉은 노인은 사무량에게 숭늉 한 그릇을 내밀었다. 하지만 사무량은 숭늉을 마실 생각조차 하지 못했다.

노인에게서 느껴지는 기운은 이미 사무량을 압도시켰다. 그동안 많은 무인들과 부딪쳤으나 투지를 상실할 정도는 아니었다.

분명 힘이 없고, 오늘 죽을지 내일 죽을지 알 수 없는 작은 체구의 노인이지만 사무량에게는 그 누구보다도 커다란 사람처럼 보였다.

"반안은 어찌했어?"

노인의 음성엔 질책이 담겼다.

"회주님이 계신 장소를 알려달라고… 그뿐입니다."

"가솔들은 건드리지 않았단 말이지?"

"네."

"그래, 날 보자는 용건이 뭐야?"

사무량은 자신이 누구인지도 묻지 않고 무슨 용건으로 찾아왔냐고 묻는 노인의 물음에 잠시 당황했다. 우선은 자신이 누구인지부터 알릴 필요가 있었다. 그래야 용건도 쉽게 말할 수 있을 테니까.

"전 사무량입니다. 혈광검의……."

"아아, 됐어. 혈광검의 아들이라는 건 이미 알고 있어."

"……!"

우당탕!

소반에 놓인 숭늉 그릇이 바닥에 나뒹굴었다. 자리에서 벌떡 일어난 각산의 얼굴에선 지금까지 볼 수 없었던 놀라움이 가득했다.

"혈광검의… 아들이……!"

노인이 각산을 향해 손짓했다.

"소란 피우지 말고 앉아. 침착한 녀석이 왜 그래? 너답지 않아."

각산은 자리에 다시 앉았지만 사무량을 바라보는 놀란 눈빛은 풀어지지 않았다. 그와는 반대로 중년인은 아무런 말도 없이 깊고 차가운 눈빛만을 던져 왔다.

중년인의 얼굴은 낯이 익었다. 기억을 더듬어보니 반안에 있던 양유련이라는 여인과 많이 닮았다.

"각산이 네 녀석, 십이 년이나 지났다고 그새 혈광검의 얼

굴을 까먹은 게야? 이놈 얼굴을 잘 봐. 제 아비랑 똑같이 생겼
지.”

노인이 손가락으로 사무량의 얼굴을 가리켰다.

사무량의 머릿속에서 이미 희미한 기억이 되어버린 부친
의 얼굴이 자신의 모습과 똑같다는 말은 여러 사람을 통해 들
었다.

“무당파에서 십삼 년 전에 일어났던 사건 자료를 봤다면
적랑회를 진즉에 알고 있었을 테고… 부재도에서 빠져나온
것은 비급을 찾기 위함이니… 날 찾아온 용건이 뭐야?”

“…….”

사무량은 대답하지 못했다.

노인이 용건을 정말로 몰라서 묻는 건 아니라는 생각이 들
었다. 사무량이 찾아올 거라 예상했다면 이미 용건도 알고 있
다고 봐야 한다.

이런 상황에서 섣불리 용건을 말한다면 당장에라도 축객
령이 떨어질 게다.

“말 안 해? 도와달라고 말하러 왔다면 당장 산에서 내려
가.”

이럴 줄 알았다.

사무량이 이들의 마음을 이해하지 못하는 것은 아니었다.
혈광검을 신처럼 받들던 자들이기에, 그에 관한 일들은 냉철
하게 판단하려 한다.

혈광검과 똑 닮은 사무량. 그러나 그가 그의 아비 같은 재능을 지니고 있는지, 이들이 의심하는 부분이다.

"제가 어떻게 하면 되겠습니까?"

사무량은 이들이 마음을 굳힐 때까지 마냥 기다리고 있을 수만은 없었다.

"뭘 어떻게 해?"

"부친은 이미 타계하셨습니다. 이제는 그 자리를 제가 이으려고 합니다. 적랑회의 힘이 필요합니다. 제가 어떻게 해야 당신들의 힘을 얻을 수 있습니까?"

"널 시험해 봐 달라, 이거냐?"

"그렇습니다."

무슨 생각을 하고 있는지 모를 노인의 눈동자가 사무량을 응시했다. 주름에 가려져 보일까 말까 한 작은 눈이지만 안광만은 그 무엇보다도 뜨거웠다.

사무량은 그의 뜨거운 눈빛을 담담한 마음으로 받았다. 마음과 달리 등에선 식은땀이 연신 흘러내리고 있었지만 이대로 뜻을 굽힐 수는 없었다.

한참이나 꾹 다물려 있던 노인의 작은 입술이 뒤틀렸다.

"좋아, 못할 것도 없지. 네가 정 원한다면 지금이라도 해봐. 양소(梁昭)에게서 세 수를 받아내면 들어주도록 하지."

노인의 말이 떨어지자마자 여태껏 과묵하게 앉아 있던 중년인이 일어섰다.

사무량은 자리에서 일어선 중년인을 보고 또 한 번 놀랐다. 칠 척이 넘는 거구. 등 뒤에 꽂힌 도 한 자루가 위용을 더했다.

'양소…….'

사무량도 자리에서 일어섰다. 그는 천에 둘둘 말린 혈광검을 풀기 시작했다.

노인의 아들이자, 양유련의 아비인 양소.

대도를 한 손으로 가볍게 쥐고 있는 그는 타고난 역발산기개세(力拔山氣蓋世)의 장수였다. 두 눈을 꾹 감고 있는 모습에선 최선을 다 한다는 의지가 뿜어져 나왔다.

두 사람이 싸울 수 있는 공간만을 제외한 넓은 공터는 금세 적랑회 무인들로 꽉 채워졌다. 삼백 개의 눈동자가 한 곳에 집중되었다. 그들은 일제히 숨을 죽이고 사무량과 양소의 싸움을 관전했다.

"딱 삼 초다. 양소에게서 삼 초를 받아낸다면 네 용건을 들어주도록 하겠다."

노인은 일갈을 내던지고 물러섰다.

사무량은 혈광검을 고쳐 잡았다.

그간의 비무는 유담, 그리고 마희와 한 게 전부다. 유담과는 비무랄 것도 없었다. 갓 무공을 익힌 사무량과 내공이 전혀 없던 유담과의 싸움은 그 어느 한 쪽도 제대로 갖추어지지

않았다고 봐도 좋았다.

마희와의 비무는 이토록 마음이 무겁지 않았다. 그녀와 여러 번 손을 섞었지만 서로가 상대의 실력을 알고 있기에 부담은 되지 않았다.

지금은 다르다. 중원에 나와서 처음으로 이뤄지는 비무다. 생전 처음 보는 사람, 실력이 어느 정도인지 알 수 없는 사람.

삼 초를 받아내면 조건을 받아들이겠다는 말은 양소의 실력이 그만큼 높다는 뜻이기도 하다.

사무량은 가늘게 호흡했다.

심장이 쿵쾅거렸지만 애써 마음을 진정시켰다. 기회는 단 한 번. 이번 비무가 앞으로 사무량이 해야 할 일들에 대한 결정적인 계기가 되어줄지도 모른다.

사무량은 고개를 들어 양소의 얼굴과 마주했다. 공격하라는 신호는 그것으로 됐다.

촤르르륵!

눈앞에서 어떤 영상 하나가 스르르 지나가는 것 같았다. 동시에 머리칼을 쭈뼛 서게 만드는 예기가 옆구리에서 느껴졌다.

사무량은 엉겁결에 검을 들어 옆구리를 보호했다.

따앙!

검과 도가 부딪치며 불꽃을 튀겨냈다.

사무량은 팔꿈치가 자르르 울리며 전해지는 따끔한 느낌

에 손가락을 구부렸다.

찰나간에 벌어진 일이었다.

양소는 기합성을 내뱉지 않았다. 기합성은 둘째 치더라도 간단한 기수식조차 취하지 않았다. 사무량 역시 기수식이 없는 무공을 사용하지만 다른 이의 공격엔 항상 대비하고 있다고 자부했다.

거대한 몸집이 눈 깜박할 사이에 코앞까지 다가온 사실도 정녕 놀랍다. 세상에서 가장 빠른 발을 가졌다는 왕가의 움직임에 적응하고 있었다고 생각했건만.

그러나 사무량이 놀랄 새도 없이 두 번째 공격은 바로 이어졌다.

이번에는 옆구리를 비껴가며 다시 안으로 말아 등을 베어 버리는 수법이다. 대도가 낫이나 반월도가 아니고서야 펼치기 어려운 동작이다. 하나 양소는 예상하기 힘든 동작들을 아주 수월하게 펼치고 있었다. 일이 년으로는 습득하기 어려운 그런 동작들을…….

채챙!

이번에도 가까스로 도를 막았지만 사무량은 옆으로 이 장이나 주르륵 밀려났다.

그나마 온몸에 퍼져 있는 진기가 큰 충격을 감소시켰다. 호흡을 조금이라도 잘못 조절하는 날에는 부상을 면치 못할 게다.

'앞으로 한 번!'

숨 한 번 쉴 시간 동안 벌써 두 번의 공격이 펼쳐졌다.

다시 마지막 공격은…….

'……?'

사무량은 재빨리 고개를 돌려 양소를 바라봤다. 곧바로 이어질 거라 믿어 의심치 않던 마지막 공격은 없었다. 양소는 본래 자신의 자리에 꼿꼿이 서서 도로 사무량을 겨냥한 채 두 눈을 감았다.

방금 전까지 공격을 했던 사람이라고는 도저히 믿을 수 없는 행동이었다. 마치 그의 주변에만 시간이 멈춰진 듯했다.

지루한 침묵이 흘렀다.

비무를 지켜보는 사람이 백 명이 넘는데도 그 누구 하나 소리를 입 밖으로 내거나 동요하지 않았다.

사무량과 양소의 움직임, 표정 하나하나까지 눈도 깜박하지 않고 지켜보고 있다. 특별한 비무이기도 하나, 이 싸움을 통해 적랑회는 새로운 공부를 하고 있는 게 틀림없다.

사무량은 왜 노인이 양소의 삼 초를 받아내라고 했는지 그 이유를 알 것 같았다.

양소의 실력은 사무량이 예상했던 것보다 뛰어났다. 엽곡에서 무공을 수련하는 자의 실력이 높아봤자 얼마나 될까라고 생각했던 것은 사실이다. 지금이라도 그 생각을 바꿔야 했다.

불길한 느낌이 든다.

묵묵히 자리를 지키는 양소가 갑자기 불안한 존재로 변해 갔다.

더 이상의 싸움은 의미가 없었다. 사무량은 투지를 잃었다. 양소의 실력을 이제 알 것 같았지만 이번 싸움의 승패는 이미 갈린 듯했다.

석상처럼 움직이지 않던 양소가 조용히 눈을 뜬 것도 바로 그때였다.

사무량은 그의 눈빛을 받자, 온몸의 힘이 쭈욱 빠져나갔다. 손을 쥔 손이 자꾸만 떨려와 검을 떨어뜨릴 것 같았다.

파앗!

사무량은 바닥에 검을 꽂고 몸을 지탱했다. 마희에게서 처음 받았을 때 이후로 절대로 떨어뜨리지 않겠다고 다짐했던 혈광검이다.

양소가 대도를 거뒀다. 비록 싸울 의지는 잃었지만 사무량은 두 눈을 부릅뜨고 양소를 노려보았다. 그런데,

빠악!

머리가 뚫려 버리는 충격을 받았다. 눈앞에 별이 보이더니 이내 온 세상이 암흑으로 변했다. 뇌에서 명령을 내릴 수 없게 되자, 간신히 지탱했던 몸뚱이마저 힘을 잃고 스르르 무너졌다.

사무량의 의식은 점점 깊은 나락 속으로 빠져들었다.

"회주님!"

각산이 노인을 불렀다. 승패는 이미 기울어졌지만 아직 끝나지 않은 싸움이었다. 회주가 갑작스럽게 싸움에 끼어들 이유는 없었다.

"보면 몰라? 이미 투지를 잃었어. 무슨 소리인 줄 아냐? 실전 경험이 부족해도 너무 부족하다는 거야. 이 상대, 저 상대, 상대를 가리지 않고 수십, 수백 번은 비무를 해야 좀 한다는 소리를 듣지. 이 싸움은 끝났어. 양소의 승리야."

노인은 사무량의 머리를 내리찍었던 지팡이를 바닥에 퉁퉁 두들기더니 공터에 모여 있는 적랑회도들에게 쩌렁쩌렁한 음성으로 말했다.

"잘 들어. 실전 경험도 중요하지만 먼저 자기 자신에 대한 냉철한 평가도 필요해. 적을 알고 나를 알면 백전불태라 했어. 이 녀석이 진 이유는 그것이야. 두 번의 손속으로 양소의 실력은 알았지만 정작 자기 자신의 실력은 모르고 있지. 다들 돌아가! 오늘 하루는 자기 성찰의 시간이야."

적랑회도들은 노인에게 깊숙이 허리를 숙여 보인 뒤, 자신들의 거처로 돌아갔다.

"녀석은 깨어나면 바로 돌려보내겠습니다."

"아니, 그럴 것 없어. 내 처소로 데리고 와."

"네?"

"쯧쯧! 저기 저 녀석이 손에 꼭 쥐고 있는 검 보이지? 저 검

이 수천 명을 도륙한 검이야."

"……!"

"지나치게 살기가 짙은 검이지만 백 년도 더 된 명검이지. 혈광검이라 불렸던, 무인들에게 없어서는 안 되는 천생연분의 검. 그러나 명검이면 뭐 해. 백정 손에 들렸으니 소 잡기밖에 더 하겠어?"

노인은 각산의 대답도 듣지 않고 벌써 저만치 걸어갔다.

각산의 눈길은 노인이 말한 혈광검에, 양소의 눈길은 쓰러져 버린 사무량의 얼굴에서 좀처럼 떨어질 줄을 몰랐다.

"겨우 그까짓 실력으로 중원에 복수를 하겠다고? 웃기는 소리하고 자빠졌네."

사무량이 정신을 차리자마자 제일 먼저 들린 말이었다.

천천히 기억을 되짚자 양소와의 비무가 다시금 떠올랐다. 투지를 잃었던 비무, 사무량에게 남은 것은 심한 자괴감이었다.

"제가 졌습니다. 어쩔 수 없지요. 다음에 또 찾아오면 제 부탁을 들어주시겠습니까?"

"한 번 지면 끝이야. 내 사전에 다음이라는 것은 없어."

노인의 음성은 정이 뚝 떨어질 만큼 냉정했다.

"……그렇다면 기다리지요. 제가 당신들 마음에 찰 때까지."

사무량은 자리에서 일어섰다. 그와 나란히 놓여 있던 혈광 검을 들어 허리에 차려 했다.

"앉아. 그 꼴을 하고 어딜 가려는 거야?"

"……!"

사무량이 놀라 노인을 바라봤다.

말투는 쌀쌀 맞았지만 노인의 얼굴은 마치 무언가를 그리 워하는 듯 쓸쓸해 보였다.

"네놈 스스로가 얼마나 잘났다고 생각하는지는 모르지만, 세상은 네가 생각하는 것처럼 만만한 곳이 아니야."

"부탁을 들어주시겠다는 겁니까?"

"네 머릿속엔 도대체 무엇이 담겨 있는지 도통 모르겠다. 방금 내가 한 말 못 들었어? 세상이 그리 만만한 곳이 아니라 고. 네가 우리의 도움을 필요로 한다는 것은 잘 알지만 세상 엔 공짜는 없어."

사무량은 노인의 말을 이해하기 힘들었다.

얼핏 들으면 가라는 소리 같기도 하고, 앉으라고 하는 걸 보니 가지 말라고 하는 것 같기도 하고.

"명 단축시키고 싶다면 이대로 나가도 좋아. 네놈이 어떻 게 되든 신경 쓰고 싶지 않다만, 혈광검의 위명에 먹칠을 하 는 짓이라면 넌 내 손에 죽어."

"……."

"자신의 가치를 알지 못하는 자는 명검을 쓸 자격도 없어.

이리 내놔."

노인이 사무량에게 검을 달라며 손을 내밀었다.

무인에게 검을 달라니 이런 얼토당토않은 이야기가 어디에 있나.

사무량은 검을 꽉 쥐었다. 부친의 검이다. 아무리 적랑회가 부친을 추종하는 단체라고 하나 순순히 검을 줄 수는 없었다.

"집착하지 마. 집착하는 순간부터 물건에 휘둘리게 되는 거야. 제대로 사용하지도 못하면 혈광검이 섭섭해 해."

사무량은 꿈쩍도 하지 않았다.

"이 검을 당신에게 넘기는 순간, 하늘에 계신 부친께서 섭섭해 하실 겁니다."

"……뭐? 하하하!"

노인은 박장대소를 터뜨렸다.

허리까지 젖혀가며 한참이나 웃던 노인은 겨우 웃음을 멈추고 말을 이어나갔다.

"역시 혈광검의 아들이야. 생김새나 성격이나 모두 똑같아. 하지만 가장 중요한 것을 지니고 있지 않아."

"……."

"적랑회가 왜 탄생되었는지는 아나?"

노인의 얼굴에 비소가 떠올랐다.

"당연히 모르겠지. 그땐 네가 태어나지도 않았을 테니까."

노인은 잠시 말을 멈추고 옛 추억에 잠겼다. 옛일을 회상하

는 그의 얼굴엔 잔잔한 미소가 머금어졌다.

"혈광검. 무공을 제외하더라도 천하제일인이라는 걸 인정해야만 해. 천하제일이라는 칭호가 어떻게 생겨난 것인 줄 알아? 사람들이 진정한 무인을 가리킬 때 천하제일이라는 말을 붙여주지. 혈광검은 무인이기에 앞서 인간이었어. 다른 무인들처럼 자기의 욕구만을 채우지 않는, 좀 더 넓게 말한다면 일반인들에게 신선 같은 존재야, 혈광검은."

사무량은 가슴이 묵직해져 왔다.

사람들이 평가하는 부친은 고작해야 수천 명의 사람을 베어버린 살인마, 미치광이 무인이었다. 노인의 말속에는 정말 부친을 존경하는 마음이 담겨 있었다. 사무량에게 진심을 보여주었던 마희와 같은 사람이다.

"무공에서도 천하제일인이지. 불행하게도 나쁜 신체 조건을 타고 나서 그렇지만. 어떠냐? 네 녀석도 역천을 경험해 보았을 테니 잘 알겠구나."

사무량의 눈이 부릅 뜨였다.

불사체가 진기를 운용할 때 역천을 한다는 것은 마희도 모르는 사실이었다. 귀곡자만 알고 있다고 생각했다. 중원에 있는 그 누구도 모른다고 생각했었다.

그런 비밀스러운 것까지 모두 알고 있다니… 적랑회는 어쩌면 마희보다도 혈광검을 더 잘 알고 있는 자들일지도 모른다.

"말을 하지 않는 걸 보니 내가 제대로 짚은 모양이군. 나도

사실은 잘 몰랐어. 무인이 갑자기 홱 미쳐 버리는 원인은 수도 없이 많겠지만, 역천이 아니고서야 정신을 제어하기는 힘들지. 흔히들 말하는 주화입마 말이야.”

“입마와… 심마의 중간이라고 해두죠.”

“그래? 새로운 것을 알았구먼. 상단전이 열려 있기에 최악의 상태는 가지 않는다… 흐음, 좋아. 중원 무림의 아무리 똑똑한 놈이라도 거기까진 생각하지 않았을 게야.”

“이제 말씀하시죠.”

“……?”

“제게 원하는 것이 무엇인지.”

“질문이 잘못된 것 같은데? 내가 원하는 게 아냐. 네 스스로가 원하는 것을 찾을 때까지 이곳에서 한 발자국도 움직일 생각하지 마. 끼니는 제때 제때 주겠다만, 널 이대로 밖에 내보내면 골치 아파지는 것은 우리야. 그냥 감시하는 선에서 그치려고 했지만, 정말로 네게 위급한 상황이 닥치면 가만히 있을 수는 없으니까.”

노인은 자리를 털고 일어섰다. 그는 사무량의 곁을 스쳐 움막을 빠져나갔다.

또다시 혼자 남겨진 자리.

사무량에겐 노인이 마지막으로 던지고 간 말을 생각할 시간이 필요했다.

“양소, 직접 겪어보니 어땠느냐?”

양소의 고개는 미미하게 위아래로 움직였다.

“만족할 만하더냐? 아직은 형편없지만 무공을 배운 지 이제 일 년도 채 되지 않은 녀석이다. 물론 네 실력이 낮다고 말하기 어렵다. 하나, 일 초도 못 받아낼 줄 알았던 내 예상을 뒤엎었지. 그 정도만 돼도 눈여겨 볼 가치가 있어.”

양소가 손으로 무언가를 설명했다. 아니, 수화(手話)다. 노인의 아들인 양소는 선천적인 청각 장애자였다.

노인은 양소의 손동작을 가만히 바라보다가 고개를 끄덕였다.

“역시 너도 나와 같은 생각을 하는구나. 녀석이 원하는 요구 조건이 무엇인지는 대강 짐작이 가지만, 자질이 있는 녀석인지 두 눈으로 직접 확인해 볼 필요가 있었지.”

“…….”

“녀석이 무언가 깨달음을 얻으면 너의 다섯 수는 거뜬히 받아낼 수 있을 게다. 녀석과 우리의 차이지. 무공이라는 목적지를 가기 위해 우리는 걸어야 하지만, 녀석은 준마를 타고 달리고 있거든. 준비를 하거라. 녀석의 부탁을 받아들이면 적랑회도 움직여야 하니까.”

양소는 입술을 꽉 다물고 고개를 끄덕였다.

第四章
자아의 발견

마희와 수련할 당시 그녀가 가르쳐 준 혈광검의 검법은 정해진 초식이 없었다.

초식은 검법에 대한 정의를 내리기 위한 움직임에 불과하다. 초식이 없는 검법은 마구잡이 무공에 지나지 않는다. 하지만 절대고수의 자리에 오르면 초식 따위는 안중에도 두지 않게 된다.

그들은 절대고수의 자리에 오르기까지 수많은 깨달음을 거듭하여 진정한 무공이란 초식이 없이 펼치는 것이라는 결론이 나왔다.

그렇다면 초식은 아예 처음부터 쓸모가 없는 것인가.

아니다. 무초(無招)의 경지를 깨닫게 하는 바탕이나 근원은 정해진 초식에 있다. 초식을 모르는 자는 무초 또한 경험하지 못한다.

그 점에선 걱정할 필요가 없었다. 부친의 검법엔 특이하달 만한 초식은 보이지 않았지만 작고 섬세한 움직임들이 모여 끊어지지 않는 초식을 만들어냈다.

과연 사무량이 익히고 있는 초식들이 비급의 내용과 일치하는지는 비급을 찾은 후에야 답이 나온다.

노인은 사무량의 무공에 심한 질책을 퍼부었다.

사무량은 공격하지 않고 방어만 했다. 그런데도 사무량이 부족하다는 것을 한눈에 알아본 자다. 아마도 노인의 눈에는 어린아이가 돌멩이를 피하기 위한 작은 몸부림으로밖에 보이지 않았을 게다.

사무량은 노인이 한 말을 곰곰이 생각했다.

정녕 원하는 것이 무엇인지, 자신의 가치가 얼마나 되는지.

적랑회는 대단한 사람들이다. 혈광검이라는 무인 때문에 엽곡의 절벽 뒤에 숨어 자신들의 인생을 희생하면서까지 무공을 수련했다. 그런 사람들이 추종할 정도라면 부친은 얼마나 대단했다는 말인가.

부친이 죽고 난 지금, 적랑회가 원하는 것은 무엇일까. 무엇을 위해 수련하고, 막대한 자금을 들여 정보를 알아내는 것일까.

해답은 금방 찾을 수 있었다.

적랑회는 혈광검이 남기고 간 비급, 천하제일인이 되었던 그의 무공이 다시 세상에 드러나기를 간절히 희망하고 있다.

그리고 모든 것의 중심에 있는 사람은 바로 사무량 자신.

결과적으로 적랑회가 아직까지 건재한 이유는 사무량 때문이다. 그들은 제이의 혈광검을 따를 준비를 해온 사람들이다.

비급을 찾는 것도, 그것을 익혀 대를 이어나가는 것도 사무량의 몫이다. 그 누구도 도움을 줄 수 없다.

그럴 만한 그릇이 되지 못한다면 애초에 시작도 하지 말았어야 한다. 그런 면에서 적랑회가 사무량에게 갖는 기대심은 상당하다.

이들이 진정으로 원하는 것은 사무량이다. 그렇다면 사무량 자신이 진정 원하는 것은 무엇일까. 자신의 가치가 얼마나 되는지 모른다면 적랑회의 수많은 사람들에게 죄를 짓는 것이나 마찬가지다.

사무량은 식음을 전폐하고 잠도 잊은 채 생각에 생각을 거듭했다. 정확히 사흘하고도 반나절 동안이나.

노인의 눈에 보인 사무량은 무척이나 피곤해 보였다. 잠을 제대로 자지 못해 푸석해진 얼굴이며, 피로가 쌓여 검게 그늘진 눈가며…… 하지만 두 눈동자만은 여전히 맑고 깊었으며,

반짝반짝 빛나기까지 했다.

"제 부탁은 두 가지입니다."

"부탁을 들어준다는 말은 아직 하지 않았어."

"어르신께서 하신 말씀의 의미를 알았습니다."

"호오, 그래? 그럼 어디 들어보자."

노인은 기침을 토해낸 후, 사무량을 직시하며 그의 대답을 기다렸다.

"제가 원하는 것은 부친께서 남기고 간 족적을 그대로 유지하는 겁니다."

"천하제일인이 되겠다는 말이냐? 허허! 말로써 천하제일인이 되지 못할 자가 누가 있을꼬."

"적랑회가 탄생하게 된 배경은 알지 못합니다. 부친께서 생전에 어떠한 일들을 하셨는지 또한 모릅니다. 제가 부친에 대해 아는 유일한 것은 무공으로 천하제일의 자리에 오르셨다는 것, 숫자를 셀 수 없을 만큼 많은 사람들을 죽인… 살인마라는 것."

"입 조심해. 팔은 안으로 구부러지게 마련이야. 자식이 아무리 몹쓸 짓을 해도 다독이고 사랑하는 게 부모야. 자식이라고 다를 게 있나? 그 누구도 제 부모를 살인마라 함부로 부르지 않아."

"광기에 젖어 사람을 죽인 것은 사실입니다. 비록 자기의 의지가 아니었다고는 하나, 무고한 인명을 해한 것은 대죄.

부친의 죽음은 자신이 한 행동들에 대해 합당한 처벌을 받은 것입니다."

"그래, 그건 그렇다 치자. 만약 네가 부친의 복수를 위해 천하제일인이 되려는 생각이라면 당장 때려쳐."

역시 생각했던 대로다.

적량회는 혈광검의 복수를 원치 않는다. 복수가 또 다른 복수를 낳는 일, 피로 얼룩지는 중원 무림. 그런 일들이 굴레처럼 반복되는 것을 원하는 것은 아니다.

노인의 한마디로 인해 사무량의 마음은 더욱 굳어졌다.

"비급을 찾아 부친의 무공을 익히겠습니다. 중원은 불사체를 모르기 때문에 부친의 무공을 살인마의 무공이라 받아들이는 것뿐입니다. 억울하지 않습니까? 부친께서 남기신 천하제일이라는 족적은 그대로 밟되, 무공에 대한 오해도 풀겠습니다. 더불어 불사체의 존재를 알릴 생각입니다."

"어리석어. 그렇게 호락호락하게 넘어갈 일이었다면 네 아비는 죽음을 당할 이유가 없었어. 무인이라는 것을 빼면 기껏해야 미치광이가 아니더냐? 미치광이 하나를 중원 무림이 합공해서 죽였지. 웃기지 않냐?"

"감당할 수 없는 실력 때문에 어쩔 수 없이 죽여야 했던 건 이해하겠습니다만, 사실은 그게 다가 아니었을 수도 있겠지요. 직접 그 자리에 있어본 사람들만이 알 것입니다."

"……."

사무량의 말이 떨어지기 무섭게 노인은 눈을 감았다. 잔뜩 인상을 찌푸리다가 온화한 미소를 짓다가, 표정이 시시각각으로 변하기 시작했다.

세상의 어떤 일이든 동전의 양면성처럼 최소 두 가지 면은 보이기 마련. 혈광검을 입에 담는 사람들은 오로지 동전의 한 면만을 보아온다. 누가 잘못하고 잘못하지 않았고는 십삼 년 전의 일을 겪지 않았다면 모를 일.

"제 선조들처럼 저 역시 천하제일인이 되겠습니다. 물론 부친과는 달리 제 방식대로 말입니다."

노인의 감겼던 눈이 살짝 뜨여졌다.

"네 가치를 깨달았느냐?"

사무량은 고개를 끄덕였다. 곧 깊은 한숨과 함께 노인의 입술이 열렸다.

"후우! 적랑회의 역사는 길어. 알지 모르겠지만 네 선대부터 생겼다고 봐야겠지. 불사체에 대한 정의는 아직도 내려지지 못했지만, 여기 모인 사람들… 정말 무림을 좋아하고 무공을 사랑하는 사람들이야. 이들에겐 믿고 따를 수 있는 군주 같은 존재가 필요해. 네가 부담이 된다면 어쩔 수 없다. 나도 이제 그만 쉴 시간을 갖는 것도 나쁘지 않지."

"제 부탁은 두 가지입니다."

노인은 묵묵히 사무량의 말을 들었다. 사무량이 본심을 말해주었으니 이제는 부탁의 말을 들어줄 수 있는 여유가 생

겼다.

"첫째는 금전적인 문제입니다."

"돈이라면… 세상을 뒤엎어 버릴 만한 액수는 안 되지만 조금은 힘이 되어줄 수 있을 듯."

"둘째는 적랑회의 입김이 필요합니다."

"……?"

"적랑회도의 수가 몇이나 되는지는 알지 못합니다. 부재도에서 빠져나온 저를 알아봤을 정도이니 제 예상보다는 많은 인원이 있겠죠. 될 수 있으면 빠른 시일 내에 소문을 중원 전역에 퍼뜨릴 수 있는 인원이 되었으면 합니다."

"그게 무슨 소리냐?"

"제 존재를 부각시키려 합니다."

"뭐, 뭣?!"

노인은 너무 놀라 엉덩이를 들썩였다. 하지만 사무량의 이야기는 아직 끝나지 않았다.

"중원이 제 존재를 모르고 있습니다. 소림과 무당이 다른 문파들을 속이고 제가 살아 있음을 숨겨왔죠. 제 존재를 중원에 알리고 원점으로 돌아가 떳떳하게 비급을 찾을 생각입니다."

노인은 할 말을 잃고 사무량을 바라봤다.

사무량이 찾아왔을 때만 하더라도 비급을 함께 찾는 쪽으로 생각해 왔다. 아직 믿을 수 있는 존재는 아니지만 혈광검

의 아들이니 그만한 인정은 베풀려 했다.

처음부터 사무량에게 쌀쌀맞게 대한 것도 다 이런 생각들이 전제 조건으로 깔려 있었기 때문이다.

하지만 지금 사무량의 말은…….

"그러니까, 네 존재를 무림에 알리고 떳떳하게 돌아다니겠다?"

"그렇습니다."

"소림과 무당이 알면 가만히 있을까?"

"곤란하긴 할 겁니다. 대외적으로 알려지게 되면 앞으로 나서겠지만 부친에게 했던 것처럼 절 죽이려고 들진 않을 겁니다. 명분을 중요시하는 자들 아닙니까?"

"남에게 원한을 사면 앞으로의 인생이 평탄하진 못해."

"제가 원한을 가졌으니 이제 그들이 곤경에 빠져야 할 차례입니다."

"맹랑한 것!"

노인은 혀를 끌끌 찼다. 그러나 사무량의 계획을 반대하지는 않았다. 의외이기는 하나, 어쩌면 몰래 숨어서 다니는 것보다 차라리 자신을 알리고 떳떳하게 지내는 게 나을지도 몰랐다.

무당과 소림이 사무량을 건드리지 않는 이상 간 큰 놈들이 아니고서야 나서는 자는 없을 게다.

단, 예외는 있다.

"흑천은 어쩔 거냐?"

"적으로 돌리겠습니다."

"흐음……."

"부친의 비급을 탐내는 자들입니다."

"혈광검의 비급을 탐내는 자들이 한둘은 아닐 터, 모두 적으로 간주할 셈이냐?"

"흑천은 부친이 생전에 몰살키로 했던 다섯 문파. 선과 악의 분류는 확실히 하도록 하지요. 그들이 저지른 온갖 악행은 이미 용서를 받지 못하는 것들. 부친께서 하시지 못한 일을 마무리하렵니다."

"우리 적랑회와 마찬가지로 그들의 눈은 항상 너를 따라다닐 것이다. 예전처럼 강압적으로 널 데려가려 할지도 모르지. 그 선까지 우리는 널 돕지 못할 게야. 우리가 중원으로 나서는 날은 네가 천하제일인이 될 때니까."

"조언 감사합니다."

사무량은 고개를 숙였다.

적랑회는 자신을 도와줄 사람들. 부탁을 하러 온 입장이니 예의는 지켜야 했다.

"그래, 네 존재가 알려지는 것은 그렇다고 치자. 부재도에서 온 사람들은 어쩔 생각이냐?"

"그들 역시…… 일 년 동안은 저와 함께해야 할 사람들입니다. 제가 데리고 있는 동안은 물의를 일으키지 않도록 하겠

습니다."

노인은 잠시 동안 생각에 잠겼다. 숙고에 숙고를 거듭할 때다.

사무량의 계획대로 잘되면 더 바랄 게 없지만, 그에 대응하는 위험 또한 감수해야 한다.

"거주지는 정했느냐?"

"중자산이 좋더군요."

"중자산이라… 중자산. 흐음! 그럼 다음 달 초부터 일을 진행토록 하겠다. 중요한 일이니 양소를 붙여주마. 그라면 너와 나의 연락망 노릇을 잘해줄 게다."

"감사합니다."

"잊지 마라. 지금의 마음가짐을, 네 머릿속에 각인된 생각들을. 초심을 잃는 순간 네가 바라던 자리는 멀어져 갈게다."

두 사람의 대화는 이것으로 끝이 났다.

*　　　　*　　　　*

천기자는 불안한 듯 움막 안을 서성였다.

사무량은 부재도에서 빠져나왔다. 그리고 만영문의 눈을 감쪽같이 속인 채 유유히 중원 안으로 들어섰다.

사무량의 존재가 가깝게 느껴지는 것은 사실이나, 도저히 어디에 붙어 있는지 갈피를 잡을 수가 없었다.

아니다. 불안한 마음이 드는 것은 다른 이유다. 조만간 커다란 일이 벌어질 것 같은 불길한 예감.

천기자는 생각에 몰두하느라 누군가가 움막 안으로 들어온 것도 까맣게 몰랐다. 한참이나 서성거리던 그는 자신의 탁자에 앉아 있는 사람을 보고 깜짝 놀랐다.

도대체 언제부터 들어와 있던 것일까.

"무슨 생각을 그리하세요?"

옥구슬이 굴러가는 목소리. 만영문주 도화신군이다.

"아닙니다. 아무것도."

천기자는 즉시 도화신군의 곁에 다가가 앉았다.

"태주에서 사무량을 놓쳤대요."

천기자는 대꾸를 하지 못했다. 이럴 때는 특유의 직감으로 사무량이 있는 곳을 알려주어야 하지만 입이 열 개라도 할 말이 없었다.

기감으로 느껴지는 것이 한두 개가 아니라 이렇다 결정을 내리기 힘든 사정이었다.

난처해하는 천기자의 모습에 도화신군의 두 눈이 초승달처럼 휘어졌다.

"천기자 잘못이 아니에요. 걱정하지 마세요."

"송구합니다. 지금 머릿속이 정리가 되질 않아서."

"괜찮아요. 때론 기감보다 더 확실한 게 있기 마련이죠."

천기자의 얼굴이 다시금 굳어졌다. 도화신군이 악의 없이

꺼내는 말일지라도 천기자에게는 가슴에 못이 박히는 말이
될 때가 종종 있다.

지금이 그랬다. 기감보다 더 확실한 것이라는 말, 그것은
만영문의 정보다.

도화신군은 천기자의 기감보다 자신이 가진 정보력을 더
신뢰하는 편이었다.

그녀는 탁자 위에 누런 양피지 몇 장을 꺼내놓았다.

총 일곱 장.

각각의 양피지 첫줄엔 사람들의 이름이 적혀 있었다. 무림
의 일에 대해 잘 알지 못하는 천기자로서는 생소한 이름들이
었다.

"무엇인지요?"

"사무량과 함께 부재도에서 나온 사람들이에요."

도화신군은 재차 확인하듯 눈으로 양피지들을 하나씩 읽
어나갔다.

천기자는 양피지를 보는 순간 여러 가지 생각들이 떠올랐
다.

'그래, 어떻게 보면 내 기감보다도 만영문의 정보력이 훨
씬 월등할 수도.'

문득 그런 생각이 들었다.

흑천에 머문 지는 오래되었으나 자신이 한 일이란 게 과연
무엇이 있는지. 자신은 무슨 용도로 흑천의 두뇌라는 자리에

올라 앉아 있는지.

남몰래 깊은 한숨을 내쉬는 사이, 도화신군의 무표정하던 눈은 마지막 양피지를 보는 순간 부드럽게 구부러졌다.

"재미있는 사실을 하나 알았어요."

"……?"

천기자는 도화신군이 내민 양피지를 받아 들었다.

첫줄에는 역시나 낯선 이름이 눈에 들어왔다.

"우서문이… 누굽니까?"

"글쎄, 누구일 것 같나요?"

어린 소녀처럼 양손으로 턱을 짚고 어서 맞춰보라는 듯 웃고 있는 도화신군의 모습은 너무나도 사랑스러웠다. 그러나 천기자는 그 모습에 넋을 놓을 여유가 없었다.

우서문이라는 이름은 낯설었지만 유난히도 신경이 쓰이는 존재가 아닐 수 없었다.

천기자는 고개를 저었다.

"에이, 천기자라면 맞추실 줄 알았는데… 기감이 녹슬었나 봐요?"

도화신군은 또다시 천기자의 가슴에 못을 박았다. 그러나 자신이 상처를 줬다는 생각은 전혀 하지 않는 듯했다.

"우서문이라는 자가 누구냐 하면… 예전 사무량을 부재도로 호송하던 무당파의 조양자예요."

"……."

"어머? 별로 놀라지 않네요? 많이 놀라실 줄 알았는데."

"놀랐습니다."

"그래요? 호호! 어쨌든 재미있는 사실은 그가 사무량을 태주에서 빠져나오도록 도왔다는 거죠. 만영문도 거기까지는 생각하지 못했어요. 조양자가 무당에서 파문당했다는 이야기는 들었지만 설마하니 사무량을 도와주리라고는 누가 상상이나 할 수 있었을까요?"

천기자는 여전히 표정을 풀지 않았다. 태주에서 사무량을 놓친 원인이 모두 자기 탓이라고만 생각되었다.

"걱정하지 마세요. 사무량이 어디에 있는지 알아뒀으니까요. 이제는 한시름 놓아도 될 거예요."

정말 한시름 놓아도 되는 것일까? 결정적인 순간에 자신은 아무것도 한 게 없는데.

"중자산이에요. 사무량은 부재도에서 함께 빠져나온 사람들과 그곳에 있어요."

그래, 어느 정도 불안한 마음의 응어리가 풀리는 듯했다. 하지만 어딘지 계속 께름칙한 구석이 남아 있다.

"이제는 만영문이 사무량을 따라다닐 거예요. 어서 빨리 비급을 구했으면 좋겠네요."

또다시 이런 생각이 든다.

도화신군은 왜 지금 자신을 찾아온 것인지. 지금도 마찬가지로 천기자가 할 수 있는 일은 아무것도 없는데. 묵묵히 계

획을 들어주고, 맞장구를 쳐주고… 혹시 이 여자, 날 노리개 정도로 여기는 게 아닐까 하는 생각.

"어때요? 천기자의 생각은?"

'중자산, 중자산……. 그곳에 거처가 있다면 있는 거겠지. 하지만 아니야, 이건. 사무량은 뭔가 다른 일을 꾸미고 있어. 곧 좋지 않은 소식이 들려올 것만 같은 느낌이다.'

천기자는 도화신군에게 해야 할 대답을 속으로만 생각했다. 태주에서 사무량을 놓친 것처럼 또다시 낭패를 보고 싶지 않았다.

대신 화제를 돌렸다.

"무림에 별다른 소식은 없는지요?"

"있으면 진작 이야기했겠죠."

"소림도 저희와 마찬가지로 사무량을 주목하고 있다고 들었습니다만, 사무량이 중원에 나와 있다는 걸 소림에서 알게 되면 어찌 되는 것인지요?"

"소림에게 사무량을 내어줄 정도로 만영문은 약하지 않아요. 조금만 노력하면 그들의 눈 정도는 가릴 수 있어요. 물론 힘든 일이겠지만 사무량이 비급을 찾을 때까지 들킬 염려는 하고 있지 않아요."

'이것도 아니다. 뭔가 확실한 것이 필요한데……'

복잡했던 머릿속은 조금씩 정리되어 가고 있지만 불길한 느낌은 아직도 그대로다.

"여기에 있는 일곱 명만 조심하면 될 거예요. 괜한 짐이 따라붙은 것 같아 좀 그러네요. 이건 천기자도 생각하지 못한 일이죠? 부재도 사람들이야 당연히 중원에 나온 이후 뿔뿔이 흩어질 줄 알았는데 비급을 찾는 걸 돕겠다고 하다니. 게다가 역으로 만영문의 정보까지 캐더군요."

도화신군은 마치 사무량 일행들 사이에 들어갔다 나온 사람처럼 자세히도 이야기했다. 그녀는 과연 어디에서 이런 정보들을 알아낸 것일까.

천기자는 오늘만큼은 도화신군의 이야기가 귀에 잘 들어오지 않았다. 추궁하는 듯하면서 안심하게 하고, 말을 빙빙 돌려 사람의 약점을 건드리는 이 여자야말로 지능적인 독설가일지도 모른다.

그래도 다행이다. 다른 오신군들이 찾아오지 않아서. 비급을 찾을 때까지 그들이 해야 할 일은 없다. 지금부터는 만영문이 독보적으로 움직인다고 봐도 좋았다.

"어쩌면 부재도에서 나온 다른 사람들도 우리처럼 사무량의 비급을 노리고 있는지도 몰라요. 그들 역시 원래는 무인이었으니까. 아! 말을 정정하죠. 무공을 회복했으니 다시 무인인 셈이죠. 그들을 떼어내는 방법이 있긴 한데…… 중원에서 눈엣가시처럼 여겨지던 사람들이니, 그들이 이곳에 왔다는 사실만 몇몇 사람들에게 알리면 그들을 사무량에게서 떼어내는 게 가능할 거예요."

“…….”

“그래도 다행이지 않나요? 사무량의 존재를 중원에서 모른다는 것 말이에요. 무당과 소림은 그를 살려뒀으니 발설할 일은 전무하고…… 제가 천기자를 보러온 이유는 그거예요. 이 일곱 명을 사무량에게서 떼어내는 데 더 좋은 생각이 있다면 말씀해 주세요.”

도화신군은 자리에서 일어섰다. 천기자가 생각에 잠겨 있는 동안 그녀는 왔을 때처럼 소리도 없이 그의 움막에서 빠져나갔다.

“휴우……!”

천기자는 몰래 쉬어왔던 한숨을 크게 내쉬었다.

도대체 문제가 무엇일까. 일은 잘되어가고 있는데 이토록 불길한 느낌이 가시질 않는 이유는.

머리가 아파옴을 느낀 천기자는 도리질을 하다가 도화신군이 두고 간 양피지로 시선을 가져갔다.

일곱 명을 사무량에게서 떼어내는 방법. 생각해 보면 여러 가지가 있을 것이다. 그들에게는 중원에 자신들의 존재가 알려지는 것처럼 최악의 상황도 없을 게다. 그래도 사무량의 존재는 발각될 리가 없다고 했지?

세상 사람들은 아직 사무량의 존재를 모르니까. 무당과 소림이 쉬쉬하고 있으니까.

‘사무량도 여기까지 생각을 했겠지. 내가 사무량이라면 어

떻게 했을까? 만영문의 눈길 때문에 움직이는 것도 사실은 곤욕스럽겠지. 그럴 바에는…….'

조용히 양피지를 응시하던 천기자의 안색이 급작스럽게 탈색되었다.

'서, 설마?!'

천기자는 자리에서 벌떡 일어섰다.

바람도 불지 않는데 땀이 마를 때처럼 뒤통수가 서늘하다. 이런 느낌을 안다. 불길한 예감이 적중했을 때의 느낌.

천기자의 눈동자가 불안하게 흔들렸다. 자신의 기감을 믿지 못하는 것은 아니다. 하지만 이런 생각은 정말 말도 안 되는 일이다.

'무모한 짓이야. 무모한 짓! 사무량의 존재가 세상에 알려진다는 것은 말도 안 되는 일. 설마… 설마 그러지는 않겠지.'

천기자는 고개를 마구 흔들었다. 아직도 머리카락 끝자락에 남아 있는 불길한 예감을 떨어내기 위해.

2

쏴아아……!

어제 저녁부터 우중충하더니 하늘은 기어코 빗물을 뿌리기 시작했다. 한참 환해야 할 대낮인데도 불구하고 초저녁처

럼 어두컴컴했다. 먹구름이 잔뜩 몰려 있는 것을 보니 쉬이 가실 비가 아닌 듯하다.

"늦장마가 기승을 부리네. 이제 가을인데……."

"원래 늦장마가 진짜 장마다. 얼마나 시원하냐? 그 찜통 같던 더위를 한번에 씻어주잖냐. 이 장마가 끝나면 본격적인 가을이야. 그나저나 여기 안전하긴 한 거야? 산사태 일어나는 거 아냐?"

"걱정하지 마라. 산사태가 나도 여긴 안전할 테니까."

왕가는 우서문을 흘끔거렸다.

두 달이 넘게 지내오는 동안 우서문은 일행에게 없어선 안 되는 존재가 되었다.

이목을 끄는 자들이 아니기에 절강성 어디든 돌아다닐 수는 있으나, 그에 따르는 여비가 한 푼도 없었다.

우서문은 그런 일행들에게 사비를 털어 생활에 필요한 물품들을 구해다 주었다. 매일 먹을 것은 물론 편히 잘 수 있는 잠자리까지 마련해 주었다.

누가 시켜서 한 일이 아니다. 이유야 모르지만 사무량과도 그리 좋은 사이가 아니라는 것도 안다. 일행이 우서문에 대해 알 수 있는 유일한 것은 그가 무당파에서 파문당한 도인이라는 것밖에.

"이상한 노릇이네. 도인이었다고 보기엔 너무 어울리지 않아. 킁킁! 온몸에 피 바르고 다니냐? 피 냄새가 짙어."

"······!"

"넌 사무량만 아니었으면 진즉에 내 뱃속에 들어와 있을 줄 알아."

"왕가, 그러는 너도 스님이었다며? 어울리지 않아."

"뭐얏! 고놈의 조동아리, 내 언젠간 없애 버리고 만다!"

해타는 재빨리 손으로 입을 막았다.

우서문을 대하던 왕가의 적개심이 스르륵 녹은 계기는 우서문이 파문을 당했다는 이야기를 들은 후부터다. 파계승인 왕가가 그런 점에서 우서문에게 동질감을 느끼는 것은 당연했다.

"그나저나 사무량 이놈은 어딜 갔는데 아직도 깜깜무소식이야? 혼자 비급을 찾으러 간 것 아냐?"

사무량은 잠시 어딜 좀 다녀온다는 말 한마디를 남기곤 두 달 동안 일행 앞에 나타나지 않았다. 소신녀 역시 같은 이유로 중자산을 나섰으나 그녀는 열흘 전에 돌아왔다.

"이제 곧 돌아올 때가 되었으니 좀 기다려 봐."

유담은 처마 밑에서 비를 피하며 부채질을 했다.

"쌍둥이 놈들은 사냥 갔나? 비도 오는데 어딜 간 거야?"

말이 끝나자마자 초가를 향해 빠르게 달려오는 가완과 가야의 모습이 보였다.

"멀리서 보니 정말 계집들 같네. 솔직히 저 녀석들이 생긴 건 소신녀보다 위 아니야?"

"말 다 했어? 그러는 네놈은 우리들 중에 제일 못생긴 건 알고 있어? 돼지 같은 파계승 주제에."

소신녀가 눈을 부라리며 말했다.

"쬐끄만 계집이 귀는 밝아가지고, 쩝!"

"이봐, 사무량에게선 아무런 연락이 없나?"

유담이 우서문을 흘끔거리며 물었다.

나이를 밝히지 않았으니 누가 윗사람인지는 서로 알지 못한다. 같이 늙어가는 마당에 예의 따지기도 그러니 그냥 말을 트자고 먼저 한 사람이 유담이었다.

우서문은 무심한 눈으로 유담을 한 번 바라본 후 고개를 저었다.

"연락은 왔는데 말해주기 싫은 모양이군. 사무량이 어디에 갔는지 알고 있어도 말을 안 하는 건 이해하겠는데, 기다리는 사람들도 생각해 주어야 할 게 아닌가."

"……."

우서문이 묘한 눈길로 유담을 바라봤다.

사무량에게 들어 이들이 어떤 사람들이라는 것을 알게 되었다. 몇 명은 우서문도 익히 들어본 바가 있는 무인들.

절대고수라고까지 불릴 수는 없는 자들이지만 우서문이 만약 무공을 잃지 않았더라도 승패를 장담할 수 없는 실력을 가진 자들.

성격도, 생각하는 것도, 하는 짓도 제각각인 사람들. 이들

이 고독 때문에 어쩔 수 없이 뭉쳐 있다는 것도 안다. 그러나 가끔씩 이상한 소리를 할 때가 있다. 냄새가 난다느니, 몸이 간지럽다느니, 무슨 소리가 들린다느니, 그리고…….

"사무량이 지금 초입에 들어섰다. 보고 오는 길이다."

초가에 도착한 쌍둥이 중 하나가 이처럼 터무니없는 말을 하기도 하고.

초가 근처에 있는 대왕바위에선 산의 초입이 보이지만, 사람이 들어서는 모습은 아무리 눈이 좋은 사람도 볼 수가 없다. 수풀이 잔뜩 우거진 데다가 깨알같이 보이는 사람이 정확히 사무량이라고 어떻게 장담할 수 있을까.

우서문은 놀라지 않을 수 없었다.

쌍둥이의 말이 맞았다. 사무량은 정확히 반 시진 후에 초가에 나타났다.

나서서 반기는 사람은 없었지만 모두들 사무량이 돌아오길 마음속으로 기다리고 있었다. 사무량이 궁금해서가 아니라, 세상이 어떻게 돌아가는지 궁금했기 때문에.

사무량은 멀쩡했다. 잘 먹고 지낸 모양인지 얼굴에 살도 조금 붙었다. 다친 곳은 없어 보였고, 변복도… 하지 않았다.

"뭐야, 너! 그러고 돌아다닌 거냐?"

왕가가 역정을 부렸다. 흑천의 눈을 피하기 위해 중자산까지 몰래 들어왔고, 될 수 있으면 밖에 나갈 때에도 변복을 하

려 했다.

그런데 가장 조심해야 할 사무량이 아무런 변복도 하지 않은 채 돌아다녔다는 것은 흑천에게 '나 여기 있다'고 말하는 것이지 않은가.

"어떻게 된 거냐?"

가장 궁금해 하는 사람은 우서문이었다.

"변복은 하지 않아도 돼. 만영문에게 꼬리를 밟혔으니까. 오래가지 않을 거라는 건 알았어."

"그래도 괜찮아?"

소신녀도 걱정스러운 빛을 보였다.

"상관없어. 그들은 날 공격하려는 게 아니거든. 내가 비급을 찾을 때까지 미행할 테니까."

"쥐새끼 같은 놈들! 내가 미행하도록 내버려 둘 것 같으냐?"

"걱정하지 마. 이제 곧 그들도 미행하기가 수월하지 않을 거야."

일행 중 사무량의 말을 이해하는 사람은 없었다.

"우선 옷부터 갈아입어라."

우서문은 마른 옷을 사무량에게 내밀었다.

좁은 방 안에 여덟 명의 사람들이 모여 앉았다. 등불 아래 조용히 앉은 사람들은 사무량의 입술이 열리기만을 기다렸

다.

궁금하지 않을 수 없었다.

두 달 동안이나 어디에 갔다 왔는지도 모르니, 그간 무슨 일이 있었는지 빨리 말해주었으면 했다.

"비가 그치면 바쁘게 움직여야 할 거니까, 모두들 마음의 준비를 하도록 해."

"뜬금없이 그게 무슨 소리야? 마음의 준비를 하라니… 무슨 일이 벌어지는지 일단 말부터 해야 하는 거 아냐?"

말은 필요없었다.

사무량은 품에서 종이 한 장을 꺼냈다.

"이 정도면 필요한 물건들은 구할 수 있을 거야. 이곳을 수리하는 데도 돈이 많이 들 테고."

모두의 시선이 종이 한 장으로 옮겨졌다. 사무량이 방바닥에 내려놓은 종이는 전표(錢票)였다.

"이, 이게 어디서 구한 전표야? 아무렇게나 막 써도 되는 거야?"

"아무렇게나 쓰는 게 아니야. 비급을 찾으러 갈 때 필요한 돈을 마련해야지."

"이야기 좀 하자."

우서문이 사무량의 팔을 잡았다. 그러나 사무량은 곧 그의 팔을 뿌리쳤다.

"이곳에서 이야기해. 내가 어디에 다녀왔는지, 무슨 일을

생각하고 있는지 모두 들을 필요가 있어."

사무량은 일행들을 하나하나 둘러보곤 다시 입을 열었다.

"잘 들어. 어디를 돌아다니든 상관은 없지만 절강성 밖은 나가지 않도록 해. 우리는 당분간 이곳에서 지낼 것이니까."

"비급은 언제 찾으러 갈 건데? 비급이 있는 위치도 모른다면서? 숨어 다니면서 비급을 찾으려면 일 년이라는 시간도 빡빡하다고. 아니, 일 년이 아니지. 벌써 중원에 온 지 두 달이 지났으니까 열 달도 남지 않았어."

"그 질문에 하나씩 대답해 주도록 하지. 비급을 찾으러 가는 것은 사 개월 후. 귀빈들이 오고 난 뒤에, 우리들이 이곳에 확실히 자리를 잡았다는 소문이 퍼져 나갔을 때 움직인다. 비급의 위치는 사천성이다. 비급의 위치는 내가 알고 있고, 사천성까지의 거리는 육 개월이면 충분히 갈 수 있는 거리."

"도무지 모르겠군. 비급의 위치를 안다면 당장이라도 찾아가는 게 옳은 것 아닌가? 귀빈은 또 누구를 말하는 거냐?"

가야는 이해할 수 없다는 얼굴로 물었다. 가야뿐만이 아니다. 아직까지도 사무량의 말을 이해하는 자는 없었다.

"중요한 손님이 찾아올 거야."

"헹! 중요한 손님은 무슨! 또 이런 파문당한 도인 같은 놈이 오는 거라면 볼 일 없다. 난 또… 소림 방장이라도 찾아오는 줄 알았네."

"맞아. 소림에서 찾아올지도 모르지. 그리고 무당파에서

도."

　　"……!"

　　"뿐만 아니라 구파일방에서도 올지 모른다."

　　"……."

　　긴 정적이 흘렀다. 아무도 움직이는 사람이 없었다. 모두의 공통된 생각은 자신의 귀가 혹시나 잘못되지 않았나 하는 것. 그것도 아니라면 사무량의 정신이 조금 이상한 게 아닌가 하는 것.

　　"두 달 사이에 농담이 많이 늘었다?"

　　"왕가, 난 농담할 때와 농담하지 않을 때를 구분할 줄 알아."

　　정말 순간이었다. 모두의 동공이 급작스럽게 팽창된 것은.

　　"지, 진짜!"

　　"미쳤어!"

　　왕가와 소신녀가 벌떡 일어섰다. 유담과 쌍둥이는 정말 의외라는 눈으로 사무량을 바라봤다.

　　"사무량!"

　　우서문은 금방이라도 폭발할 것같이 얼굴이 벌게졌다.

　　사무량은 크게 소리치는 우서문에게 한 손을 들어 보였다.

　　"우서문, 당신과는 따로 할 말이 있으니 지금은 내 말을 들어줘."

　　사무량이 다시 일행에게 눈을 돌렸다.

“그 사람들이 여기에 왜 온다는 거야?”

얼굴은 중년인이지만 눈동자만큼은 세상 물정 모르는 꼬마아이 같이 순진한 해타는 모두가 흥분하는 이유를 잘 모르는 듯했다.

“안 돼! 만약 소림에서 사람이 오면 날 다시 부재도에 처박아 놓을 거야. 아니지, 어쩌면 죽일 수도 있어. 난 이제 어떻게 해야 하는 거지?”

어지간해선 상대를 두려워하지 않는 왕가에게도 소림은 예외인 듯했다.

“만약 소림이 온다 해도 왕가 당신을 보러 오는 게 아니니까 걱정할 필요는 없어. 다시 부재도로 보내질까 염려하지 마.”

“그게 이유냐? 그들이 여기에 온 후에 비급을 찾으러 간다던?”

가완이 물었다.

“그래. 비급을 찾기 전에 우선 해둬야 할 것이 있어.”

“그게 뭔데?”

“전 천하제일인이자 혈광검의 아들이 이 세상에 살아 있다는 사실을 중원에 알리는 것.”

“……”

“또한 그의 대를 이을 천하제일인이 탄생할 것이라는 예고 정도로 해두지.”

모두가 넋을 잃은 듯했다.

숨어서 다니느니, 존재를 알리고 떳떳하게 다닌다는 말. 사무량은 무모해도 너무 무모했다.

"강태공의 부활이군. 좋은 떡밥을 던져 놨어. 하하하!"

적막한 가운데 유담의 웃음소리만이 방 안을 가득 메웠다.

"한마디 상의도 없이 어떻게 이럴 수가 있느냐!"

우서문의 서운함은 극에 달했다.

사무량의 포고에 가장 놀란 사람은 그였다. 무당에서 파문당한 자신이 사무량의 뒤를 봐주고 있다는 사실을 태을 진인이 알면 어찌 될 것인가.

사무량의 결심은 무림에 대한 도전이라면 도전이랄 수 있다. 하지만 무모하다는 것은 인정하지 않을 수 없다. 구파일방이 사실을 알게 된다면 가장 곤란해지는 사람은 사무량이 아니다.

사무량이 살아 있다는 사실을 숨겨온 무당과 소림이다.

이것은 혹시 그들을 향한 사무량의 복수심이 아닐까.

"내가 당신과 상의할 이유는 없다고 보는데? 전에 말했잖아. 무림에서 주목할 큰일을 만들지 않겠단 약속은 하지 않겠다고."

"넌 도대체……!"

"우선 그전에 당신과 나 사이에 확실히 해두어야 할 것이

있어.”

“뭐?”

“이제 말해줄 때가 되었다고 생각해. 당신이 적랑회와 연락을 하는 이유. 파문까지 당하면서 나를 주시했던 이유.”

우서문은 갑작스러운 질문에 꿀 먹은 벙어리가 된 듯 입을 꾹 다물었다. 사무량의 고요한 눈길이 주시하고 있는 가운데 우서문의 머릿속엔 일 년 전의 일이 스쳐 지나갔다.

예전에는 사무량의 생김새가 혈광검과 많이 닮아 있다고 생각했다. 그런데 이제는 생김새뿐만이 아니다. 어딘지 모르게 차가우면서도 강직해 보이는 분위기가 그와 많이 닮았다.

사무량이 말한 대로 그가 만약 천하제일인이 된다면…….

우서문은 급히 고개를 저었다. 그럴 가능성은 희박하다고 봐도 좋았다. 사무량의 부친이야 어릴 때부터 무공을 익혀왔고, 가문 대대로 익힌다는 비급도 오래전부터 연마했다.

사무량이 비급을 찾는다고 해도 그것을 자신의 것으로 만들 가능성은 희박한 일이다.

우선 그 일은 후일에 생각하기로 했다. 우서문 자신도 다시 혈광검과 같은 천하제일인을 보고 싶어서 사무량을 돕는 것은 아니다.

자기 자신조차도 정확한 이유를 알 수 없었다.

사무량 때문에 무당파에서 나왔다. 그게 이유의 전부였다.

나중에 무당에서 알면 무슨 질책을 받게 될지 모른다.

무당파의 도인이었던 자가 살인마의 아들과 함께한다. 부재도로 보낸 사무량을 중원으로 나오도록 도와주었다.

굉장한 모순이 아닐 수 없다.

사무량은 묵묵히 우서문의 대답을 기다렸다.

우서문의 의견을 듣고자 했다. 도와준 사실은 고맙지만 뜻이 다르다면 이곳에서 갈라설 마음까지 있었다.

그런 사무량의 마음을 아는 듯 우서문은 한참 만에야 힘겹게 입을 열었다.

"무림사에 간여하고 싶은 것, 그 이상도 이하도 아니다."

우서문은 자신도 납득할 수 없는 답을 내놨다. 역시나 사무량이 감정없는 눈으로 바라봤다.

"당신은 이미 무인이 아니잖아."

사무량은 참 매정하게도 우서문의 아픈 점을 어김없이 건드렸다.

"무공을 잃었지만 마음은 아직도 무인이다."

"껍데기가 없군. 현실은 냉정해. 아무리 당신이 무인이라 스스로 생각한다고 해도 현실은 그렇게 받아들이지 않아. 무공을 펼칠 수 없는 무인이라면 목검을 든 어린아이와 같아. 위험해."

우서문은 목이 메어 뭐라 반박할 수 없었다.

사무량은 거침없이 상처를 들쑤셨지만 그의 마지막 한마

디가 무엇을 뜻하는지 알고 있다.

무림사에 간여하지 마라. 자기 자신의 몸조차 지킬 수 없다면 곁에 있느니만 못하다. 만약 큰일이 벌어진다면 책임져 줄수 없다.

우서문은 사무량을 다시 보았다.

시리도록 차갑던 눈빛은 온데간데없이 사라졌다. 대신 그 자리엔 조금이라도 정이라고 부를 수 있는 무언가가 반짝이고 있었다.

"무당과 소림에 등을 질 것인가?"

우서문은 화제를 돌렸다. 이는 그가 가장 궁금해 하던 점이기도 했다.

"단정할 수 없어. 우선 그 사람들을 만나봐야 답이 나오겠지. 소림과 무당, 무림에서 가장 거대한 두 문파. 만약 그들을 적으로 돌린다고 하면 아무리 천하제일인이라고 해도 이길수 없어. 그들이 무림에 지대한 영향을 미치는 이유는 조양자였던 당신이 더 잘 알 거라 생각하는데?"

사무량의 말은 맞다.

무당엔 무림에서도 손꼽을 수 있는 고수들이 즐비하다. 그들을 적으로 돌린다는 것은 죽음을 자초하는 길이기도 하다. 더군다나 흑천처럼 거대한 세력이 아니고 개인이라면 두말할것도 없다.

하지만 마음을 놓을 수 없다. 다른 사람의 입에서 나온 말

이라면 넘어가겠지만 사무량의 입에서 나온 말이기 때문이다.

설혹 무당이 사무량의 등장을 달갑지 않게 여긴다면 적이 되는 것은 시간문제다.

"무당이 두려운가?"

"……?"

"두렵다면 여기서 물러서도록 해. 자신이 아직도 무인이라는 고집스런 생각도 버리고. 난 목적도 불분명한 당신과 희희덕거릴 만큼 한가한 사람이 아니야."

사무량은 매정하게 등을 돌렸다.

"잠깐!"

우서문의 다급한 외침에 사무량의 발걸음이 뚝 멈췄다.

"아무도… 받아주는 데가 없다."

"……."

"태어나서, 아니, 태어날 때부터 무인이라고 생각했다. 죽는 순간까지도 무인으로 살겠다고, 마치 숙명처럼 여겼었다. 무당에서 파문당할 것을 결심했을 때도 나 스스로 내공을 회복하여 다시 무인이 될 거라 다짐했다. 하지만……."

우서문은 목이 메는지 잠시 말을 끊었다.

"하지만 아무도 날 받아주는 곳이 없었다. 무당파에서 파문당했다는 이유만으로. 그래도 좌절하지 않았지. 한데 한쪽 팔이 이렇게 되고나니 나 혼자서 무공을 익힐 자신이 없어졌

다.”

우서문은 고개를 숙였다.

진심이었다. 무당에서 파문당하고 나서도 사무량의 동정에 대해 관심을 가지는 정도였지만 직접 나설 생각까지는 하지 않았다.

갈 곳이 없었다. 받아주는 곳은 더더욱 없었다. 팔 한쪽이 불구가 되어 무인이 되어도 제 기능이나 제대로 할 수 있을지 걱정되었다.

그래서 사무량의 일에 끼어들었다. 무림에서 다시 활동하는 유일한 방법이라고 생각했다.

그는 사무량의 시선도 개의치 않은 채 작게 한숨을 내쉬었다. 갑갑했던 가슴이 뻥 뚫리는 것 같았다. 그나마 자존심 하나로 여태 살아왔는데 모두 부질없는 것이었다.

자존심, 그까짓 건 아무것도 아니다. 보라, 얼마나 속이 후련한가.

“그래…….”

사무량 역시 우서문 못지않게 마음이 한결 가벼워졌다.

그는 우서문을 이해할 수 있었다.

우서문의 파문은 자의이기도 했지만 타의이기도 했다. 무당파가 작심하지 않고서야 우서문에게 사무량을 부재도로 보내게 할 리 만무하다.

그의 말대로 우서문을 받아주는 곳은 없었을 게다. 무당에

서 파문당한 자인데 어찌 받아줄 수 있을까. 받아주었다간 나중에라도 손가락질을 받게 될지도 모를 텐데.

"하고 싶은 말은 그것뿐인가?"

"내가 네 일에 끼어든 이유다."

"좋아. 그렇다면 자신이 무엇을 해야 하는지도 알고 있겠지?"

"……."

"어디 동굴 같은 곳이 좋겠어. 틀어박혀서 무공을 수련할 수 있는 장소라면 말이야."

"무슨 말이냐?"

"여기 일은 내가 알아서 할 테니까 내공 수련에 몰두해. 내공이 없으면 외공이 출중하다 해도 한낱 춤사위에 불과해. 기한은 사천성으로 출발하는 날까지. 내 일에 끼어드는 대신 당신에게 내리는 숙제야. 무슨 말인지 알겠나? 자신의 몸 하나 간수할 수 있는 실력을 쌓으라고."

우서문이 놀란 얼굴로 사무량을 바라봤다. 하지만 사무량은 자신의 할 말만 하고 등을 돌려 다시 걸어가기 시작했다.

우서문의 얼굴엔 여러 가지 감정이 교차했다.

아무도 받아주지 않던 자신을 사무량은 받아준다고 했다. 조건 또한 우서문이 원했던 것이다. 자신들을 뒷바라지할 시간에 무공을 익히라는 것. 이보다 나은 조건이 어디에 있을까.

어쩌면 좋은 일일 수도 있다.

중자산에 무림이 들락거리면 얼굴을 마주쳐야 하는 것만큼 곤욕스러운 일도 없으리라.

폐관수련.

우서문의 눈가에 생기가 맴돌았다. 사라졌던 자신감이 슬며시 고개를 들기 시작했다.

그날부터 사무량 일행 중 우서문을 볼 수 있는 사람은 아무도 없었다.

第五章
소문

사람이 둘 이상만 모이면 어디서든 이야기보따리가 풀어졌다.

사는 이야기, 남 흉보기, 슬픈 일, 기쁜 일 등 사람이라면 누구나 겪는 이야기가 오고 갔다.

때론 자신들과 상관없는 사람들의 이야기도 했다. 눈으로 직접 보지는 않았지만 재미있는 소문들은 좋은 술안주거리가 되었다.

일반인들에게는 무림에서 일어나는 일이 그러했다.

경외 혹은 경의의 인물들. 자신들과는 다른 세상에 살고 있는 사람들의 이야기. 제법 유명한 무인들을 실제로 보는 날이

면 동네방네 떠들며 자랑을 하기도 했다.

중원에서 가장 소문이 빠르게 퍼져 나가는 곳은 하오문이나 개방이 아니다.

서민들의 입에서 입으로 전해지는 이야기는 신빙성 자체를 떠나 넓게 확산되고, 때로는 부풀어지기까지 한다. 소문이 번져 나가는 것 또한 무림에서 막을 수 없다.

적랑회는 그걸 노렸다.

"이보게! 여보게들!"

평생 농사만 짓고 살았을 법한 사내 하나가 헐레벌떡 객잔으로 들어섰다. 그는 얼굴이 익은 동네 청년들의 탁자로 부리나케 다가갔다.

"그 소문 들었나?"

"무슨 소문?"

미리 와 있던 청년들이 사내에게 술잔을 내밀며 물었다. 사내는 엉겁결에 술잔을 받으면서도 입을 쉬지 않고 놀렸다.

"왜 있잖나. 예전에, 가만 보자… 그래! 한 십삼 년 전이었나? 그 미치광이 살인마 알지? 무림을 피바다로 만들었던?"

"그 천하제일이라는 사람 말인가?"

"알지. 혈광검이라고 불렸었지?"

청년들이 동요했다.

"그래, 그 혈광검의 아들이 살아 있다는 말을 들었네."

"뭐? 예끼, 이 사람아! 살인마의 피는 세상에서 사라져야

한다면서 구파일방 어르신들이 싹을 없앴다고 했는데?"

"정말이라니까! 거 있잖아, 우방 마을 칠복이. 칠복이 그 친구가 유명한 소식통 아닌가. 그 친구한테 직접 들었다니까."

"칠복이가 지어낸 것 아냐?"

"아니야. 칠복이도 어디서 들었다던대? 벌써 다른 마을엔 그 소문이 쫙 퍼졌어."

"혈광검의 아들이 어디에 있는데?"

"그 어디더라…… 그래, 중자산! 절강성에 있는 중자산이 맞아."

"구파일방 어르신들이 실수라도 한 모양인가?"

"들리는 말로는 무당파와 소림사에서 몰래 키워왔다고 하던대?"

사내는 혹시 객잔에 무인이 있을까 봐 조심스럽게 말했다. 무림의 일에 대해 마음대로 떠들어도 되지만 무당이나 소림의 이야기가 언급될 경우엔 절로 위축되는 것은 사실이었다.

"정말인가 보네."

"뭐야, 그럼 또다시 무림이 피바다가 되는 거야?"

"설마 그러기야 하겠어? 무인들도 머리가 있을 것 아닌가. 미리미리 제거하겠지, 뭐."

"쯧쯧! 그걸 뭐 그리 급한 소식이라고 그리 뛰어왔나?"

"아니, 뭐 그냥… 아까부터 낮술이 땡겨서 말이야. 흐흐!"

“자, 잔말 말고 술이나 받게.”

잠시나마 흥미를 보이던 청년들은 곧 관심을 접었다.

무인들이 들었다면 기절초풍할 노릇이나 서민들이기에 이토록 담담할 수 있다. 혈광검의 후손이 살아 있든 말든 자신들의 일상생활에는 아무런 상관이 없기 때문이다.

청년들이 아무것도 모르고 웃고 떠들 때, 구석에 있던 한 쌍의 남녀는 조용히 자리에서 일어나 객잔을 나갔다.

“객잔에 있던 그 사람들, 사무량의 이야기를 한 게 맞죠?”

키가 작은 미청년이 다른 사내에게 물었다. 남장을 한 은소부였다.

“혈광검이라는 이름까지 거론된 걸 보니 맞는 것 같습니다.”

사혼검은 객잔에서 들은 이야기로 확신할 수 있었다. 청년들은 소문이라 믿겠지만 사무량을 직접 본 그들로서는 깜짝 놀랄 만한 소식이었다.

부재도에 다녀온 지 두 달, 태주에서 떠나는 순간 사무량의 종적을 놓쳤다. 용검문에 도움을 요청했지만 그들도 모르긴 마찬가지였다.

두 사람은 용검문으로 돌아가지 않았다. 소문주를 납치해 간 사람들의 소식도 끊어졌다.

은소부는 사무량을 찾아야 한다고 했다. 그만이 소문주를

납치해 간 무리들의 행방을 알고 있을 게다.

객잔에서 우연히 들은 청년들의 이야기는 두 사람에게 큰 도움을 주었다.

사무량이 있는 곳을 알아냈기 때문이다.

"중자산으로 가실 겁니까?"

"가야죠. 사무량을 만나야겠어요."

"저희 말고도 많은 사람들이 그곳을 찾을 것 같군요."

사혼검이라고 무당과 사무량의 일을 모르는 것은 아니었다. 무당이 그토록 쉬쉬했는데 사무량의 소문이 이렇게 퍼져 나갔다니. 무당뿐만이 아닐 게다. 구파일방의 무인들 대부분이 사실을 확인하러 중자산으로 모여들 것이다.

"이번 일은 아마 그자들의 귀에도 들어갔을 거예요. 그렇죠?"

은소부는 안색이 별로 좋지 못했다.

사무량이 중원에 있다는 사실을 알면서도 그들은 소문주를 다시 보내지 않았다. 어쩌면 최악의 상황처럼 필요가 없어진 소문주를 죽였을지도 모른다.

은소부도 거기까지 생각한 듯했다. 작은 그녀의 어깨가 미미하게 떨렸다.

"시신만이라도 찾아야 해요. 오라버니가 만약 놈들에게 당했다면… 저 혼자서라도 복수할 테니까요."

은소부는 작게 한숨을 쉬었다.

사천성으로 향하던 두 사람이 다시 절강성으로 돌아가는 길목마다 온통 혈광검의 후손 이야기가 끊이지 않았다.

＊　　　＊　　　＊

쾅!

탁자가 부서져 나갈 뻔했다.

태허 진인은 탁자를 내려치고도 분기가 풀리지 않는지 주먹을 부르르 떨었다.

무당파의 장로 다섯 명, 그리고 장문인 태청 진인이 한자리에 모였다.

"소문이 걷잡을 수 없이 퍼져 나갔소. 아무래도 누군가 고의적으로 소문을 낸 것 같은데……. 서민들 사이에서 퍼져 나간 소문이기에 무림에서 어찌 막을 방도가 없구려."

탁자는 온통 서신들로 가득했다.

짧은 시간 동안 중원 전역에 퍼져 나간 소문을 듣고 가장 먼저 서신을 보낸 사람들은 소림을 제외한 구파일방의 장문인들이었다.

대부분 어찌 된 연유인지 묻는 서신이었으며, 사실의 진위 여부를 알려달라는 내용이었다.

무당은 난처한 상황에 직면했다. 아무리 소림의 의견이 절대적이기는 하지만 다른 문파들을 속였다는 사실은 큰일이

아닐 수 없다. 신의와 의리로 똘똘 뭉친 구파일방 사이에 자 칫 금이 갈 수도 있는 노릇이다.

"사무량이 부재도에서 살아 돌아온 게 사실인가?"

나직한 태청 진인의 음성에도 완강한 힘이 느껴졌다.

소림을 겨냥한 질문이라 이 자리에서 대답을 해줄 사람은 없었다. 착잡한 심정은 질문을 가장한 혼잣말에 고스란히 드 러나 있었다.

사무량을 부재도로 옮기는 것까지만이 무당이 할 일이었 다. 그 후의 일은 소림이 전적으로 맡았다. 무당 장문인은 물 론 책임을 졌던 태을 진인까지 부재도로 옮겨간 사무량의 이 후 행보에 대해 관심을 갖지 않았다. 처음 소림에서 부재도라 는 말을 들었을 때부터 사무량이 절대 빠져나오지 못할 것이 라 확신하였기에.

지금 소림의 사정도 별반 다르지 않을 것이다. 사무량이 중 원에 다시 나오면 가장 신경을 쓸 문파가 소림이다.

그러나 의문이다. 소림에서 정말 사무량이 중원에 나온 사 실을 모르고 있었을까? 그에게 관심을 주지 않았다고는 할 수 없다. 몰랐다고 한다면 말이 되지 않는다.

만약 몰랐다고 한다면 한 가지 가능성은 있다. 소림에 간자 가 있다는 것.

태청 진인은 조용히 고개를 저었다. 소림 같은 대문파에서 간자를 키웠을 리 만무하다. 정말 간자가 있었다 해도 가만히

내버려 두었을 소림이 아니다. 하면……?

"소림은 아마 알고 있었을 겁니다."

태청 진인의 마음을 알아챘는지 입을 연 사람은 태을 진인이었다.

"잊으셨습니까? 사무량이 중원에 나온 이유는 하나입니다. 혈광검의 비급을 찾는 것."

장로들은 또다시 일 년 전의 놀라웠던 일을 기억해 냈다.

혈광검이 사무량에게 무공 비급을 남겨두었다는 것과 소림에서 그 사실을 알고 있었다는 것.

파문을 당하면서 조양자가 마지막으로 했던 말이다. 그간의 사정을 추이해 보면 조양자의 말은 거짓이 아니었다. 그럼에도 불구하고 무당은 소림에 대해 입을 다물었다.

사무량이 제 스스로 부재도에 들어갔으니 비급 역시 찾지 못하리라는 생각 때문이었다.

소림은 사무량이 중원에 나오는 걸 방관했다. 그가 비급을 찾는 모습을 눈으로 직접 보고 싶어 하는지도 모른다. 사무량이 중원에 돌아다닌다 하나, 그의 존재를 아무도 모르는 이상 소림에게 해가 될 건 없었다. 그런데 일이 이렇게까지 번져 버렸으니…….

어쩌면 소림은 무당이 상상하는 것 이상으로 곤란해 하고 있을 게 분명하다. 설마 사무량에 대한 소문이 퍼지리라고 예상이나 할 수 있었겠는가.

“흑천 역시 비급을 노리는 자들, 일부러 소문을 퍼뜨리지
는 않았을 겁니다.”

태을 진인은 모두가 이해하기 쉽도록 차근차근 이야기를
해나갔다.

“이번 일은 사무량이 직접 계획한 것이라고밖에 생각할 수
없습니다.”

태청 진인이 고개를 끄덕였다. 다른 장로들 역시 태을 진인
과 같은 생각을 하고 있었다.

하지만 어떻게 중원 전역에 동시에 소문이 퍼져 나갈 수 있
었을까.

“사무량의 존재를 아는 사람은 저희와 소림, 흑천뿐만이
아닙니다. 한 군데가 더 있죠.”

태허 진인의 고개가 태을 진인에게로 휙 돌아갔다.

“잠깐, 사무량의 존재를 아는 자들이라면……. 설마 그자
들이 다시 모였다는 말이오?”

“적랑회… 라고 했지요.”

“그자들은 혈광검이 죽고 나서 사라진 자들이 아니오?”

“적랑회가 혈광검을 왜 추종했는지, 그 이유를 모르십니
까? 그들에겐 천하제일인이 필요합니다. 혈광검을 천하제일
로 만든 그의 비급, 만약 사무량이 찾게 된다면 그 역시 제 아
비처럼 되지 않으리라는 보장은 없지요.”

“으음……!”

이야기를 듣고 있던 태청 진인이 고개를 끄덕였다.

"일리 있는 말이지. 사무량이 어떻게 적랑회와 연락을 하게 되었는지는 알 수 없지만, 소문의 근원지가 그들인 것은 확신해도 좋겠지."

대략적인 추리는 끝이 났다. 이제 남은 문제는 다른 문파들에 대한 무당파의 입장이다.

"본문에선 소림의 말이 있을 때까진 외부와 접촉하지 않는 게 좋겠어. 다만, 사무량이 정말로 중원에 있는지 확인할 필요는 있을 듯."

"제가 가겠습니다."

태을 진인이 기다렸다는 듯이 대답했다. 태청 진인도 머리를 끄덕임으로써 그의 의견을 수락했다.

"가급적이면 조용히 움직이도록. 동행할 사람은 직접 고르시게. 할 수 있는 만큼 지원해 줄 터이니."

심기가 복잡한 태청 진인은 그만 회의를 중단했다. 그가 일어서자 다른 장로들도 자리에서 일어섰다. 모두들 얼굴에 분한 기색이 역력했다.

장로들이 모두 회의실을 나갔지만 태을 진인만은 계속 그 자리에 앉아 있었다. 태청 진인은 그런 태을 진인의 모습을 보곤 다시 탁자에 앉았다.

"자네가 무얼 걱정하는지 알고 있네. 우리에겐 안된 일이지만 중원 무림 사정을 보면 잘 된 일일지도 모르오. 사무량

의 존재가 밝혀졌으니 흑천이라는 세력도 함부로 나서지는
못하겠지."

"제가 걱정하는 것은 그것이 아닙니다."

"하면?"

"사무량은… 무공을 익혀서는 안 되는 몸이지 않습니까?"

"그것 때문이라면 아직은 안심하시게. 확인된 사실이 아니
지 않나?"

"예감이 안 좋습니다. 적랑회가 다시 나타난 것도 그렇고
요. 예전에 조양자가 사무량에게 심법을 알려주었다면, 지금
에서는……."

"불가능한 일은 아닐세. 상단전이 열려 있는 아이이니, 남
들이 삼십 년 동안 성취한 걸 일 년 만에 이뤄낼 수 있는 일이
지."

"걱정입니다. 우선은 확인해 보아야 알겠지만, 만에 하나
혈광검과 같은 증상을 보이기라도 한다면……."

태을 진인은 입술을 꾹 닫았다.

결과야 당연하다. 사무량이 무공을 익히고 있다면 무림이
합세해서 죽여야만 한다. 그러나 소림이 간여할 경우엔 죽이
는 것도 마음대로 할 수 없다.

소림 역시 흑천과 마찬가지로 사무량의 비급을 노리고 있
기에. 다만 흑천과 다른 점은 혈광검의 무공이 세상에서 사라
지길 원하는 것일 게다.

"고민입니다. 사무량을 어찌해야 합니까?"

"자네는 이미 답을 가지고 있지 않나? 내가 무어라 명해도 결국은 본인의 의지로 움직일 것. 무당의 입장은 내가 어떻게 해 볼 테니, 자네는 중자산으로 가주시게. 사무량의 일을 전적으로 자네에게 맡긴다는 소리야."

태을 진인은 태청 진인의 한없이 깊은 눈을 바라보았다.

"십삼 년 전의 일 말일세. 만약 소림마저 사무량을 죽인다고 했어도 난 극구 반대했을 걸세. 악을 저지른 인간은 벌을 받아야 마땅하겠지만, 아무 죄도 짓지 않은 인간을 해하는 것은 하늘이 노할 일이야."

그랬다. 태청 진인이야말로 생명을 귀하게 여기는 사람이다. 소림만 아니었으면 사무량을 부재도로 보내지도 않았을 테고, 무당에서 평생 살게 해주었을지도 모른다.

"그럼 내일 중으로 준비를 마치고 곧바로 떠나겠습니다."

"무운을 빌겠네."

태을 진인은 그제야 자리에서 일어설 수 있었다.

*　　　*　　　*

천기자는 망치로 머리를 맞은 듯 강한 충격에서 한동안 벗어나지 못했다.

그의 직감은 틀리지 않았다. 며칠 동안 족쇄처럼 몸에서 떠

나지 않던 불길한 예감이 현실이 되어 나타났다.

금방이라도 일어날 것 같던 커다란 일의 정체가 이런 것이었을 줄이야.

충격을 받기는 도화신군 역시 마찬가지였다. 올 때마다 조잘조잘 잘도 떠들던 그녀의 입술은 오늘은 쉬이 떨어질 생각을 안 했다.

차를 갖다 주어도 마시지 않았다. 면사 속에 가려진 표정은 왠지 차가울 것 같았다. 때로는 두 눈에서 번쩍하며 기광이 일기도 했다.

천기자는 자책하지 않았다. 도화신군은 그에게 직감을 맡겼지, 일의 진행 과정을 상세히 보고하라 하지 않았다.

이래서 난감하다. 불길한 예감이 들 때마다 느낌이 좋지 않다고 말해준다 한들, 그걸 믿을 사람이 몇 되지 않기 때문이다.

아무리 사무량의 종적을 잡아내면 무엇 할까. 어차피 만영문은 그의 행보만을 주시해야 하는 입장이지 않나.

한참 만에야 도화신군이 작은 한숨과 합께 입을 열었다.

"호호호! 멋지게 당했네요."

그녀의 웃음소리에선 섬뜩함이 느껴졌다. 가녀린 체구지만 이럴 땐 호탕한 여장부를 능가했다.

"제 스스로 자신의 존재를 중원에 알리다니. 이런 일은 전혀 생각지도 못했는데……."

사무량을 숨겨온 소림사나 무당 또한 사정은 다르지 않겠
지만 흑천만큼은 아닐 게다.

이번 일로 인해 흑천은 그동안 쌓아두었던 모든 계획을 수
정해야 한다. 사무량이 중원에 알려진 이상 그를 따라다니는
눈은 한둘이 아닐 게 분명하다. 만영문은 마음 놓고 사무량을
따라다닐 수 없다.

그의 일거수일투족은 물론 비급을 찾는 그때까지도. 현재
는 흑천의 움직임이 한계에 이르렀다는 것을 인정하지 않을
수 없었다.

도화신군의 새하얀 손가락이 탁자를 두들겼다. 무의식적
인 행동이다. 어느새 면사를 풀고 차를 마시고 있다. 이 역시
무의식에서 비롯된 행동이다.

생각은 아마도 사무량에게 가 있으리라. 얼마 전까지만 해
도 부재도에서 같이 빠져나온 사람들을 어떻게 떼어낼까 궁
리를 했는데, 이제는 사무량에게 집중된 이목에 대한 걱정뿐
이다.

다행히도 소문은 혈광검의 후손이 살아 있다는 내용만 담
겼을 뿐, 비급에 대한 이야기는 일절 나돌지 않았다.

비급을 알고 있는 사람들은 소림과 흑천.

"곤란하게 되었어요. 지금부터 중자산에 사람들이 하나둘
모이게 될 거예요. 개중엔 사무량을 시해하려는 정의감에 넘
치는 사람들도 있을 테고, 혈광검의 아들이 맞는지 확인하려

는 자들도 있겠죠.”

“무당이나 소림, 구파일방도 움직일 겁니다.”

“알아요. 중요한 건 사무량의 안위예요. 제발 바라건데, 사무량이 그들을 자극시키지만 않았으면 해요. 또다시 구파일방이 합공을 해서 사무량을 죽이기라도 한다면……..”

도화신군은 뒷말을 흐렸다.

상상하는 것만도 끔찍하다. 구파일방에 의해 멸문 직전까지 이르렀던 문파들이 오로지 비급 하나만을 바라보며 이 자리까지 왔다.

혈광검의 아들이라는 이유 때문에 사무량이 죽게 된다면 흑천의 앞날도 없다고 봐야 한다.

“두 가지 선택밖에 남아 있지 않군요. 첫째는 이대로 사무량을 포기하는 거예요. 비급을 포기하고 그냥 우리의 힘으로 중원을 제패해야죠.”

천기자의 얼굴이 딱딱하게 굳어질 찰나에 도화신군이 다시 입을 열었다.

“하지만… 사무량을 포기할 수는 없어요. 천주께서도 마찬가지시고. 저 또한 여태 기다려 왔던 시간이 아까워요. 오기로라도 포기할 수는 없겠죠?”

도화신군은 다시 생각에 잠겼다. 천기자도 생각에 잠겼다.

중요한 결정을 해야 할 때다. 도화신군의 입이 열리는 순간, 흑천의 앞날이 정해진다. 그토록 신뢰해 마지않는 도화신

군의 의견이니 천주도 쉽게 응수해 줄게다.

모든 위험을 감수하면서 사무량을 몰래 따라다닐 것인가, 아니면…….

'전면전. 무모하지만 확실한 방법이지. 사무량이 비급의 열쇠를 쥐고 있는 한, 소림도 그를 어쩌지 못할 테고. 소림이 나서지 않으면 다른 이들 또한 섣불리 움직이지 못하지.'

천기자의 머리는 휙휙 돌아갔다.

'느낌이 좋다. 이대로 계획한다면 조금의 성과는 있을 듯. 아깝군. 사무량을 기다려 온 일 년이라는 시간이.'

"그를 만나시는 게…….'

"그를 만나야겠어요."

천기자와 도화신군의 입이 동시에 열렸다.

두 사람의 생각은 같았다. 조금 이르지만 사무량을 직접 만나는 편이 가만히 있는 편보다는 나을 듯싶었다.

"소림에서 중자산에 접근하는 무인들을 차단할 겁니다. 누구를 보내실는지……?"

"그게 문제네요. 오신군 중 유일하게 사무량과 대면한 사람은 초유신군인데… 초유신군의 얼굴은 소림도 알고 있다는 게 문제예요. 다른 분들은…….'

뇌성신군은 성격이 급해서 안 된다. 노도신군은 말주변이 없어서 안 되고, 적서신군 역시 어디로 튈지 모르는 성격이라 불안하다.

천주가 직접 나설 수도 없는 노릇. 소림의 경계를 뚫고 중 자산에 들어갈 수 있는 유일한 인물을 골라야 한다.

"좀 더 생각할 시간이 필요한 것 같네요. 사람이 정해지면 내일 바로 보내도록 해야지요."

도화신군은 자리에서 일어섰다.

2

늦장마가 지나고 계절은 가을로 접어들었다. 엊그제만 해 도 땀이 줄줄 흐르던 더운 날씨가 가시고 아침에는 으슬으슬 춥기까지 했다.

그래도 일찍 일어나 산속의 맑은 공기를 마시는 기분은 말 로 형용할 수 없을 정도로 좋았다.

사무량은 이른 아침부터 중자산 정상에 올랐다.

가파른 산이지만 오르는 데는 문제없었다. 심법을 연마하 는 동안 체력 역시 몰라보게 좋아졌다. 일 년 전만 하더라도 무당파 도인들을 따라 평정산을 오를 때 얼마나 힘들었던지.

그때 생각만 하면 웃음이 절로 난다.

반 시진 만에 정상에 오른 사무량은 널찍한 바위에 올라서 서 산 아래를 내려다보았다. 지금쯤이면 소문이 중원 전역에 퍼져 나갔을 게다. 그리고 머지않아 사람들이 벌 떼처럼 몰려 들 게 자명하다.

자신의 존재를 알리겠다고 다짐한 데는 큰 용기가 필요했다. 중원엔 부친이 죽인 사람들의 혈연이나 가까운 사람들 천지다. 그들이 복수심을 안고 사무량을 죽이기 위해 찾아온다면 속수무책으로 당할 수밖에 없다.

그러나 확실히 해둘 필요가 있었다.

언제까지 몰래 숨어 다닐 수 없다. 흑천, 또는 소림에게 일거수일투족을 감시당할 만큼 어리석지 않다. 부친 같았으면 자신을 몰래 감시하는 인물들을 일거에 도륙했겠지만, 그런 방법 또한 내키지 않았다.

무공 실력이 부족한 것도 있지만 부친이 남기고 간 업보를 이제는 바꿔야 한다.

물론 좋은 면도 있다.

존재를 알림으로써 적의 시선을 분산시킨 것이 첫 번째다. 흑천과 소림, 무당, 그 외의 인물들. 이제는 모두가 서로를 경계해야 한다.

자신들이 가질 수 없다면 남도 가질 수 없듯, 사무량의 존재 역시 한쪽에서 차지할 수는 없다. 후일 가장 강한 세력 중 하나가 차지하겠지만, 그건 아주 후일의 문제다.

사무량은 폐부 깊숙이 찬바람을 들이마셨다. 그리곤 허공에 대고 크게 중얼거렸다.

"혹시 내가 도망이라도 갈까 따라 나왔나? 날 그렇게 못 믿다니, 이거 서운한데?"

곧이어 사무량의 뒤에 누군가가 모습을 드러냈다.

착!

접선을 활짝 편 유담은 몸을 숨긴 곳에서 나와 사무량의 옆에 나란히 섰다.

"사라졌던 두 달 동안 독심술이라도 익혔나? 설마하니 내가 남에게 생각을 읽히리라곤 꿈에도 몰랐군."

"하하하!"

사무량은 기분 좋게 웃었다.

"고작해야 난 열아홉이야. 열아홉 살짜리가 생각하는 게 거기서 거기지. 독심술이라고 할 것까지야."

"그랬나? 하도 고집불통에 결단까지 단칼에 하기에 서른은 넘긴 줄 알았지. 네 입으로 네 나이를 직접 들으니 이거 허무해지는군."

"왜? 어린 사람의 생각은 믿지 못하겠어?"

"연륜도 무시할 수는 없는 법이니까."

사무량은 유담을 향해 한 번 웃어주고 다시 하늘로 고개를 돌렸다.

"연륜이라는 것은 많은 경험을 통해 쌓이게 되는 법. 이제 십구 년을 살아온 나지만 당신들을 인솔해야 하는 책임도 있고. 연륜이 있는 척하지 않으면 아무도 날 따라와 주지 않겠지."

"서두르지 마라. 시간이 지나면 사람들도 네게 자연스레

익숙해질 테니까.”

“당신들 때문이 아냐. 의도치 않게도 내겐 주어진 의무가 너무도 많아. 예전엔 피하면 그만이라고 생각했는데, 좀 더 깊게 생각하니 피할 수 없어. 나도 또래의 아이들과 어울리면서 가끔은 생각없이 놀고 싶기도 하다고.”

“후후후! 네 입에서 그런 말이 나오다니 의외로구나.”

“내 스스로가 그때그때 느끼는 기분과 감정을 조절하지 못한다면 쉽게 무너져 버려. 천하제일인이 되기 위한 운명이 이토록 힘들 줄이야.”

“뭐? 하하하!”

유담도 크게 웃었다.

확실히 요 근래 사무량의 표정엔 여유라는 게 생겼다. 항상 인상을 찌푸리고 심각하게 있어서 그가 어리다는 사실을 잊고 있었는데, 지금 보니 순수하고 해맑은 소년의 냄새가 난다.

왠지 이해할 수 있을 것 같았다.

부재도에 들어오기까지 사무량은 자신의 존재를 철저하게 감시당했고, 숨겨져 왔다. 모두 인간의 욕심이 만들어낸 결과이니 안쓰러움을 감출 길이 없었다.

유담 역시 부재도에 갇혀 살았던 몸이라 사무량의 일이 남의 일같이 느껴지지 않았다.

“정리가 되면 비급을 찾으러 갈 거냐?”

"정리? 정리란 내가 비급을 익히고 난 후를 정리라고 하는
거야."

"사람들이 많이 모일 게다."

"처음은 좀 시끄럽겠지만, 소림이나 무당이 올 때까지는
함부로 접근하지 못할 거야."

"네 뜻대로야 된다면 상관없지만……."

유담은 목구멍까지 올라오는 말을 간신히 삼켰다.

이번 일은 사무량에게만 국한된 것이 아니다. 부재도민 모
두 중원에 자리를 잡을 때까지 숨어 다녀야 하는 몸이다. 중
자산에 사람이 모이게 되면 자연스럽게 부재도민에 대한 소
문도 흘러나가게 될 것이 틀림없다. 일 년 동안은 사무량과
동행한다 하지만, 그 후의 일은……?

유담은 사부의 죽음에 얽힌 미심쩍은 사건을 풀어내야만
했다.

"당신이 무슨 생각을 하는지 알아. 부재도에서 나온 사람
들 모두 한 번씩은 사람들의 입에 오르던 자들이야. 숨어서
산다는 건 말이 되지 않지. 더군다나 하나같이 자존심이 센
사람들이지 않아? 이번 일은 나뿐만이 아니라 당신들의 존재
를 세상에 알리는 일이기도 해."

"우리를… 하나로 묶을 셈이냐?"

"가능하다면."

사무량의 눈이 반짝 빛났다.

부재도에 처음 들어왔을 때의 사무량과 지금의 사무량은 많이 달랐다. 외골수적인 성격이 많이 온화해졌다고 해야 할까.

천하제일인이 되면 분명히 유아독존할 인물이라고 생각했는데……. 그는 부재도민들을 원하고 있다. 비급을 찾아서 서로 싸우고 상처 입히는 것이 아닌, 중원에서 괄시받는 사람들끼리 하나로 뭉치게 하려 한다.

"이거 톡톡히 당했군."

유담도 나쁜 뜻은 없었다.

미래에 일어날 일은 아무도 모르는 법. 조금 더 사무량을 두고 보기로 했다.

"당신이랑은 이런 이야기까지 나눌 수 있어서 좋군. 그나마 제대로 된 정신을 가진 사람이니까."

"붙임성이 좋다고 해야지."

"그래, 그래서 고맙게 생각해. 그동안 내 어머니의 대화 상대가 되어주어서."

"……!"

"이만 가지. 손님들을 맞을 준비를 해야겠어."

사무량은 그 자리에서 굳어버린 유담을 뒤로하고 먼저 산을 내려가기 시작했다.

금지(禁地).

중자산 서쪽 초입에 꽂혀 있는 푯말엔 그렇게 딱 두 글자만
이 쓰여 있었다.

중원 각지에서 사람들이 모여들었다. 그중엔 무인들도 있
었고, 소란을 구경하기 위해 기웃거리는 일반인들도 있었다.

푯말을 본 사람들은 섣불리 산을 오르지 못했다. 묘하게도
푯말에 쓰인 두 글자가 섬뜩한 기분을 안겨주었기 때문이다.
굳이 푯말이 없더라도 쉬이 오를 사람 또한 없었을 테지만.

무인이든 일반인이든 반응은 제각각이었다.

"그 소문이 정말인가 봐. 에휴! 저 푯말 좀 봐. 설마 누가 장
난을 쳐놓은 건 아니겠지?"

"못 믿겠으면 들어가 봐. 정말 금지인지 아닌지 구경이나
좀 하자."

"들어갔다가 뭔 일이라도 당하면 어떡하라고?"

"흥! 혈광검의 아들인지 뭔지, 어쨌거나 살인마의 자식이
면 조용히 숨어서 지낼 일이지 뭐 잘났다고 세상에 기어나
와?"

"정말 사실이라면 소림과 무당도 너무하는 것 아닌가 모르
겠네. 아무도 모르게 호랑이 새끼를 키워놓은 것 아냐?"

아침부터 모인 사람들은 해가 중천에 머물 때까지 떠날 생
각을 하지 않았다. 함부로 산을 오를 배짱이 없기에 누군가가
나타나 먼저 산에 오르기를 바라고 있었다.

각 지역에서 모인 무인들의 수도 상당했다. 그나마 이름깨나 알려진 중소 문파들의 경우엔 푯말을 보고도 침착했다. 그들은 소림이나 무당이 올 때까지 기다릴 작정이었다. 그게 대문파에 대한 중소 문파의 예의였다.

중원 각지에서 모인 낭인들 역시 다른 무인들의 눈치를 보기에 여념이 없었다.

혈광검이라는 이름이 가져다주는 영향은 그만큼 컸다.

이름 하나만으로도 산에 오르길 꺼려하는 이들이 대다수였다. 상상해 보라. 천하제일인으로 이름을 날렸던 자의 아들이니 그 역시 무공이 오죽하겠는가.

뜻이 있으니 금지라고 써놓았을 테고, 이는 곧 들어오지 말라는 뜻이지 않은가.

빠각!

초입에 모여 있던 사람들의 시선이 동시에 소리가 난 곳으로 옮겨졌다.

단단히 박혀 있던 푯말이 거센 발길질에 부러져 나갔다.

발길질을 거둔 자는 팔짱을 끼고 거만한 자세로 부러진 푯말을 내려다보았다.

"금지? 웃기고 있네."

연두색의 화려한 문양이 그려진 초록빛 검집을 허리에 찬 미공자.

곧 사람들이 웅성이기 시작했다.

"서호문(西虎門) 막내아들 아니야?"

"서호문? 처음 들어보는데?"

"왜, 용검문 근처에 생긴 문파 있잖아."

"아! 용검문과 영역 싸움을 한다는?"

"쉿! 듣겠어. 그나저나 서호문도 이곳에 온 모양이네. 신흥 문파라 신경 안 쓸 줄 알았는데."

사람들의 시선이 쏠린 가운데 서호문의 막내공자 염태성(鹽太成)은 허리를 쭉 펴곤 중자산을 올려다보았다.

"이곳에 혈광검의 아들이 있다는 말이지?"

"그렇습니다."

그의 곁에 있던 수하가 재빨리 대답했다.

염태성은 짜증이 가득 서린 얼굴로 초입에 모인 사람들을 둘러보았다.

"뭐 하는 거야, 다들."

그의 짜증 섞인 말은 이곳에 모인 불특정 다수에게 향한 것이었다.

"무인이라는 사람들이 이깟 푯말 하나가 무서워서 산에 들어가지도 않는다?"

염태성은 사람들의 눈을 찌푸리게 할 정도로 건방졌다. 서호문의 막내아들로 태어나 응석받이로 자란 그는 무인이라는 그럴듯한 가죽을 뒤집어쓴 철부지에 지나지 않았다.

"우선은 자리를 잡으시는 게……."

염태성을 따르는 수하는 그의 말을 다른 사람이 들을까 봐 조마조마했다.

"자리를 잡긴 왜 잡아? 여기까지 왔는데 그 잘난 혈광검의 아들은 보고 가야 하는 거 아냐?"

"하지만……."

"무섭냐? 무서우면 돌아가. 어차피 넌 있으나 마나한 존재니까. 네가 여기 있는 겁쟁이들하고 다를 게 뭐가 있어?"

그의 말에 기막혀하는 사람들은 한둘이 아니었다.

"그럼 공자께서 들어가 보시지요."

염태성의 눈동자가 방금 말을 꺼낸 낭인에게 돌려졌다.

"안 그래도 그럴 생각이오. 당신들처럼 이곳에서 시간을 낭비하고픈 마음은 추호도 없으니까. 가자!"

염태성은 바람이 일도록 몸을 돌리며 함께 온 수하 세 명과 같이 푯말을 지나 산으로 성큼성큼 올라가기 시작했다.

무인들은 웃으며 고개를 설레설레 저었으나 염태성은 그들의 모습을 보지 못했다. 보았다 하더라도 무슨 뜻인지 짐작도 못했겠지만.

삐익—!

산 중턱에서 긴 호각음이 울렸다. 그리고 염태성의 발걸음도 멈춰졌다.

"사지(死地)?"

푯말은 하나가 더 있었다.

초입에서부터 난 길이 끊어진 곳이었다. 비교적 평평한 초입의 길에 비해 이곳은 많은 나무들이 우거져 울창한 숲을 이루었다.

"이곳에 들어가면 죽는다인가?"

"그만 돌아가시는 게 어떠십니까? 문주님께서 아시면 노하실 겁니다."

염태성을 따라온 수하들은 불안한 마음이었다. 그들은 염태성처럼 눈치가 없진 않았다. 왜 초입에 모인 무인들이 섣불리 들어가지 않는지도 알고 있었다.

그들은 두려워하는 게 아니다. 곧 도착하게 될 대문파에 대한 예의를 지키기 위함이다.

하지만 수하들은 염태성을 말릴 수가 없었다. 철부지에 생각하는 것도 어리고, 자기의 뜻대로 되지 않으면 때와 장소를 가리지 않고 행패를 부리기 일쑤였다.

서호문주에게 오점이 하나 있다면, 그것은 염태성이 아닐까 싶다. 며칠 전 서호문주는 이런 철부지 아들을 호되게 야단치며 반성하라는 의미로 문에서 쫓아냈다.

그 무렵 중원에 떠도는 소문을 들은 염태성은 아버지에게 잘 보일 수 있는 기회라며 중자산을 찾았다.

혈광검의 사건과는 아무런 관계도 없는 서호문이 중자산에 올 리 만무하다. 염태성이 이곳에 와 있다는 사실을 알면

서호문주는 아마 뒷목을 부여잡고 쓰러지지 않을까.

혈광검에 대한 사전 조사도 없이 중자산에 찾아온 것은 정말 어리석은 짓이다. 웬만큼 무공 실력이 갖춰져 있는 염태성의 눈에는 보이는 게 없었다. 흔히 초출내기 무인들이 가지는 터무니없는 자신감과 왕성한 혈기라고나 할까.

빠각!

푯말은 여지없이 부러져 나갔다.

"됐어. 이제는 푯말이 없으니까 사지가 아니야. 그렇지?"

염태성은 능글맞게 웃었다. 그리고 불안해하는 수하들을 뒤로하고 막 발을 떼려는 순간,

부스럭!

"……!"

숲 속에서 무언가가 움직였다.

스릉!

염태성은 검을 꺼내 들었다.

누군가가 풀숲에 숨어 있던 모양이다. 미련하게도, 기척을 채 숨기지 못하고 숨어 있었다니.

염태성의 한쪽 입꼬리가 슬며시 말려 올라갔다. 검병을 잡은 손이 땀과 흥분으로 뒤범벅이었다.

다시 숲에 발을 들여놓으려는 순간, 이번에는 부스럭 소리 말고 다른 소리가 들렸다.

"아, 잡지 좀 마!"

"어? 내가 안 잡았는데? 헤헤! 왕가, 너 나무에 옷 걸렸어."

"에엥? 이런, 제길! 이 나무는 왜 여기서 튀어나오고 난리야? 중요한 순간에 놈들이 알아버렸잖아!"

"놈들이 알아버렸어?"

"야, 이 해타! 네 눈깔은 해태 눈깔이냐? 저놈 봐봐. 들어오려다가 멈췄잖아!"

"어, 정말이네? 그런데 왕가, 내 몸이 멀쩡해. 하나도 가렵지 않아."

"쯧쯧! 너도 죽을 때가 돼서 그래."

"그래?"

"그래."

"우움."

"에잇! 작전 실패다!"

부스럭!

"……!"

검을 곧게 쥐고 있던 염태성은 하마터면 비명을 지를 뻔했다. 숲에서 불쑥 튀어나온 자는 작은 키에 통통한 파계승과 중년인 하나. 미성의 목소리를 가진 소년의 모습은 보이지 않았다. 하지만 곧 그 목소리의 주인이 누구인지 알게 되었다.

"야, 해타, 잘 봐봐. 저놈이 여기 들어오면 내가 먹어도 된다고 했지?"

"엉? 내가 듣기론 먹으라고는 하지 않은 것 같은데?"

"이곳을 사지로 정한 건, 곧 먹으라는 말과도 같은 거야."

"그런 거야?"

"그런 거야."

"……아닌 것 같은데?"

"시끄러!"

염태성은 눈앞에 나타난 두 명의 괴상한 자들의 대화를 물끄러미 듣고 있다가 퍼뜩 정신을 차리곤 검을 꼬나 쥐었다.

"네놈들은 누구냐!"

염태성의 질문에 왕가는 얼굴 가득 미소를 지으며 손을 까닥거렸다.

"꼬맹아, 한 발자국만 더 들어와라. 내가 천국으로 가게 해주마."

"네놈들은 누구냐고 물었다!"

왕가와 해타는 서로를 마주 봤다.

"뭐라고 할까? 내가 사무량이라고 할까?"

"사무량이 알면 기분 나빠할 텐데?"

"어째서?"

"넌 뚱뚱하잖아."

"뭐얏?"

쉬잉—!

실랑이를 벌이는 왕가와 해타의 면전에 예기를 머금은 바람이 불었다.

꽤나 날카로운 검풍이었다. 신흥 문파로는 강한 추세를 보이고 있는 서호문의 검법이니만큼 한 치의 흐트러짐도 없이 깔끔했다.

"뭐냐, 이건?"

왕가가 얼굴을 쓸어내리며 물었다. 그는 광기 어린 눈으로 잔뜩 긴장하고 있는 염태성을 노려보았다.

"네놈이 혈광검의 아들이냐?"

"말본새 하고는……. 한참 어른한테 네놈? 네 아비가 그렇게 가르치디?"

"묻는 말에나 대답해!"

"그렇다면 어쩌고, 아니라면 어쩔래? 거기서 그러지 말고 이쪽으로 한 발자국만 더 와봐. 사내라면 정식으로 붙을 줄도 알아야지."

"흥!"

채챙챙!

염태성이 손을 들어 올림과 동시에 곁에 있던 무인들의 검이 검집에서 모습을 드러냈다.

그들이 공격적인 자세를 취함에도 불구하고 왕가의 얼굴에 그려진 미소는 더욱 짙어졌다.

"꿩 대신 닭이라……. 그것도 나름 괜찮겠네."

왕가는 무인들을 향해 오라며 손짓했다. 그러나 그의 손짓에 움직이는 무인은 없었다. 왕가의 표정에서 알 수 없는 불

길함을 느낀 탓이다.

“가봐.”

염태성은 놀란 눈으로 자신을 바라보는 무인들의 시선은 아랑곳 하지 않은 채 그들을 숲으로 떠밀었다.

슈아악!

왕가의 신형이 그들의 눈앞에서 사라진 것도 동시였다. 그리고,

퍽! 퍼억! 퍽!

북을 두드리는 듯 세 번의 연타음이 터져 나왔다. 사라진 왕가를 찾기 위해 고개를 돌리던 무인들의 신형도 우뚝 멈췄다.

쉬이익……!

딱딱하게 굳어진 그들의 귀에 들리는 엄청난 파공성. 보기만 해도 공포를 자아내는 유성추 하나가 그들을 노리며 날아들려는 찰나였다.

“그만 해!”

왕가의 공격을 멈추게 한 사람은 해타였다. 왕가의 유성추가 무인들의 머리를 아슬아슬하게 비껴갔다.

“왜!”

“꼭 죽일 필요는 없잖아?”

“이곳은 사지로 정했어. 사지가 무슨 뜻인지 아냐? 들어오면 죽는다는 말이다. 저놈들이 먼저 들어왔으니 죽여도 할 말

은 없을 것 아냐!"

"하지만 이 사람들은 쟤한테 떠밀려서 들어온 거잖아."

해타의 손가락은 얼굴이 하얗게 탈색된 염태성에게로 향했다.

염태성은 보았다.

무인들이 왕가의 신형을 찾기 위해 고개를 돌리던 그때, 섬전 같은 빠르기로 몸을 날려 무인들의 혈도를 제압했던 미성을 지닌 중년인의 모습을.

"그럼 이것들을 살려두자고?"

퍽! 퍽! 퍽!

왕가의 말에 해타는 나무토막처럼 굳어버린 무인들의 몸뚱이를 발로 차냈다.

"자, 봐. 다시 숲에서 나갔으니까 이제 죽이지 않아도 돼."

"이 자식이 지금 장난하나!"

"사무량이 약한 자들은 죽이지 말라고 했잖아. 왕가, 너 자꾸 그러면 일러 버리는 수가 있어."

"이 새끼가 진짜…… 야!"

분통 터지는 왕가의 고함은 뻣뻣하게 서 있는 염태성에게로 향했다.

"너라도 들어와!"

염태성은 자신도 모르게 뒷걸음질쳤다.

상대를 잘못 골랐다. 기껏해야 뚱뚱한 파계승 하나와 힘도

없어 보이는 중년인 하나. 중자산 초입에 모여 있던 무인들이 왜 들어가길 꺼려했는지 이유를 알 수 있었다.

이곳은 염태성이 올 수 없는 곳.

어리석은 그였지만 위기에 직면했을 때의 상황 판단은 빨랐다.

염태성은 그 자리에서 몸을 돌려 부리나케 산 아래로 도주하기 시작했다.

"어, 어어?"

왕가가 기막혀하고 있는 사이, 해타는 굳어져 움직이지 못하는 무인들의 혈도를 풀어주고 있었다.

"거봐. 약한 녀석이 맞잖아."

"그놈들이라도 놔둬!"

해타는 왕가의 말을 듣지 않았다. 그는 마혈이 풀린 무인들을 떠밀어 산 아래로 내려 보냈다.

"왕가, 사무량이 약한 사람들은 죽여선 안 된다고 했어."

"이러다간 한 명도 못 죽일 게 아냐?"

"왜 죽여? 우리는 이곳을 지날 수 있는 사람들을 기다리는 중이야. 다른 사람들은 잘 달래서 내려 보내야지."

"그럼 애초에 푯말은 왜 만들어놓은 거야!"

"헤헤! 멋있어 보이잖아?"

해타는 어린아이처럼 순수한 얼굴로 해맑게 웃었다.

第六章
대면

　소문이 퍼진 지 달포가 지났지만 중자산에 모인 사람들은 떠날 생각을 하지 않았다. 그리고 들어갈 생각을 하는 사람 또한 없었다.

　자신있게 들어가서 무언가에 쫓기듯 부리나케 달려나온 서호문 막내아들의 증언은 소문에 소문을 달고 퍼져 나갔다.

　그가 말한 두 명의 괴인. 맹수보다 빠르고 수리보다 날렵한 괴인들의 기행은 점점 더 부풀려졌다.

　"야차같이 생긴 놈들이래. 키는 팔 척에 머리가 두 개나 달렸다던대?"

　"관에서 곧바로 튀어나온 듯한 해골도 한 명 있다고 들었

어. 혈광검의 아들이 거느리는 수하래.”

“어디서 그런 괴물들이 나타난 거야?”

모르는 사람들은 그렇게 떠들었다. 하나 무인들은 동요되지 않았다. 괴소문은 항상 근거 없이 퍼지기 마련. 무인들은 염태성이 어떠한 일을 겪었는지 대강이나마 짐작하고 있는 상황이었다.

한 달 반이라는 시간이 눈 깜짝할 새에 지나갔고, 중자산에는 중요한 인물들만이 남았다. 그리고 어느 날, 그들이 그토록 기다리던 사람이 나타났다.

도복을 입고 고고하게 초입으로 들어서는 노인 한 명. 무인들은 그 한 명을 위해 길을 내주었다.

삐이이익—!

자잘한 호각음은 하루에도 여러 차례 들려왔지만 이번은 달랐다.

긴 호각음. 중자산에 중요한 인물이 들어섰음을 알리는 가야의 신호였다.

“누가 왔는지 알아맞혀 볼까?”

소신녀가 생긋 웃으며 말했다.

“알면 기관 장치나 풀어.”

“어? 내가 기관을 설치한 걸 어떻게 알았어?”

“이런 산속에 틀어박혀서는 할 일이 없잖아. 넌 항상 만약

을 생각하는 여자고. 만약 초입이 뚫리면 믿을 건 자기 자신
밖에 없다. 이런 생각하고 있지 않았어?"

"가끔 느끼는 거지만 넌 정말 재미없는 인간이야."

"그렇게 느껴줘서 고맙군."

소신녀는 자리에서 일어나 산 아래로 내려갔다.

"마음의 준비는 되었나?"

유담이 물었다.

"걱정 마. 매일 밤 잠들기 전마다 항상 대사를 외워두었으
니까. 이런 부탁까지 해서 미안한데 따뜻한 차를 좀 준비해
주겠어? 먼 길 오신 손님에게 뭐라도 드려야지."

"잡초라도 뜯어 끓여 오길 바란다면."

유담 역시 웃으며 사무량의 말을 받았다.

두 사람은 애써 태연한 듯 행동했다. 전혀 웃을 일이 아니
었다. 긴 호각음은 중자산에 모여 있는 부재도민들 모두에게
긴장감을 불러일으켰다.

이 면담에서 적이 되느냐, 아니면 자유롭게 움직일 수 있느
냐. 둘 중 하나는 정해질 것이 분명하니까.

"보시다시피 무기는 없소."

태을 진인은 창을 꼿꼿이 쥐고 있는 가완에게 두 팔을 벌려
보였다.

그가 중자산을 오르며 만난 인물들 중엔 익히 보았던 인물

도 몇 있었다.

대선사의 왕가림과 환우독조의 제자. 모두 오래전 부재도로 옮겨졌던 인물들이다.

태을 진인이 예상했던 것처럼 사무량은 부재도에 있는 사람들을 모두 데리고 나온 듯했다. 더욱이 놀라운 건 무공을 잃었다고 생각했던 사람들이 다시 무공을 되찾았다는 점이다.

왕가림은 태을 진인을 보곤 땅에 침을 뱉었다. 올라오는 길에 만난 귀신처럼 생긴 소녀는 '늙은이 하나네?' 라는 말을 내뱉었다.

고갯짓으로 앞장서라고 하곤 창으로 등을 찔러오는 어여쁘게 생긴 사내에게서도 일말의 두려움은 찾아볼 수 없었다.

다른 무인들은 일평생 한 번이라도 만나길 간절히 바라는 무림 명숙 태을 진인이었지만 이들에게는 일개 무인일 뿐이었다. 그러나 이들의 예의 없는 태도에도 불구하고 태을 진인은 조용히 지시를 따랐다.

멀리서 초옥 한 채가 보이기 시작할 즈음 누군가가 마중을 나왔다. 펼치고 있던 부채를 접은 그는 태을 진인을 발견하곤 고개를 숙였다.

"말학 후배가 대선배를 뵙습니다."

"무당의 태을 진인이오."

태을 진인도 포권을 취했다.

"알고 있습니다. 저를 따라오시지요."

유담이 앞서 나갔다. 태을 진인은 유담의 뒷모습을 보곤 고개를 갸웃거렸다.

'이자 역시 부재도에 있던 인물. 걸음걸이와 기운으로 보아선 상당한 무공을 지니고 있을 인물일진데…… 가만, 저 부채는?'

"소협의 사문(師門)이 어떻게 되시오?"

궁금증을 이기지 못한 태을 진인이 유담에게 물었다.

"달리 사문이라고 할 것까진 없고, 비선초라는 일인부전의 비기 하나로 명맥을 유지시키고 있습니다."

"비선초라면……?"

"스승님의 별호는 강랑선괴 되십니다."

"……!"

태을 진인의 눈가에 잔경련이 일었다. 너무 충격을 받았는지라 미처 수습할 수가 없었다.

그 모습을 의미있는 눈으로 한동안 바라보던 유담은 곧 등을 돌렸다.

"이쪽으로."

태을 진인은 재빨리 정신을 수습하고 유담을 따랐다.

'과거의 은원이 다시 되살아날지도.'

나직한 한숨이 절로 새어 나왔다.

끼익!

문이 열렸다.

유담이 안내한 초옥에 딸랑 하나 있는 방은 두 평도 채 되지 않을 만큼 비좁았다.

태을 진인은 조용히 방 안으로 들어섰다. 그리고 사무량을 보았다.

"너, 넌……!"

"그간 별고 없으셨는지요."

사무량이 고개를 숙이며 태을 진인을 맞았다.

태을 진인은 사무량에게서 눈길을 뗄 수가 없었다. 피죽도 못 얻어먹어 깡말랐던 몸매는 더 이상 사무량에게서 찾아볼 수 없었다.

탄탄한 근육과 잘 다듬어진 몸, 살아서 이글거리는 눈동자는 여전했지만 얼굴색도 예전처럼 어둡지만은 않았다.

"사무량, 넌 도대체……!"

"먼 길 오시느라 고생이 많으셨습니다. 우선 자리에 앉으시지요."

사무량의 권유에 태을 진인은 자리에 앉았다. 그의 눈은 시종일관 사무량에게서 떨어지지 않았다.

방문이 열리며 유담이 물그릇을 내어놓고 다시 나갔다.

"워낙 산에서만 지내다보니 대접할 게 마땅치 않습니다."

태을 진인은 물그릇을 단숨에 비웠다. 두 방망이질 치는 가

슴을 진정시킬 길이 물을 마시는 것 외엔 따로 없었다.

호흡을 가다듬은 태을 진인은 겨우 안정을 되찾았다.

"무공을 익혔더냐?"

태을 진인의 첫 번째 질문은 무공에 대한 것이었다. 왜 부재도에서 나왔는지, 어째서 나왔는지는 물어보지 않았다.

"보시는 바와 같이. 제가 예전에 말씀드리지 않았습니까? 무공을 익히겠다고."

"소원을 성취해서 좋더냐?"

"당연한 말씀을……. 부재도에서 기연을 만났습니다."

사무량의 말을 듣지 않아도 알 수 있다. 일 년이라는 단기간 내에 이런 경지까지 오를 수 있는 사람은 아무도 없을 게다.

사무량은 태을 진인이 상상했던 것보다 훨씬 더 높은 무공 실력을 지녔다.

"먼저 송구하다는 말씀을 드립니다. 저 때문에 무당이 곤란해진 점에 대해선 사과드립니다."

"애초에 사과할 일을 만들지 말았어야지. 쯧!"

"절 키워주신 보답은 지금의 사과로 대신하겠습니다."

"……."

"걱정하셨지요?"

"일단 건강해 보여 안심이다."

"제 몸에 이상이 생겼을까 불안하지는 않으셨습니까?"

“각오하고 왔다. 무기가 없어도 너 하나쯤은 제압할 실력이 되니까.”

“그 말씀은… 제게 이상이 생긴 조짐이 보이기라도 했다면…….”

“보자마자 죽였을 게다.”

“다행이군요. 하하하!”

두 사람의 분위기는 묘했다.

무당을 떠나기 전까지만 해도 차후에 다시 만났을 때 어떤 모습으로 만나게 될지 장담하기 힘든 사이였다. 사무량은 무공을 익히겠다 하였고, 태을 진인은 무공을 익히면 죽이겠다고 했다.

서로의 목에 검날을 들이대겠다는 이야기와는 달리 두 사람은 오랜만에 만나 회포를 푸는 지기 같았다.

“일 년 전 부재도로 갈 때의 일은 들으셨으리라 생각합니다.”

“조양자에게 들었다.”

“너무하셨습니다. 조양자 같은 인재는 그리 흔치 않은데 그리 쉽게 내치시다니.”

“내치기엔 아까운 인재지만 가둬두기엔 그가 가진 기운이 무당에는 맞지 않다.”

“그렇다고 목숨을 걸게 할 필요는 없지 않습니까?”

“하고 싶은 말이 무어냐?”

"조양자는 제가 데리고 있습니다."

"……."

"파문당하면서 무공을 잃고, 팔 하나까지 못 쓰게 되었지요. 그가 그렇게 된 건 모두 무당의 탓입니다. 조양자가 저와 함께 있다고 해도 무당은 할 말이 없겠지만 말입니다."

"그렇군. 그래, 가능한 일이지. 무림에서 떠날 수 없는 사람이니까."

"나중에 얼굴을 마주하게 돼도 편히 대해주십시오."

"그렇게는 할 수 없다. 이미 무당을 떠난 사람을 어찌 편하게 대할 수 있을꼬."

"조양자가 이 말을 들으면 섭섭해 하겠군요. 그는 아직도 무당을 염려하고 있던데."

"남남처럼, 처음 보는 사람처럼 대할 수는 있다."

사무량은 조용히 웃었다.

태을 진인은 그의 웃음에 쉽게 적응을 할 수가 없었다. 언제나 비웃는 듯 한쪽 입술을 말아 올리며 웃던 사무량이었다. 뾰족한 송곳니가 공격적이었는데 지금은 매력으로 느껴진다.

'심계가 발달했군. 겉모습은 열아홉 살 어린아이지만, 속은 몇 년 묵은 구렁이가 되었어.'

역시나 사무량과 단둘이 있기에 불편한 마음은 예나 지금이나 똑같았다.

"비급을 찾으러 갈 겁니다."

태을 진인이 사무량을 직시했다.

"제 부친, 전 천하제일인이었던 혈광검의 비급입니다."

"비급이 정말 있다는 말이냐?"

"있습니다. 그리고 전 비급의 위치 또한 압니다."

"만약 비급을 찾게 되면 무얼 할 생각이냐?"

"당연한 질문을 하시는군요. 무인이 비급을 찾으면 무얼 하겠습니까?"

"어리석어! 천하제일의 무공일지 몰라도 사람을 미치광이로 만들기도 해!"

"미치광이, 미치광이 하지 마십시오. 정말 혈광검이 미치광이였습니까? 아니면 어르신들께서 미치광이로 몰아간 것입니까?"

"사무량!"

"무당은 이번 일에서 빠지십시오."

생글생글 웃던 사무량의 눈빛이 순간 차갑게 돌변했다. 이 한 마디를 하기 위해 태을 진인이 오기를 기다렸다.

"이번 일에서 빠지라니… 무슨 소리를 하고 있는 건지 모르겠구나."

"비급을 찾으러 가게 되면 따라붙는 자들, 혹은 공격하는 자들이 있을 겁니다. 비급에 대한 소문이 퍼져 나가지는 않았으니 누가 따라붙을지는 보지 않아도 알 수 있지요. 소림과 혹천은 이미 마음을 굳힌 것 같아 설득은 소용이 없겠지만,

무당까지 나선다면 저희로선 부담이 큽니다.”

사무량은 솔직했다. 한마디로 더 이상의 적을 만들기 벅차니 물러나 달라는 부탁이었다.

“소림이 비급을 찾아 달라 그러더냐?”

“소문을 냈지만 소림은 오지 않을 겁니다. 아시고 계시지 않습니까? 부재도에 있는 저에게서 한시도 눈을 떼지 않던 소림이라는걸. 그들은 정작 제가 비급을 찾아 나설 때에서야 움직일 겁니다.”

그렇다.

사무량에 대한 소문이 확산되어 가도 소림에선 무당에 일절 소식을 보내오지 않았다. 무당뿐만이 아니다. 다른 문파와도 철저히 차단하고 지내고 있을 게다.

소림이 중자산에 오지 않을 거라는 사무량의 말에도 일리가 있었다. 그들은 지금도 근처에서 사무량을 지켜보고 있을지 모른다.

“만약 내가 거절하기라도 한다면 어찌할 생각이냐?”

“제가 비급을 찾는 걸 막으시겠다는 겁니까?”

“무엇이 옳고 무엇이 그른지는 알고 있다. 세상이 어지러워지는 비급이 발견되지 않게 하기 위해서라도 널 막아야겠다.”

“막지 마십시오. 그런다고 달라지는 것은 없습니다.”

“……”

“저도 그냥 물러서 달라는 것은 아닙니다. 조건을 붙이도

록 하지요. 비급을 찾으면 부친이 하지 못한 일을 마저 이뤄 놓겠습니다.”

“무슨?”

“흑천을 적으로 간주합니다.”

태을 진인의 인상이 확 구겨졌다.

“너 혼자서 그들을 상대하겠다는 말이더냐?”

“지금으로서는 불가능하지만 부친 정도의 실력이 된다면 가능하지 않겠습니까? 십삼 년 전의 그 악몽과도 같았던 핏빛 밤의 미친 춤사위… 그대로 재현하겠습니다.”

“사무량……!”

“조건을 하나 더 걸겠습니다. 만약 제가 이지를 상실하게 된다면 무당이 나서서 죽여주십시오.”

태을 진인은 아무런 말도 하지 못했다.

사무량이 부재도에서 나왔다는 사실을 확인했으니 이제 그만 돌아가도 좋다. 무공을 익힌 것까지 보았으니 무당으로 돌아가 장문인에게 보고하면 그만이다.

“결정하셨습니까?”

태을 진인은 고심 끝에 입을 열었다.

“이 문제는 나 혼자서 결정할 문제가 아니다. 우선은 방금 네 입으로 한 말을 장문인에게 보고하겠다. 만약 아무런 소식 이 없다면 네 조건에 응하는 걸로 알아라. 응하지 않는다면 전서를 보내도록 하마.”

"말씀 들어주셔서 감사합니다."

"이건 너와의 정을 생각해서 하는 말이다. 내가 예전에 했던 말을 기억하느냐?"

"천외천(天外天). 하늘 밖에 하늘이 있는 법. 자만하지 말라는 말씀 말입니까?"

"그렇다. 내가 볼 땐 넌 좀 더 거센 풍랑을 만나봐야 할 것 같구나. 세상이 그리 만만하지 않다는 것을 깨우치려면 말이다."

사무량은 무언가 잠시 생각에 잠기는 듯했다. 그리곤 조용히 입술을 떼었다.

"앞으로 그렇게 될 겁니다."

태을 진인은 자리에서 일어섰다. 복잡한 감정으로 사무량을 노려보는 것만이 그가 할 수 있는 유일한 일이었다.

태을 진인이 다녀간 후 소문은 사실화가 되었다.

예상한 날짜가 훌쩍 지났지만 소림은 끝끝내 모습을 보이지 않았다. 군중들의 아우성도 이만저만이 아니었다.

그들 모두 소림이 사무량을 몰래 키워왔다는 사실을 알고 있다. 태을 진인이라도 나타나지 않았다면 비난의 화살은 무당에게 돌아갔을 게다.

중자산을 기웃거리는 사람들 중 누구 하나 산을 오를 생각은 하지 않았다. 무당파와 비슷한 위치에 있는 사람이 아니고선 산을 오르면 안 된다고 생각했다.

속이 타 들어갈 정도로 궁금할 게다. 혈광검의 아들을 직접 보고픈 마음도 있겠지만, 그가 중자산에서 무슨 짓을 꾸미고 있는지는 더욱 궁금했다.

하지만 시간이 지날수록 사람들의 수는 현저히 줄었다. 과거 혈광검에 의해 피해를 본 인물들만이 눈을 빛내며 중자산을 주시할 뿐이었다.

삐이익—!

정오에 가까운 시각, 가야의 휘파람 소리가 초옥까지 들려왔다.

"누가 들어왔나 봐? 누구지?"

태을 진인이 돌아간 후에 구파일방에선 개방도들이 잠깐 다녀간 것 외에는 아무도 초옥을 찾지 않았다.

사무량이 직접 개방도들을 만난 건 아니었다. 그들은 싸움을 걸기 위해 중자산에 오른 것 또한 아니었으며, 단지 사실 확인을 하러 다녀간 것뿐이다.

소림이 아니고선 찾아올 사람은 없었다. 사무량에게 볼일이 있는 사람이 또 누가 있을까.

일다경도 채 되지 않았을 무렵, 먼발치에서 왕가가 부리나케 달려왔다. 신법으로는 감히 따를 자가 없는 왕가가 전속력을 다해 달려온 걸 보니 무언가 심상치 않은 일이 벌어진 듯했다.

"야야! 사무량!"

왕가는 초옥에 들어서자마자 사무량을 찾았다.

"무슨 일이야?"

헉헉거리며 숨을 고른 그는 침을 한 번 삼키고선 가슴에서부터 토해내듯 말을 내뱉었다.

"엄청나게 예쁜 여자가 산을 올라오고 있어!"

"여자?"

"물론 내가 볼 수 있는 건 눈밖에 없었지만 눈만 봐도 굉장한 미인이야. 나, 웬만해선 여자한테 예쁘다는 말 안 한다?"

"무인인가?"

"그런 것 같아. 다짜고짜 너를 만나러 왔다고 하던대?"

사무량과 유담이 서로를 바라봤다.

왕가가 말하는 여자가 누군지 알 수 없을뿐더러, 사무량이 중원에서 알고 지내는 여자 또한 없었다.

왕가의 말은 끝나지 않았다.

"그게 중요한 게 아니야. 내가 여기까지 달려온 걸 보면 모르겠냐? 그 여자가 어디에서 온 여자냐면……."

2

"도화신군이라고 해요. 흑천의 오신군 중 한 명이죠."

도화신군은 천기자와 함께 있을 때도 잘 벗지 않던 면사를

쉽게 풀러 내렸다.

"아!"

절로 감탄사를 내뱉는 왕가의 옆구리를 소신녀가 푹 찔렀다.

도화신군은 정말 경국지색(傾國之色)이라는 말이 아깝지 않을 정도로 상당한 미인이었다. 주먹만큼 작은 얼굴하며 커다란 눈과 오뚝한 코에 붉고 도톰한 입술이 최고의 조화를 이루어냈다.

푸른색 계통의 간편한 경장에 긴 머리는 단정히 땋아 내렸으며, 몸에서는 은은한 사향까지 났다.

사무량은 도화신군에게서 시선을 떼지 않았다. 그녀의 외모에 반해서가 아니다. 흑천이 찾아올 거라는 걸 예상치 못했기에 조금은 당혹스러웠다.

"계속 여기에 세워 두실 건가요?"

말을 하는 도화신군의 입술은 너무도 앙증맞게 움직였다.

"흑천? 여우 같은 계집, 여기가 어딘지 알고 찾아와?"

도화신군은 소리가 난 쪽으로 고개를 돌렸다.

"그쪽이 소신녀인가요? 귀곡자의 후인이라더니… 역시 특이한 용모를 지녔군요."

"뭣?"

놀란 사람은 소신녀뿐만이 아니었다.

소신녀가 귀곡자의 손녀라는 것은 부재도민들조차 몰랐던 사실이었다. 유담과 왕가, 가완이 믿을 수 없다는 눈으로 소

신녀를 바라봤다.

"흥! 나에 대해 알고 있다니 흑천의 정보력이 놀라운데? 그 럼 그쪽이 만영문주인가?"

"맞아요. 제가 만영문주예요."

소신녀에게 집중되었던 시선이 일제히 도화신군에게 옮겨 져 갔다.

소신녀의 정체도 놀라웠지만 도화신군이 만영문주라는 사 실은 더욱 놀라웠다.

"이곳에 다들 모인 김에 이야기하죠. 당신들 모두 조심하는 게 좋을 거예요. 흑천이 제거해야 할 대상이 되었으니까요."

"뭬얏!"

아무리 예쁘다지만 도화신군의 입에서 나오는 말을 고분 고분 듣고 있을 왕가가 아니었다. 허리춤에 묶어 두었던 유성 추를 막 뽑아내려는 찰나, 유담이 왕가의 행동을 제지했다.

"우리가 흑천의 적이라? 이유나 한번 들어보지."

"좋은 질문이에요. 당신들은 사무량을 도와 비급을 찾겠 죠. 하지만 그 비급은 아무리 욕심 없는 사람일지라도 소유하 고 싶게끔 만드는 힘이 있어요."

"우리가 비급을 차지하지 않게 하기 위해 제거하겠다?"

"그래요."

도화신군은 듣고 있는 사람이 민망할 정도로 도도하고 솔 직했다.

사무량 일행으로서는 당혹스럽기 짝이 없었다. 적진 한가운데 홀로 들어선 것도 모자라 협박까지 당하게 될 줄 누가 알았을까.

"하하! 어이가 없군. 아니, 거대한 세력과 적이 되었으니 영광으로 알아야 할까?"

"처음에는 당신들을 사무량에게서 떼어놓을 방법을 생각했어요. 하지만 답이 나오지 않더군요. 게다가 사무량이 이렇게 자신의 존재를 중원에 알리게 되었으니… 오히려 당신들을 제거하는 편이 더 쉬울 듯해요."

"이년!"

왕가는 더 이상 도화신군의 말을 듣고만 있을 수가 없었다.

눈 깜짝할 새에 허리춤에서 빠져나간 유성추가 공기를 찢어발기며 도화신군에게 날아들었다.

곁에 있던 사람들이 말릴 틈 없이 벌어진 일.

아무런 무기도 지니고 있지 않은 도화신군은 날아오는 유성추를 보고도 그 자리에서 움직이지 않았다.

쒜에엑!

강한 힘이 실린 유성추가 도화신군의 안면으로 쏘아져 나갔다. 피하지 않는다면 머리가 박처럼 깨져 버릴 것은 자명한 일. 아니다. 피할 시간도 주어지지 않았다.

한데 유성추가 도화신군의 얼굴에 작렬하려는 순간,

스스스!

도화신군의 발이 살짝 움직였다.

목표물을 잃고 허공만을 움켜쥔 유성추가 다시 왕가의 손에 들어오기까지는 정말 순간이라는 말로밖에 표현할 수 없는 시간이었다.

"엇!"

왕가가 경악성을 내질렀다. 공격을 펼칠 때에도 호흡은 전혀 흐트러지지 않았다. 무언가 미미하게 움직인다 싶었는데 유성추가 다시 돌아올 줄이야.

빠른 움직임이었지만 모두는 똑똑히 보았다. 도화신군의 신형이 움직일 때 뚜렷한 잔영이 남아 있는 것을.

"예의가 없군요. 무기도 소지하지 않았고 무방비 상태인 여인을 공격하다니."

"뭐, 뭐……!"

왕가는 충격에서 벗어나지 못한 듯 놀라 입만 벙긋거렸다.

"제가 한 말은 빈말이 아니에요. 당신들이 한때는 중원에서 날고 긴다던 무인들이었을지 몰라도 흑천은 당신들을 제거할 만한 힘을 가지고 있죠."

믿기 싫은 말이지만 사실이 아니라고 부정할 수 없었다.

방금 전의 움직임 속에서 일행은 도화신군의 무공 실력을 어느 정도 가늠할 수 있었다. 왕가의 빠름에 결코 뒤지지 않는 실력. 찰나와 같은 시간에 공격을 예측하고 피해내기까지.

정보 문파로 알려진 만영문주라고 해서 무공 실력은 기대

하지 않았었는데…….

오신군이라고 했나? 이런 자들이 네 명이나 더 있다는 소리인가.

"조용히 면담을 갖지."

묵직한 분위기를 깬 사람은 사무량이었다. 그도 처음부터 지금까지의 상황을 모두 지켜본 사람이었다.

사무량은 먼저 등을 돌렸다. 그를 따라가는 사람은 도화신군뿐이었다.

"이왕이면 높임말을 사용해 주시겠어요?"

"왜 그래야 하지?"

"사무량, 그쪽 나이가 저보다 한참이나 어린 것 같아서요."

"그럼 당신도 말을 놓던가."

도화신군은 생긋 웃었다. 웃을 때 볼우물이 깊게 패이는 것 또한 매력적이었다.

"직접 만나게 돼서 반갑다고 해야 할까요? 적어도 비급을 찾은 후에야 만날 줄 알았는데."

"친한 척은 그만 하지. 찾아온 용건이나 간단히 말하고 가. 그렇지 않으면 이 자리에서 죽일 수도 있으니까."

"죽일 실력이나 되고요?"

"실력으로 하는 싸움이 있고, 본능으로 하는 싸움이 있어. 난 본능으로 하는 편이야. 무인이니 잘 알겠군. 사람을 대할

때 본능이 말해주지 않나?"

도화신군은 한 방 얻어맞은 듯 아무 말도 하지 않았다. 대신 반짝반짝 빛나는 눈으로 사무량을 바라봤다.

무인만이 지니고 있는 본능.

그것은 사람을 처음 대할 때의 느낌이기도 하다. 상대가 아무리 강한 자라도 내가 이길 것 같은 느낌이 들면 십중팔구는 짐작대로 되기 마련이다. 반대로 유약해 보이는 상대라도 본능이 움직여 주질 않으면 이미 진 싸움이다.

본능은 자신감과 직결된다.

사무량이 보는 앞에서 왕가에게 잠시나마 무위를 선보였지만 달라진 것은 아무것도 없었다. 지금도 마찬가지다. 처음 보았을 때의 무심한 눈빛은 전혀 변함이 없었다.

"비급을 원해요."

도화신군은 사무량을 찾아온 목적이자 용건을 간단히 말했다.

"내게 비급을 맡겨두었나?"

"빼앗을 생각이에요."

"꿈도 크군."

"어떻게 생각하든 우린 상관없어요. 어차피 당신의 존재가 알려진 이상, 숨어 다니는 짓은 관두기로 했어요. 흑천이 중원에 나설 때도 되었고… 당신이 비급을 찾게 되면 우리가 손에 넣을 거예요."

도화신군은 솔직함을 벗어나 무모할 정도로 당당했다. 그러나 사무량은 조용히 그녀의 말을 경청했다.

"소림과 무당에서 흑천을 알게 되었으니 더 이상 지체시킬 필요는 없죠. 당신이 중자산에서 떠나는 즉시 만영문도도 움직일 거예요. 만영문뿐만이 아니라 일 년 전, 당신을 공격했던 그들 모두 당신을 쫓을 거예요."

"혹시 십삼 년 전의 일을 기억하나?"

도화신군의 아미가 찡긋 올라갔다.

십삼 년 전이라면 그녀의 나이 십대. 중원이 한바탕 뒤집어지는 소란 속에서 겨우 목숨을 부지한 그녀였다. 부친이 남긴 온갖 종류의 서류들을 들고 피신했기에 그녀는 그 당시 혈광검의 싸움을 직접 보지는 못했다.

"그건 왜 물어보는 거죠?"

"나도 본 적이 없어. 하지만 알 수는 있지. 사람들의 입에서 거론되는 부친은 단순한 천하제일인이 아니야. 그가 마음만 먹었다면 당신은 지금 이 자리에 없겠지."

"그게… 무슨 소리예요?"

"흑천을 이루고 있는 다섯 문파. 부친은 당신들에게 희망 하나를 남겨주었어. 모르겠나? 본의 아니게 부친은 이지를 상실해 구파일방의 목표가 되는 것과 동시에 당신들에게서 구파일방의 이목을 따돌려 놓았지."

"……."

도화신군은 십삼 년 전의 일을 다시 떠올리게 되었다.

만약 자신이 구파일방이라면 어떻게 했을까도 생각해 보았다. 혈광검은 다섯 문파를 전멸시키지 않았다. 그 상황에서 구파일방이 조금만 손을 썼더라면 지금의 흑천은 이 자리에 없었을 게다.

살아남은 다섯 문파의 후인들이 있을지도 모른다는 의심은 혈광검이 갑작스럽게 미치면서 거두어졌다.

확실히 허점이 있는 부분이다. 혈광검이 흑천을 배려했다는 말인가.

"하고 싶은 말이 뭐예요?"

"당신들은 어차피 사라져야 할 존재들이었어."

"그래서요?"

"부친은 당신들에게 자비를 베풀었지만 난 그럴 생각이 전혀 없거든."

"……."

"부친은 실수하셨지. 당신들이 살아남아 비급을 노리게 되리라곤 아마 꿈에도 생각지 못했을 테니까."

"복수의 또 다른 방법이에요. 당신의 아버지는 나의 가족들을 죽였어요."

"그런가? 내가 알기론 흑천의 다섯 문파는 중원에서 온갖 악행을 일삼아왔다고 들었는데? 죄 없이 죽인 사람들이 한둘이 아니라지?"

"그것 역시… 당신이 직접 보지 않았으니 모르는 것 아닌 가요?"

"나는 모르지만 부친은 아시지. 그가 옳다고 판단하여 행한 일이라면 난 죽는 순간까지 믿어."

"……."

눈과 눈이 허공에서 부딪쳤다.

말문이 막혔는데도 도화신군은 여전히 얼굴에서 미소를 거두지 않았다.

"두 달하고도 열흘 후, 비급을 찾으러 떠나."

"후후! 알려줘서 고맙다고 해야 하나요?"

"준비를 하라는 말이야."

"……?"

"하나같이 성질이 더러운 사람들이야. 미적지근한 기운이 뒤따라오는 걸 알면서도 가만있을 인물들도 아니고."

"기대했던 것만큼의 실력은 아니던데요?"

사무량은 예의 그 뾰족한 송곳니를 드러내며 웃었다.

"왕가가 정말 당신한테 상대가 되지 않는다고 생각하나?"

"본 실력을 드러내지 않은 것은 알아요. 왕가라는 인물이 제게 과분한 상대라고 하죠. 하지만 흑천의 다른 신군들과는 어떨지 알 수 없네요."

"확실히… 초유신군이라는 자는 대단했어."

"천주를 제외하고 가장 무공이 센 자예요."

"그렇다면 하나만 묻지. 그렇게 센 자들이 왜 비급을 원하는 거지?"

"간단하게 말하면 흑천을 하나로 만들어줄 무공이 필요하다고 할까요?"

"간단하게 말하지 않으면?"

"그 질문에 대한 대답은 하지 않기로 하죠. 우리의 계획을 당신에게 알려주어서 좋을 건 없다고 보는데요."

"대단한 자신감. 내 기대에 부흥할지는 두고 보겠어. 하지만 잊지 마. 우리도 결코 만만한 사람들은 아니라는걸."

"왠지 흥분되네요. 본래 강한 자들을 만나면 일하는 게 즐거워지죠."

"하하하!"

사무량은 웃었다.

여인의 몸으로 홀로 중자산에 들어섰다. 게다가 자신이 흑천의 오신군 중 하나라는 걸 숨기지 않는 솔직함까지.

흑천에서 직접 찾아온 것이 조금 의외였으나 사무량은 여인에게서 듣고 싶은 말이 많았다. 그리고 들었으니 이제는 죽여도 된다.

굳이 사무량이 나서지 않아도 이곳에 있는 사람 중 한 명과 부딪치면 도화신군은 죽음 혹은 중상을 피하지 못한다.

하지만 그녀는 알고 찾아왔다. 사무량이 자신을 죽이지 않을 거라는 걸.

“이만 가도록 할게요. 그리고 고맙다는 말을 하죠. 비교적 신사적으로 흑천의 의견을 들어주었으니까요.”

“나 역시 의외지만 흑천의 윤곽을 알게 되어 다행인 듯싶군.”

도화신군은 자리에서 일어섰다. 양손을 가지런히 모은 그녀는 고개를 빳빳이 세우고 사무량을 바라봤다.

“우리는 지금 이 순간부터 완전한 적이에요.”

“나도 그렇게 생각하고 있어.”

“다음에 만나게 되면 이런 대화는 나누지 못할 거예요.”

“그땐 둘 중 하나는 상대에게 죽거나 굴복하겠지.”

“부디 당신이 그렇게 되길 바라요.”

“후후후!” .

도화신군은 방문을 열었다.

그녀는 무기를 들고 자신을 겨냥하고 있는 부재도민들 사이를 여유롭게 지나 산 아래로 발걸음을 옮겼다.

사무량은 눈을 감았다.

생각할 것이 많아졌다.

출발하기까지 두 달하고 열흘이 남은 시간. 사무량은 그 짧은 시간을 유용하게 사용하기로 했다.

“무공이라면 내가 상대해 줘도 되는데…….”

사무량이 당분간 혼자 있겠다는 소리에 유담이 대뜸 한 말

이었다.

"당신들에 대한 소문도 퍼졌으니 밖으로 돌아다니는 게 불편하겠지. 더군다나 소림이 눈여겨보고 있으니 주의해야 할 거야."

"소림이 왔다는 소리는 못 들었는데?"

"그들 입장으로서는 함부로 돌아다니지 못하는 실정이지. 구파일방의 눈도 있을 테고. 또 비급에 대해 흑천을 경계하는 입장이라 틀림없이 변복하고 중자산 주위에 있어."

"한 사람씩 떨어져 나가지 않는 이상 위험한 일은 없다는 것이군. 네 덕분에 흑천과 소림의 눈엣가시가 되어 고맙구나."

"외부에서 일어나는 일에 대한 정보는 적랑회가 가져다 줄 거야. 왕가와 해타에게 수화를 사용하는 중년인이 있거든 안으로 들이라고 해. 그리고 별다른 일이 없는 한 찾지 마."

사무량은 터벅터벅 숲으로 걸어 들어갔다.

"어디에 있겠다 장소도 말해주지 않고 찾지 말라는 건 또 무슨 의미야?"

유담은 고개를 갸웃거렸다.

사무량이 만난 도화신군은 강했다.

왕가가 최선을 다하지 않은 탓도 있지만, 어쨌거나 유성추를 피해내는 솜씨는 지켜보던 이들 모두가 감탄할 정도였다.

그러나 모두가 보지 못한 것을 사무량은 보았다. 그것은 도

화신군이 발을 옮기는 순간 보인 그녀의 움직임이었다. 뚜렷한 잔영을 남길 정도로 빠른 신법이었지만 그 자리에 있던 왕가와 유담, 소신녀는 그녀의 발을 보지 못했다.

사무량은 똑똑히 보았다. 그 장면을 포착한 것은 우연이라고 보기 어려웠다. 자신보다도 무공이 월등히 높은 부재도민들이 보지 못한 것을 보았다니.

만약 그 자리에 가야가 있었더라면 아마 사무량처럼 보았을지도 모르겠다.

언젠가부터 그런 버릇이 생겼다. 무공을 익히기 시작했을 때부터였을까. 사람을 관찰하는 버릇. 그 사람의 무공 수위를 측정하는 것까지.

물론 적량회의 양소를 만났을 때는 그가 무공이 높다는 사실을 알았지만 그 정도일 줄은 몰랐다.

하지만 이제 어렴풋이 느낄 수 있다. 사람이 소유하고 있는 고유의 기가 어느 정도나 되는지.

사무량은 나무가 우거진 곳에 자리를 잡았다.

조용한 장소다.

나무가 빽빽이 들어서 있어 사방을 차단했다. 혼자서 수련을 하기엔 최적의 장소.

스릉―!

사무량은 무작정 혈광검을 빼 들었다.

그리고 가만히 도화신군의 움직임을 머릿속에 되살렸다.

만약 자신이 왕가의 입장이라면 어떻게 했을까.

츄릿!

유성추 대신 검이 정면으로 뻗어나갔다. 도화신군의 신형이 움직이는 것은 순간이다.

사무량은 검을 잡은 손목의 방향을 꺾었다. 앞을 향해 쏘아지던 검이 왼편을 베었다.

'늦었다!'

사무량의 직감은 틀리지 않았다. 상상 속의 도화신군은 유유히 사무량의 검을 피하며 웃었다.

'다시.'

그는 감은 눈을 뜨지 않았다.

몇 번이나 똑같은 행동을 되풀이하며 내면 속의 도화신군을 베려 노력했다. 조그만 움직임에도 불구하고 숨이 턱까지 차오르고 땀방울이 이마를 타고 흘러내렸다.

그러는 와중에 사무량의 검은 도화신군의 근처에 조금씩 다가가고 있었다.

마희에게서 배운 부친의 검법에도 정해진 초식은 없었다. 부친 역시 초식에 얽매이지 않고 검법을 펼쳤다. 매 순간순간, 그때의 상황에 따라 적절한 검법을 펼쳐 냈다.

사무량은 잡념을 비우고 흐름에 따라 검을 휘둘렀다.

슈아악!

혈광검은 무서운 기세로 공간을 찢어냈다. 손에 느껴지는

짜릿함과 동시에 사무량은 입꼬리를 말아 올리며 웃었다.

상상 속 도화신군의 웃는 얼굴이 일그러졌다.

싸움은 단 한 번의 공격과 방어로 끝날 수도 있다. 그러나 무인들은 매 공격마다 최선을 다한다. 싸움하기에도 바빠 다음에 어떤 공격을 펼쳐 낼지 생각하는 사람은 드물다.

머릿속을 비우고 흐름을 따라가니 싸움의 상황이 일목요연하게 보인다. 상대가 다음에 어떤 동작을 할지, 어떻게 방어를 할지가.

사무량으로서는 또 하나의 깨달음을 얻게 되었다.

그 누구와 싸워도 이길 수 있다는 자신감은 아니다. 하나 어떤 상대라 할지라도 최선을 다하면 이길 수 있다는 조그마한 희망이 보였다.

사무량은 다시 머릿속에 상대를 그려 나갔다.

이번에는 적랑회의 양소.

묵묵하게 서서 대도를 치켜든 채 자신을 노려보는 양소의 모습이 보이고 있다.

혈광검은 커다란 포물선을 그리며 양소를 향해 뻗어나갔다.

지금의 노력이 결실을 맺기까지 앞으로 두 달하고 열흘이 남았다.

第七章
변화

겨울은 소리없이 다가왔다.

엊그제까지만 해도 낙엽이 굴러다녔는데 이제는 제법 날씨가 쌀쌀해졌다.

중자산에 모여 있던 무리들도 어느새 사라지고 없었다. 하지만 항시 감시하고 있는 눈들은 지금 이 순간에도 빛을 내고 있다.

유담은 홀로 산길을 걸었다.

작은 산에 보금자리를 틀고 있으니 웬만한 산길쯤은 눈을 감고서도 다닐 수 있을 정도다.

중원으로 들어온 지 이제 육 개월. 처음 중자산에 발을 디

딘 이후로 밖에 나가본 적이 없다. 그건 소신녀를 제외한 모두가 마찬가지일 게다.

답답한 마음도 있었다. 사무량만 아니었다면 지금쯤은 중원 어딘가에서 자유롭게 살고 있으리라는 생각을 한 적이 한두 번이 아니다. 사부의 미심쩍은 죽음을 파헤치고 싶은 생각도 간절하다.

중자산을 떠나기로 약속한 날짜는 점점 다가오는데 사무량은 아직도 깜깜무소식이다.

몸속에 고독이 없다는 사실을 알고 있는 유일한 인물이지만 사무량을 떠나지 않는 이유는 그간의 마희와의 정 때문이기도 하다.

'지금도 살아 있을지…….'
문득 마희의 안부가 궁금했다.

홀로 부재도에 남겠다는 그녀의 말에 어쩔 수 없이 남겨두고 오긴 했으나, 생각할 때마다 가슴 한켠이 묵직해져 왔다.

그러나 알고 있다.

중원에 나온다 하여도 마희의 병을 고칠 수는 없다. 대개의 나환자들은 죽음을 기다리면서 산다고 해도 과언이 아니다. 죽을 날을 알면서 산다는 게 인간에게는 얼마나 고통스러운 일일까.

부재도를 떠나오는 날 보았던 마희의 상태는 좋지 않았다. 보기만 해도 구토가 일어날 것처럼 정말 심각했다.

그녀의 삶이 얼마 남지 않았다는 것도 그때 알았다. 사무량을 위해 살아왔고, 그를 직접 보고 무공을 가르쳐 놓았으니 마희의 목적은 끝났다.

사람이 무언가를 이루고 나서 항상 뿌듯함과 허무함이 동시에 찾아온다는 걸 알기에 유담은 걱정이 되지 않을 수 없었다.

어쩌면 지금쯤 차디찬 바닥에 몸을 뉘이고 홀로 쓸쓸히 죽음을 맞이했을 수도 있다.

사무량은 마희가 자신의 어미인 것을 아는 눈치지만 나병에 걸린 사실을 모르는 듯했다. 나중에라도 말해주어야 할까? 그렇다면 당장에 부재도로 다시 찾아가는 것은 아닐까.

유담은 고개를 설레설레 저었다.

사무량은 정에 굶주린 아이지만 자신이 목적한 바를 뒤로 내팽개칠 인간도 아니다.

겉으로 보이는 차디찬 외모 뒤에 숨겨져 있는 따뜻한 마음. 유담이 지금까지 사무량과 아무 충돌 없이 지낼 수 있는 이유이기도 하다.

마희에 대한 생각을 하며 산책을 하던 유담의 발걸음이 점점 느려졌다. 그러다가 어느 한순간, 제자리에 우뚝 걸음을 멈췄다.

"……."

유담은 이상한 기운을 감지하고 고개를 돌렸다.

지난 두 달간 낯선 사람의 그림자는 코빼기도 보이지 않았다. 결국 중자산에 있는 인물들은 부재도에서 함께 빠져 나온 사람들뿐인데, 그들 중 방금 유담이 느낀 기운을 가진 사람은 없었다.

우중충한 하늘만큼이나 주위는 적막에 휩싸였다. 유담이 걸음을 멈춘 이유는 적막감 속에서 뒷목을 저리게 만드는 섬뜩한 무언가를 느꼈기 때문이다.

혹시 맹수라는 녀석은 아닐까.

스승이 죽기 전, 맹수를 딱 한 번 만난 적이 있었다.

녀석은 귀신처럼 숨어 유담의 움직임을 관찰했다. 살기를 뿜어내며 달려들 때까지도 유담은 녀석이 숨어 있다는 사실을 몰랐다.

움직임은 어떻던가. 어마어마하게 커다란 덩치에 신법으로는 중원 최고의 왕가를 능가하는 몸놀림이라니……. 녀석이 휘두른 발에 왼쪽 어깨를 내주고 말았다. 단단하던 피부가 너무도 쉽게 찢어졌고, 팔의 뼈도 온전치 못했다.

엉겁결에 떨쳐 낸 비선초가 아니었다면, 비침이 정확히 녀석의 눈에 박히지 않았더라면 어찌 되었을까. 아마 유담은 이 자리에 서 있지도 못했을 게다.

혼신의 힘을 다해 싸워 녀석을 눕히고 나서도 유담은 한동안 정신을 차리지 못했다. 정말 이대로 죽는구나라는 생각만 머릿속을 가득 메웠다.

목숨의 위협을 느꼈던 그 당시의 느낌…… 직감이 맞다면, 지금의 이 기운은 녀석과 같은 맹수의 기운이 맞다.

유담은 자리에서 움직이지 않았다. 대신 고개를 들어 하늘을 바라봤다.

하늘에서 무언가가 떨어져 내렸다.

하얀 꽃가루…… 아니, 눈이다. 중원에서의 첫눈을 맞는 순간을 얼마나 고대했었는지.

유담은 언제나 손에서 떼어놓지 않던 접선을 착 펼쳤다.

펼쳐진 접선으로 눈송이가 하나, 둘씩 떨어져 내렸다. 살포시 떨어져 내린 눈송이들은 금세 녹아 접선을 적셨다. 유담은 한동안 그것을 바라보았다. 그러다가,

파앗—!

그가 손목을 살짝 비튼다 싶은 순간, 접선은 그의 우측으로 돌려졌다. 접선 사이사이에서 튀어나온 뾰족한 비침들이 가공할 속도로 뻗어 나갔다.

맹수의 위치를 정확히 파악하지도 않고 비선초를 전개한 것은 놈이 먼저 움직이게 하려는 목적에 있었다. 으레 맹수들이란 빈틈을 보이면 달려들 게 마련. 하늘을 올려다보며 빈틈을 주었는데도 불구하고 맹수는 철저히 자기 자신을 숨겼다.

비침들이 풀숲에 틀어박혔을 그 찰나의 시간에 유담은 그 속에서 나타날 맹수의 모습을 기대했다.

한데 아무것도 나타나지 않았다.

‘이상하군. 분명 저쪽에서 기운이 느껴졌는데…….’

유담은 다시 접선을 고쳐 잡았다.

숲에 누군가 있는 게 분명하다. 계속 뒷목을 당기는 이상한 기운이 발걸음을 떼지 못하게 했다.

머리카락을 곤두세우며 경계하던 유담이 이번엔 정면으로 접선을 쏘아냈다. 반짝이며 비침이 쏘아졌다.

따당, 땅!

“……!”

비침들이 쇠에 부딪치는 소리. 유담은 자신도 모르게 한 걸음 뒤로 물러섰다.

역시 예상이 맞았다. 숲에 뭔가가 있다. 하지만 예상했던 맹수가 아니라 사람이라는 점이 문제지만.

누구일까. 살기를 드러내는 것을 보니 부재도민은 아니다. 무공은 어느 정도일까. 비선초를 피해낼 사람이 중원에 몇이나 되는지 알 수는 없지만 상당한 고수인 것만은 분명하다.

도화신군이 조심하라더니 혹시 흑천의 인물들인가. 유담의 머릿속은 복잡해졌다. 적의 숫자나 무공 정도를 안다면 준비를 할 수 있을 텐데. 이곳에 부재도민이 한 사람이라도 나와준다면 더는 바랄 게 없지만.

유담은 천천히 뒤로 물러서며 싸울 수 있는 공간을 확보해 놓았다. 시선은 정면을 향한 그대로였다. 하지만 그때, 사나운 예기가 유담의 뒤통수를 덮쳤다.

"엇!"

유담은 반사적으로 허리를 숙였다.

쉬잉ㅡ!

날카로운 검 한 자루가 그의 머리 위 허공을 베며 스쳐 지나갔다. 유담은 허리를 튕겨내곤 몸을 앞으로 쑤욱 밀었다.

예기는 뱀 혓바닥처럼 날름거리며 유담의 신형을 쫓았다.

'이런!'

유담은 공격하는 자의 모습을 볼 수 있었다. 키는 자신보다 조금 컸고, 몸도 다부졌으며, 검은색 복면을 쓰고 있어 얼굴은 보이지 않았다.

하지만 펼치는 검법이 예사롭지 않았다. 검의 생김새라도 안다면 어디서 온 인물인지 대강 짐작이나 하겠지만, 워낙 움직임이 빨라 검을 볼 시간적인 여유조차 없었다.

상대가 바짝 붙어 공격을 가하는 탓에 유담은 접선을 펼쳐 낼 수 있는 공간을 만들지 못했다.

상대의 검은 전혀 예측할 수 없는 방향으로 움직였다. 좌우로, 또는 위아래로 움직였다가 앞뒤로 움직였다가. 막 내치는 것 같으면서도 힘을 쭉 빼고 어느새 뒤로 당겨냈다.

눈을 현란하게 만드는 검법은 분명 아니다. 마구잡이지만 정확히 요혈만을 노리고 있다.

'뭐, 이런 검법이……!'

유담은 상대의 검신에서 붉은빛이 맴도는 것을 보고 잠깐

사무량을 떠올렸다. 하지만 곧 생각을 접었다.

상대의 검은 사무량이 가지고 있는 혈광검과 생김새가 비슷하나 시전하는 인물은 전혀 다르다.

게다가 사무량이라고 하기에는 상대의 실력이 너무도 뛰어났다.

시간은 점점 흘러만 가는데 유담은 어찌할 바를 모르고 방어하기에만 바빴다. 이렇게 무기력한 자신이 아니다. 어디 가서도 고수라는 소리는 귀에 못이 박히도록 들었었는데…….

그런데 이상한 게 상대가 자신을 이리저리 장난치며 가지고 놀고 있다는 생각이 들었다. 죽일 생각이라면 단칼에 죽이지 않았을까.

'이건 수련을 하는 것도 아니고…… 음? 수련?'

유담은 퍼뜩 무언가가 떠올랐다. 그리고 움직임을 재빨리 멈췄다.

그의 신형이 뚝 끊어짐과 동시에 상대의 검이 유담의 목전에 다다라서 멈춰졌다. 역시 상대는 유담을 죽일 생각은 없던 모양이다.

"누구냐?"

"……."

"사, 사무… 량?"

유담은 설마 하는 마음으로 사무량의 이름을 불렀다. 상대가 다른 손으로 복면 아래를 잡아 벗으며 중얼거렸다.

“이거 제법 쓸 만한데?”

유담의 두 눈이 휘둥그레졌다.

설마가 사람을 잡는다더니. 복면 속의 상대는 사무량이었다.

“뭐, 뭐 하는 짓이야?”

“그전에 내가 먼저 물어야 할 것 같아. 비선초의 고수라더니 농담한 거지?”

“너, 어디서… 그런 무공을……?”

사무량은 오히려 무슨 소리냐는 듯 유담을 바라봤다.

“그런 무공이라니? 난 마희에게 배운 검법을 조금 수련했을 뿐인데?”

“마희에게서 배운 무공이라면……?”

“부친의 검법.”

“……!”

유담은 놀라지 않을 수 없었다.

마희에게서 배운 무공이라는 것도 믿지 못했다. 사무량에게 가르쳐 주었다면 마희의 실력도 이 정도가 되어야 한다. 하지만 아니다.

부재도에서 사무량이 검법을 익혔다 했을 때도 이런 것인 줄은 꿈에도 생각지 않았다.

하긴, 사무량이 검법을 익히고 난 후에 그가 싸우는 모습을 직접 본 적이 없다. 그렇다면 이런 무공을 여태 숨기고 있었

다는 말인가.

"전에 내가 금지에서 나오면 비무를 하자고 했었잖아. 이 정도면 괜찮은가?"

괜찮은 정도가 아니다. 유담을 제압할 수 있다면 왕가나 해태, 쌍둥이들을 제압하는 것은 시간문제다.

유담은 무언가 망치 같은 걸로 머리를 맞은 충격을 받았다.

'도대체 어떤 신체를 지녔기에 이 정도까지 성장할 수 있다는 소리인가?'

유담의 상식으로는 도저히 이해할 수 없었다.

"약속한 시간이 되었어. 이제는 비급을 찾으러 나가야지?"

사무량은 웃었지만 유담은 웃지 못했다.

"뭐야, 인간이? 넌 어째 볼 때마다 달라지는 것 같아?"

소신녀가 짜증스러운 말투로 이야기했다.

짜증을 낼 만도 했다. 두 달이 넘는 시간 동안 부재도민들은 지루한 나날을 보냈다. 하나같이 넓은 중원에서 활동하길 원하는 자들이니 이해할 만도 하다.

짜증을 냄과 동시에 반색하는 기색도 역력했다.

사무량이 나타났다는 말은 이제 곧 중자산을 떠난다는 말과도 일맥상통하니까.

"낄낄낄! 이제 나가는 거냐?"

왕가 역시 기쁨을 얼굴에 드러냈다.

쌍둥이들은 그저 사무량을 쓱 쳐다보는 정도에 그쳤고, 해타는 초롱초롱한 눈망울로 잔뜩 기대하고 있는 눈치다.

"부친의 검법을 익혔다면 굳이 비급을 찾을 필요가 있나?"

"뭐? 혈광검의 검법을 익혔어?"

"그게 정말이야?"

모두가 유담을 바라봤다. 유담은 자신이 방금 전에 겪었던 일에 대해 이야기할 수 없었다.

사무량에게 제압당했다는 사실이 창피해서가 아니다. 그는 정말로 궁금했다. 비급을 굳이 찾아야만 하는지.

"비급을 찾아야 하는 이유는 내 몸의 비밀을 푸는 데 있어."

이건 또 무슨 소리인가.

소신녀만이 이해한다는 얼굴로 고개를 끄덕였다.

"그런 게 있긴 있지. 좀 이상한 거지만. 자서섬에게 물리고도 살아났을 때 알아보긴 했어."

놀라움의 연속이었다. 부재도에서도 전혀 듣지 못했던 말들.

"뭐냐! 내가 모르는 게 또 뭐가 더 남았어!"

왕가는 여태까지 이러한 것들을 모르고 있었다는 사실에 분개했다.

"비밀을 푼다니?"

유담이 다시 물었다. 이번에는 소신녀 대신 사무량이 직접

대답했다.

"상단전이 열린 자들 중에서 외부의 작은 충격에도 피가 예민하게 작용하는 몸이 있어. 그런 걸 불사체라고 하지. 여기까지가 사람들이 알고 있는 불사체. 직접 겪은 소감은 달라."

"네가 바로 불사체라는 말이냐?"

사무량은 고개를 끄덕이고 계속 말을 이어나갔다.

"내가 내린 불사체의 정의는… 보통 내공법을 소화할 수 없다는 것이야. 불사체의 몸은 진기를 역천해야만 신체를 유지시킬 수 있지."

"뭐? 역천?"

왕가가 사무량의 정수리에 빠르게 손을 뻗어냈다. 그의 백회혈에 손바닥을 가만히 대고 있던 왕가의 입이 점점 벌어졌다.

"이럴 수가! 정말이잖아!"

역천은 주화입마. 온전한 정신을 갖지 못하며 무공 또한 펼칠 수 없다. 무공이 무엔가. 제대로 앉아 있기라도 한다면 다행이지.

모두들 신기한 동물 보듯 사무량을 바라봤다.

"역천을 받아들임으로써 지금의 몸 상태를 유지하고 있지만, 난 아직 정상이 아니야."

"그럼 네가 정상인 줄 알았냐?"

"왕가, 그런 의미가 아니라는 걸 모르나?"

"쳇!"

"불사체의 피는 아까 말했다시피 작은 충격에도 쉽게 반응해. 앞으로 나에게 어떤 일이 닥치게 된다면, 내가 부친처럼 미치지 않으리란 보장은 할 수 없어."

"기가 막히군, 기가 막혀!"

왕가가 가슴을 쾅쾅 두드렸다.

"만약 내 몸에 이상이 생겨 이성을 잃게 된다면……."

사무량이 주위를 둘러보았다.

"당신들이 나를 죽여줘."

"만약… 혹시 나중에라도 사무량이 그분과 같은 증상을 보이게 된다면… 유담이 직접… 죽여줘."

부재도를 떠나면서 들었던 마희의 마지막 부탁. 유담은 마희의 음성이 귓가에 웅웅 울리는 듯한 착각이 들었다.

"죽여 달라고? 죽고 싶다면 지금이라도 죽여줄 수는 있어. 하지만 왜 안 죽이는지 아나?"

왕가는 뾰족한 이빨을 드러내며 으르렁거렸다. 그의 뒷말을 소신녀가 받았다.

"우리의 존재를 세상에 알린 건 사무량, 너지. 지금 네가 죽는다면 우리는 완전 개밥의 도토리 신세로 전락하는 거나

다름없어."

"제기랄! 조용히 살고 싶었는데 세상에 다 알려지고 이게 뭐야!"

"그래서 무조건 되어야 해."

"뭘?"

사무량은 두 사람의 말에 미간을 찌푸렸다.

"천하제일인."

"……."

"네가 천하제일인이 되든가, 아니면 비급을 찾아서 우리가 직접 무공을 익히든가. 둘 중에 하나는 해야 해. 그렇지 않으면 네가 죽자마자 우리는 중원에서 공격받아 죽든가, 아니면 그 지긋지긋한 부재도로 다시 끌려 들어가야겠지."

"무슨 말인지 알겠냐? 이 몸에 빌어먹을 고독이 없었어도 네가 비급을 찾는 데 우리도 협조해야 한다는 말이다. 엉?"

사무량은 일행을 다시 둘러보았다.

자신이 자리를 비운 사이에 많은 이야기들을 나눈 눈치다. 어쩌면 이들을 부재도로 보냈던 사람들이 중자산에 찾아왔는지도 모른다.

그들은 혈광검의 아들이 있다는 소리에 중자산에 오르지 못했겠지만, 여기 있는 자들에게는 그들이 나타났다는 것만으로도 큰 위협이 아닐 수 없었을 게다.

한 가지 부담을 더 안게 되었다.

적랑회 사람들의 기대를 저버리지 않기 위해 비급을 찾을 생각이었으나, 이제는 이들을 보호하기 위해서라도 비급을 찾아야만 한다. 이들의 존재를 중원에 알린 건 사무량 자신이니까.

"좋아. 모레 당장 떠나기로 하고, 오늘 밤부터는 회의에 들어갈 테니까 모두들 집중하길 바라. 그나저나 아직인가?"

사무량이 가완에게 물었다.

"기다려. 네 이야기는 확실히 전했으니까."

가완의 말이 끝나자마자 누군가가 초옥 쪽으로 걸어오고 있는 모습이 보였다.

"호랑이도 제 말하면 온다더니…… 쳇! 저런 병신도 같이 가야 하는 거냐?"

"왕가, 말이면 다인 줄 알아? 병신이라니? 저 사람 아니었으면 넌 벌써 개밥이 되어 있을 줄 알아."

"쳇! 쪼끄만 년이 귀는 밝아가지고."

왕가와 소신녀가 말다툼을 하는 사이 멀리서 걸어오던 사람이 초옥까지 다다랐다.

"얼굴이 많이 좋아졌네?"

"그런가?"

폐관수련에 들어갔던 우서문은 정말로 혈색이 전에 비해 좋아졌다. 밤이고 낮이고 잠자는 시간까지 쪼갠 끝에 무공에 어느 정도 진전이 있던 모양이다.

"태을 진인이 다녀갔어."

"……."

태을 진인이 다녀갔다는 말에 우서문의 얼굴은 경직되었다.

"뭐라고… 하셨나?"

"그냥 별말은 없었고, 나중에라도 만나게 된다 하더라도 모른 척하는 게 당신에게 좋을 거야."

"…그렇군."

우서문의 얼굴에 실망의 빛이 스쳤다. 기대했던 것은 아니었지만 조금은 마음이 씁쓸할 게다.

"모레 당장 떠날 거야. 어때? 준비는 되었어?"

"물론!"

우서문의 두 눈은 반짝반짝 빛났다.

연 이틀 동안 일행은 끊임없이 회의를 했다.

우선 경로는 정해두었다.

사천성까지 가는 데는 말과 마차를 이용해도 두 달이 걸린다. 절강성에서 벗어나 안휘성과 강서성의 경계를 지나고, 호북과 광서를 지나 사천성에 들어서는 경로. 즉, 지도상으로 보면 일직선에 해당되는 경로를 정해두었다.

마희가 약속한 일 년이 되기까지는 아직 여유가 있지만 가는 동안에 일이 생기지 않으리라는 보장이 없다. 일행이 떠

나는 즉시 흑천도 움직일 게다. 모르긴 몰라도 소림 역시 어딘가에서 주시하고 있을 게고. 구파일방의 눈도 생각해야 한다.

이동에 필요한 생필품 목록도 작성했다. 공격에 대비할 곳도 군데군데 점지해 두었다.

준비가 착착 되어가고 떠나는 날을 하루 남겨두었던 날 밤, 사무량 일행은 뜻밖의 손님을 맞이했다.

"저희도 데려가 주세요."

사무량은 남장을 한 여인을 보는 순간, 도화신군에게 미처 하지 못한 말이 있음을 깨달았다.

용검문의 여식이라고 했던가.

"여기까지 찾아온 것을 보니… 소문주라는 사람이 아직 돌아오지 않았나 보군."

은소부는 대답 대신 이를 악물었다.

"시신만이라도 찾아야겠어요."

"시신만이라도 찾겠다라… 그들이 소문주를 죽였으면 시신을 그대로 방치해 두었을까?"

"복수할 거예요."

은소부는 진심이었지만 듣고 있던 부재도민 모두 설레설레 고개를 내저었다.

"무슨 수로?"

"흑천이라는 곳에 가서 오라버니를 죽인 사람을 찾아내겠

어요."

"찾아낸 후엔 죽이겠다?"

"죽일 거예요."

사무량은 말없이 은소부를 바라봤다. 보다 못한 사혼검이 앞으로 나섰다.

"당신이 중원에 나왔다는 걸 알면서도 그들은 소문주를 보내주지 않았소. 우리는 당신과 흑천에 괜한 희생자가 되었을 뿐이오."

"유감이지만, 당신들 소문주에 대한 일은 내가 책임질 필요가 없을 것 같은데?"

"책임져 달라는 말은 하지 않겠소. 다만 흑천을 찾는 걸 도와달라는 말이오."

"흑천의 본거지가 어디에 있는지 나로서도 알 방법이 없어."

"사천성으로 간다는 걸 알고 있소. 그들이 당신을 노리는 것 또한 알고 있고. 당신과 동행하게 해주시오. 그럼 저절로 그들을 만나게 될 테니."

은소부만큼이나 사혼검도 진지했다.

그는 몇 달 동안의 여정 속에서 은소부와 같은 마음이 되었다. 용검문이 쇠퇴해져 가고 있는 이때, 엎친 데 덮친 격으로 소문주까지 잃었다. 전 중원에 소문이 퍼져 나가는 것은 둘째 치더라도 곧 문주가 될 사람을 잃는다는 것은 용검문으로서

는 큰 타격이 아닐 수 없다.

사혼검 역시 어엿한 용검문의 무인. 비록 힘에 부친다 해도 인간인 이상 할 도리만큼은 최선을 다해야 할 것 아닌가.

"동행을 원한다?"

"그렇소."

"우리는 흑천에게만 쫓기는 자들이 아니야. 소림의 눈도 항시 우리를 감시하고 있지. 그래도 좋은가?"

"놈들을 찾을 수만 있다면."

"흐음……."

사무량은 낮은 한숨과 함께 생각에 잠겼다.

처음 은소부와 사혼검의 요구에 황당해 하던 부재도민들은 이제 그들에게 안타까운 마음이 들었다.

동행은 절대 불가능한 일이다. 지금 인원도 여덟 명. 중원의 눈을 피하며 다니기엔 적은 인원이 아니다. 은소부와 사혼검까지 끼이게 되면 열 명으로 늘어난다.

사정은 딱하지만 사무량의 입에서 어떠한 대답이 나올 줄 알기에 부재도민들은 모두 안쓰러운 눈으로 두 사람을 바라봤다.

은소부와 사혼검 역시 사무량의 입술에서 시선을 떼지 않았다.

한데 눈을 뜬 사무량의 입에선 의외의 말이 튀어나왔다.

"좋아, 동행하도록 해."

"안 돼! 미쳤어!"

예상치 못한 사무량의 대답에 반발이 나오는 건 당연했다.

"이자들은 우리와 상관없는 자들이잖아? 특히 저 여자, 저 여자는 무공을 하나도 할 줄 모르는 것 같은데?"

왕가의 손가락은 사무량의 앞에 다소곳이 앉아 있는 은소부에게로 향했다.

"내버려 둬. 어차피 우리와 상관없는 자들이니까, 우리도 상관하지 않으면 돼. 가다가 죽으면 다 제 팔자려니 해야지. 자기네들이 따라가겠다고 나섰으니 설마 우리를 원망이야 하겠어?"

소신녀의 대답은 차가웠다.

"아가씨의 신변은 제가 책임지겠소."

사혼검은 반발하는 부재도민의 입을 단번에 막았다.

"책임지는 것은 당신들 몫. 다만, 우린 당신들의 안전은 보장해 줄 수 없어. 위험한 일이 닥치더라도 우리에게 도움을 바라지는 마."

"그 정도쯤은 알고 있소."

"약속 하나 하지. 동행하는 대신 흑천을 만나게 되면 따로 행동하기로. 우리는 비급을 찾으러 가야 하지만, 그대들은 흑천을 만나는 게 목적이니까."

"좋소."

"고마워요."

"출발은 내일 동이 트자마자야. 내가 이곳에 있다는 사실은 중원 사람들이 모두 알지만 비급을 찾으러 가는 데는 이목을 집중시키지 않으려 해. 염두에 두도록."

사무량은 자리에서 일어섰다.

굳어져 있던 은소부의 얼굴이 부드럽게 풀어졌다.

2

사삭! 사사삭!

옷깃이 풀잎에 스치는 소리가 새벽의 정적을 깨웠다.

총 열 명의 일행은 동이 트자마자 일사불란하게 움직였다. 중원 무림은 사무량 일행이 중자산에 기거하고 있는 걸로 굳게 믿고 있다.

물론 신경을 쓰지 않는 척하면서도 주시하는 눈길들은 있다. 전 천하제일인의 아들이니만큼 사무량은 감시해야 할 대상으로 충분했다.

중자산의 길목을 가장 잘 알고 있는 사람은 우서문.

우서문을 필두로 일행은 빠르게 산에서 내려왔다. 초입에 다다랐을 때는 이미 해가 산 너머로 고개를 완전히 드러낸 상태였다.

초입에서 사무량 일행을 반긴 것은 이두마차 두 대, 마부

두 명과 듬직한 사내 하나.

양소는 사무량을 발견하자마자 품에서 전서를 꺼내 그에게 건넸다.

사무량은 전서를 받아 품 안에 갈무리하고 양소에게 고개를 끄덕였다.

이윽고 마차의 문이 열리며 사람들이 내려섰다.

여인 하나에 사내 일곱 명. 여인은 키가 작고 말랐으며 거지처럼 머리가 지저분했다. 사내들 중 두 사람은 쌍둥이. 머리를 민 뚱뚱한 사내도 보였고, 삐쩍 마른 중년인도 보였다. 나머지 세 사내는 건장한 체격에 제법 무공을 익힌 흔적이 있는 무인들이었다.

마차에서 내린 사람들은 묘하게도 사무량 일행과 닮았다.

사무량 일행이 이곳을 떠났다는 사실을 중원에서 눈치 챌 수 없게 이 사람들과 맞바꾸기로 한 적랑회주의 계획이었다.

은소부와 사혼검을 본 양소가 사무량을 보며 인상을 찌푸렸다.

“두 명이 더 늘었습니다. 하지만 이들은 신경 쓰지 않아도 될 듯합니다.”

양소는 알겠다는 듯 고개를 끄덕였다.

“사람이 많아 그러니 마차는 우리가 직접 몰고 가지요. 굳이 마부를 쓰지 않아도 될 것 같습니다.”

양소의 고갯짓에 마부 두 명은 마부석에서 내려왔다.

"곧장 선거(仙居)로 갈 예정입니다. 차후의 정보는 그쪽에서 연락을 하기로 하죠."

양소는 다시 고개를 끄덕였다.

일은 순조롭게 진행되었다. 양소가 데리고 온 사람들이 중자산으로 올라서는 모습을 본 사무량 일행은 마차에 다섯 명씩 나누어 탔다.

마부석에는 유담과 가야가 올랐다.

"끼랴!"

마차가 움직이기 시작했다.

*　　*　　*

"선거 쪽으로."

천기자는 딱 한 마디만 내뱉었다.

"이제야 기감이 되돌아온 것 같군요. 만영문의 정보와 일치해요."

천기자는 도화신군이 만영문과 자신을 비교할 때마다 알 수 없는 치욕을 느꼈다.

사무량의 일이 터지고 난 다음 중자산으로 직접 찾아간 사람은 도화신군이다.

그녀는 중자산에 다녀온 일을 일체 입 밖에 꺼내지 않았다.

사무량과 그녀가 무슨 대화를 나눴는지 아는 사람은 오직 천주밖에 없었다.

"약속을 잘 지키는 사람이네요. 딱 두 달하고 열흘 만에 출발을 하다니. 진즉에 출발하지 않은 이유는 아마도 중원의 눈을 위해서였겠죠?"

'아니, 중원의 일을 파악하고 있던 중이지요.'

천기자는 목구멍까지 치솟아오른 말을 안으로 삼켰다.

그는 사무량이 왜 두 달씩이나 중자산에 머물고 있는지 알고 있다. 사무량을 위해 움직이는 자들이 있다.

적랑회라는 자들이었던가. 이미 혈광검이 죽고 난 후 사라졌다고 들은 집단이건만.

그들이 다시 움직이고 있다. 그들은 사무량의 눈과 귀가 되었다. 지난 두 달이라는 시간은 적랑회가 중원과 흑천에 대해 파악 할 수 있는 충분한 시간이었다.

"두 달 동안 소림은 끝끝내 중자산에 모습을 보이지 않았어요. 왜일까요?"

"군웅들의 눈을 생각해 중자산에 모습을 드러낼 필요가 없다고 생각했기 때문이겠지요."

"그래요. 소림은 외부와 철저히 차단하고 있어요. 함께 사무량을 비밀리에 키웠던 무당하고도 말이죠. 그 말인즉 외부의 소문에 휘말리지 않겠다는 의지도 있지만, 일을 처리하고 난 후 중원에 알려도 늦지 않다는 뜻이겠죠."

"그럴 만한 위치에 있는 사람들입니다. 사무량에 대해 함구한다고 해도 중원은 그들에게 질책을 하지 못합니다."

"하지만 우리가 사무량을 지켜보았듯 소림도 그를 지켜보고 있었지요."

"……."

"두 달 동안 만영문도 놀고만 있지 않았어요. 중자산에 잠복해 있는 소림승들을 찾기 위해 부단히 노력했죠. 하지만 결과가 어떤 줄 아세요?"

"소림은 처음부터 사무량을 감시하지 않았습니다."

"맞아요. 대단한 자신감이죠. 중자산은 고사하고 절강성에 소림은 그림자도 보이지 않더라고요. 그렇다면 그들은 지금 어디에 있을까요?"

"아마도 비급이 있다는 곳에 미리 가 있을지도 모르겠군요."

도화신군은 만족스럽게 고개를 끄덕였다.

"사천성이에요."

"정확히 알고 계시는군요."

"네. 만영문이 움직이지만 하오문도 움직이고 있어요. 그들 중 아주 기가 막힌 정보꾼 한 사람을 흑천으로 영입했죠."

"소신녀를 돌봐주었다는 그자입니까?"

"오륭이라는 자예요."

천기자도 알고 있었다. 도화신군이 건넨 양피지에서 오륭

이라는 이름을 보았을 때, 그리고 그가 하오문도라는 사실을 알게 되었을 때 그의 기감은 가슴속에서부터 꿈틀거렸다.

오륭이라는 자도 놀랍지만 하오문도를 만영문으로 영입한 도화신군은 정녕 놀라웠다. 한때는 자신들을 몰살시키려던 자들을 역이용할 줄은 그 누구도 예상하지 못했을 게다.

"비급은 사천성에 있어요. 하지만 사천성 어디인지는 정확히 알 수 없죠. 지금 만영문도들이 그쪽을 알아보고 있으니까 조만간에 소식을 접할 수 있을 거예요."

도화신군은 말을 마치고 차를 한 모금 마셨다. 천기자가 아끼고 아껴 그녀가 올 때만 내놓는 용정차였다.

"사천성으로 가는 길목… 어떤 느낌이 드나요?"

난해한 질문이다.

어떤 느낌이냐는 걸 물어보기 전에 어떤 계획을 세웠는지부터 말해야 한다. 그 계획을 싸그리 생략한 뒤에 묻는 질문이라 천기자는 선뜻 답을 내놓을 수 없었다.

"그 답을 내놓기 전에 한 가지 궁금한 것이 있습니다."

"말씀하세요."

"비급이 사천성에 있는데 굳이 사무량 일행을 공격할 필요가 있겠습니까? 부재도에서 나온 사람들이 사라지면 다행이지만, 소림에게 좋은 일을 시키는 것이 아닐 수 없습니다. 저로선 이해가 되지 않는 부분이군요."

"누가요? 누가 그들을 공격해요? 흑천이 공격을요?"

도화신군은 무슨 소리냐는 듯 두 눈을 동그랗게 떴다.

천기자는 두 눈을 가느다랗게 좁히고 그녀를 바라봤다.

도화신군은 많은 준비를 했다. 이번에 비급을 찾으러 가는 길목에서 사무량 일행을 처단할 거라는 말도 여러 번 던졌다.

그러나 지금의 말투는 무엇인가. 흑천은 가만히 앉아 있겠다는 소리가 아닌가. 그럼 그 많은 준비는 도대체 무얼 위해서……?

"사무량을 만났을 때 부재도민들에게 이런 말을 했어요. 당신들은 흑천에서 제거할 대상이라고."

"흑천에겐 그럴 만한 힘이 있습니다."

"우리가 제거를 하되, 손가락 하나 까닥하지 않을 거예요."

"……"

"우리 대신 그들을 처리해 줄 사람들에게 이미 미끼를 던져 놓았거든요."

천기자는 순간 온몸에 소름이 돋는 듯했다.

사무량 일행은 분명 흑천에서 나타날 것이라 굳게 믿고 있을 것이다. 하지만 나서는 자들이 전혀 예상치 못한 자들이라면…… 이번 일은 어쩌면 승산이 있다.

"만약 그들이 실패한다고 해도 사천으로 이동 중인 흑천이 직접 처리를 해도 무관하고요."

도화신군은 가느다란 손가락으로 찻잔을 톡톡 두들겼다.

"첫 번째는 하오문이 나설 거예요. 오릉이라는 자의 충성심을 시험해 볼 필요가 있으니까요. 호호호!"

천기자의 움막 안에는 도화신군의 교태 섞인 웃음소리만이 울려 퍼졌다.

*　　*　　*

소신녀는 마차 안에서 휘장 사이로 창밖을 내다보며 생각에 잠겼다.

오릉과의 연락이 끊긴 지 석 달이 넘었다. 비록 작은 기루의 루주이지만 오릉의 실력은 믿을 만했다. 그가 한 번 알아내고자 한 일에 대해선 실패한 적이 없을 정도로 정보를 수집하는 능력은 뛰어났다.

예정대로라면 벌써 그에게서 전서가 오고도 남았을 시간이다. 하지만 어찌 된 일인지 연락이 뚝 끊기고 말았다.

'설마 흑천에 대해 알아내지 못했을 리가 없어. 중자산까지 찾아온 놈들이잖아?'

어려운 부탁인 걸 알지만 오릉의 능력을 알기에 그에게서 연락이 올 것이라고 확신한 소신녀의 마음속에는 조금씩 불안이 싹트고 있었다.

'혹시 무슨 일이라도 생긴 건 아니겠지?'

소신녀는 생각을 접었다.

계속 불안하지만 현재로선 그녀가 할 일은 마땅히 없었다. 그녀는 맞은편에 앉아 있는 사무량에게로 고개를 돌렸다.

"부탁이 있어."

사무량은 말없이 소신녀를 응시했다.

"너도 알다시피 난 무공을 펼치지 못해."

"뭣?!"

왕가가 너무 놀라 엉덩이를 들썩였다. 그는 여태까지 소신녀가 뛰어난 무위를 지니고 있다고 생각한 사람 중에 하나였다.

부재도에선 기관장치가 있었기에 소신녀에게 접근을 하지 못했다. 오직 기관 때문에 그녀를 멀리 하였는데… 그동안에 소신녀가 고수로 머릿속에 인식되었다는 사실을 깨닫지 못했다.

"요망한 계집! 감히 무공도 모르는 녀석이 말끝마다 꼬리를 잡고 대들어?"

"무공이랑 말꼬리 잡는 거랑 무슨 상관이야?"

"너희들, 작작 좀 해! 도대체 내가 모르는 게 얼마나 더 남은……!"

사무량이 왕가의 입을 틀어막았다.

"그래서?"

"우선 먼저 솔직하게 털어놓을게. 전에 말했던 오룡이라는

사람 알지? 지난번에 그 사람을 찾아갔어. 그리고 흑천에 대
해 조사 좀 해달라고 부탁을 했었어."

"괜한 짓을 했군."

"알아. 괜한 짓이라는 거. 하지만 그때는 괜한 짓이라고 생
각하지 않았으니까."

"계속해 봐."

"그 사람과 연락이 끊겼어."

"……."

"혹시 날 노리고 있는 사람들에게 해를 당한 게 아닌지 걱
정이 돼."

"그래서 그 부탁이란?"

"만약 내 신변에 이상이 생기면 네가 날 지켜줘."

"싫다면?"

"조건이 있어. 들을래?"

"말해봐."

"이번 일이 끝나도 난 마땅히 갈 곳이 없어. 일가친척 하나
없고, 오릉에게 의지하고 싶은 마음도 없어. 나로 인해 그가
곤란해 하는 건, 보고 싶지 않아."

"그래서?"

"너만 원한다면 네 곁에 남아서 널 도울게."

"무엇으로 도울 건데?"

"기관진식. 네가 어느 곳을 거처로 삼더라도 아무도 접근

하지 못하게 할 수 있어."

"자신있나?"

"공부하면 돼. 지금 내가 가지고 있는 실력만으로도 어느 정도까지는 안전을 보장해 줄 수 있으니까."

"그렇군."

"내 말을 알아들은 거야? 사람이 말을 할 때는 좀 진지하게 들어."

"충분히 진지하게 듣고 있어."

소신녀가 날카로운 눈으로 사무량을 쏘아봤다. 둘 사이의 대화를 듣고 있던 왕가는 울화를 참지 못했다.

"뭐라고? 소신녀, 이놈의 계집이 드디어 미친 것 아냐? 사무량, 이 녀석하고 같이 있겠다고? 너 그러려면 중원에 뭐 하러 나왔어? 엉? 몸속에 들어 있는 고독을 생각하면 녀석을 죽이고 싶어지지 않는가 보지?"

소신녀는 왕가의 말을 듣지 않았다.

"빨리 대답해."

잠시 무언가를 생각하던 사무량의 입술이 열렸다.

"좀 더 솔직해져 봐. 나를 위해 기관을 만들겠다고? 웃기는 소리! 귀곡자의 선천팔괘를 연구하기엔 혼자서 힘이 들기 때문이 아닌가?"

"……그래, 네 도움이 필요해. 조부의 선천팔괘를 이해한 유일한 사람이 너니까."

"이, 이게 무슨 소리야! 귀곡자? 조부? 내 귀가 어떻게 된 거냐? 소신녀, 이 계집이 귀곡자의 손녀라고?"

"좀 닥치고 있어."

"조용히 해, 왕가!"

"이런 몹쓸 연놈들!"

왕가는 분기를 삭이지 못하고 두 사람에게서 등을 돌려 버렸다.

사무량의 얼굴엔 작게 미소가 그려졌다.

"이제야 알 것 같군. 도화신군이 당신들을 너무도 쉽게 알아본 이유를."

"……?"

"소신녀, 그 오룡이라는 자를 얼마나 믿어?"

"아버지 다음으로 믿어."

"네 부친께 모욕이야."

"……뭐?"

"네 말을 들어보면 오룡이라는 자는 여태껏 너를 위해 몸을 아끼지 않고 뛰어주었지. 때마다 부재도로 네가 필요한 물품들을 구해다 주기도 하고, 중원에 대한 소식을 전해주기도 하고."

"맞아."

"그런 행동으로 인해 오룡이 얻게 되는 건 뭐지?"

"그건……."

소신녀는 뒷말을 흐렸다.

거기까지는 생각해 본 적이 없다. 오륭에게서 항상 도움을 받아왔고, 당연하게 받아들였다. 그가 부친에게 은혜를 입었기 때문에 마땅히 해야 할 일이라고 여겼다.

하지만 사무량의 말을 들어보니 그가 자신을 도움으로써 얻는 게 아무것도 없다. 은혜에 대한 보답이라고 하기엔 그간 오륭의 희생이 너무 컸다.

"서, 설마……!"

"사람을 잘못 보았군. 오륭, 그자는 은혜를 갚음과 동시에 자신이 살아갈 길을 모색하고 있었어."

"오륭이 날 배신했다는 말이야?"

"믿었던 사람에게 배신을 당한다는 건 아주 흔한 일이야. 부재도민들도 모두들 한 번쯤은 크고 작은 배신을 당했지. 너무 놀랄 필요는 없잖아?"

"말도 안 돼! 오륭은 그런 사람이 아니야!"

"네가 중원에 없던 사이, 그에게 다른 변화는 없었나?"

소신녀는 다시 기억을 되짚었다. 가장 큰 변화가 있었다. 고작해야 창기의 기둥서방에 불과했던 오륭이 루주가 되어 있었다.

파락호가 돈을 모아 루주가 되는 경우가 얼마나 될까. 그것도 단기간 내에.

소신녀의 눈이 함지박만큼 뜨였다. 오륭의 말을 전적으로

믿었기에 거기까지는 생각지 못했었다.

"이제 감이 좀 오나?"

소신녀의 고운 아미가 부들부들 떨렸다.

"오룡이라는 자에게 어디까지 이야기했지?"

소신녀는 오룡을 만났던 날을 기억하기에 바빴다. 거주하고 있는 장소, 부재도에서 함께 나온 사람들에 대한 이야기, 그리고 사무량이 비급을 찾고 있다는 이야기까지.

"헉!"

"죄다 말해 버린 모양이군."

"미안! 난……."

"됐어. 이로써 확실해졌으니까. 비급의 이야기를 했지만 중원에 소문은 퍼지지 않았지. 그렇다는 말은 오룡은 소림이나 흑천 둘 중에 한 곳에 기생하고 있다는 소린데… 내가 볼 때는 흑천인 것 같군."

"이건, 정말 말도 안 돼. 어떻게 오룡이 나에게 이런……!"

소신녀는 자신이 너무 흥분해서 중얼거리고 있다는 사실조차 자각하지 못했다.

"네 부탁은 들어주도록 하지. 일이 끝난 후에 내 곁에 남아도 좋아. 선천팔괘를 연구하는 것도 도와주겠어. 마지막으로 네 신변에 위험이 닥치면 지켜줄게."

"헹! 웃기는 소리하고 자빠졌네. 네 몸 간수나 잘해. 지금 누가 누굴 걱정하는 게야?"

소신녀는 왕가의 투덜거림과 사무량의 말을 듣고 있었지
만 귀에는 들어오지 않았다. 가장 믿었던 사람에게 배신을 당
했다는 사실이 그녀에겐 큰 충격이었다.

第八章
복수의 그림자

　하루 종일 말을 달린 일행은 허름한 객잔 옆에 마차를 세웠다.

　주위는 온통 농가뿐인지라 여행객들을 위한 객잔인 듯 인적이 드물었다. 다만 조심할 것은 무인으로 보이는 사람들을 만나서는 안 된다는 것이다.

　"노숙을 하기로 한 것 아닌가?"

　유담이 걱정스럽게 물었다.

　"좀 알아볼 것이 있어서."

　사무량은 대수롭지 않게 말하며 객잔 안으로 들어갔다.

　"야, 돈도 많은데 노숙은 얼어 죽을! 네 나이 때나 노숙이

문제없겠지만 나처럼 나이든 사람은 노숙하면 금방 몸 상해.
같잖은 소리 말고 빨리 들어와.”

꾸벅꾸벅 졸던 객잔 주인은 사무량 일행이 들어오는 것을
보곤 부리나케 달려나왔다.

“어서 오십쇼. 몇 분이나 되십니까요?”

“열.”

“음식을 준비할깝쇼?”

사무량은 일행을 둘러보았다.

“음식은 알아서들 하고, 들어가 쉴 사람은 들어가도록 하
지. 방은 있는가?”

“그럼은요. 위층에 방들이 전부 비어 있습니다요. 어디 보
자, 인원이 많으니 방 다섯 개 정도면 되겠습니까요?”

주인은 갑자기 맞이한 많은 손님에 얼굴에서 웃음기를 지
우지 않았다.

“우리는 밥이나 먹고 올라가지.”

일행은 뿔뿔이 흩어졌다. 대부분이 식사를 하기 위해 탁자
에 앉았지만 사무량은 혼자 이층으로 올라갔다.

“저 녀석은 배도 안 고픈가? 밥 처먹는 모습을 본 적이 거
의 없네. 여기 소면(素麵)이랑 소채(蔬菜)!”

“예, 예! 사람 수대로 올리겠습니다요.”

객잔 주인은 부산을 떨며 쪼르르 주방 쪽으로 들어갔다.

“그나저나, 이 귀신같은 계집아, 네년이 정말로 귀곡자의

손녀더냐?"

흩어져 앉아 있던 일행의 고개가 동시에 소신녀에게로 옮겨졌다.

"뭘 그렇게 봐? 내가 귀곡자의 손녀면 안 되는 이유라도 있어?"

"정말인가요? 당신이 귀곡자 어르신의 후손이에요?"

자리에서 벌떡 일어나 놀란 물음을 던진 사람은 은소부였다.

"그렇다니까. 왜 짜증나게 자꾸 물어보고 난리야?"

"아! 이렇게 만나게 될 줄이야."

"무슨 소리야?"

"진법을 조금 공부했어요. 저희 아버지께선 귀곡자 어르신과 친분이 있는 사이셨죠. 각별하다고 까진 말은 못하겠지만…… 어쨌든 귀곡자 어르신께서 자신이 연구한 진법 중 일부분을 적은 서책을 저희 문파에 선물로 주셨어요."

"흥! 할아버지의 진법서는 웬만한 문파들은 다 가지고 있어. 중원에 있는 진법서 대부분이 할아버지의 손에서 만들어졌다고 해도 과언이 아니지."

소신녀의 비웃는 말투에도 불구하고 은소부는 얼굴에 웃음꽃을 피웠다.

"당신이 귀곡자 어르신의 손녀라니, 정말 다행이에요. 선천팔괘진이 세상에서 사라지지 않게 되어……."

이번엔 소신녀의 고개가 빛처럼 빠르게 돌아갔다.

"네가 그걸 어떻게 알아?"

무언가 질책하는 듯, 그리고 비밀을 아는 이유를 탓하는 듯 그녀의 목소리는 차가웠다.

"제가 알면 안 되나요?"

"어떻게 알았냐고!"

"전 그냥 진법서를 읽기만 했어요."

"그냥… 읽기만 했다고?"

"일부분으로 보면 다른 진법서들과 다를 게 없는 평범한 진법이죠. 물론 극히 상식적일 수도 있지만 진법의 진정한 묘리가 선천팔괘와 상통해요."

소신녀는 주먹을 부르르 떨었다.

사무량과 마희까지는 이해할 수 있다. 사무량은 혈광검의 아들이고, 마희는 머리가 좋은 무인이니 우연히 알게 되었다고 생각할 수 있다. 하지만 자신과 비슷한 또래로 보이는 여자 아이가, 게다가 무공을 익힌 흔적이 전혀 없는 아이가 알았다는 사실이 왠지 모르게 분했다.

"어디 가서 그딴 소리 지껄이고 다니면 내 손에 죽을 줄 알아!"

소신녀가 빽 하고 소리를 지른 뒤 객잔의 분위기는 찬물을 끼얹은 듯 조용했다.

귀곡자라면 세상에 모르는 사람이 없다는 진법의 달인. 그

런 거물의 손녀가 자신들과 동행하고 있다는 사실에 모두 당
황했다.

은소부와 소신녀의 오고가는 대화 속의 선천팔괘에 대해
서는 아는 바 없지만, 그것이 귀곡자가 남긴 비밀의 진법이라
는 건 눈치 챌 수 있었다.

은소부는 자리를 박차고 일어서려는 사혼검의 옷소매를
잡아 말렸다. 그리고 뜻하지 않은 반응을 보인 소신녀에게 실
수를 한 것 같아 자책했다. 뜻이 통했더라면 선천팔괘에 대해
이야기를 나누고 싶었건만…….

어색한 분위기 속에서 주문한 음식이 나왔다. 그리고 모두
가 젓가락을 들려는 순간 객잔의 문이 열렸다.

끼익—!

모두의 시선을 받으며 들어선 사람은 두 명이었다.

죽립을 깊게 눌러썼으며 검은색 무복을 입었다는 것 외엔
별다른 특징은 발견할 수 없었다. 하지만 분명한 건 두 명 다
무인이라는 점.

유담과 우서문이 눈을 마주치며 고개를 끄덕였다. 그리고
즉시 유담의 전음이 모두의 고막을 때렸다.

"경거망동하지 마!"

이의를 제기할 사람은 없었다. 일행 중 투덜거림이 가장 심
한 왕가조차도 고개를 푹 숙인 채 묵묵히 음식을 먹기만 했
다.

연이어 손님이 들어오자 객잔 주인의 얼굴에 함박웃음이
걸렸다.

"두 분이십니까? 이쪽으로 앉으십시오."

자리를 안내받은 두 무인은 객잔 주인에게 무어라 무어라
귓속말을 했다. 주인은 고개를 끄덕이며 주방으로 들어갔다.

다행히도 두 무인은 처음 객잔에 들어왔을 때부터 유담 일
행에게 눈길 한 번 주지 않았다. 일행에겐 별 관심이 없는 듯
했지만 모두들 불안한 마음으로 식사를 했다. 두 무인이 객잔
을 나갈 때까지 단 한 마디도 나누지 않은 채.

"이런 우라질! 방을 왜 이따위로 잡아놓은 거야!"

객방에 들어서자마자 왕가의 투덜거림은 시작되었다.

"아니, 제까짓 게 뭔데? 어? 이 좁아터진 방에 세 명이나 두
고, 저들은 독방을 써? 사무량, 소신녀, 나이도 제일 어린것들
이! 둘 다 똑같은 연놈들이야!"

"왕가, 다른 방엔 쌍둥이랑 우서문이랑 용검문 당주던가?
그렇게 네 명이나 있어."

"세 명이나 네 명이나! 야, 유담. 넌 자존심도 없냐? 네 주
둥아리는 장식용이야? 왜 놈에게 아무 말도 못해?"

유담은 왕가의 물음에 대답하지 않았다. 침상에 앉은 그는
방에 들어온 이후로 무언가를 골똘히 생각하고 있었다.

"이놈아, 무슨 생각을 하는 거야?"

“좀 이상하지 않나?”

“뭐가?”

“아까 객잔에 들어왔던 두 무인.”

“뭐야, 그렇게 조심하면 됐지 뭘 또 걱정하고 그래? 게다가 이쪽은 열 명이고, 그 쪽은 두 명이라고. 상대가 되지 않는 싸움이라는 걸 몰라?”

“단지 여행객이라고 하기엔 어딘지 미심쩍은 부분이 많은데……”

“또, 또! 그놈의 빌어먹을 의심. 그래, 그놈들에게서 뭔가 알아낸 것은 없고?”

유담은 고개를 내저었다.

사람의 마음을 읽는 독심술을 지녔다지만 죽립에 가려져 얼굴이 보이지 않는 상태에서는 그들이 무슨 생각을 하는지 알아낼 수가 없었다.

“관둬. 용건이 있는 놈들이면 다짜고짜 시비부터 걸었겠지. 밥만 먹고 그냥 갈 리가 없잖아? 게다가 무기도 없었는데.”

왕가의 말에도 일리는 있었다.

두 무인은 식사를 마치고 일어서 객잔을 빠져나갔다. 그들이 자신들을 보았는지 보지 못했는지는 알 길이 없다. 하지만 두 사람이 객잔을 빠져나간 후에도 일행은 마음 놓고 이야기를 나눌 수 없었다. 불안한 느낌이 드는 것은 유담뿐만이 아

니었다.

"혹시 흑천이라는 놈들 아닐까?"

해타가 물었다.

"흑천 놈들이라면 직접 부딪쳐 본 우서문이 잘 알겠지. 아무리 무공을 잃었다지만 사람 하나 못 알아보겠냐?"

"확실히 흑천은 아닌 것 같은데. 그 도화신군이라는 여자가 자신있게 말했다면, 우리를 제압할 수 있다는 확신이 섰을 때 나타났겠지. 그 두 사람만의 기운만으로도 절정고수라고 보기는 힘들어."

"그러니까 그만 신경 끄라니까. 에잉! 졸려 죽겠네. 야, 해타, 불 꺼! 잠이나 퍼 자게."

"어엉."

해타는 말 잘 듣는 강아지처럼 유등의 불을 껐다.

몸은 천근만근 무겁고 피곤했지만 유담은 쉽게 잠을 이룰 수 없었다.

잠을 이루지 못하긴 소신녀 역시 마찬가지였다.

충격에 충격. 오늘 하루만 해도 두 가지 충격을 받았다.

오륭이 자신을 배신했다는 사실은 지금도 믿기 어려웠다. 제발 꿈이기를, 거짓이기를 간절히 바랐다. 아무도 돌봐줄 사람이 없는 그녀가 마음을 터놓고 믿을 수 있는 사람은 오직 오륭뿐이었다. 그런데 배신이라니.

무엇이 그를 배신자의 길로 들어서게 만들었을까. 어떤 부분에서는 이해가 간다. 자신은 오룡에게 해줄 수 있는 게 아무것도 없다. 부친과의 인연을 빌미로 그를 하인처럼 부려먹기밖에 더했는가.

용검문의 여식이 귀곡자의 선천팔괘를 알아냈다는 것도 충격이었다.

선천팔괘는 귀곡자가 일생을 다 바쳐 연구한 진법이다. 그런 진법의 묘리를 단숨에 파악해 버렸다는 점에서 알 수 없는 화가 났다. 왜 자신은 몰랐을까 하는 열등감도 한몫 했을지도 모른다.

사무량이 자신을 받아주겠다는 말을 했기에 조금이나마 위안을 얻을 수 있었지만 그것도 확신할 수 없는 약속에 불과했다.

우선 첫째로 사무량은 적이 많다.

혈광검의 아들이라는 이유로, 그리고 그가 남긴 비급의 열쇠라는 이유로 노리고 있는 자들이 많다. 어쩌면 사천성에 도달하기도 전에 죽을지도 모른다. 도화신군이라는 여자가 자신있게 말할 때부터 불안했다.

또 하나 걱정되는 것은 자신의 안위다. 무공이 뛰어난 자들과 동행하고 있지만 어디까지나 남남. 게다가 비급을 차지하려면 한 사람이라도 줄어들기를 바라는 자들이다.

소신녀는 일행에게 적이 되지 않기 위해 자신이 무공을 전

혀 펼칠 수 없다는 사실을 미리 밝혀두었다. 이는 곧, 비급에 욕심을 갖지 않겠다는 말과도 같다.

머리가 있는 자들이라면 아마 그 뜻을 알게다. 소신녀는 이미 그들의 경쟁 상대가 아니라는 것을.

'휴우……!'

소신녀는 가느다란 한숨을 내쉬곤 이불 속에 얼굴을 묻었다. 머릿속에 맴도는 생각들이 많았지만 억지로라도 잠을 청할 작정이었다. 그런데,

끼이익—!

방문이 열리는 소리에 소신녀는 머리카락이 곤두서는 듯했다. 어둠 속인지라 누가 방에 들어왔는지는 볼 수 없지만 동물적인 육감으로 위험하다는 것을 알 수 있었다.

한밤중의 침입자는 살금살금 침상 쪽으로 걸어 들어왔다.

소신녀는 이불을 박차고 벌떡 일어났다.

"누구…… 읍!"

침입자는 다짜고짜 손으로 그녀의 입을 틀어막았다.

"쉿!"

침입자가 작게 속삭였다.

"사무량?"

소신녀 역시 작은 목소리로 이야기했다.

"아직 안 자고 있을 줄 알았어."

"뭐, 뭐야? 왜 남의 방에 들어오고 난리야?"

“방을 바꿔. 지금 내 방으로 가.”

“……뭐?”

“이유는 묻지 말고 시키는 대로 해. 빨리 가, 어서!”

사무량은 그녀를 떠밀 듯 방 밖으로 몰아냈다. 소신녀는 엉겁결에 자신의 방에서 내쫓기는 신세가 되었다.

사무량은 벽에 붙어 조용히 어둠 속을 응시했다.

낮에 소신녀에게서 오륭이라는 자의 이야기를 듣지 않았더라면 그냥 지나칠 뻔했다. 소신녀는 오륭에게 자신이 알고 있는 모든 이야기를 털어놓는 중대한 실수를 범했지만 반대로 사무량에게는 중요한 정보를 안겨주었다.

오륭은 흑천에 귀속된 인물이다. 도화신군이 부재도민들의 정체를 파악하고 있다는 사실만 보아도 알 수 있다.

중자산을 떠나올 때까지만 해도 흑천이 자신들을 쫓아올 것이라 생각했다. 하지만 아니다. 그들은 사천성에서 기다린다. 소신녀가 오륭에게 목적지를 사천성이라고 말했기 때문이다.

소림이 중자산에 나타나지 않은 이유도 알았다. 그들도 사천성에 있다.

그렇다면 도화신군의 말은?

도화신군은 부재도민들을 모두 죽이겠다고 협박했다. 괜한 협박을 할 여자는 아닌 것 같다. 때문에 사무량은 흑천이

부재도민들을 처리할 곳을 사천성으로 가는 길목으로 예상했
다.

그렇다면 어떠한 방법으로 처리를 할까.

마차 안에서 내내 생각했던 결과가 조금씩 정리되기 시작
했다. 소신녀의 말은 그의 생각에 종지부를 찍는 결과를 낳았
다.

부재도민들을 처리하러 오는 자들은 흑천이 아니다.

흑천이 개입하지 않아도 부재도민들을 처리할 수 있는 자
들……. 주의 깊게 생각해 보면 답은 간단하게 나온다.

부재도민들이 왜 부재도로 가게 되었는가. 중원에서 살 수
없기 때문이다. 그들 모두 중원에 적들을 두고 있다. 소신녀
는 하오문에게, 왕가는 소림에게. 나머지도 마찬가지다.

만영문이 그들에게 부재도민들에 대한 정보를 살짝 얹어
주기만 해도 알아서 일어설 사람들이다. 그들이 오고 있다.

가장 먼저 누가 될 것인지는 소신녀를 보고서 깨달았다. 소
신녀와 더 이상 연락을 하지 않는 오륜은 이제 흑천을 위해
할 일이 없어졌다. 그는 하오문에서 이탈해 흑천의 완전한 귀
속을 요구할 게다. 그렇다면 흑천은 그의 절대적인 충성과 믿
을 수 있는 증거가 필요하다.

아직 절강성을 벗어나지 못했다. 소신녀의 적들이 위치한
곳 역시 절강성. 제일 먼저 희생당하는 인물은 소신녀가 될
게다.

객방으로 올라와서도 계속 생각을 했다. 아래층에서 일행이 식사를 하고 있었지만 딱히 허기가 지지 않은 탓도 있다.

우연히 창밖을 바라보며 생각에 잠겨 있던 사무량은 낯선 두 명을 보았다. 죽립을 깊게 눌러쓴……. 두 사람은 무인이었다. 그리고 그들을 배웅 나온 객잔 주인은 그들 귀에 무어라 속삭였다.

순간 머릿속에 섬광 한줄기가 스쳐 갔다.

하오문이라면 중원 전역에 퍼진 세력. 객잔 주인이 하오문도일 가능성도 없지는 않다. 창밖으로 두 무인이 사라지는 모습을 본 사무량은 마음을 굳혔다. 객잔 주인이라면 소신녀가 어느 방에 묵고 있을지도 알고 있을 테니까.

모두가 깊게 잠들었을 시각.

어둠 속에서 한 시진 정도 기다렸을까. 기가 막히게도 사무량의 예상은 딱 들어맞았다.

달빛은 지붕 위에 매달려 있는 자들의 그림자를 방 안으로 비춰주었다. 밖에서 동정을 살피던 그림자들의 행동이 아까보다 더 조심스러워졌다.

사무량은 숨을 죽였다.

끼이익―!

창문이 천천히 열렸다. 침입자들은 극히 조심스러웠다. 눈 깜짝할 새에 열릴 창문이 반 각이 지나서야 겨우 열렸다.

그리고 두 개의 그림자가 방 안으로 들어섰다.

그들은 도둑고양이처럼 살금살금 걸었다. 등 뒤에서 사무량이 가느다란 눈을 뜨고 지켜보고 있다는 사실을 모르는 듯했다.

사무량은 자신의 기척을 완벽하게 숨겼다.

진기는 몸속을 끊임없이 순환하고 있지만 겉모습은 시체와 다름없이 조그마한 흔들림도 없었다.

기척을 숨기는 방법은 자연스럽게 터득했다. 평정산에서 혈살문에게 배웠고, 자서섬에게 물렸을 당시에도 사무량의 몸은 죽어 있었다.

스스슥!

침상 위의 목표물을 발견한 그림자들은 빠르게 다가가 품 안에서 무언가를 꺼냈다. 달빛에 반사된 물건은 다름 아닌 비도였다.

'살수?

가능한 일이다. 저런 움직임을 보일 수 있는 자들은 살수들이나 가능하다. 혈광검의 아들이 있다는 걸 알면서도 섣불리 덤벼들 하오문이 아니라는 것. 소신녀는 누군가가 의뢰한 살수들의 목표물이었다.

그림자들은 호흡 하나 흐트러뜨리지 않고 쾌속하게 비도로 이불을 찔러갔다.

푸욱!

이불이 찢어지는 소리가 답답하게 들렸다.

"……!"

그림자들은 재빨리 서로를 바라봤다. 사람을 한두 번 죽여 본 자들이겠는가? 육신이 찢어지는 소리와 이불이 찢어지는 소리를 구분하지 못할 그들이 아닐 게다.

하지만 이들의 행동은 너무 늦었다.

스르릉!

혈광검이 모습을 드러내는 소리는 그 어떤 검의 울림보다도 섬뜩했다.

그림자의 고개도 빠르게 돌려졌다. 복면 사이로 보이는 그들의 두 눈동자가 화등잔만큼 커졌다. 방 안에 사람이 있는 걸 전혀 몰랐던 눈치다.

어둠 속에서 뚜벅뚜벅 걸어나오는 사무량의 모습은 귀기스러웠다.

"들어왔을 땐 마음대로 들어왔으나, 살아서 나갈 생각은 마라."

두 사내는 급히 퇴로를 훑었다.

살수의 기본. 일이 실패했을 때는 무조건 도주한다. 무인과 맞서는 미련한 짓은 결국에 죽음을 안겨다 줄 뿐.

방 밖으로 빠져나갈 수 있는 곳은 두 곳. 하나는 방문, 다른 하나는 그들이 들어왔던 창문.

창문은 이미 사무량이 가로막고 있었고, 방문으로 빠져나

간다면 소란스러움에 깨어난 사무량 일행과 부딪치게 된다.
그림자들은 궁지에 몰린 쥐가 되었다.

그러나 궁지에 몰린 쥐는 고양이도 무는 법.

서로를 바라보며 고개를 끄덕인 두 사람은 누가 먼저라고
할 것도 없이 사무량을 향해 돌격했다.

쉬이익!

서슬 퍼런 비도가 사무량의 육신을 짓이길 듯 쇄도해 들어
왔다.

검을 쓰지 않는 자들이라 다행이랄까.

비도는 짧아서 공격의 사정거리가 짧다. 굳이 따지자면 암
기로 분류된다. 하지만 암기라고 하기엔 크기가 너무 커 상대
에게 허점을 드러내기도 한다.

채채챙!

날아들어 오던 비도가 횡으로 들어 올려진 혈광검에 부딪
치며 튕겨 나갔다.

비도로 찔러 들어오던 두 살수는 사무량의 공격 범위에 들
어서자 비도를 떨치며 뒤로 몸을 띄웠다.

만약 공격 범위 안에서 혈광검을 휘둘렀다면 두 비도 중 하
나는 사무량의 몸에 틀어박혀 있을지도 몰랐다.

사무량의 의외의 행동에 두 살수는 잠시 주춤하더니 곧 허
리춤에서 비도를 꺼내 양 손가락에 끼웠다.

'창과 같은 장병(長兵)과 맞설 때는 어깨, 단병(短兵)과 싸

울 경우 보아야 할 것은 상대의 손목. 암기를 던지려는 방향으로 손목이 돌아가게 되는 것은 불문가지.'

무당에서 태을 진인 몰래 읽었던 병기서(兵器書)의 한 구절이 떠올랐다.

쉬쉬쉭!

비도 네 자루가 허공을 갈랐다.

이번엔 혈광검 또한 커다란 포물선을 그렸다.

따당! 땅! 땅!

비도는 여지없이 검에 부딪쳐 튕겨 나갔다.

어둠 속이지만 경악에 찬 살수들의 얼굴이 머릿속에 그려졌다. 또다시 비도를 던져 내고 튕겨 나가는 일이 반복되었다.

'역시 일개 살수들. 웬만한 무기 없이 비도술만 익힌 건가?'

사무량의 눈은 정확하지 못했다. 아니, 그들의 무공이 사무량의 눈에 차지 않았다는 것이 정확한 표현일 게다.

살수들의 투척술은 뛰어났다. 정확히 사무량의 요혈만을 노리며 날아들었다. 하지만 사무량이 이들보다 강했다. 정작 사무량 본인은 자신의 실력을 깨닫지 못했지만 이미 살수들의 무공은 불 앞에 놓인 한낱 나방에 불과했다.

큰 움직임을 보이지 않던 사무량의 다리가 움직이자 살수들이 주춤거리며 뒤로 물러났다. 암습을 하러 온 자들이지만

전혀 예상치 못한 상황에 난감해하는 기색이 역력했다.

'비도가 바닥났군. 그렇다면 신법밖에 남은 게 없을 터.'

사무량의 예상은 이번에도 정확히 맞았다.

휘익!

살수들은 동시에 서로 다른 방향으로 몸을 날렸다. 둘 중 하나라도 살자는 생각에서 나온 행동인 듯했다.

과연 살수들인만큼 좁은 방에선 펼치기도 어렵다는 신법이 너무도 자연스럽게 펼쳐졌다.

그러나 상상 속으로 무수히 도화신군의 신법을 따라잡던 사무량이 그들을 놓칠 리가 없었다.

"헉!"

우측으로 도주하던 살수가 단말마를 내질렀다. 일 장이나 떨어져 있던 거리가 숨 한 번 들이마시는 시간에 좁혀지며 눈앞에 사무량이 나타났기 때문이다.

그는 두 눈이 경악으로 물들기도 전에 복부에 가해지는 지독한 통증을 맛봐야 했다.

"큭!"

살수가 바닥에 주저앉는 것을 본 사무량은 급히 몸을 돌렸다.

좌측으로 달아난 또 다른 살수가 창문으로 몸을 빼내기 직전이었다.

쉬익!

사무량의 신형은 번개와 같은 빠름으로 움직였다. 그리고 막 밖으로 빠져나가려는 살수의 뒷덜미를 낚아챘다.

지이익—!

살수가 손가락으로 창호지를 찢는 소리는 그가 가진 공포를 그대로 반영했다.

사무량이 사내를 바닥에 끌어내리는 사이, 밖에서 동정을 살피던 또 하나의 그림자가 객방 안의 상황을 눈치 채곤 쏜살같이 사라졌다.

'세 명… 이었나?'

가장 먼저 방문을 열고 들이닥친 사람은 유담과 우서문이었다. 유담이 불길함을 느꼈듯이 우서문도 잠을 이루지 못했다. 때마침 쿵쾅거리는 소리가 들려왔고, 침상에서 일어나 바람처럼 달려왔다.

불빛이 켜진 방 안의 광경은 참혹했다.

흑의 복면을 한 두 무인이 바닥에 널브러져 있었다. 복면 사이로는 고약한 냄새가 나는 진액이 흘러내렸다.

"내가 죽인 게 아냐. 입 안에 독약을 넣어두고 자진한 모양이야."

유담과 우서문은 침상에 앉아 담담히 검을 닦고 있는 사무량을 보곤 할 말을 잃었다.

상황을 파악하고 뒤늦게 달려온 일행들 또한 놀람을 감추

지 못했다.

"네 녀석이 왜 여기에 있는 거야? 귀신 같은 년은 어디 있고?"

"난 여기 있어."

소신녀가 어느새 방 안으로 들어섰다. 침착해지려 애를 쓰는 듯했으나 그녀의 어깨는 가느다랗게 떨리고 있었다.

만약 사무량이 방을 바꾸지 않았더라면…….

"이자들은 아까 그……!"

모두 알고 있었다. 두 무인이 입은 흑의는 저녁에 객잔에서 죽립을 눌러쓴 사람들이 입었던 복장과 같았다.

"살수들이군."

우서문이 복면을 벗기자 모두들 인상을 찌푸리며 코를 막았다. 냄새는 차치하더라도 복면 속에 가려져 있던 얼굴이 녹아내려 형체를 알아볼 수 없을 정도로 짓이겨졌다.

"한 놈을 놓쳤어."

"그럼 세 명이었단 말인가?"

그때, 해타가 후다닥 뛰어 들어왔다.

"객잔 주인이 사라졌어!"

"역시……."

상황을 지켜보고 있던 소신녀는 천국과 지옥 사이를 오가는 기분이었다.

자신을 노리고 있던 자들이 누구인지 알고 있다. 객잔 주인

이 하오문도라는 사실도 놀라웠지만, 그들이 살수를 시켜 자신을 해하려 했다는 것이 충격이었다.

"놈들이 처음부터 저년을 노렸다는 거지?"

"알아볼 게 있다며 객잔에 묵은 건 바로 이거였나?"

왕가와 유담이 동시에 질문을 했다.

"소신녀는 한 사람에게 배신을 당했지. 그자가 흑천의 끄나풀이었어. 도화신군이 지난번에 당신들을 죽이겠다고 한 말, 그 말은 흑천이 직접 나선다는 소리가 아냐. 당신들이 부재도에 있길 간절히 바라는 자들. 그자들을 이용한다는 말이지."

"키키키!"

왕가가 소름 끼치게 웃었다.

"그럼 이제 내 적은 흑천이 아니라 소림이라는 말이네?"

"싸움은 이제부터 시작이야. 아, 그리고 궁금한 건……."

사무량은 무언가 말을 하려다가 문기둥에 서 있는 쌍둥이들을 잠시 보았다.

"아니야, 됐어. 어차피 오늘은 습격이 없을 것 같으니 자고 날이 밝으면 다시 떠나자고."

사무량은 쌍둥이들이 방에서 떠나갈 때까지 시선을 거두지 않았다.

2

사무량은 심기가 불편했다.

소신녀를 노리던 살수들을 붙잡게 된 건 눈치가 빨랐기 때문이다. 어젯밤의 살수들은 분명 허점을 드러냈고, 어설픈 실력을 지녔지만 하오문이 마음만 먹는다면 소신녀는 이미 저세상 사람이 되었을지도 모른다.

사무량은 일행에게 물어보고 싶은 게 있었다.

살수들이 침입하는 것을 사무량 혼자만 안 게 아니다. 일행 중에는 진즉에 눈치 챈 사람들이 있다.

코가 예민한 왕가도 있고, 어두운 곳에서도 사물을 뚜렷이 구분할 수 있는 가야가 있다. 아주 미세한 소리까지도 들을 수 있다는 가완은 어떤가.

하지만 그들 모두 도와주러 오지 않았다. 어차피 도움을 바란 것은 아니었다. 그러나 동료의 위험을 방관하고 있었던 것은 분명하다.

동료? 잘못 생각했다. 그들에겐 동료 의식이란 애초부터 없는 것인지도 모른다.

부재도에서 나온 사람들을 하나로 묶고 싶은 마음은 간절하지만 아직은 이른 것일까.

"고마웠어."

소신녀의 조그마한 목소리는 마차의 덜그덕거리는 소리에 묻혔다. 그녀는 마차에 오른 후부터 계속 창밖만 바라보고 있

었다. 그녀 역시 생각할 것이 많은 모양이다.

"약속했으니 지킨 것일 뿐이야."

사무량은 부담을 덜어주기 위해 건성으로 대답했다.

마희가 이들의 몸에 고독을 넣어 행동을 제약했으니 목숨을 구해주었다고 해서 감사를 당연하게 받을 만큼 양심이 없지는 않았다.

"예월(叡月)이라는 기녀가 있었어."

"……?"

소신녀는 여전히 고개를 돌리지 않은 채 이야기를 시작했다.

"소흥에서 가장 예쁘고 유명한 기녀였지."

사무량은 묵묵히 소신녀의 말을 들었다. 옆에서 조잘대던 해타와 왕가는 이미 잠든 지 오래였다.

"아버지와 어머니는 금슬이 좋은 부부셨는데, 어느 날 오해로 인해 크게 싸우셨어. 평소 술을 잘 드시지 않는 아버지는 그날따라 술이 드시고 싶으셨나 봐. 그래서 소흥의 해화기루라는 곳을 가셨지. 그때 만난 여자가 예월이야."

"……."

"주거니 받거니 술잔이 오가면서 아버지는 그동안 혼자 속상했던 일들을 예월이에게 털어놓았어. 아버지는 그 여자의 미모에 혹했다기보다, 그저 자신의 이야기를 들어주는 상대가 있다는 사실에 위안을 얻은 것 같아. 아버지는 예월이에게

모든 걸 이야기했지. 그저 하루만 보고 헤어질 사람이기에 별 신경을 쓰지 않았던 거야."

"계속해."

"예월이는 여우 같은 년이야. 아버지가 귀곡자의 아들이라는 사실을 알게 된 후로 본격적으로 접근하기 시작했어. 예월이의 뒤에는 누가 있었을 것 같아?"

"하오문."

"맞아. 하오문은 아버지에게서 귀곡자의 진법을 가로챌 작정이었어. 그리고……."

소신녀는 말하기 힘든 듯 입술을 깨물었다. 그리고 남은 이야기마저 털어놓았다.

아비는 바람이 났고, 어미는 자살했다. 아무리 캐어도 귀곡자의 진법을 얻을 수 없었던 예월은 매정하게 그를 버렸다. 그는 어느 추운 겨울날 술에 취해 객사했다.

"내 나이 열네 살이었어. 그저 힘없는 여자 아이라고 생각할지는 몰라도 진법을 배웠다는 것은 내게 천군만마보다도 더 큰 힘이 되었지. 해화기루에 있는 사람들을 모두 죽였어."

"그래서 하오문의 적이 되었군."

"장막에 가려진 하오문주가 사랑하던 여인이 예월이었으니까."

"꼬이고 꼬였군."

"밟아도 다시 일어서는 잡초 같은 자들이야. 그들은 고작

어린 여자애 하나 잡으려고 눈에 핏대를 세웠어. 중원에 하오
문이 없는 곳이 어디 있겠어? 난 이제 죽었구나 했는데, 그때
오룡이 나서서 도와준 거야. 하오문을 배신하고 날 안전하다
생각한 부재도로 보냈지. 지금 생각해 보니 그게 실수였네.
한 번 배신한 사람이 두 번, 세 번 배신하지 않으리라는 보장
은 없는데.”
　“됐어. 이제 그만 잊어.”
　“그들은 또 나타날 거야. 내가 너와 함께 있기 때문에 자신
들이 직접 나타나진 않을 거야. 하지만 어젯밤처럼 계속해서
살수들을 보낼 사람들이야. 아니, 그럴 사람이지, 하오문주
는.”
　소신녀에게 이렇게 큰 적이 있을 줄은 몰랐다. 고작해야 소
흥의 몇몇 사람들일 줄로만 알았는데.
　“이런 말하기 염치없다는 걸 알아. 그렇지만…….”
　“걱정 마. 우리가 도와줄 테니까.”
　사무량은 ‘내가’라는 말 대신 ‘우리가’라는 말을 사용했
다. 부재도민들이 더 이상 동료의 위험을 방관하게 만들 수는
없었다.
　안 되면 되게라도 할 작정이었다. 계기를 만들어서라도.
　그리고 계기는 생각보다 빨리 다가왔다.

　소신녀의 일이 있고 난 후, 일행은 전보다 주위에 많은 신

경을 쓰는 듯했다. 다행스러운 점은 소신녀를 노리는 자들이 다시 나타나지 않았다는 것이다.

소신녀의 말대로 그들은 다시 그녀를 노릴 게다. 그 시일이 언제가 될지는 모르지만, 소신녀가 중원에 있는 이상 평생토록 시달릴 수도 있다.

행군은 예상외로 순조로웠다.

중자산을 떠나온 지 한 달.

안휘성과 강소성의 경계를 지나 호북으로 들어서고도 한참이나 지났다.

호북성은 무당파가 자리한 곳이다.

태을 진인은 사무량과의 약속을 지켰다. 코앞에서 사무량 일행이 지나가는 데도 무당은 간섭하지 않았다. 소림이 나서지 않았기 때문에 그들 역시 나서지 않는 것일까. 아니면 비급의 행방을 찾을 때까지 지켜보는 것일 수도 있다.

덜컹! 덜컹!

산길에 오른 마차가 심하게 흔들렸다.

장강 연안의 항구 도시인 의창(宜昌) 부근에 자리한 형문산(荊門山).

이레 후면 호북성을 벗어날 수 있는 가장 빠른 길목이다.

해가 뉘엿뉘엿 기울기 시작했고, 금세 날이 어두워져 왔다. 일행은 어쩔 수 없이 야영을 택했다.

타닥! 타닥!

모닥불이 활활 타올랐다. 모두가 침낭을 몸에 두른 채 모닥
불 주위로 모여 앉았다.

산에서 맞는 겨울 야영엔 장사 없다더니, 개인 행동을 고집
하던 가완과 가야마저도 일행에 합류했다.

오는 길에 잡은 토끼가 구수한 냄새를 풍기며 노릇노릇하
게 구워졌다.

야영을 한다고 해서 큰 어려움은 없었다. 겨울이라 해도 먹
을 것은 지천에 깔렸고, 필요하면 마을에서 직접 구입할 수도
있었다.

한풍이 불어도 진기로 추위를 이겨냈다. 단 한 사람, 무공
을 익히지 않은 은소부만이 칼날 같은 추위에 오돌오돌 떨었
다. 그러나 그녀는 춥다는 말을 절대 입 밖으로 꺼내지 않았
다.

"흑천은 나타나지 않는 건가요?"

그녀의 음성엔 독기가 스며 있었다. 평생 고생이라고는 모
르고 곱게 자란 용검문의 여식이 반년이 넘는 세월 동안 떠돌
이 생활을 했다. 그런 생활은 몸을 지치게 만들었지만 정신적
으로는 큰 성장을 안겨주었다. 그리고 흑천을 향한 지독한 증
오도…….

"그들은 사천에 있어."

"사천까지 가야죠, 그럼. 당신을 만나러 중자산에 들어가
기 전, 우리는 이미 사천으로 향하고 있었어요."

단호하게 말하는 은소부 앞에서 사무량은 힘들면 그만 돌아가라는 말을 할 수가 없었다.

허기를 달랜 일행들은 피곤한 몸을 안고 모닥불 곁에서 하나둘 잠이 들기 시작했다.

부스럭!

사무량은 깊은 잠에서 깨어났다. 새벽 동이 트기 전이었다.

주위는 아직도 암흑으로 뒤덮였으며, 추위는 자정 때보다 더욱 심했다.

사무량이 잠에서 깨어난 이유는 누군가가 일어서는 소리를 들었기 때문이다.

실눈을 뜬 사무량의 눈에 보이는 사람은 가완이었다. 가완은 아직도 잠을 자고 있는 가야를 흔들어 깨웠다. 그리고는 작게 무어라 속삭인 뒤 일으켜 세웠다. 두 사람은 주위를 쓰윽 둘러보고는 산 아래쪽으로 내려갔다.

사무량도 조용히 자리에서 일어섰다.

두 사람이 사라진 곳을 향해 발을 내디디려던 사무량은 잠시 멈칫했다.

움직이는 데 소리가 나지 않을 자신은 없다. 더욱이 컴컴한 어둠 속에서 돌멩이에 발이라도 걸린다면…… 이 세상에서 가완의 청력을 피해낼 수 있는 게 무엇이 있을까.

사무량은 온몸의 감각을 최대한으로 끌어냈다. 어둠 속에서 적응할 수 있게 안력을 높였고, 몸도 날아갈 것처럼 가볍게 만들었다. 호흡은 최대한 가늘게, 그리고 천천히…….

사무량은 객잔에서 살수들을 대할 때처럼 기척을 완벽하게 숨긴 뒤, 쌍둥이들을 따라가기 시작했다.

세 사람의 모습이 일행들 사이에서 완전히 사라지고 났을 때,

"어이구, 제기랄! 꾸리꾸리한 냄새 때문에 잠을 못 자겠네. 이게 한 놈도 아니고 도대체 몇 놈이야?"

왕가는 침낭을 박차며 일어섰다.

"야, 이것들아, 뒈지고 싶지 않으면 퍼뜩 자리에서 일어나. 지금 잠이 오냐? 잠이 와?"

"무슨 일이야, 정말? 짜증나게."

소신녀가 부스스 잠에서 깨어났다. 다른 사람들도 뒤척이며 고개를 들었다.

"녀석들이 간 방향이 어디냐?"

유담은 벌써부터 일어나 준비를 했다. 그 역시 쌍둥이와 사무량이 사라지는 모습을 몰래 보고 있었다.

"무슨 소리야? 쌍둥이들은 어디 갔어? 사무량은?"

"이년아, 지금 그런 소리 지껄일 시간이 없다. 네년은 무공을 펼치지 못한다고 했지? 신법은 지니고 있을 게고. 어디 숨을 데 찾아서 콕 처박혀 있는 게 신상에 좋을 게다."

"그게 무슨 뜻입니까?"

사혼검은 궁금함을 참지 못했다.

"당신은 아무래도 피해야 할 것 같소. 소신녀가 무공을 못 하니 당신네 아가씨와 함께 잠시 보호해 주서야겠소."

우서문이 검을 옆구리에 차며 말했다.

그는 왕가의 말에서 이미 상황을 파악했다. 부재도민들과 몇 달간 함께하면서 겪은 경험이다. 그들이 지닌 특이한 능력을 이제는 믿고 있었다.

"흑천인가요?"

은소부가 눈을 치켜뜨며 물었다.

"계집아, 사무량 말 못 들었어? 흑천은 사천에서 기다린다고 하잖아!"

"그럼 누가……?"

"모르지. 여기 있는 사람들 중 누군가를 죽이기 위해 나타난 자들이겠지."

"자, 어서."

유담은 소신녀의 팔목을 잡아 사혼검에게 맡겼다.

"근처에 피할 수 있는 곳이면 어디든 피하시오."

사혼검은 엉겁결에 소신녀의 팔목을 건네받았다. 그는 아직도 어리둥절해하는 얼굴이었다.

용검문의 당주 자리에 오를 만큼 그의 무공은 형편없는 것이 아니었다. 이들의 말에 의하면 누군가가 공격을 가하기 일

보 직전이라는데…… 사혼검은 주위에서 별다른 기척을 느끼지 못했다.

하지만 이들이 너무도 진지했기 때문에 이들의 말을 믿을 수밖에 없었다.

"어서!"

"가시죠, 아가씨."

사혼검은 은소부와 소신녀를 데리고 숲으로 들어갔다.

"왕가, 모닥불은 어떻게 해?"

"당연히 꺼야지, 이놈아!"

해타는 왕가의 말이 떨어지자마자 모닥불에 모래를 붓고 발로 밟았다.

깜깜한 어둠 속에서 네 사람의 눈만이 희번덕거렸다.

"이번엔 목표물이 누구겠냐?"

소신녀가 객잔에서 당할 뻔했을 때도 잠자코 있던 왕가는 코를 벌름거리며 흥분해 있었다.

사무량의 말을 들은 이후로, 여기까지 오는 동안 긴장을 풀지 않은 일행이었다. 언제 어디서 자신이 목표물이 될지 모른다는 생각.

"만약 쌍둥이들이라면?"

"헹! 그렇다면 난 다시 자리 깔고 누워서 잘 거다."

"그들이 죽어도 상관없다는 건가?"

"당연하지. 오히려 좋은 것 아닌가? 비급을 찾기 전에 경쟁

자가 둘씩이나 줄어들 것 아냐?”

“사천성에 가면 소림승들 천지일 텐데, 그땐 나도 경쟁자 하나 없어져 좋겠군. 쌍둥이들이 이곳에서 당하고 사천에 들어서자마자 네가 당하면 남는 건 나와 소신녀, 해타뿐인데… 과연 셋 중에 누가 비급을 차지하게 될까?”

“뭐얏?”

“좀 더 자신에게 솔직해져 보는 게 어떤가? 정말 다른 사람을 신경 쓰지 않는다면서 소신녀를 피신시킨 이유가 따로 있나?”

“그, 그건! 그냥, 내 마음이다!”

“억지 부리지 마라. 여기서 네 억지를 받아줄 여유 있는 사람은 아무도 없으니까.”

“제길! 하나같이 내가 무슨 말을 못해, 말을! 하나같이 내 말에 토다는 인간밖에 없어! 가자, 해타!”

“어? 어딜 가?”

“어디긴 어디야? 냄새 풍기는 놈들 잡아 족쳐야 할 것 아냐?”

왕가는 해타를 거의 질질 끌다시피 데리고 숲 속으로 들어갔다.

“자네는 괜찮겠나?”

유담이 우서문을 걱정스러운 눈으로 바라봤다.

“무얼 말하고 싶나?”

"이런 말하는 건 우습게 들릴지도 모르겠지만, 솔직히 자네와는 전혀 상관없는 일이지 않은가? 습격자들의 목표물도 우리고, 정작 싸워야 하는 사람도 우리인데……."

"당신들은 참 이상한 사람들이군."

"……?"

"소신녀가 객잔에서 당할 뻔했을 때 좀 의아하긴 했지. 당신들 능력 정도라면 침입자가 들어온 것을 진즉에 알아챘을 텐데, 왜 도와주지 않았나 하고. 실력이 없어서라고는 믿을 수 없고."

"글쎄, 그건 내가 눈치 채지 못했으니 실수했다고밖에 말할 수 없겠군.

"반년 동안. 아니지, 부재도에서부터였으니까 일 년 반이라고 해야지. 그동안 함께 있으면서도 전혀 동료라 생각지 않았나? 동료가 아니고 남남인데 왜 동행을 하는지도 알 수가 없고."

"그건 어쩔 수 없이 몸속에 고독이 있으니까."

"비급을 원해서인가?"

"그렇다고도 할 수 있지."

"이상해. 내가 만약 당신들 입장이라면 합공해서 사무량을 제압하여 비급의 위치를 알아낸 후에 아무도 몰래 사무량을 죽여 버리겠네."

"아, 그런 방법이 있었군."

유담은 웃었다.

동료 의식이 어떤 것인지 아냐고 묻는 우서문이 귀여워서이기도 하지만, 한때 정파에 몸을 담고 있던 사람의 사상을 엿보게 되어서 웃음이 절로 나왔다.

"그렇다면 자네는 우릴 동료라 생각하는 건가?"

"나중엔 어떻게 될지 몰라도 지금은 뜻을 함께해 동행하고 있으니까."

"그럼, 자신과 아무런 상관이 없는데도 동료가 위험에 빠지면 구해주겠다는 건가?"

"목숨을 걸고. 사나이라면, 아니, 인간이라면 당연히 해야 하는 일을 이상하게 생각하는 자네가 더 이상해."

"……."

유담은 가슴 한쪽이 묵직해져 옴을 느꼈다.

"내 걱정은 마. 나도 언제 위험한지 위험하지 않은지 정도는 눈치로 알아맞힐 수 있으니까."

우서문은 유담의 곁을 스쳐 사무량이 사라진 곳으로 걸어 내려갔다.

"이거야, 원. 한 방 먹었군."

유담은 고개를 설레설레 저었다.

"뭐가 보여?"

"아니, 너무 어두워서 아무것도 안 보여. 도대체 몇 명이나

움직인 건데?”

“적어도 오십.”

“뭐, 오십?!”

“원래가 한 번 뭉치면 끝장을 보는 사람들이잖아.”

“우리를 노리는 놈들이라는 걸 어떻게 알았어?”

“전통(箭筒) 흔들리는 소리.”

“미치겠군.”

가야는 가완의 청력에 혀를 내둘렀다. 똑같이 생긴 쌍둥이지만 타고난 능력은 너무도 달랐다. 한 명은 탁월한 청력, 한 명은 탁월한 시력.

“그런데 왜 여기로 불러낸 거야?”

“놈들이 죽는 건 상관없지만 사무량이 죽으면 안 돼. 그렇다면 비급을 찾을 열쇠는 사라져 버려.”

“그런데 우리 둘만으로 괜찮을까? 오십을 상대하기엔 너무 역부족 아냐?”

“놈들이 우리를 도와줄 것 같나?”

“그건 아니지.”

가완과 가야는 애초부터 일행에게 기대하지 않았다.

살아오면서 계속 그랬다. 아비에게 버림받았을 때부터 인생은 홀로 살아가야 한다는 걸 깨달았다. 태어나서 죽을 때까지 자신의 인생을 남이 대신 살아주지 않는다는 것. 잔정에 얽매여 이용당하지 않기 위해 사람들과의 교류도 맺지 않

았다.

항상 둘만 붙어 다녔으며, 남의 일에 신경을 쓰지 않는 두 사람이 사무량을 따라 여기까지 온 것만 해도 놀라운 일이었다.

하지만 두 사람 앞에 문제가 생겼다. 마차가 갑자기 산으로 올라 설마 설마 했는데 기어이 일이 터지고 만 것이다.

쌍둥이의 적은 엽사들이다.

오래 전, 두 사람은 한 여인을 죽였다.

엽사 중에 최윤(崔崙)이라는 자가 있다. 궁왕(弓王)이라 불릴 정도로 엽사치고는 대단한 궁술을 지녔고, 모르는 사람이 없을 정도로 가장 유명한 자이기도 했다.

그가 유명해진 데에는 그가 가진 활 덕분이었다. 한 장인이 팔십 년을 제련해서 만든 것으로, 인세에 보기 드문 활이었다.

쌍둥이들은 최윤의 활을 훔치기로 했다. 순수하고 어린 마음에 최윤의 활을 갖게 되면 자신들을 버렸던 아비가 돌아올 줄 굳게 믿었기 때문이다.

두 사람은 최윤의 곁에 가지도 못했다. 당연히 그의 활을 훔치는 데는 실패했다. 그런데 예기치 않게 한 여인을 죽이고 말았다. 어린 쌍둥이가 저지른 첫 살인이었다.

불행은 항상 그들을 따라 다녔다. 여인은 다름 아닌 최윤의 조강지처였던 것이다.

두 사람은 엽사들의 공적이 되었다. 갖은 고생 끝에 최윤의 반대 세력에 가서 도움을 요청했지만 그들이 쌍둥이에게 내린 처사는 부재도로 보내는 것이었다.

그들이 가진 무공을 폐하고, 무기를 빼앗고.

쌍둥이를 부재도로 보낸 자들은 그 후 어떻게 되었는지 모른다. 그걸 빌미로 최윤에게 붙었을지도.

"하는 데까지는 해보자. 하지만 반드시 살아야 해. 비급을 찾게 되면 우리는 자유의 몸이 되는 거야."

가완과 가야는 서로를 마주 보며 고개를 끄덕였다.

"뭔가 대단히 착각을 하는 것 같은데……."

"……!"

두 사람의 고개가 빛처럼 빠르게 돌아갔다.

등 뒤에서 나타난 사무량.

더욱 놀란 건 가완이었다. 세상의 모든 소리를 들을 수 있다고 자부하던 그가 사무량이 다가오는 소리를 전혀 듣지 못했다. 아무리 엽사들에게 신경을 쓰고 있었다고 해도 바로 뒤까지 다가오는 걸 모르고 있었다니.

"네가 어떻게!"

쌍둥이는 무기를 들이댔다.

"아무도 너희를 돕지 않는다고? 너희들이 그렇게 생각한다고 해서 남까지 그런 생각을 한다고는 할 수 없잖아?"

"흥! 어차피 우리가 죽으면 좋아할 놈들이다. 그런 놈들의

도움 따위는 바라지도 않고.”

“오십 명이라고 했나?”

사무량은 열 손가락을 활짝 펴고 무언가 계산하기 시작했다.

“나, 너희 둘, 유담, 왕가, 우서문, 해타. 일곱 명이면 한 사람당 일곱 명씩만 맡으면 되겠군. 물론 너희 둘만 싸우게 된다면 한 사람당 스물다섯이지만 말이야.”

“어째서 그런 계산이 나오는 거냐?”

“인정머리 없는 녀석들. 그런 식으로 살다간 평생 가도 믿을 수 있는 사람 하나 못 만들지. 죽어도 슬퍼하는 사람 하나 없을 테고.”

“상관하지 마!”

“상관하기는 싫은데… 너희가 여기서 죽으면 내가 나중에 더 힘들어지거든. 상관하지 않을 수가 없지. 사천성에 가면 흑천이랑 소림이 있을 텐데, 그땐 너희도 도와야 하거든.”

“누가 그런 걸 돕는대!”

“비급에 별로 욕심이 없는 것 같군.”

“자, 잠깐!”

사무량은 매정하게 등을 돌리려다 다시 쌍둥이를 바라봤다.

“할 말이 있나?”

“비급을 찾을 때까지 우린 절대 당하지 않아!”

"그런 소리는 나중에 해야 할 것 같은데?"

쌍둥이는 사무량의 고갯짓에 시선을 돌렸다. 어스름히 떠오르는 햇빛 사이로 반짝거리는 수십 개의 무언가가 빛나고 있었다.

第九章
동료라는 것

쒜에엑…… 콰직!

마른 나무 하나가 통째로 부러져 나갔다.

화살은 무시무시한 위력을 자랑하며 날아들었다. 화살엔 눈이 달려 있지 않았다. 일행이 머물고 있는 자리를 중심으로 반경 십 장 내는 화살이 소나기처럼 떨어져 내렸다.

그들의 목표는 가완와 가야였지만 누가 죽든 상관없다는 듯 무자비한 공격을 퍼부었다. 사무량까지 위험에 처한 걸 알면 흑천과 소림이 펄쩍 뛸 노릇이겠지만.

"제기랄! 저놈들, 도대체 뭐야!"

왕가는 유성추를 붕붕 휘두르며 화살을 피해 나갔다.

도저히 엽사들의 솜씨라고 볼 수 없었다. 바위마저 뚫어버릴 정도의 위력을 담은 화살은 평생 맹수들을 사냥했던 자들이었다는 것을 확실히 증명해 주었다.

"이놈의 자식아! 좀 떨어져! 너 때문에 무거워 죽겠잖아!"

"싫어! 나 무섭단 말이야. 저거 맞기 싫어!"

해타는 어린아이처럼 칭얼대면서 왕가의 허리를 꽉 붙잡고 떨어질 생각을 하지 않았다.

쉬이익! 쉭! 채챙! 챙!

유담과 우서문의 상황도 가히 좋지 않았다.

유담은 화살을 막을 수 있는 무기가 없었다. 비침 크기의 몇십 배나 되는 화살을 무엇으로 막는단 말인가. 우서문의 경우도 마찬가지였다.

그나마 만들어낸 진기를 있는 대로 끌어올려 검을 휘두르고 있지만 금방이라도 화살에 맞을 듯 위태위태했다.

"그러기에 자네는 빠지라고 하지 않았어!"

"지금 날 무시하는 건가?"

"도와준다고 큰소리치기는! 자기 몸 하나 간수하는 것도 겨우 하면서!"

"흥! 이 몸은 철궁방의 사갑전도 검 하나로 막은 몸이야!"

"그땐 진기를 잃지 않았을 때 이야기겠지. 지금은 상황이 전혀 다르잖아!"

"헉! 허억!"

우서문은 가쁜 숨을 몰아쉬었다.

정말 힘이 들었다. 철궁방의 사갑전은 등골을 오싹하게 할 만큼 위력적이었다. 지금 날아오고 있는 화살은 그에 비하면 아무것도 아니다.

그렇지만 이도 무시할 수는 없다. 엽사들은 사냥하는 능력이 탁월해서 정확성은 철궁방보다 한 수 위였다.

"이쪽으로!"

유담은 커다란 나무를 발견하고 우서문을 잡아끌어 몸을 숨겼다.

"저놈들… 목표는 쌍둥이면서 전부 다 죽일 작정인가? 그나저나 다들 어디로 간 거야?"

유담이 짜증스럽게 말했다. 평소 풍류를 즐기던 공자의 모습은 온데간데없이 사라져 찾을 수 없었다.

우서문은 힘에 겨워 숨을 몰아쉬면서도 유담을 보며 예전 자신의 모습을 떠올렸다.

항상 침착하기로 소문이 자자하던 그가 철궁방의 공격을 받으면서 짜증을 냈던 일, 어찌할 바 모르고 당황했던 일.

하지만 누구라도 그럴 것이다.

화살 공격을 당해보았기 때문에 안다. 적은 자신들의 몸을 철저히 숨기고 오직 목표를 향해 공격만 한다. 엽사들이니 몸을 숨기는 걸 얼마나 잘할 것인가.

"예전엔 강변 한복판에서 화살 세례를 받았다. 사무량이

아니었으면 모두 고슴도치가 되어서 죽었겠지.”

“어떻게 살아남았나?”

“굴을 파고 땅속으로 이동했지. 지금 생각해 보니 정말 기가 막힌 작전이었어.”

“하지만 어쩌나? 여기선 굴을 파낼 수도 없으니.”

아직도 멈출 줄 모르고 쏟아지는 화살에 두 사람이 걱정하고 있을 즈음 멀지 않은 곳에서 사무량의 목소리가 들려왔다.

“모두 여기로 모여!”

유담과 우서문은 다시금 호흡을 가다듬은 후 사무량의 목소리가 들려온 곳으로 몸을 날렸다.

유담과 우서문이 도착했을 땐 가완과 가야, 사무량은 커다란 바위 아래 몸을 낮춰 은신하고 있었다. 잠시 후 왕가와 해타가 일행에 합류했다.

“소신녀와 용검문 사람들은?”

“일찍이 피신시켰으니 걱정 마.”

사무량의 고개가 이번엔 쌍둥이에게 돌아갔다.

“이래도 너흴 도와주지 않으리라 생각하나?”

두 사람은 그의 시선을 외면했다.

“뭐야? 그럼 정말 이 녀석들을 노리는 놈들이란 말이야? 야, 이것들아! 적을 만들려면 좀 고분고분한 적을 만들어! 이게 뭐야? 쥐새끼처럼 숨어서 화살만 쏘아대고 있잖아!”

왕가는 바닥에 털퍼덕 주저앉으며 아직도 허리에 붙어 떨어질 줄 모르는 해타를 밀어내기 바빴다.

"어떻게 빠져나갈 방법이 없나?"

우서문이 물었다. 그는 사무량이 무언가 작전을 내놓으리라는 걸 믿어 의심치 않았다.

"생각 중이야."

사무량은 혼자만의 생각에 잠겼다.

가완이 불안해하기 시작했다. 그는 소리를 듣고 있다. 궁현에 시괄(矢剭)을 메는 소리, 시위를 당기는 소리, 화살이 날아오는 소리, 그리고 적들이 이곳을 포위한 채 점점 거리를 좁혀 오고 있는 소리까지.

조금 전까지만 해도 가야와 둘이서 상대하려고 생각했지만, 만일 그랬다면 벌써 목이 날아갔을지도 모르는 일이었다.

"궁지에 몰린 게 이런 기분인가? 이건 뭐, 반격할 수도 없는 노릇이고."

"한 가지 방법이 있긴 한데……."

모두가 사무량에게로 고개를 돌렸다.

"우선은 적들이 어디에 있는지부터 알아야겠어."

"무슨 수로? 그걸 알았다면 벌써 놈들은 내 손에 다 죽었지!"

사무량이 왕가를 똑바로 쳐다보며 입을 열었다.

"그걸 알 수 있는 사람이 바로 너야, 왕가."

“뭐? 내가 어떻게? 왜?”

사무량은 손가락 하나를 들어 자신의 코로 가져가 톡톡 두어 번 두들겼다.

“사냥개들이 왜 사냥개인지 알아? 사냥감이 어디에 있는지 알아내기 때문에 사냥개인 거야. 바로 이거, 냄새로 말이지.”

“뭐가 어쩌고 어째? 이놈의 자식이 보자 보자 하니까! 그래서 내가 사냥개라는 말이냐?”

“뭐, 그렇다고도 할 수 있지.”

“이게 확!”

“왕가, 참아!”

해타가 왕가의 바짓가랑이를 잡고 매달렸다.

“우리가 죽느냐 사느냐는 왕가, 너한테 달렸어.”

“흥! 난 안 해. 도와줘도 같잖게 보는 놈들이 둘이나 있잖아? 누구 좋으라고 내가 내 몸 희생해서 적진 한복판에 뛰어들어야겠냐?”

왕가는 곱지 않은 눈으로 쌍둥이를 흘겼다.

“이제 너희가 무언가를 이야기해야 할 차례야. 도움을 확실히 받고, 그 도움에 보답을 해야 하고, 그게 바로 동료가 할 일이지.”

“동… 료?”

“그래, 동료. 인정하기 싫어?”

쌍둥이들은 잠시 침묵했다. 그들에게 있어서 동료라는 말

자체가 낯선 것이었다. 언제나 둘이서 살아야 한다는 걸 한 번도 잘못되었다고 생각한 적이 없었다. 위험이 닥치면 그대로 받아들였다. 그걸 감수하기 위한 것도 모두 둘의 몫이라고만 생각했다.

동료라는 말…….

어떤 커다란 의미가 있을까.

눈빛으로 짧은 대화를 마친 쌍둥이가 다시 사무량을 바라봤다

"뭐, 천천히 생각해도 좋아. 하지만 지금은 모두가 살아야 겠지? 눈 딱 감고 협조 좀 해줘."

사무량은 퍼져 있는 왕가를 일으켜 세웠다.

짜리몽땅한 키에 역시 짧은 다리를 가졌지만 귀신같은 신법을 가지고 있는 자다. 게다가 사냥개보다 훨씬 발달한 후각을 가진 자이기도 하고.

"부탁 좀 하자, 왕가."

"제기랄! 나 죽으면 다 네놈들 때문인지 알 테니 두고 봐. 내가 죽어 귀신이 되어서라도 네놈들 따라다니며 괴롭힐 테니까!"

"잠깐."

투덜거리며 신법을 전개할 준비를 하던 왕가의 어깨를 사무량이 잡았다.

"너 혼자 가라는 말 아닌데."

"뭐?"

"날 업고 가."

"뭣?!"

"넌 놈들의 냄새를 맡고 찾아가기만 하면 돼. 날아오는 화살은 내가 막아줄 테니까."

"이, 미, 미친……!"

"믿어봐라. 등 뒤에 업힌 채 최고의 실력을 발휘할 사람은 몇 되지 않으니."

질색하는 왕가에게 우서문이 한 말이었다.

사무량이 왕가에게 업힌다는 말을 듣고 하마터면 웃음이 터져 나올 뻔한 우서문이었다.

평정산에서 있었던 일이 새록새록 생각이 났다. 협곡에서 자신이 사무량을 등에 업고 뛰었던 일들. 그때 사무량 때문에 낙뢰문의 검을 피할 수 있었던 일. 지금에서야 웃을 수 있는 추억이 되었지만 그 당시에는 정말 죽는 줄 알았다.

사무량이 왕가의 등에 업힌다면 그도 안심할 수 있다.

왕가는 뭐 이런 놈이 다 있냐는 듯 우서문을 바라보더니 마지못해 사무량을 등에 업었다.

"왕가, 나쁜 버릇이 있어. 시키면 다 하면서 꼭 따지는 버릇."

"닥치고 잘 잡고나 있어!"

왕가의 등에 업힌 사무량은 다시 일행을 둘러보았다.

"나머지는 내가 따로 말하지 않아도 알아서 행동할 거라 생각해. 가야와 가완, 너희의 활약을 기대하지. 가자!"

왕가와 사무량의 신형은 바람처럼 그들의 시야에서 사라졌다.

전에는 몰랐다.

왕가의 신법이 빠르다고만 알았지, 이 정도일 줄은. 주위 사물들에 초점을 맞출 새도 없이 몸이 바람을 뚫고 지나가 버린다.

사무량은 어지럽기까지 했다. 하지만 정신을 똑바로 차렸다.

큰 숨 한 번 들이마셨을 법한 시간인데 벌써 일행과 멀리 떨어져 왔다. 무시무시한 빠르기를 자랑하는 화살도 왕가의 신법 앞에선 무용지물. 괜히 등에 업혀 화살을 막아준다고 했나 하는 생각까지 들었다.

왕가는 정신없이 달리다가 갑자기 속도를 멈추고 몸을 낮췄다. 콧구멍을 벌렁거리고 킁킁 냄새를 맡던 그가 다시 달렸다.

'정말 사냥개가 따로 없군.'

그렇게 달리고 멈추길 반복하니 이제는 일행이 있던 자리가 아예 보이지도 않는다. 그 말은 앞으로 조심해야 한다는 뜻이기도 했다. 일행과 멀어진 만큼 적들과 가까워져 있다는

것이니.

"대략 오십은 되는 것 같다."

왕가가 목소리를 낮추고 속삭였다.

엽사들은 맹수를 잡을 때와 마찬가지로 사무량 일행을 중심으로 크게 원을 형성하며 다가오고 있었다. 하지만 그것이 커다란 실수라는 걸 엽사들은 알 턱이 없었다.

오십이나 되는 인원들이 멀리 떨어진 곳에서 큰 원을 형성한다는 말인즉, 많아도 두 명씩 짝을 지어 따로따로 움직이고 있다는 말.

각개격파(各個擊破)를 하기에 이보다 좋을 수는 없다.

왕가는 첫 번째 목표물을 발견했다. 그의 행동은 정말이지 영락없는 사냥개였다.

목표물을 발견한 후, 땅에 납작 몸을 숙이고 살금살금 다가갔다. 사무량의 예상대로 역시 두 사람이 한 조를 이루고 있었다. 한 사람은 강궁을 붙잡고, 다른 사람은 활시위를 당기고.

엽사들은 사냥에 뛰어난지는 몰라도 상대적으로 무공이 약하다. 무인들이 마음먹고 다가서면 바로 코앞에까지 다가가도 기척을 느낄 수 없을 게다.

사무량과 왕가는 조심스럽게 움직였다.

한 사람이 한 명씩 동시에 처리해야 한다. 한 박자라도 늦는다면 주위에 있는 사람이 눈치를 챌 것이므로.

스릉! 촤르륵!

혈광검과 유성추도 조심스럽게 모습을 드러냈다. 무기를 빼냈지만 두 엽사는 누가 다가온 줄도 모르고 있었다.

그럴 것이다. 사무량과 왕가는 엽사들의 허를 찔렀다. 생각이나 했겠는가. 소나기 같은 화살 세례를 뚫고 나올 자가 있을지. 그 아무리 절정 무인이라고 해도 하늘을 가득 메운 끊임없는 화살을 모두 피할 수는 없을 게다.

엽사들은 남아 있는 일행이 있는 곳을 향해 집중을 하는 듯했다. 그리고 왕가와 사무량에게는 더없는 기회.

슈각! 파악!

진기를 가득 머금은 혈광검이 엽사의 목을 단숨에 관통했다. 자신의 주인만큼이나 빠른 속도를 가진 유성추는 다른 엽사의 관자놀이를 찍었다.

너무도 깨끗한 솜씨였고, 정말 순식간에 벌어진 일이었다.

사무량과 왕가는 모래성처럼 허물어져 가는 두 엽사의 몸뚱이를 받아 그대로 땅에 눕혔다. 금세 엽사의 몸뚱이에서 피가 흘러나와 땅을 축축이 적셨다.

사무량은 눈이 벌겋게 충혈된 채 코를 벌름거리며 시신을 보고 군침을 삼키고 있는 왕가를 강제로 끌어당겼다.

"다음!"

"잘하고 있어."

“뭐?”

“벌써 여섯 놈이 죽었어.”

“정말이야?”

“역시.”

가야는 믿을 수 없다는 듯 물었고, 우서문은 당연하다는 듯 고개를 끄덕였다.

가완은 쉴 새 없이 귀를 쫑긋거렸다.

시위가 당겨지는 소리가 조금씩 줄고 있었다. 왕가의 빠른 발과 사무량의 검법이 어우러져 만들어낸 결과였다.

“어떤가? 이만하면 꽤나 괜찮은 동료 아닌가?”

우서문이 유담을 바라봤다. 유담의 입에서 동료라는 말이 나왔다는 사실에 적잖이 놀랐다.

쌍둥이는 아직 굳어진 안색을 풀지 않았다.

“아직은 시간이 좀 더 필요한 모양이군.”

“그나저나 이대로라면 피 냄새가 진동을 할 텐데, 만약 엽견들이 짖어대기라도 한다면…….”

“아! 그런 문제가 있었군.”

“이목을 분산시켜야겠어.”

가완은 자리에서 일어섰다.

“어떻게?”

“우리 두 사람이 같이 움직일 테니까 너희 세 사람도 같이 움직여. 다들 알아서 해줄 거라 믿을게.”

"하하하! 도도한 가완의 입에서 믿는다는 소리가 나오다
니."

가완은 자신이 말을 하고도 깜짝 놀라 얼굴이 붉게 달아올
랐다.

"그럼!"

쌍둥이들은 곧 다른 방향으로 몸을 날렸다. 그들이 움직이
는 쪽으로 화살이 집중되어 쏟아지기 시작했다.

"우리도 슬슬 몸이나 풀어야지?"

유담이 우서문과 해타를 보며 눈을 찡긋거렸다.

퉁!

팽팽하게 당겨진 시위가 튕기며 화살이 쏘아져 나갔다.

가야의 활솜씨는 이름난 궁수도 울고 갈 정도로 깨끗했다.

해가 완전히 세상에 모습을 드러내자 적들의 모습이 명확
하게 눈에 잡히기 시작했다.

쏘아낸 화살은 먼 곳에 있는 엽사를 정확히 적중시켰다. 화
살에 몸이 꿰인 채 쓰러져 가는 엽사의 모습을 보고 가야는
다른 나무로 재빨리 몸을 날렸다.

쐐에엑! 쐐엑!

방금 전까지 가야가 몸을 숨겼던 나무에 날아온 화살들이
촘촘하게 박혔다.

"후욱! 후욱!"

숨이 가쁠 정도로 힘들었다. 무엇보다 목숨이 걸려 있다는 생각이 부담을 안겨주었다.

"생각해 보았는데……."

가완이 뒷말을 흐렸다.

"응?"

"이 기분의 정체가 무엇인지 잘 모르겠어."

그건 가야도 마찬가지였다.

자신들과 아무런 상관이 없던 사람들이 목숨을 걸며 적들과 싸워주고 있다. 사무량에게 동료라는 말을 들은 순간부터 알 수 없는 감정이 가슴속 한구석을 가득 메웠다.

"이해할 수가 없어. 녀석들이 왜 우리를 도와주는지."

"도와주지 않으면 자신들도 죽을 테니까."

"우리만 놔두고 멀리 도망갈 수도 있잖아?"

"형."

"……?"

"비급을 반드시 찾아야만 하는 이유가 뭐야? 형에겐 비급이 어떤 의미야?"

가야가 진지한 얼굴로 물었다.

가완은 그 질문에 대해 대답하지 않았지만 가야는 알 수 있었다. 쌍둥이들은 마음, 그리고 생각까지 공유하는 자들이다.

가야는 가완을 통해서 자신이 비급을 찾으려는 이유를 다시금 확인하고 싶었다.

"혹시 나와 같은 생각이야?"

"…그래, 천하제일인이 되면……."

'아버지가 우릴 찾을 거야.'

두 사람은 지금만큼은 서로 눈을 마주칠 수 없었다.

세월이 흐르면 잊혀질 거라 생각했는데 아버지에 대한 증오는 그런 세월마저도 무시했다. 증오는 날이 갈수록 더욱 커졌다. 하지만 이들도 알고 있다. 증오가 바로 사랑에서 비롯되었다는 것을.

두 사람 모두 미치도록 아버지를 그리워했다. 아버지가 나타나면 묻고 싶었다. 왜 자신들을 버렸냐고. 그리고 자신들 앞에서 용서를 비는 아버지를 상상하기도 했다.

"녀석들이 도와주지 않았다면 우리는 아마 이곳에서 죽었을지도 몰라."

"알고 있어."

"우리가 부재도에 간 것은 최씨 부인을 죽였기 때문이야. 죗값은 당연한 거라 생각해."

"그래."

"앞으로 어떻게 될지 모르지만 난 솔직히 사무량과 다른 녀석들이……."

가야의 억양이 누그러졌다.

가완은 동생이 무슨 말을 하고 싶어 하는지 알고 있다. 그리고 자신 역시 그와 같은 생각이라는 것 또한 알고 있다.

"동료라는 것… 생각해 보자."

가슴속에 눌러앉은 묵직한 무언가가 조금씩 풀어지는 것 같은 기분이었다.

"무서워! 무서워!"

해타는 눈을 꼭 감고 우서문에게 매달렸다. 유담이 접선으로 화살을 막을 수 없다고 판단했기 때문에 우서문에게 매달린 모양이다.

"참나, 나이는 우리보다 갑절은 많은 사람이 왜 저러는지 몰라."

"혹시 이자, 정신병을 앓고 있나?"

웬만해선 침착함을 잃지 않으려던 우서문도 해타의 행동엔 의아함이 치솟았다.

"있지. 있고말고. 정신병이라기보다 이중인격자라는데… 물론 저게 해타의 본 인격은 아닐 테고. 오랫동안 알아왔지만 해타의 본모습을 본 적은 없어. 아마 왕가는 알지도 모르겠다. 해타를 죽어라 구박하면서도 막상 죽이거나 그러진 못하니까."

"그렇군."

"하지만 무시하지는 마. 저래 뵈도 환우독조의 진전을 물려받은 유일한 사람이니까."

우서문이 깜짝 놀라 다시 해타를 바라봤다. 그의 시선이 머

문 곳은 해타의 손가락. 조공을 익힌 자답지 않게 가늘고 고운 손가락이 그를 놀라게 했다.

"엎드려!"

유담이 소리를 치며 접선을 펼쳤다. 접선에서 튀어나온 작은 비침들이 날아오는 화살과 부딪쳤다. 계란으로 바위치기 격이었으나 조금의 성과는 있었다. 비침에 부딪친 화살의 방향이 아주 약간 꺾였으니.

"대단한 솜씨군."

"뭘, 이 정도야."

"무서워! 죽기 싫어! 무서워!"

유담의 모습을 지켜보던 해타가 쏜살같이 몸을 움직였다. 그는 우서문에게서 유담에게로 몸을 옮겼다.

"미치겠네. 갑자기 왕가가 대견해 보여."

"하하하!"

한곳을 향해 집중적으로 날아들던 화살이 두 방향으로 나뉘었다. 한쪽은 쌍둥이들이 있는 곳, 다른 한쪽은 이들이 있는 곳으로.

날아오는 화살의 수가 현저히 줄어든 것을 보니 사무량과 왕가 역시 일을 순조롭게 처리하고 있는 듯했다.

"아까는 정말 의외더군. 괜찮은 동료라고 하더니."

"뭐, 나도 그간 많은 생각을 했었지. 내가 무슨 짓을 하는 건가 고민한 적도 한두 번이 아니고. 그냥 확 달아나 버릴까

란 생각도 했고. 이런 일에 휘말릴 줄 알았더라면 진즉에 빠져 버리는 건데, 지금에서야 빠지기도 좀 그렇고.”

“사무량에 대해선 많이 알고 있다고 생각하나?”

“글쎄, 내 입장에서 보면 아직은 코흘리개 어린애잖아?”

“그건 그렇지만.”

두 사람은 몰랐다. 자신들의 사이가 급작스럽게 가까워져 있다는 사실을.

닮은 점도 많았다. 우선 나이가 비슷하다는 점이 그렇고, 딱 부러지는 성격도 그렇고. 고수는 고수를 알아본다는 말이 있듯, 처음 만났을 때에도 서로에게 호감을 가진 두 사람이었다.

“녀석은 무공 성취가 보통 인간들보다 빠르고, 머리도 좋다는 것은 인정해. 하지만 뭐랄까… 아직은 두고 봐야 한다고 할까?”

“난 갑자기 궁금해지는군. 비급을 찾으면 어떻게 할지.”

“천하제일인이 되겠지.”

우서문은 고개를 저었다.

“난 그렇게 생각하지 않는다.”

“……?”

“천하제일인은 무인들에게 있어 달콤한 유혹이지. 꿈과 같은 희망이자, 목표이기도 하고.”

“그런데?”

“녀석은 겉보기와 달리 정이 많아.”

“정이 많으면 천하제일인이 되지 말라는 법이 있나?”

“천하제일인은… 고독한 사람이다. 모두가 우러러보기도 하지만 가까이 하려고 하지도 않지. 경의와 경외가 공존하는 위치라고 해야 할까?”

“왠지 이해할 수 있을 것 같은 말이군.”

“정에 굶주린 아이가 과연 그런 고독한 길을 걸을 수 있을지…….”

“혈광검 역시 그런 고독한 인물이었겠지? 적랑회라는 사람들이 왜 만들어졌는지 조금은 알 것도 같군. 정말 대단한 사람들은 그 사람들이야. 고독한 천하제일인을 달래주기 위한.”

“만약 사무량이 비급을 익힌다면, 가장 먼저 죽을 사람들은 흑천이다.”

“두 번째는?”

우서문은 입술을 꾹 닫았다.

그는 아직도 기억하고 있다. 전 천하제일인이었던 혈광검의 무위를. 악을 벌한다는 의미로 흑천을 멸문시키던 혈광검이 스스로를 제어하지 못하고 무고한 사람들을 도륙했던 일을.

빌어먹을 천하제일인의 피를 물려받은 사무량이라고 다를 게 무어가 있을까.

사무량에 대해 조금은 알기에 혈광검처럼 되지 않길 기대하고는 있지만 장담은 할 수 없었다.

"사무량의 모친이 내게 뭐라 했는지 아나?"

"모친?"

"있어, 그런 여인이."

"뭐라 했지?"

"만약 사무량이 혈광검과 같은 증세를 보이기라도 한다면 나보고 죽여 달라는 거야. 그런데 우습지? 이런 말하기 정말 창피하지만, 난 벌써 사무량에게 진 적이 있어."

"그… 정도인가?"

"몰래 다가와 목에 검을 들이미는데 정말 등골이 오싹했다니까."

유담은 중자산에서 있었던 일을 회상하며 씁쓸하게 웃었다.

"그나저나 이제 곧 끝나려나? 화살 수가 많이 줄었네."

2

넓은 회의실에 열 명의 사람들이 모였다.

하나같이 얼굴에 복면을 쓴 자들이다. 복면의 특이한 점이라면 짙은 녹색이라는 것.

서로가 서로의 얼굴을 구분할 수 없는 상태에서 복면인들

은 한곳을 향해 무릎을 꿇었다.

얇은 휘장 뒤에 앉아 있는 인물. 휘장에 가려 보이지 않는데도 불구하고 그가 뿜어내는 기운은 방 안에 있는 복면인들 모두를 제압할 정도로 강했다.

그가 입을 열었다.

"강랑선괴의 후인이 살아 있다고?"

딱딱 끊어지면서도 묵직한 말투였다. 목소리만으로 그의 나이가 꽤 있음을 짐작할 수 있었다.

"유담이라는 자입니다. 사무량과 함께 움직인다고 합니다."

"그래? 부재도에서 나왔다더니 함께 움직이고 있었구먼."

"아직까지는 별다른 움직임을 보이고 있지는 않지만……."

"않지만?"

"눈치가 빠른 자입니다. 독심술도 익혔다고 들었습니다."

"흐음……!"

휘장 뒤에 앉은 자가 작게 한숨을 내쉬었다.

손가락으로 의자 팔걸이를 톡톡 건드리며 박자를 맞추던 그가 자세를 다시 잡고 앉았다.

"단정 짓기는 이르지 않나?"

"십삼 년 전, 그를 부재도로 넣으려 했을 때 저희를 보았습니다. 아마 지금도 기억하고 있지 않을까 생각합니다."

“비상한 머리를 가졌다면 그럴 수도 있겠지.”

“처리하는 게 어떻겠습니까?”

복면인의 질문에 휘장 뒤의 인물이 너털웃음을 터뜨렸다.

“처리할 수 있는 실력이나 되고?”

“저희를 믿지 못하십니까?”

복면인들의 태도는 약간 이상했다.

휘장 뒤의 인물을 향해 깍듯하고 정중한 태도를 보이는 반면 자신들이 할 말은 서슴없이 했다. 예의는 취하지만 어려워하거나 눈치를 보는 기색은 없었다.

“믿지 못할 리가 있나. 최고의 실력자들인데.”

“그럼 하명하십시오.”

“허허! 명령조로 나오면 곤란하네. 자네들이 최고라는 것은 인정하지만, 그래도 위아래가 있는 법이야. 그런 자신감은 나무랄 데가 없지만 때와 장소를 구분하도록 해.”

“송구합니다.”

“그자를 처리하고 싶다면 처리하게. 하지만 지금은 아닐세. 중원의 눈이 집중되어 있어. 구파일방이야 아무런 상관이 없지만, 지난번처럼 세인들의 입소문을 타게 되면 막을 새도 없이 전국으로 퍼져 나가겠지. 골치 아픈 일이 아닐 수 없어.”

“하면……?”

“사천성에는 소림이 있네. 혹천이라는 자들도 있을 게고.

비급도 우선적으로 찾아야 하니, 그때까지만은 숨죽이고 기다리고 있게. 강랑선괴의 후손이라는 자가 사무량과 떨어진 후에 처리해도 늦지 않아.”

“알겠습니다.”

복면인의 목소리엔 왠지 아쉬움이 담겼다.

그걸 눈치 채지 못할 휘장 뒤의 인물이 아니었다.

“요즘은 일을 주지 못해 미안하군. 안 그래도 사무량 녀석 때문에 정신이 없어서 원. 대신 강랑선괴의 후손을 처리할 때, 사무량도 함께 처리할 것을 명하겠네.”

“존명!”

그제야 복면인들의 목소리에는 힘이 들어갔다.

그들은 깊게 읍을 취한 후에 올 때처럼 말없이 회의실에서 사라졌다.

“후후후!”

휘장 뒤에 앉은 인물이 작게 웃었다.

강랑선괴의 후손이 부재도에서 다시 나오리라고는 생각지 못했다. 골치가 아파지는 건 그 후손이 스승의 죽음을 파헤치려 할 경우다.

“이럴 줄 알았다면 진즉에 죽일 걸 그랬나.”

하지만 그러기엔 너무 어렸다. 스무 살도 되지 않은 자이기에 선심을 베푸는 척 살려주었다. 중원의 눈이 있기도 해서였지만.

"미안하지만 어쩔 수 없군. 강랑선괴, 하늘에서 날 보고 있다면 용서하게. 원래 많은 것을 알고 있는 사람은 그만큼 명도 단축되게 되어 있지."

그는 홀로 미소를 지었다.

"어머, 저게 무슨 일이래?"

"누구야? 어디서 나타난 처자들이야?"

호북에서 광서성으로 넘어가는 경계에 위치한 마을 사람들은 하던 일을 멈추고 밖으로 나와 눈앞에 펼쳐진 광경에 입을 다물지 못했다.

푸른색 경장을 차려 입은 삼십여 명의 여인들이 마을을 지나가고 있었다. 젊은 여인도 있고, 나이든 여인도 있고, 나이는 제각각이었지만 모두 비범한 기운을 가지고 있었다.

"죄다 무인인가 봐. 옆구리에 검 하나씩 차고 있잖아?"

"다들 어디로 가는 거지? 무슨 일이라도 있나?"

"세상 참 오래 살고 볼 일이네. 무인들은 많이 봤지만 여협들이 저렇게 많이 모여 있는 것은 처음 보는구먼."

사람들의 소란에도 불구하고 여인들은 눈썹 한 올 까닥하지 않고 행진을 계속했다.

마을을 지나왔을 무렵, 여인들은 발걸음을 멈췄다.

하늘을 빙빙 날아다니던 전서구 한 마리가 맨 앞에 있던 여인의 어깨 위에 내려와 앉았다.

여인은 비둘기 다리에 매달린 전통에서 전서를 꺼낸 뒤 빠르게 읽어 나갔다.

"그래, 뭐라고 쓰여 있어?"

뒤에서 중년 여인의 목소리가 들려왔다. 앞에 서 있던 여인들이 길을 비켰고, 방금 전서를 읽은 여인이 중년 여인에게 다가갔다.

"이틀 전, 형문산에서 떠났다고 합니다."

"그래? 그렇다면 곧 이곳을 지나가겠구나."

중년 여인은 얼굴을 가린 면사를 드러냈다.

뛰어난 미모를 지니진 않았지만 웬만한 장부와도 비견될 정도로 선이 굵은 여장부의 인상이었다. 두툼하고 굳게 다문 입술에선 고집스러운 성격이 드러났고, 수정처럼 맑은 눈동자는 시릴 정도로 차갑게 가라앉았다.

"기다리는 동안 머물 곳을 알아보겠습니다."

전서를 받은 여인은 중년 여인에게 고개를 숙인 뒤, 어디론가 사라졌다.

"아들 하나 잘못 낳아서 이게 무슨 꼴이야?"

"문주님, 덕분에 바람도 쐬고 좋지 않습니까?"

"좋기는. 좋은 일하러 가는 것도 아니고."

문주라 불린 중년 여인은 귀찮은 듯 말했지만 얼굴에는 미소가 배어 있었다.

섬서성(陝西省) 진전문.

  흑천에서 흘린 정보만 아니었다면, 아니, 부재도에서 사무량이라는 자가 나왔다는 소문만 없었더라면 이곳에 오는 수고를 하지 않았을 것이다.

  그러나 진전문주는 두 눈으로 확인하고 싶었다.

  과연 자신이 받은 정보가 진실인지, 아니면 거짓인지.

  "그동안 외출이 없지 않으십니까? 사실 문주님의 혈색이요 며칠 사이에 몰라볼 정도로 밝아지셨습니다."

  "입에 발린 말 하지 마. 설마 내가 공과 사를 구분 못하는 아줌마인 줄 알아?"

  수하로 보이는 여자는 고개를 숙이며 곱게 웃었다.

  "그나저나 걱정이야. 예전처럼 또 죽이겠다고 덤벼드는 건 아닌지. 그놈의 성격은 누굴 닮아서 그 모양이야? 내 뱃속에서 태어난 놈이 맞는지 정말 알 수가 없다니까."

  진전문주는 고개를 들어 맑은 하늘을 바라봤다.

  흑천이 준 정보는 진전문주에게는 다른 의미로 다가왔다. 증오와 미움이 아닌 그리움으로.

『혈야광무』 4권에 계속…

하지만 그녀는 살아남았다. 사무량을 만날 날만 손꼽아 기다리며 악착같이 나병과 싸워왔다.

"사실 얼굴이 이렇지 않아도 사무량에게 '내가 네 어미다'라고 말할 수는 없어. 난 어렸을 때 무당으로 끌려가는 사무량을 지켜주지 못했으니까."

"……."

"유담, 내 마지막 청 하나만 들어줄래?"

"말씀하십시오."

"만약… 혹시 나중에라도 사무량이 그분과 같은 증상을 보이게 된다면… 유담이 직접… 죽여줘."

마희는 등을 돌리고 있었지만 유담은 그녀가 흐느끼고 있다는 것을 알 수 있었다. 가늘게 떨리는 어깨. 가녀린 체구가 오늘따라 더욱 여리게 보였다.

"그렇게… 하겠습니다."

"고마워, 유담. 난 죽어서도 아마 유담을 잊지 못할 거야. 지난 십이 년간, 내 벗이 되어줘서 또 한 번 고마워."

'저도…….'

유담은 대답하지 못했다.

그녀의 등 뒤에 고개를 숙여 마지막 인사를 하는 것으로 대답을 대신했다.

배는 쾌속하게 뻗어 나갔다.

그토록 벗어나고픈 지겨운 곳이건만 막상 떠나려 하니 눈길이 붙어 떨어지질 않는다.

부재도가 점점 멀어져 점이 되어가자 그때서야 모두는 할 일을 찾아갔다. 노를 젓기도 하고, 배 한구석에 피곤한 몸을 눕히기도 하고.

사무량은 부재도의 모습이 보이지 않을 때까지 고개를 돌리지 않았다.

'어머니……!'

알고 있다. 그녀가 자신을 낳아준 어머니라는 사실을.

처음엔 의심도 했었다. 항상 면사로 가려져 얼굴도 보지 못했다. 하지만 사무량을 대하는 그녀의 마음은 진심이었다. 나중에서야 부친과 사랑하던 사이라는 이야기를 들었을 때, 본능적으로 어머니라는 사실을 알게 되었다.

부친과 사랑하던 사람이니 어머니가 당연한 것 아닌가.

마희에게 한 번도 고맙다고 말하지 못했다. 어머니라 부르는 것은 더더욱 하지 못했다.

알면서도 모른 척했다. 어머니와 아들임을 밝히는 순간, 그동안 쌓였던 벽이 허물어져 버리면 의지를 잃을 것 같아서였다. 부모의 정이 그리웠으니 마희에게 의지하고픈 마음이 오죽하겠는가.

됐다. 지난 일 년 동안 마희에게 부모의 정을 느꼈으니 그것으로 만족하련다.

그녀의 바람대로 부친의 비급을 찾아 부친의 무공이 사라지지 않게 하는 게 사무량이 해야 할 일이다. 그것만이 불효자라는 굴레에서 벗어날 수 있는 유일한 방법인 듯싶다.

나중에 비급을 찾아 되돌아오면 그땐 어머니라고 부르리라. 꿈속에서도 그리던 어머니의 얼굴을 직접 마주할 수 있게 되리라.

"야, 안 잡아먹을 테니까 마음 놓고 잠이나 자둬. 눈이 시뻘건 게 꼭 소신녀 같네."

"왕가, 죽고 싶으면 계속 입 나불대 봐."

왕가와 소신녀의 말다툼을 들으며 그제야 사무량은 갑판에서 몸을 뗐다.

휘잉!

바닷바람이 귓가를 간질였다. 코끝으로 전해지는 바다 내음이 정겹다.

무슨 일이 닥칠지 알 수 없는 길. 그러나 모두의 염원과 희망이 있는 길.

간다. 그곳, 중원으로!

『혈야광무』 3권에 계속…

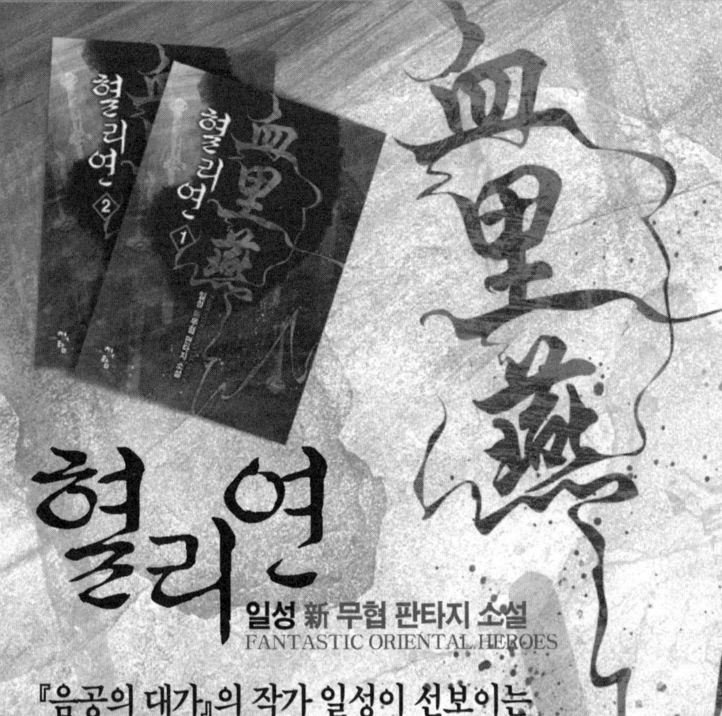

혈리연 2
혈리연 1
血里燕
血里燕
혈리연
일성 新 무협 판타지 소설
FANTASTIC ORIENTAL HEROES

『음공의 대가』의 작가 일성이 선보이는
기발한 상상력과 압도적인 재미!

"우리 문파는 강한 고수도 없을뿐더러, 자금은 바닥에, 경영 능력 또한 미천합니다.
이런 제가 문파를 다시 살리려면 어찌해야 합니까?"

대답은 명쾌했다.
"그를 찾아가게!"

무림에도 대리 경영인이 나타났다! 전문적으로 고수를 양성하고, 자금을 관리하며,
문파 내의 모든 대소사를 문주의 대리로 이행하는 자들!

그들은 외친다.
"헐벗고 굶주린 문파여, 내게 오라!"

유행이 아닌 자유추구 ─
WWW. chungeoram.com

Book Publishing CHUNGEORAM